© 2010 Giulio Einaudi editore s.p.a., Torino
www.einaudi.it

ISBN 978-88-06-20288-0

Sebastiano Vassalli

Le due chiese

Einaudi

Questa storia

Questa storia, come tutte le storie, si svolge nello spazio e nel tempo. Nello spazio, il suo punto di riferimento è una grande montagna, che si vede per centinaia di chilometri dalla pianura sottostante e che un poeta, tanti anni fa, chiamò «il Macigno Bianco». Il Macigno Bianco fa parte di un sistema montuoso, quello delle Alpi, che è al centro della nostra vecchia Europa e ne costituisce, per cosí dire, la struttura portante. L'ossatura. È qui, in questo incrocio di culture, di nazioni e di lingue, che nasce l'altro punto di riferimento della storia che sto per raccontare, quello che ci aiuta a collocarla nel tempo. Un insieme di musica e di parole. Un inno: l'*Internazionale*, che ormai pochi cantano e pochi ricordano. L'*Internazionale* è un simbolo dell'epoca che ci siamo lasciati alle spalle, ed è anche il simbolo di una religione: la religione del lavoro, che ha infiammato una buona parte del mondo e di cui non si sono ancora spente le ultime braci.

«Il lavoro rende liberi». Questa frase, che non è odiosa per se stessa ma che lo è diventata per essere stata scritta in lettere di ferro sul cancello di un recinto di schiavi, riassume come meglio non si potrebbe la religione del lavoro e l'idea che la sosteneva. Il grande sogno che nasce dalla grande infelicità. Il sogno di una liberazione definitiva: di un'età dell'oro in cui nessuno piú potrà essere il servo di un altro, e il benessere e la gioia di vivere saranno finalmente alla portata di tutti.

Cento e cinquanta anni fa, quel sogno diventò un inno: l'*Internazionale*, che poi è risuonato in ogni parte del mondo e che era nato tra queste montagne e in queste valli intorno al Macigno Bianco, dove si svolge la nostra storia. Anche se l'autore delle parole è un certo Pierre Degeyter, di nazionalità francese: la musica, nella sua parte essenziale, esisteva prima delle parole ed era un inno alle Alpi. Era una «marcia per banda» del maestro Vincenzo Petrali, e si intitolava *Orobia*. Come abbia poi fatto l'inno delle Alpi a diventare l'inno del genere umano («È la lotta finale: | Uniamoci, e domani | L'Internazionale | Sarà il genere umano») resterà un mistero, che nessuno probabilmente potrà mai spiegare. La musica, si sa, è la cosa piú volatile e orecchiabile del mondo. Ma è bello, è consolante, che dietro alle rivoluzioni fallite e alle speranze tradite, dietro al sangue e alle lacrime delle guerre ci sia la visione maestosa delle grandi montagne.

È consolante pensare che tutto nasce da un sogno e nasce qui; e che tutto, poi, si ricompone nel silenzio e nella grandiosità di questo paesaggio.

Questa storia è la storia di un villaggio delle Alpi, e degli uomini e delle donne che ci vivono al tempo dell'*Internazionale*: un tempo lungo, che è durato un po' piú di un secolo. Non è la storia del grande sogno e non è nemmeno la storia della religione del lavoro, che tra queste montagne e in queste valli non è mai arrivata a trionfare, e dunque non potrebbe essere raccontata partendo da qui. Ma anche qui gli uomini e le donne sono vissuti in quell'epoca, che era la loro epoca, e le loro storie lo dimostrano.

Anche qui hanno sognato, come dappertutto...

Agosto 2009.

Dopo essere stato l'inno ufficiale dell'Unione delle Repubbliche Socialiste Sovietiche e dopo avere accompagnato la «lunga marcia» del presidente Mao; dopo avere acceso tante speranze in ogni parte del mondo, l'inno alle Alpi del maestro Petrali può ritornare nel silenzio e nella quiete dei luoghi dove è nato, ad attendere che si affermi nel mondo una nuova religione. Una religione molto terrena e molto umana. L'unica, ormai, che può promettere agli uomini una salvezza, e di cui ogni giorno si sente crescere il bisogno. La religione della natura e dell'ambiente potrebbe nascere proprio qui, nel cuore di questa vecchia Europa dove tutto ha avuto inizio. Perché tutto, un giorno, non debba finire.

Le due chiese

*A sua maestà
il Macigno Bianco*

Capitolo primo
La montagna-Dio

Tutto incomincia con quattro spari che riecheggiano nel silenzio della montagna.

Tutto incomincia con un corpo immobile nella neve macchiata di sangue, e con un pezzo di latta: forse una spilla, che qualcuno ha buttato su quel corpo. Sulla spilla, che verrà conservata a lungo nei depositi di un tribunale, come «firma» dell'assassino e quindi anche come elemento fondamentale per le indagini, si leggono, stampate in rilievo, le parole:

«Non piú servi non piú padroni».

Il corpo rimasto immobile nella neve risulterà essere appartenuto al maresciallo Ermes Prandini di anni trentasei, sposato e padre di un bambino di due anni all'epoca di questi avvenimenti. L'infante Luigi Prandini, figlio della vittima, non conserverà nessuna memoria diretta di suo padre. Crescendo, conoscerà e ricorderà il viso di un uomo con i capelli tagliati «a spazzola», lo sguardo severo e le labbra serrate, con gli angoli della bocca piegati leggermente all'ingiú. In pratica, conoscerà e ricorderà la fotografia che sua madre tiene sul cassettone in camera da letto, chiusa dentro una cornice di madreperla. Dei funerali del padre, invece, il piccolo Luigi ricorderà qualche frammento di immagine e qualche suono, avvolti in una specie di nebbia. Ricorderà l'eco delle parole (non le parole, ma la loro risonanza tra le navate della chiesa parrocchiale di Oro) dei due discorsi commemorativi: quello del parroco e quello di un ufficiale del corpo dei carabinieri, a cui era appartenuto suo padre. Ricorderà se stesso in braccio a sua madre Immacolata, e il viso dell'ufficiale che si avvicina a quello della donna per dirle:

«Sappiamo chi sono gli assassini e li prenderemo. Vi do la mia parola d'onore che verrà fatto tutto ciò che è possibile per assicurarli alla giustizia».

(Ma a lui, poi, verrà detto che suo padre è stato ucciso da un «contrabbandiere» rimasto anonimo).

Ricorderà, in bianco e nero, il corteo funebre. Uomini e donne senza volto che camminano verso il cimitero del paese, e i rintocchi delle campane distanziati uno dall'altro.

Don. Don. Don.

Questi sono i primi ricordi del nostro primo personaggio. La sua vita incomincia cosí, con un funerale e poi pian piano i ricordi si legano tra loro, diventano un'infanzia piena di giochi e di avventure, in un villaggio chiamato Oro per via delle miniere che ancora si vedono sul fianco della montagna e che un tempo, dicono i vecchi, erano state ricche del prezioso metallo. Un luogo di giochi (pericolosi) e di avventure (a volte mortali) sono proprio quelle miniere abbandonate, dove i bambini non dovrebbero assolutamente entrare e in cui, ogni tanto, qualcuno finisce per perdersi o per cadere in un pozzo senza vie d'uscita. Un altro luogo di giochi e di esplorazioni, per il piccolo Luigi e per i suoi compagni, è il greto del fiume che discende dal Macigno Bianco e che noi chiameremo Maggiore (cosí come chiameremo Maggiore la valle dove si trova il villaggio di Oro), per distinguerlo da un suo affluente: il fiume Minore, e per distinguere tra loro le due valli, dove vivono i nostri personaggi e dove si svolgeranno i fatti piú importanti della nostra storia. Naturalmente, sia la valle Maggiore che la valle Minore, e anche la grande montagna: il Macigno Bianco, nelle carte geografiche si chiamano in un altro modo. Chi vorrà scoprire i nomi della realtà non farà fatica a trovarli; ma poi, forse, capirà che lo spazio in cui si svolgono le storie non è lo stesso della nostra vita quotidiana, e che a volerlo cercare sugli atlanti, qualcosa, se non proprio tutto, finisce sempre per perdersi.

Capirà la ragione di questi nomi fittizi: la valle Maggiore e la valle Minore.

Il Macigno Bianco.

Ma torniamo al nostro primo personaggio e alla sua infanzia.

L'infanzia e l'adolescenza di Luigi Prandini e di tutti gli altri ragazzi come lui, che vivono nella sua stessa epoca e in queste valli intorno alla grande montagna, sono dominate dalla religione e dai suoi simboli. Ci sono, nella chiesa parrocchiale di Oro dedicata all'arcangelo Michele, le pitture che rappresentano il giudizio universale con i beati tutti da una parte, i dannati tutti dall'altra e Dio giudice in mezzo. Ci sono i discorsi e le prediche di chi, in ogni villaggio, amministra la vita e la morte, cioè dei preti. Ci sono le idee fisse della signora Immacolata, madre di Luigi; che dopo la perdita del marito si rifugerà in un suo mondo di devozioni, di cerimonie religiose, di visioni, e che alla fine, quando il figlio sarà diventato adulto, entrerà in un convento. Ci sono le tante chiese e cappelle sparse sulle montagne con le immagini della Madonna e di san Cristoforo, il santo traghettatore che porta in salvo le anime nel fiume del peccato e che è anche il santo protettore delle nostre valli. Sopra tutte queste cose, però, nella valle del fiume Maggiore e nei pensieri di chi ci è nato e ci vive c'è la presenza di Dio, che abita nella grande montagna e che, almeno in un certo senso, è la grande montagna.

Vogliamo parlarne?

Per conoscere davvero questi luoghi bisogna conoscere le leggende che si raccontano d'inverno accanto al fuoco, e che anche il piccolo Luigi ascolta con gli occhi spalancati per lo stupore. Secondo quelle leggende, il Macigno Bianco non è soltanto l'immagine di Dio e il luogo dove lui risiede sulla terra, cioè l'aldiqua. È anche l'aldilà, il luogo dove tutti finiscono dopo che sono morti. È il paradiso e l'inferno. Il paradiso è dall'altra parte della montagna, in una valle dove le piante fioriscono tutto l'anno, le messi crescono da sole e ci sono animali di ogni specie, resi straordinariamente mansueti dal clima e dall'abbondanza di cibo. Ci sono i leoni, le tigri, i pappagalli. Ci sono, e non potrebbero mancare, gli uccelli del paradiso. Quel luogo, dove un tempo vivevano i nostri progenitori, si chiama «la Valle Perduta» e qualcuno, in passato, ha anche cercato di arrivarci. Secondo i racconti dei vecchi, un giorno di un'estate ormai lontana nel tempo, dal villaggio di Oro erano partiti sette giovani armati di corde e di scale, per scavalcare la montagna e raggiungere il paradiso. Naturalmente non ci erano arrivati: perché in paradiso, da vivi, non si entra. Ma erano riusciti a vedere la Valle da lontano, e avevano inventato uno sport: l'alpinismo...

L'inferno è sotto i ghiacciai del Macigno Bianco. Stando a ciò che si racconta accanto al fuoco, il clima di questi luoghi una volta era molto diverso da quello di oggi, e sulla montagna c'era una città piena di uomini e di donne che offendevano Dio con la loro arroganza e con i loro cattivi costumi. Dio, allora, li aveva puniti. Aveva mandato un'enorme nevicata: metri e metri di neve, che poi si era trasformata in ghiaccio a causa della temperatura rigidissima. È là sotto che, ancora oggi, finiscono le persone malvage; ed è per questo motivo che nei giorni e nei mesi del disgelo si sentono venire su dal ghiaccio i pianti, i gemiti e lo stridore di denti delle anime condannate alla pena eterna.

Dei tre regni dell'aldilà, dicono i vecchi, soltanto il purgatorio non si trova sulla grande montagna e sarebbe inutile cercarlo lassú. È nelle abitazioni degli uomini, nella valle Maggiore e nelle altre valli che circondano il Macigno; in quei villaggi dove la vita è cosí faticosa e cosí difficile, e le tribolazioni sono cosí grandi che anche Dio deve tenerne conto nel momento in cui assegna i premi e i castighi. Chi nasce in montagna, sconta già il purgatorio mentre vive. Ma di questa realtà, e delle condizioni di vita dei montanari, parleremo piú avanti.

Il piccolo Luigi cresce. È un ragazzo ubbidiente e portato a riflettere sulle cose, che impara con facilità tutto quello che gli viene insegnato e che, secondo il maestro elementare di Oro, il signor Pino, «sarebbe un peccato non far proseguire negli studi». A undici anni viene mandato a Roccapiana, in un collegio di preti dove i ragazzi sono divisi in ricchi e poveri, a seconda della retta che pagano; e lui naturalmente dorme e mangia insieme ai poveri. È qui, nel collegio dei preti a Roccapiana, che il nostro personaggio incomincia a meditare sulle ingiustizie del mondo, e ad annotare i suoi pensieri in una specie di diario dove scrive anche le sue prime poesie. Ed è qui che incomincia a nutrire i primi dubbi sull'esistenza di Dio. Forse perché da Roccapiana Dio non si vede o, per essere piú precisi, non si vede il Macigno Bianco che rimane nascosto dietro alcune montagne piú basse. Si vede invece una parete rocciosa, il Monte Santo, gremita di chiese. (Al Monte Santo e al suo fondatore dedicheremo uno dei capitoli della nostra storia). Oppure perché pensa che se Dio esistesse davvero, e fosse il padre di tutti, non tollererebbe nel mondo tante ingiustizie.

Chissà!

Qualche informazione sul luogo chiamato Roccapiana.

Roccapiana è una piccola città, a metà strada tra la pianura e il Macigno Bianco. È il capoluogo della valle Maggiore e di tutte le valli che vi confluiscono. È una città piena di chiese e di conventi, dove gli uomini e le donne delle nostre valli possono diventare santi senza troppa fatica, se pensano che lo scopo della loro vita sia quello; ma ci sono anche un paio di bische, già all'epoca della nostra storia, per chi vuole rovinarsi con il gioco d'azzardo. Per i piú depravati c'è un bordello (chiamato, chissà perché, Casa

da Tè), di cui si favoleggia in tutti i collegi maschili, durante il giorno e soprattutto alla sera. (Prima che si spenga la luce nelle camerate, i ragazzi si scambiano confidenze. Dicono: «Io, il giorno che compirò diciotto anni e potrò entrarci, ci resterò tutta la notte. Io, quando ci entrerò, si salvi chi può»; eccetera). Qualche ragazzo piú grande, che già indossa i calzoni lunghi e dice di essere riuscito a entrarci con la carta d'identità di un fratello maggiore o di un cugino, racconta sottovoce certi particolari da lasciare tutti a bocca aperta, a chiedersi: «Ma davvero?» Nelle camerate dei poveri e in quelle dei ricchi. A Roccapiana, tutte le sere i ragazzi si addormentano pensando alle donne della Casa da Tè:
«Io le voglio grasse. Io le voglio giovani. Io le voglio tutte...»
A sedici anni, Luigi entra in seminario: non perché desideri davvero fare il prete (ormai si è convinto che Dio non esiste e che, se anche esistesse, si potrebbe comunque ignorarlo come lui fa con noi), ma perché non ha altra possibilità di continuare gli studi e di finirli, ora che li ha incominciati! Del resto, non è stato lui a decidere. È stata la signora Immacolata, dopo che ha parlato con il parroco di Oro. Ha preso in disparte il figlio e gli ha spiegato che il primo ciclo di studi in seminario «è l'equivalente del liceo e delle scuole magistrali. Cosí, se anche non te la sentirai di proseguire e di diventare prete, avrai comunque un diploma che ti permetterà di trovare lavoro in un ufficio o di fare il maestro».
Per sé, invece, la signora Immacolata ha già deciso da tempo. Appena suo figlio si sarà sistemato, lei entrerà in un convento:
«L'ho promesso alla buonanima di tuo padre, il giorno della sua sepoltura. Gli ho detto che dopo di lui non ci sarebbero stati altri uomini nella mia vita, e che appena tu fossi diventato grande avrei preso i voti».
In seminario, Luigi legge (di nascosto) tutti i libri che

gli prestano i compagni, compresi alcuni romanzi proibiti e alcuni opuscoli di propaganda socialista. Scrive poesie piene di esclamativi e di aggettivi e le manda senza firmarsi a una ragazza di cui si è innamorato: una certa Alda commessa in un negozio di profumeria. Che, dopo essersi stupita e anche un po' allarmata, usa le sue poesie per far ridere le amiche. Si presenta all'esame da maestro e ottiene il diploma. Dopo avere prestato il servizio militare nel corpo degli alpini, e dopo un paio d'anni d'insegnamento come supplente nelle scuole elementari di Roccapiana e dintorni, finalmente il nostro personaggio vince un concorso e viene mandato a Rocca di Sasso, nell'alta valle del fiume Minore.

È qui che noi lo incontriamo. In piazza, davanti all'Albergo Pensione Alpi e all'emporio; mentre aspetta, come fa tutte le mattine, la corriera che gli porta gli scolari dalle frazioni e dagli altri paesi della valle.

Com'è, a ventisette anni, il maestro Luigi Prandini?

Il primo (in ordine di apparizione) dei nostri personaggi è un uomo di media statura, con i capelli castani tenuti corti e i baffi che si è fatto crescere «per prova» e che poi finirà per togliersi, perché non lo soddisfano. Da come si veste e da come si comporta, si capisce che vuole sembrare piú vecchio di quanto è realmente. Fuma la pipa e qualcuno dei suoi scolari ha incominciato a chiamarlo con un nomignolo: Pippetta, che però non è ancora un vero soprannome. (I soprannomi, a Rocca di Sasso, sono una cosa seria). Indossa una giacca di velluto, sempre la stessa, e durante le ore di scuola la protegge dal gesso e dalle macchie d'inchiostro con un paio di maniche nere lunghe fin sopra il gomito. Nel taschino della giacca ha un fazzoletto rosso di seta, che nei primi tempi della sua permanenza in paese ancora non c'era e che poi, quando è comparso, è diventato il segno distintivo di una sfida, e della diversità di chi lo porta rispetto all'ambiente.

Una bandiera.

Quando era arrivato a Rocca di Sasso, due anni fa, il nuovo maestro era piaciuto subito a tutti, anche al parroco e al sindaco: perché sembrava proprio un bravo ragazzo e perché il suo predecessore, il defunto Sereno soprannominato l'Diau («il diavolo») a causa della sua bruttezza, in tanti anni di servizio non aveva lasciato rimpianti. Era un uomo pigro e trasandato, che anche a scuola parlava in dialetto e che, negli ultimi tempi, aveva preso l'abitudine di bere qualche bicchiere di troppo già al mattino. Sono stati in molti, in paese, quelli che hanno detto: «Finalmente, anche noi avremo un vero maestro!»

La differenza con il predecessore è stata subito evidente. Il maestro Prandini, su questo sono tutti d'accordo, non è uomo da transigere sulla grammatica e sull'aritmetica: è severo, e però riesce a entusiasmare gli scolari insegnandogli una quantità di cose, che nella valle Minore non sono mai state insegnate e che pochi conoscono. Anche tra gli adulti. Gli spiega come si chiamano i diversi tipi di nuvole, cos'è un fulmine, come e perché nascono i vitelli e anche i bambini, perché il sole e la luna sorgono e tramontano, cosa sono le stelle. Tutti i giorni, quando ritornano da scuola, i bambini hanno qualcosa da raccontare ai loro genitori. Qualcosa che nemmeno i genitori sapevano, e che li spinge a chiedergli: «Sei sicuro?»

«C'è scritto nel tuo libro di scuola? L'ha detto il maestro?»

Poi, però, sono venuti alla luce anche i difetti. Il primo difetto del maestro Prandini è che non va in chiesa alla domenica, come dovrebbero fare tutti e soprattutto i maestri, per via dell'esempio; e che a scuola non fa recitare le preghiere all'inizio e alla fine delle lezioni. Il secondo difetto è che legge il giornale dei socialisti. È un socialista, forse addirittura ateo; e questo fatto, che non può passare inosservato perché lui non cerca di nasconderlo e anzi sembra compiacersene, gli ha procurato parecchi nemici. C'è stato lo scontro in piazza con il vecchio parroco don

Ignazio, soprannominato Olisant cioè «olio santo». (Per il suo aspetto funereo e perché non ride mai. L'olio santo, come tutti sanno, si dà ai moribondi). Dopo che il maestro aveva parlato in classe dei Vangeli, e aveva detto che il famoso Gesú Cristo era stato, in pratica, il primo socialista, perseguitato e fatto mettere in croce dai preti del suo tempo: il vecchio parroco era andato ad aspettarlo all'uscita della scuola, e chi aveva assistito a quello scontro diceva che «se non si sono messi le mani addosso c'è mancato poco». Da una parte Olisant, con in mano un crocefisso, aveva accusato il maestro Prandini di essere «un bestemmiatore e un seminatore di scandalo» e gli aveva intimato di inginocchiarsi e di pentirsi. Dall'altra parte il nostro personaggio, superato il primo momento della sorpresa, gli aveva risposto che la religione «è l'oppio dei popoli», e che avrebbe fatto meglio a tenere nascosto il crocefisso, invece di agitarlo davanti a tutti:

«Sono stati i preti come te a far condannare a morte il povero Gesú!»

(«Per fortuna, – dicevano le comari, – don Ignazio è sordo come una campana. Se sentiva, chissà cosa sarebbe successo!»)

I bambini erano scappati verso le loro case o si erano rifugiati sulla corriera, e poi in paese si era parlato per settimane di quell'episodio. Alcune madri, addirittura, avrebbero voluto ritirare i figli da scuola; ma non era possibile, perché la scuola è obbligatoria e perché i maestri, purtroppo, non si possono scegliere! Bisogna prenderli come sono. In quanto al parroco Oliosanto, le persone pie riferivano che, a sentir nominare il maestro, si faceva il segno della croce. Diceva:

«Il suo predecessore aveva l'aspetto e il soprannome di un diavolo, ma lui è molto piú pericoloso. Lui è Belzebú in persona!»

Lo scontro con il sindaco di Rocca di Sasso, il geometra Eusebio soprannominato Cravon: «caprone», per la sua

testardaggine (ma, spiegano i vecchi, si tratta di un soprannome ereditario. In quella famiglia sono tutti testardi), è invece avvenuto a causa di un bambino che il maestro ha accettato a scuola e che secondo il sindaco non avrebbe dovuto accettare. Al centro della lite c'è la madre del bambino: una Maria Carla che in paese tutti chiamano la Mariaccia, perché a diciott'anni è scappata da casa e quando poi è ritornata era incinta. Il bambino è il figlio della Mariaccia e del suo peccato giovanile o, per dirla con le comari, «il figlio della colpa». Si chiama Carlino, e quando è arrivato anche per lui il momento di andare a scuola, sua madre lo ha accompagnato in paese e lo ha affidato al maestro: provocando la rivolta delle altre madri, che non volevano il figlio della colpa in classe con i loro figli. Dicevano che il sindaco Cravon era del loro stesso parere e che per i bambini come Carlino c'erano in città delle scuole speciali, chiamate «istituti»:
«È lí che devono andare quelli come lui, che non sono stati nemmeno battezzati e vivono fuori dalla grazia di Dio!»

Per parecchi giorni, il maestro aveva cercato di farle ragionare. Gli aveva spiegato che i bambini sono tutti uguali, indipendentemente dalle colpe dei genitori. Anche Carlino:

«È un ragazzo normalissimo, – gli aveva detto: – registrato all'anagrafe come gli altri. Anche lui ha l'obbligo di andare a scuola, e io ho l'obbligo di accettarlo».

«Non lo vogliamo, – rispondevano le donne. – Non può stare in classe con i nostri figli». Spalancavano gli occhi e agitavano le mani. Gridavano: «È il figlio della colpa! Non è battezzato!»

Alla fine, erano intervenuti i «regi» carabinieri. Che si chiamavano cosí perché all'epoca di questa storia nelle valli intorno al Macigno Bianco c'era ancora il re, e i carabinieri erano i suoi soldati: i soldati del re, incaricati di mantenere l'ordine pubblico. Il maresciallo Esposito comandante del presidio della valle Maggiore, informato dal maestro con un telegramma, era venuto in motocicletta a Rocca di Sasso e aveva minacciato il sindaco Cravon di denunciarlo per l'interruzione di un pubblico servizio: quello della scuola, se la protesta delle madri non fosse immediatamente cessata.

«I ragazzi devono ritornare in classe. Sono stato chiaro?»

Il maestro Prandini e la Mariaccia si sono conosciuti in seguito a questi fatti e poi, non si sa come, hanno incominciato a frequentarsi. Non vivono insieme, perché lui abita a Rocca di Sasso e lei, invece, nella frazione di Pianebasse; ma vivono nel peccato. Su questo, dicono le comari, non ci sono dubbi.

Qualche informazione su Maria Carla soprannominata la Mariaccia, la donna del peccato.

La Mariaccia ha venticinque anni. È una bella donna, alta e robusta con una gran massa di capelli scuri. Lavora nei campi e nelle stalle insieme agli uomini, ed è anche stata vista a lavorare come muratore, sulle impalcature e sui tetti. Si veste da uomo, con certi calzoni di fustagno e certi gilè che si cuce lei stessa durante l'inverno. Parla e impreca e bestemmia come gli uomini. Dopo pranzo, fuma una sigaretta. Non legge i giornali, ma si vanta di essere «moderna» e di avere ispirato tutta la sua vita alla modernità. Perciò, dice, ha avuto un figlio fuori dal matrimonio e non ha sentito il bisogno di farlo battezzare, perché il matrimonio e il battesimo sono cose d'altri tempi, come i pregiudizi dei suoi compaesani. Cose destinate a cadere in disuso. Un giorno che Carlino era andato dai nonni, e che lei e il maestro stavano insieme, la Mariaccia gli ha raccontato la sua storia.

Gli ha detto che quando era una bambina i suoi genitori la mettevano a dormire in uno stanzino. Per vincere la paura del buio, si era inventata un amico: lo chiamava Alberto e continuava a parlare ad alta voce con lui, finché si addormentavano. Ogni tanto, sua madre veniva ad affacciarsi nello stanzino per vedere se Maria Carla stava dormendo. La sentiva borbottare sotto le coperte e diceva al marito: «Dorme, ma parla nel sonno».

Un'estate, Maria Carla aveva quindici anni e aveva incontrato Alberto. Era un ragazzo di città che l'aveva aiutata a portare a casa la fascina, un giorno che i suoi l'avevano mandata nel bosco a raccogliere la legna. L'estate successiva c'era stato un altro Alberto che le aveva promesso di tornare a chiederla in moglie, ma poi non si era piú fatto vedere. Il terzo Alberto era comparso dopo due anni e sembrava dovesse essere quello giusto. Maria Carla era scappata da casa per andare a vivere con lui, e aveva scoperto che era già sposato. Quando era tornata a cercarlo per dirgli che aspettava un figlio, lui l'aveva trattata come una delinquente. Le aveva gridato:

«Non ti ho mai vista e non ti conosco. Cosa vuoi da me?»
«Se vieni ancora a infastidirmi, mi rivolgerò alla polizia!»

Dopo quell'ultimo Alberto: il terzo, e dopo la nascita di suo figlio, la Mariaccia aveva giurato a se stessa che non ci sarebbero stati altri uomini nella sua vita, mai piú. Invece era arrivato il maestro Prandini, con il suo fazzoletto rosso nel taschino e il suo modo di ragionare cosí semplice e cosí moderno, a farle battere il cuore per la quarta volta... Si era detta:

«Perché dovrei rifiutarlo? Per lasciarlo a un'altra?»

Capitolo secondo
Rocca di Sasso

La corriera che ci porta a Rocca di Sasso assomiglia ancora un poco alle diligenze dei secoli passati, ma i suoi cavalli sono chiusi dentro al motore e sono abbastanza robusti da permetterle di superare i tornanti dell'ultimo tratto di strada. È fornita di una tromba che nessuno ancora chiama «clacson» e che viene suonata dall'autista prima di ogni curva, schiacciando con le dita una sfera di gomma. Quel suono, ripetuto e moltiplicato dall'eco, arriva dappertutto tra le montagne due volte al giorno, all'andata e al ritorno della corriera; ed è diventato una delle voci della valle, come i rintocchi delle campane o come lo scrosciare del fiume, che però dura dalle origini del mondo e non si interrompe mai.

La corriera è l'unica automobile della valle Minore, anzi a voler essere pignoli dovremmo dire che è l'unico automobile, perché nel momento in cui incomincia questa nostra storia gli automobili sono ancora maschi e diventeranno femmine soltanto tra qualche anno, quando i loro spigoli si saranno arrotondati e le loro carrozzerie, da nere che erano all'origine, incominceranno a essere colorate e a scintillare qua e là per le cromature. È arrivata per la prima volta tre anni fa, salutata con grandi festeggiamenti in tutti i villaggi che attraversava: dappertutto c'erano bandiere, fiori e persone che applaudivano. A Rocca di Sasso, che oltre a essere il capoluogo della valle ne è anche la località piú alta, gli abitanti del paese erano tutti in piazza, venuti ad assistere a quell'avvenimento che il sindaco Cravon, nel suo discorso inaugurale, non ha esitato a definire «storico». C'erano il parroco Oliosanto con due chierichetti, per benedire l'automobile e affidarla (affidarlo) alla protezione di Dio; e c'era il signor Gino soprannominato Dindon, che dirigeva la corale della parrocchia come fa in chiesa tutte le domeniche.

Per festeggiare l'arrivo della corriera, la corale ha cantato un inno patriottico.

Qualche notizia sul signor Gino soprannominato Dindon.

Il signor Gino è il musicista della valle ed è anche tante altre cose. Innanzitutto, è il direttore dell'ufficio postale; e poi è il vicesindaco di Rocca di Sasso, incaricato di sostituire il geometra Eusebio quando lui è indisposto o deve allontanarsi dal paese per andare in città. È un uomo tra i cinquanta e i sessant'anni, tarchiato, con le guance piene di venuzze rosse e viola che denotano la sua propensione per le bevande alcoliche. (Una propensione piuttosto comune, nelle valli intorno al Macigno Bianco e in tutte le valli delle Alpi). La sua principale caratteristica, però, sono le sopracciglia nere e folte, che gli danno un aspetto da orco domestico. Tutte le mamme di Rocca di Sasso, quando c'è un bambino che fa i capricci, lo minacciano:

«Guarda che chiamo il signor Gino!»

Il soprannome Dindon, secondo i vecchi del paese, gli viene da un antenato sacrestano che sarebbe stato il capostipite di tutti i Dindon della valle. Altre notizie che riguardano il nostro personaggio dicono che ha studiato musica in città, mentre era allievo della scuola per ragionieri. (È ragioniere). Che è scapolo e che vive con sua sorella Maria Assunta, anche lei Dindon.

Ma torniamo alla corriera della valle Minore: che già all'epoca di quel suo primo viaggio, tre anni fa, era guidata dallo stesso autista che la guida oggi, e che è uno dei protagonisti della nostra storia.

Si chiama Anselmo ma tutti lo chiamano Ansimino. Di lui, parleremo piú avanti.

Ogni mattina alle sette e mezza la corriera parte dalla città di Roccapiana, e dopo avere risalito un tratto della valle Maggiore imbocca la strada dell'altra valle: la nostra, dove fa quattro soste obbligate di pochi minuti ciascuna.

(Altre soste facoltative sono sempre possibili, se c'è qualcuno che deve salire o deve scendere, in qualsiasi punto del percorso. Basta che avvisi l'autista o che gli faccia segno di fermarsi, se è a terra).

La prima sosta obbligata è nel villaggio di Crosa, cosí chiamato probabilmente perché si trova alla confluenza (all'«incrocio») dei due fiumi, quello della valle Minore con quello della valle Maggiore.

La seconda sosta obbligata è nel villaggio di Sant'Orso, dove c'è una chiesa tutta dipinta, dentro e fuori, con le storie del santo che dà il nome alla località e che protegge dalle malattie gli animali domestici.

La terza sosta obbligata è nel borgo di Pianebasse, dove la valle si distende e si allarga. Qui vivono l'amica del maestro Prandini, la Mariaccia, e suo figlio Carlino: che tutte le mattine aspetta la corriera per andare a scuola, con la cartella in una mano e il cestino della colazione nell'altra.

La quarta sosta, infine, si fa a metà dell'ultimo tratto di strada, tra Pianebasse e Rocca di Sasso: in un punto dove la salita è cosí ripida che la corriera, per superarla, deve alleggerirsi, e i viaggiatori vengono invitati a scendere. («Ma la colpa, – spiega ogni volta l'autista, – è della strada, che è stata fatta per i muli e per gli asini, e non per gli automobili»). Quest'ultima sosta si fa in prossimità di una cappelletta dedicata alla Madonna del Rosario, che da quando c'è la corriera è diventata, per tutti, la Madonna del Trasü cioè del vomito. (Senza che si voglia offendere la Beata Vergine, sia chiaro! Soltanto è cambiata la sua funzione, dal rosario di chi veniva a piedi al vomito di chi viaggia in corriera).

Ed eccoci arrivati.

Rocca di Sasso o come la chiamano i suoi abitanti: Cà d'i Sass («casa dei sassi») è il centro della nostra storia ed è anche il luogo dove vivono i nostri personaggi. Il Macigno Bianco da qui non si vede, ma si vedono alcune delle vette che lo circondano e che chiudono il paese in una conca naturale, di foreste e di pascoli. Nelle cartoline illustrate che si comperano all'emporio, al centro di ogni veduta c'è uno sperone di roccia: il Corno Rosso, dove nasce il fiume Minore e dove si riflettono, d'estate, gli ultimi raggi del sole al tramonto. Sotto il Corno Rosso, nelle cartoline e naturalmente anche nella realtà, ci sono gli alti pascoli della Pianaccia. A destra c'è la Resga, cioè «la sega»: una montagna che non potrebbe ragionevolmente chiamarsi in un altro modo, tanto è frastagliata. Tra il Corno Rosso e la Resga c'è un passo che porta in un'altra valle, il Pass d'i Ratti: cosí detto non perché ci siano, lassú, quegli animali ripugnanti che sono invece comuni nei luoghi abitati dagli uomini, ma perché nella parlata locale si chiamano «ratti» i cespugli di rododendro, e il Pass d'i Ratti è il Passo dei Rododendri. Sulla sinistra del Corno Rosso c'è poi il monte Teragn («terragno»), che ha l'aspetto di un muraglione roccioso, largo e tondo. Di fianco al Teragn c'è una piramide di sasso, detta la Griccia, e sotto alla Griccia c'è un altro valico, quello della Grondana, piú basso dei Ratti ma quasi inaccessibile, soprattutto d'inverno.

Questa è la «veduta generale» di Rocca di Sasso, riprodotta nelle cartoline. Se ora abbassiamo gli occhi e ci guardiamo attorno dopo che siamo scesi dalla corriera, vediamo una manciata di case fatte per la maggior parte di pietra, con i tetti in pietra e con le caratteristiche balconate in legno che nella bella stagione si riempiono di fiori. Vediamo una piazza, anzi: la piazza perché non ce ne sono altre, dove è venuta a fermarsi la corriera e che è il centro di tutto ciò che avviene in paese. In capo alla piazza c'è la chiesa parrocchiale dedicata al santo patrono della valle

Minore e anche della valle Maggiore: a san Cristoforo, che protegge gli abitanti di questi luoghi dalle alluvioni e dalle frane e da ogni genere di sciagure causate dall'acqua. La credenza popolare dice che chi guarda la sua immagine, per quel giorno non morirà di morte improvvisa. Perciò san Cristoforo è rappresentato sulla nostra chiesa in un affresco grande come l'intera facciata, ed è rappresentato un po' dappertutto nelle nostre valli, nelle chiese e nelle cappelle che gli vengono dedicate, dovunque si pensa che la sua presenza possa essere utile.

È un gigante che attraversa un fiume in piena appoggiandosi a un palo, e che tiene in spalla un bambino: il piccolo Gesú, ma anche l'anima di chi lo invoca per essere portato in salvo nel fiume del peccato.

Di fianco alla chiesa c'è la canonica, dove vivono il parroco don Ignazio e il viceparroco don Filippo, soprannominato don Muscolo per il suo aspetto vigoroso e la sua forza fisica. Proseguendo su questo lato della piazza vediamo poi il municipio con il portico a una sola colonna, e sotto al portico vediamo l'albo degli annunci e delle pubblicazioni. Al primo piano del municipio c'è un balcone, e dal balcone penzola una bandiera talmente sbiadita per le intemperie da essere diventata di un solo colore: un bianco sporco, con sfumature verdagnole da una parte e rossastre dall'altra. Di fianco al municipio ci sono le scuole, con scritto «Scuole» sopra l'entrata. Dopo le scuole c'è un vicolo, e dopo il vicolo c'è l'ufficio postale del signor Gino Dindon che già abbiamo avuto modo di conoscere.

Dall'altra parte della piazza, di fronte al municipio, c'è l'emporio, che qualcuno in paese si ostina a chiamare «la privativa» perché vi si vendono anche i generi di monopolio, come i francobolli e i sigari. Sopra l'emporio c'è un'insegna:

«La Mula di Parenzo»,

con la testa di un mulo (di una mula) dipinta in rosso su fondo verde. Questa insegna, di solito, è la prima cosa che si nota scendendo dalla corriera, ed è anche quella che incuriosisce di piú i forestieri. C'è chi si ferma e legge ad alta voce: «La Mula di Parenzo». C'è chi chiede all'autista: «Che significa?»

«Non significa niente, – gli risponde l'autista. – È il nome del negozio».

Il proprietario dell'emporio, il signor Giacomo, è un uomo tra i cinquanta e i sessant'anni, piccolo di statura e mingherlino, con un soprannome infamante: Mezzasega. A chi gli chiede la ragione dell'insegna, dice di essersi ispirato a una canzone che aveva avuto modo di ascoltare quando era giovane, durante un pellegrinaggio a un santuario. Quella canzone parlava di una mula che aveva messo su bottega e vendeva di tutto, proprio come avrebbe voluto fare lui:

«Io, allora, non avevo ancora questo negozio e l'idea mi è piaciuta subito, perché anch'io volevo vendere di tutto. Quando ho aperto l'emporio, l'ho chiamato la Mula di Parenzo e non capisco cosa c'è di cosí strano in questo nome, perché tutti vengono a chiedermi cosa significa. Ci vuole tanto a capirlo?»

«La Mula di Parenzo significa la mula di uno che si chiamava Parenzo. Il fatto, poi, che una mula apra un negozio, è soltanto uno scherzo. Tutto qua».

I forestieri lo ascoltano sbalorditi. «Ma dalle parti dove si canta quella canzone, – gli obiettano, – la mula non è la femmina del mulo! Le mule sono le ragazze che devono ancora sposarsi, come le chiamate nelle vostre valli? Insomma, le ragazze da marito».

Ogni volta che gli fanno questi discorsi, il signor Giacomo si infastidisce. Esclama: «Figuriamoci!»

E poi, in tono stizzito: «L'ho già sentita questa storia, ma cosa volete che me ne importi? Se la gente non conosce il significato delle parole, farebbe meglio a rimanere zitta. Le mule sono le mule, e le ragazze sono le ragazze. Ci mancherebbe altro!»

Di fianco all'emporio c'è l'albergo, con l'insegna: «Albergo Pensione Alpi», tra due stelle alpine in legno scolpito. È qui che ogni giorno viene a fermarsi la corriera; ed è qui, anche, che finisce il nostro giro della piazza, con la descrizione di tutto ciò che in paese c'è di notevole. Soltanto un locale pubblico: l'Osteria del Ponte, è potuto sfuggire alla nostra rassegna, perché non si trova in piazza e non si vede dalla piazza. È di là dalla chiesa, di fianco al ponte sul fiume Minore.

Ci sono molte persone, ogni mattina, che aspettano l'arrivo della corriera. Soprattutto nei giorni feriali. C'è il portalettere Gottardo soprannominato Sumia («scimmia») che viene a ritirare la posta in arrivo: la corriera, infatti, effettua anche il servizio postale. In quanto al soprannome del portalettere, bisogna forse spiegare che non si riferisce al suo aspetto fisico ma significa, piú o meno, «ubriacone». «Ciappée na sumia», infatti: prendere una scimmia, nella parlata di queste valli significa ubriacarsi, non in modo superficiale ma in modo serio e durevole; e bisogna aggiungere che il portalettere Gottardo è considerato uno specialista di caccia alla scimmia. Da qui il suo soprannome.

Un altro che viene ad aspettare la corriera tutte le mattine è il nostro primo personaggio, il maestro Prandini: che deve prendere in consegna i bambini delle frazioni e accompagnarli a scuola dall'altra parte della piazza. Per ingannare l'attesa, di solito il maestro si intrattiene a parlare con il giovane Giuliano Mezzasega, figlio del proprietario dell'emporio: che è lí per ritirare i giornali e portarli in negozio. La Mula di Parenzo, infatti, oltre a vendere i sigari e le carte bollate, il pane e l'olio e i salumi, gli zoccoli e i cappelli e gli ami da pesca, vende anche i giornali. Proprio come la ragazza della canzone:

«De tuto la vendeva. De tuto la vendeva».

Qualche notizia su Giuliano Mezzasega, figlio del signor Giacomo proprietario dell'emporio ed erede (incolpevole) del suo soprannome.

Nel momento in cui incomincia la nostra storia Giuliano ha ventisette anni, come il maestro Prandini e come l'autista Ansimino. È un giovane alto e dinoccolato, con le guance bianche e rosse di salute che mal si conciliano con quel nomignolo: Mezzasega, ereditato dal padre. È una vittima di suo padre Giacomo, che ha deciso di fargli fare il suo stesso mestiere, cioè il commerciante, prima ancora che lui nascesse; e che gli ha impedito di cambiare vita, ogni volta che voleva cambiarla. Il signor Giacomo Mezzasega, su questo in paese sono tutti d'accordo, nonostante l'aspetto gracile e i modi servili con i clienti, in famiglia è un tiranno che tratta la moglie come una serva e che ha costretto la figlia maggiore, Iolanda, a scappare da casa per sposare l'uomo che piaceva a lei (e non quello che piaceva al padre). Quando Giuliano, a undici anni, gli ha detto che voleva andare in collegio a Roccapiana e continuare a studiare, il signor Giacomo si è messo a ridere:
« Per quello che c'è da fare in negozio, – gli ha risposto, – le scuole che hai frequentato bastano e avanzano, e il resto che devi ancora imparare ci penserò io a insegnartelo ».
A vent'anni, Giuliano ha fatto il servizio militare nel corpo dei granatieri e gli è sembrato di rivivere, lontano dalla Mula di Parenzo e dal padre. Ha fatto domanda per rimanere nell'esercito. I suoi superiori hanno espresso parere favorevole, ma il signor Giacomo si è precipitato in città e tanto ha strillato, tanto ha minacciato, tanto ha pianto che alla fine ha ottenuto quello che voleva. La domanda di Giuliano è stata stracciata in presenza dell'interessato e, almeno apparentemente, con il suo consenso.
Perché Giuliano non si ribelli a suo padre, non si sa. Le comari, in paese, dicono: «Vorrebbe andare a vivere da un'altra parte e fare un altro lavoro, ma non ci riuscirà mai. Lui e sua madre sono due deboli di carattere: e quell'uomo li tiene in pugno».
Da quando conosce il maestro Prandini, cioè da due an-

ni, Giuliano si è convinto di essere anche lui socialista; ma nessuno di quelli che lo conoscono lo prende sul serio. Nemmeno suo padre. «Socialista o anarchico, – dice il signor Giacomo, – basta che mi aiuti a mandare avanti il negozio!» Ogni mattina, mentre aspettano che arrivi la corriera con i nuovi giornali, i due amici commentano le notizie del giorno precedente: cioè, in genere, le notizie della guerra. Di là dalle montagne, nel mondo, è scoppiata la guerra; e tutt'e due sperano che, alla fine, anche il loro paese e anche le valli intorno al Macigno Bianco entreranno in guerra:

«È l'unico modo, – dicono, – perché cambi qualcosa. Altrimenti qui non si muoverà mai niente!»

Altre persone che si trovano in piazza a Rocca di Sasso tra le otto e mezza e le nove di mattina, sono lí perché aspettano qualcosa. L'autista Ansimino, dopo che tutti i passeggeri sono scesi dalla corriera, tira fuori i pacchi dal portabagagli. Legge i nomi e si guarda attorno per vedere se il destinatario è presente. Se non c'è, dice ad alta voce:

«Avvisate il Tale che deve ritirare un pacco. Entro le quattro».

Un po' in disparte ci sono gli anziani del paese, che non hanno niente da fare e assistono tutti i giorni all'arrivo e alla partenza della corriera, per vedere «le novità». E c'è, sulla porta dell'Albergo Pensione Alpi, il proprietario dell'Albergo: il signor Umberto soprannominato Umberto Primo, che aspetta i clienti. Il signor Umberto è un uomo d'una cinquantina d'anni, con i capelli grigi tagliati corti e i baffi girati all'insú grazie all'uso di uno speciale apparecchio, dicono le comari, che lui indossa ogni sera prima di coricarsi.

Il «tirabaffi».

Ma è tempo, ormai, di aprire una parentesi nel nostro racconto, per parlare di un elemento di questa storia che deve essere introdotto e spiegato, perché nel mondo di oggi non esiste piú.

È tempo di parlare dei soprannomi.

I soprannomi, in quest'epoca e in queste valli intorno al Macigno Bianco, sono l'espressione piú diffusa della creatività popolare e sono anche un indicatore dei rapporti sociali all'interno di ogni comunità, che meriterebbe di essere studiato e interpretato se la cosa fosse ancora possibile. (Ma, naturalmente, non è piú possibile). Ci sono soprannomi di ogni genere: dialettali e colti, caricaturali e ironici, benevoli e malevoli e di tanti altri modi ancora. Si dividono, sostanzialmente, in due grandi famiglie. La prima è quella dei soprannomi che riguardano un individuo in quanto tale (per esempio, il soprannome Scimmia del portalettere Gottardo), e che di solito non si tramandano ai suoi discendenti. La seconda, è quella degli appellativi che per qualche misteriosa ragione passano di padre in figlio e diventano, in pratica, dei cognomi: come il nomignolo Dindon del signor Gino, che gli viene dal bisnonno e che certamente si tramanderebbe ai suoi figli, se lui avesse dei figli. Il soprannome del signor Giacomo: Mezzasega, appartiene a questa seconda categoria. Anche se tutti, a Rocca di Sasso, sanno che riguarda soltanto lui, e tutti conoscono l'episodio che gli ha dato origine. Quando aveva diciotto anni, il giovane Giacomo ha dovuto presentarsi alla visita di leva, come gli altri ragazzi della valle; e il tenente medico che se lo è visto davanti, nudo come un verme, dopo averlo misurato e auscultato, dopo averlo fatto camminare su una riga tracciata per terra con il gesso, ha scritto il suo nome su un registro e accanto al nome ha aggiunto le espressioni «piedi piatti» e «insufficienza toracica». «In pratica, sei una mezza sega», ha commentato un altro ufficiale che si è poi trovato tra le mani quel registro; e ha stampato in fondo al foglio, con un timbro, la parola «riformato». Insieme a Giacomo, quel giorno, c'erano degli altri ragazzi delle nostre valli che erano lí come lui per «passare la visita», e che sono stati i testimoni al suo battesimo. Da allora, Giacomo è Mezzasega per tutti: un fatto normale, nelle nostre valli e all'epoca della nostra storia. Meno normale è che un soprannome come il suo, cosí legato alle caratteristiche fisiche di chi lo porta, si sia poi trasmesso a suo figlio Giuliano che è piú alto di lui di una spanna e che, diversamente da lui, ha le guance bianche e rosse di salute. Ma, come capiterà ancora di verificare nel nostro racconto, in questa faccenda dei soprannomi non ci sono regole certe, e ogni singolo caso sembra essere, appunto, governato dal caso.

Chiusa la parentesi sui soprannomi. Dopo avere scaricato i passeggeri, la posta, i giornali e i pacchi, la corriera della valle Minore rimane ferma davanti all'Albergo Pensione Alpi fino alle quattro del pomeriggio, che è l'ora prevista per il ritorno. L'autista se ne va, vedremo poi dove, e quando ricompare in piazza dopo sette ore c'è di nuovo una piccola folla che lo aspetta, di persone che devono salire sulla corriera o che hanno portato dei pacchi da consegnare a qualcuno in città. Si raccomandano (e raccomandano i loro involti) all'autista. Gli dicono:

«Qui dentro c'è la maglia di lana di mio figlio. Stai attento a non perderla!»

«Questo è il cappotto per nostro nipote che è in collegio», oppure: «Qui ci sono le mele (o: le patate) per mio suocero...»

Arriva il postino Gottardo detto Scimmia, con il sacco della posta in partenza; arrivano i bambini della scuola accompagnati dal maestro; arrivano, o sono già seduti sul parapetto della terrazza che si affaccia sul fiume, gli anziani che aspettano le novità. Ansimino saluta tutti e scambia una parola con tutti. Distribuisce i biglietti e intasca i soldi, sia per i passeggeri che per i pacchi. Rincuora i paurosi, che gli chiedono: «E se si rompono i freni? Se si rompe il volante? Dove andiamo a finire?»

«Non si rompe niente, – risponde deciso. – Controllo tutto ogni giorno. Su, salite. Non fatemi arrivare in ritardo anche oggi!»

Il viaggio di ritorno è il piú temuto per via della discesa. Tra Rocca di Sasso e Pianebasse c'è un dislivello di un centinaio di metri; e alcuni viaggiatori preferiscono scendere a piedi fino alla prima fermata della corriera, piuttosto che rischiare l'osso del collo sui tornanti della Madonna del Trasü. Altri problemi al momento di partire vengono da chi vorrebbe portare con sé una cesta di conigli o di polli vivi, o una capra al guinzaglio. Pagando il biglietto come per un pacco:

«Che fastidio ti dà? – chiedono all'autista. – La tengo legata». (La capra). Oppure: «Me la tengo in grembo». (La cesta con i polli o con i conigli).

Ansimino, a volte, perde la pazienza. Grida: «Gli animali, in corriera, non possono entrarci. Quante volte ancora dovrò ripeterlo?»

«È proibito dai regolamenti. Non si può!»

Capitolo terzo
Ansimino

Con il nuovo anno, a Rocca di Sasso incominciano ad arrivare le novità. Non quelle che i vecchi aspettano in piazza tutti i giorni, le piccole novità della valle che sempre ci furono e sempre ci saranno: chi si sposa, chi muore, chi si ammala. Chi scappa da casa e chi ci ritorna.
Chi litiga e chi si riconcilia.
Arrivano le novità dal mondo: quelle grandi.
Quelle portate dalla posta e dai giornali.
Le novità dei giornali dicono che la guerra di cui parlano quasi tutte le mattine il maestro Prandini e il suo amico Giuliano si sta avvicinando alla nostra storia e alle nostre valli, anche se ancora non è arrivata a coinvolgerle. La sentiamo che rimbomba di là dalle montagne, e possiamo anche immaginarcela, sospesa sopra i destini dei nostri personaggi come i nuvoloni carichi di pioggia di un temporale che non è ancora iniziato. Molti, anche a Rocca di Sasso, incominciano a chiedersi:
«Entreremo in guerra? Non ci entreremo? E se entreremo, contro chi dovremo combattere?»
Le novità che arrivano con la posta sono le lettere dei ragazzi che dovevano ritornare a casa dopo avere fatto il servizio militare e che invece non tornano: perché, dicono, «ci hanno prolungato la ferma. C'è la guerra». E poi, sono certe buste di carta giallina che contengono l'ordine, per chi le riceve, di presentarsi il tal giorno alla tale ora, in una caserma di una città di pianura. I giovani della valle Minore e di tutte le altre valli intorno al Macigno Bian-

co, vivono nel terrore di ricevere una di quelle buste. Loro l'hanno già terminato da un anno, o da due anni, il periodo di ferma nell'esercito; e credevano di avere chiuso quel conto e saldato quel debito con la patria, una volta per tutte.

Non avevano chiuso niente.

Un bel giorno, o per essere piú precisi, un brutto giorno, ti arriva un foglio stampato con aggiunto a mano il tuo nome, e intorno a te il mondo si ferma. Devi interrompere tutto quello che stavi facendo: gli amori, gli affari, i lavori appena iniziati. Devi preparare lo zaino o la valigia e andartene dal tuo paese e dalla tua valle.

Dove, non si sa. Te lo diranno al distretto militare.

Come andrà a finire, non si sa. Forse te la caverai e passerai il resto della vita a infastidire il prossimo, raccontandogli le tue imprese di guerra.

Quella volta che ti sei salvato per miracolo, o quell'altra volta che hai meritato una menzione nel diario del reggimento.

Forse morirai.

Per intanto, devi dare l'addio alla tua famiglia, agli amori, a te stesso. Non sei piú chi credevi di essere. Sei un altro: uno che deve salutare «i superiori» portando la mano alla fronte, e che deve scattare sull'attenti quando loro gli rivolgono la parola.

Tra una busta di carta giallina e l'altra; tra una notizia e l'altra, a Rocca di Sasso arriva anche la primavera. Come negli anni normali.

C'è ancora molta neve, sul Corno Rosso e sulle altre montagne, ma nei boschi sono già fioriti i ciliegi selvatici e sui bordi delle strade hanno già fatto la loro comparsa le primule e i mughetti e gli altri fiorellini di questa stagione. Nella valle, non ci sono piú giovani. I ragazzi di ventuno e di ventidue anni che dovevano ritornare a casa sono trattenuti nelle caserme e devono restarci finché qualcuno, da qualche parte nel mondo, avrà deciso il loro destino. Sono partiti i ragazzi della visita di leva, quelli di diciotto e di diciannove anni, e poi le buste con l'intestazione dell'esercito hanno incominciato a piovere qua e là nei villaggi, nelle case dei cosiddetti «riservisti». Si sono preparati lo zaino, per partire, i giovani di ventitré, di ventiquattro e di venticinque anni, e perfino quelli di ventisei. Non solo gli scapoli, dicono le donne del paese spalancando gli occhi e allargando le braccia in segno di sconforto, ma anche quelli che sono già sposati e hanno dei figli! È partito il Lorenzo soprannominato Baracca, della dinastia dei Baracca che significa, piú o meno, «gente scombinata»; e poi sono partiti il Giovanni Scovin («piccola scopa») che ha avuto da poco una bambina e quando è salito sulla corriera piangeva da spezzare il cuore; e l'Attilio d'i Catti (forse «dei capperi»: ma chissà!), che doveva sposarsi a maggio ed è rimasto fino alla partenza della corriera con le mani nelle mani della fidanzata, a guardarsi negli occhi. L'ultimo ad andarsene, a ventisei anni, è stato il Giorgio Fasagna, della stirpe dei Fasagna che significa gente furba e anche un po' imbrogliona... Ogni mattina, la corriera arriva in piazza dopo aver suonato la tromba in lungo e in largo per tutta la valle; e c'è una piccola folla che si stringe intorno all'autista, gli chiede:

«Ci sono novità, nei giornali? Si farà la guerra?»

Ansimino si stringe nelle spalle. Dice: «No. Per quello che ne so io, al momento è tutto fermo. Ma nessuno sa cosa potrà succedere tra un giorno, o tra una settimana».

E, poi: «Se non si mettono d'accordo i governi e si fa la guerra, ci sarà la mobilitazione generale. Anche chi ha ventisette anni come me dovrà andare al fronte, e voi rimarrete senza autista».

Quando Ansimino nomina la mobilitazione generale, intorno alla corriera si fa silenzio. Quelle due parole spaventano tutti. Poi, però, c'è sempre qualcuno che chiede: «Cosa significa mobilitazione generale? Dovremo partire anche noi anziani?»

«Anche i ragazzi?»

«No, – gli risponde Ansimino. – La mobilitazione generale, se si farà, riguarderà gli uomini dai diciotto ai quarant'anni compiuti, con la sola eccezione degli invalidi».

«Chi farà i lavori pesanti? – chiedono le donne. – Chi andrà in montagna a tagliare la legna, e la porterà giú in paese? Chi rimarrà insieme alle bestie, negli alpeggi?»

«Chi ci aiuterà a fare il lavoro degli uomini?»

La preoccupazione delle donne è legittima, e ci induce a qualche riflessione su un elemento fondamentale di questa storia: il lavoro. Nelle nostre valli, da millenni e ancora al tempo dei fatti che stiamo raccontando, il lavoro non è soltanto una necessità e un modo per sopravvivere: è una prescrizione divina, che si trova scritta anche nella Bibbia. Quando l'Adamo e l'Eva di questi luoghi furono cacciati dal loro paradiso terrestre cioè dalla Valle Perduta oltre il Macigno Bianco e andarono a popolare le altre valli, dovettero fare i conti con una natura bellissima ma ostile, che non gli avrebbe mai regalato nulla. La montagna non regala nulla. Nemmeno il paesaggio: che deve essere conservato dall'opera dell'uomo, se si vuole che rimanga com'è. I fiumi devono essere tenuti puliti perché non straripino, il bosco deve essere liberato dagli arbusti e dagli alberi morti, le piante che si tagliano devono essere sostituite, i pendii devono essere continuamente rinforzati con dei muri a secco di pietre per evitare che franino. La natura deve essere aiutata dall'opera dell'uomo, perché non scateni le sue forze contro se stessa.

Qualcuno, tanti anni fa, definí questo ambiente: «Un paradiso, dove la maggior parte degli abitanti, se non proprio tutti, sono condannati a vivere una vita d'inferno».

Si lavora, spesso, in condizioni difficili. Sulle strade e sui sentieri intorno a Rocca di Sasso, all'epoca della nostra storia è ancora normale incontrare degli enormi carichi di legna o di fieno che sembrano spostarsi per loro conto, e soltanto quando si è vicini ci si accorge che sotto il carico c'è un essere umano. Due gambette maschili o anche femminili sono collegate a un corpo talmente piegato in avanti e talmente schiacciato dal peso di ciò che sta trasportando, da essere di fatto invisibile. I bambini di città, che d'estate vengono quassú con i loro genitori per godersi il fresco della montagna, rimangono stupiti per quegli incontri. Chiedono agli adulti come fanno degli uomini e delle donne apparentemente normali a trasportare un carico così mostruoso e, di solito, si sentono rispondere:

«È l'abitudine. Per portare dei pesi come quelli, bisogna esserci abituati».

Ma torniamo all'autista della nostra corriera. Torniamo a Ansimino.

Il giovane Anselmo che tutti chiamano Ansimino è un ragazzo di statura superiore alla media, con i capelli castani quasi biondi e gli occhi grigi quasi azzurri. Non ha barba né baffi e sorride sempre. (Quasi sempre). È figlio del fabbro Aurelio soprannominato Ganassa che significa «ganascia, bocca»: non una bocca normale ma una bocca esagerata in tutto quello che fa, nel parlare come nel mangiare. A Rocca di Sasso, da molte generazioni, i Ganassa sono i fabbri e gli uomini esagerati del paese: i campioni di tante gare di forza fisica e i protagonisti di tante leggende, da quella delle cento uova sode trangugiate per scommessa dal nonno di Anselmo a quella delle donne della Casa da Tè di Roccapiana, «ripassate» una dopo l'altra dal fabbro Aurelio per festeggiare l'addio al celibato. Anselmo, nascendo, eredita alcune qualità dei suoi antenati, soprattutto l'ingegno e l'operosità, ma non è esagerato come loro e non compie prodezze degne di essere ricordate; e i suoi compaesani, anziché chiamarlo Ganassa, finiranno per chiamarlo con quel falso diminutivo, Ansimino, che sarà anche il suo soprannome per tutta la vita.

Impara a leggere, a scrivere e a far di conto col maestro Sereno soprannominato l'Diau («il diavolo») a causa della sua bruttezza. È un bambino che si costruisce i suoi giocattoli da solo e che deve avere sempre qualcosa da fare, perché non sopporta di stare fermo nemmeno un minuto. A nove anni lavora già in officina con il padre. Gli danno da aggiustare delle serrature: lui le smonta, e rimette a posto ciò che è fuori posto. Se un pezzo è rotto, lo sostituisce; se non ha il ricambio, lo fabbrica con un ritaglio di lamiera o di filo di ferro.

Suo padre Aurelio ne è soddisfatto ma non troppo. «Quel ragazzo, – dice, – ha un talento naturale per fare il fabbro. Se si ubriacasse insieme agli adulti, e se cercasse di guardare sotto le sottane delle donne, come facevo io quando avevo la sua età, sarebbe perfetto».

«Sarebbe un vero Ganassa. Cosí com'è, non è niente».

Gli amici lo consolano: «Dagli tempo. È ancora cosí giovane! Si farà».

Un giorno, Ansimino ha undici anni e l'Diau va dal Ganassa. Gli dice: «Tuo figlio è il ragazzo piú intelligente che c'è in paese. Se non lo mandi in collegio a Roccapiana e non gli fai proseguire gli studi commetti un errore».

Il Ganassa spalanca gli occhi. Chiede: «Da bun?» (Davvero?)

Ne parla con la moglie, la Maria d'i Biss. («Delle bisce». Certi soprannomi è inutile cercare di spiegarli, perché chissà da dove vengono). Chiamano il figlio e gli chiedono: «Vuoi studiare? Il maestro ha detto che sei il ragazzo piú intelligente del paese».

«Io, l'intelligenza ce l'ho nelle mani, – gli risponde Ansimino. – Farò il fabbro, come tutti gli uomini della nostra famiglia». E, poi:

«Che vita è stare sempre seduti, a studiare nei libri?»

La frase dell'«intelligenza nelle mani» diventa subito famosa, a Rocca di Sasso. Quando si parla di Ansimino, tutti dicono:

«Quel ragazzo ha l'intelligenza nelle mani. È proprio vero!»

L'orologio del campanile è fermo da una settimana sulle

undici e tre quarti. Qualcuno suggerisce al parroco Oliosanto di interpellare Ansimino: «È ancora un ragazzo, ma per quel genere di lavori è un genio». Il figlio del fabbro sale sul campanile. Ci resta un intero pomeriggio a guardare gli ingranaggi e a toccarli. Torna la mattina del giorno successivo con la borsa degli attrezzi e lavora fino a mezzogiorno. Svita e batte, stacca e riattacca. L'orologio riparte e la gente, in piazza, si incanta a guardarlo. Qualcuno confronta l'ora con quella del suo orologio da tasca. Qualcuno esclama, stupito:

«Va come un orologio!»

La prima svolta nella vita del nostro personaggio avviene quando lui ha sedici anni, in seguito alla morte di suo padre Ganassa. Che, una sera, mangia e beve con gli amici quanto basterebbe a un uomo normale per mantenersi in vita una settimana, e poi ci dorme sopra il sonno del giusto. La mattina del giorno successivo si alza con il canto del gallo. Apre l'officina e accende il fuoco nella forgia, ma dopo un'ora è costretto a tornare a casa e a rimettersi a letto, a causa di un forte «mal di stomaco». Viene chiamato il medico condotto della valle, il dottor Giovanni Barozzi soprannominato Lavatif (cioè: «clistere»), di cui si dice in paese che è il medico delle persone sane. Quando ne incontra una per strada, il dottor Barozzi la ferma per verificare se sta bene come sembrerebbe. Le guarda gli occhi sotto le palpebre. Le chiede:

«Mangi?»

«Dormi?»

«Vai di corpo con regolarità? Intendo dire: tutti i giorni?»

Di fronte ai veri ammalati, invece, cioè di fronte alle persone anziane o che stanno davvero male, il nostro medico è visibilmente a disagio. Dice: «Ahi ahi ahi». E poi: «Qui andiamo male». Terrorizzando, oltre all'interessato, anche i parenti. Che subito gli domandano, sottovoce:

«È grave?»

A questo punto il dottore si ricorda di essere un dottore. Risponde: «Ma no. Figuriamoci!», e poi prescrive all'ammalato un clistere. O un bicarbonato. O una tisana. È cosí che muoiono gli ammalati a Rocca di Sasso. Tra un clistere e l'altro. Tra un bicchiere di bicarbonato e l'altro.

Tra una tisana e un'altra tisana.

Ed è cosí, anche, che muore il povero Ganassa. Il dottor Barozzi, dopo avergli chiesto cosa ha mangiato la sera precedente e dopo aver alzato un sopracciglio, dopo avere esclamato: «Càspita!», gli prescrive un doppio clistere «rinfrescante». La diagnosi, ovviamente, è «indigestione». In realtà, il povero Ganassa sta lottando con un infarto: e morirà dopo un giorno d'agonia, e dopo il secondo doppio clistere. Tutto il paese lo accompagna al camposanto. Le donne dicono: «In fondo, era un brav'uomo». Gli uomini si chiedono:

«E adesso come facciamo, senza il fabbro?»

Invece, il fabbro nella valle Minore continua a esserci, e ci sarà ancora per qualche anno. Il fabbro è Ansimino, che tutti i giorni riapre l'officina del padre e fa tutto quello che faceva lui, senza essere Ganassa come lui: finché, a vent'anni, deve chiudere bottega e andare a fare il soldato. Ma è proprio durante il servizio militare che nella vita del nostro personaggio avviene la seconda svolta, quella decisiva. Avviene l'incontro con gli automobili: che, nel caso specifico, sono i camion dell'esercito.

L'amore di Ansimino per gli automobili è una passione travolgente e immediata, un «colpo di fulmine». Il ragazzo con l'intelligenza nelle mani prova una passione irresistibile per quelle macchine che si muovono da sole e trasportano tutto: uomini e merci, meglio dei cavalli e piú in fretta dei cavalli. Si fa spiegare come funzionano; le apre e le studia per ore, sdraiato sotto le ruote o inerpicato sul cofano; ottiene il permesso di guidarle e poi anche di ripararle quando si guastano. Diventa l'autista del suo colonnello e l'esperto di motori del suo reggimento, mandato a dare una mano nei casi difficili anche nelle caserme di altre città. Dopo il servizio militare viene assunto da una ditta di trasporti, la Callone & Rossi di Roccapiana, come autista della prima (e unica) corriera della valle Maggiore, che fa servizio tra il capoluogo e i villaggi disseminati sulle pendici del Macigno Bianco. Vivendo in città, sente parlare di una nuova religione: la religione del lavoro. Una mattina viene avvicinato da un gruppo di «compagni» (cosí si chiamano tra loro i seguaci della nuova religione), che lo invitano a festeggiare il primo maggio, in piazza con le bandiere rosse. Gli dicono:

«È la nostra festa. La festa dei lavoratori!»

«La festeggerò, – gli risponde Ansimino, – come la festeggiavano mio padre e mio nonno. Lavorando».

In questo periodo, il nostro personaggio abita in una stanza sopra la rimessa delle corriere, a Roccapiana, e nel suo paese ci torna di rado: perché i turni del servizio non glielo permettono e per non dover ascoltare i rimbrotti di sua madre, la Maria d'i Biss. Che vuole convincerlo a tornare a fare il fabbro e non sa nemmeno cosa significa la parola «autista», perché non ha mai visto un automobile. «Fosse ancora vivo il povero Aurelio, – dice al figlio, – non ti permetterebbe di abbandonare il suo mestiere per correre dietro alle novità. Tuo padre ne farebbe una malattia!»

Quando la Maria d'i Biss gli fa questi discorsi, Ansimino si mette a ridere. A volte, la prende per la vita e la solleva piú in alto che può. Le risponde, mentre lei si divincola e vuole scendere:

«Gli automobili sono il futuro del mondo: mettitelo in testa! Fosse ancora vivo il vecchio Ganassa, come dici tu, continuerebbe a fare il fabbro nella sua officina ma si renderebbe anche conto che tante cose stanno cambiando, e che non si può continuare a vivere nel passato. Anche lui si informerebbe di come sono fatti gli automobili e di come funzionano».

La Maria d'i Biss, però, ha anche un'altra preoccupazione. Dice al figlio:

«A l'è temp da buttée la testa a partí». Che, tradotto liberamente, significa: è ora che ti trovi una ragazza per bene e ti sposi.

Le cose vanno avanti cosí per un po' di tempo, finché si verificano due novità. La prima novità è che la ditta Callone & Rossi si ingrandisce, e che il nostro personaggio viene mandato a fare l'autista in valle Minore. L'ex ragazzo prodigio di Rocca di Sasso, capace a quindici anni di rimettere in funzione l'orologio del campanile, torna tutti i giorni nella sua valle e tra un viaggio e l'altro della corriera riapre l'officina del fabbro, per la gioia di sua madre e dei suoi compaesani. Tutti i giorni da lunedí a sabato, mentre la corriera è ferma in piazza, Ansimino lavora come fabbro dalle nove e mezza della mattina alle tre e mezza del pomeriggio. Poi, torna in città; e dopo avere riportato la corriera nell'autorimessa, dopo avere controllato il motore e le parti vitali del veicolo, si cambia d'abito e va a cena con gli altri autisti della ditta, in una trattoria sotto il Monte Santo. Ogni tanto qualcuno gli chiede: «Non ti stanchi a fare due mestieri, il fabbro e l'autista, e a lavorare dodici ore al giorno?»

«No, – risponde Ansimino, convinto. – Mi stancherei se non avessi niente da fare tra il viaggio di andata e quello di ritorno. Ore e ore a tenersi le mani in mano: sai che noia!»

«E poi, – aggiunge, – devo mettere da parte dei soldi. Sto per sposarmi».

Questa, infatti, è l'altra novità. Ansimino adesso ha una fidanzata e quando l'officina del fabbro rimane chiusa, alla domenica, le dedica il suo tempo libero. La fidanzata si chiama Virginia, ha diciannove anni e torna a Rocca di Sasso ogni fine settimana perché i suoi genitori vivono qui, ma negli altri giorni lavora come apprendista in una sartoria di Roccapiana. Gli uomini del paese dicono che è la ragazza piú bella della valle e, se non sono insieme alle loro mogli, quando la vedono per strada fanno dei commenti. Le hanno anche dato un soprannome: Cüdritt, che è il nome dialettale di un uccello (la cutrettola o ballerina) e significa «culo alto» o «culo diritto». Le comari, invece, dicono che è «na smorbia», cioè una ragazza schizzinosa e un po' capricciosa; e lei, effettivamente, quando parla di matrimonio con il fidanzato si appassiona soltanto ai dettagli. Chi dovrà essere invitato al pranzo di nozze e chi no; come dovranno essere il vestito della sposa e quello dello sposo. Le cose piú importanti non la interessano, o addirittura la infastidiscono. Se Ansimino cerca di spostare il discorso sulla casa dove andranno a vivere, o se cerca di prevedere una data per le nozze, lei si incupisce e scuote la testa: «Non c'è fretta!»

«Abbiamo tutto il tempo per pensare a questo genere di cose!»

Da buoni fidanzati, Ansimino e Virginia si fanno vedere insieme ogni domenica alla Messa delle undici: quella «grande», celebrata dal parroco don Ignazio. Pranzano con la madre di lui o con i genitori di lei e poi rimangono da soli a fare l'amore, finché arriva l'ora, per entrambi, di tornare in città con la corriera. (Lui come autista e lei come passeggero, pagando il biglietto).

Nota di commento all'espressione: «fare l'amore».

Fare l'amore, all'epoca della nostra storia, non significa come oggi avere rapporti sessuali. Nemmeno per sogno! Nessuna ragazza perbene, nella nostra valle e in tutte le valli di tutti i fiumi che scorrono di qua e di là dalle Alpi, accetterebbe a cuor leggero di concedersi al fidanzato prima delle nozze. Se questo accade, e a volte effettivamente accade, è sempre una faccenda complicata. C'è il rischio, per la ragazza, di perdere il fidanzato: che dopo avere ottenuto la cosiddetta «prova d'amore» la considererà una donna facile, se non proprio una donnaccia, e cercherà di liberarsene. C'è il rischio di rimanere incinta e di avere un figlio fuori del matrimonio, con tutte le conseguenze del caso. Perciò l'amore tra fidanzati, in queste valli, si fa appartandosi dai genitori (e già in questo fatto dell'appartarsi c'è un pizzico di audacia), per parlare di cose personali. Ci si scambiano delle confidenze e addirittura qualche carezza, qualche bacio: in modo superficiale, però, e stando bene attenti a non andare oltre. Il sesso verrà soltanto dopo le nozze, e sarà regolato e, per cosí dire, tenuto sotto controllo dalle nascite dei figli.

Capitolo quarto
L'Eretico e il Beato

Nelle giornate serene, il Macigno Bianco si vede dalla pianura a centinaia di chilometri di distanza. È il perno su cui si incardinano, da millenni, le storie degli uomini che vivono in questa parte del mondo. È il nostro punto di riferimento nell'universo: «Voi siete qui».
Noi siamo qui.
Sotto il Macigno Bianco o, per essere piú precisi, sulle sue pendici, c'è il villaggio di Oro, cosí chiamato per via delle miniere, ormai quasi completamente esaurite, di pirite aurifera e di altri metalli. Continuando a scendere si incontrano, uno dopo l'altro, molti altri villaggi che non è il caso di nominare, perché non hanno una funzione nella nostra storia ma ne fanno parte soltanto come scenario. In fondo alla valle c'è la città di Roccapiana, alta sulla pianura e centrale rispetto a tutto ciò che la circonda, con la sua montagna piena di chiese.
Il Monte Santo.
Ci sono chiese dappertutto.
Da qualsiasi parte si guardi, nelle valli che fanno da sfondo alla nostra storia, si vedono cappelle e cappellette, chiese e chiesette e oratorii e tabernacoli e santuari, in ogni spazio disponibile e perfino nei luoghi piú elevati e piú impervii, dove nessuno, oggi, si aspetterebbe di trovare un edificio di culto.
Chiese, chiese, chiese.
Generazione dopo generazione, secolo dopo secolo, gli uomini che sono nati e vissuti tra queste montagne hanno

speso la maggior parte delle loro energie e dei loro soldi per costruire un numero incalcolabile di edifici che nessuno abita e che, salvo poche eccezioni, si usano di rado anche per pregare.

Edifici, tutto sommato, inutili.

La valle Maggiore è una valle chiusa. I suoi abitanti non hanno visto gli elefanti di Annibale e nemmeno i soldati di Napoleone. Non hanno assistito a eventi che potessero cambiare il mondo, per tanti motivi e soprattutto perché in capo alla loro valle c'è una montagna gelata: il Macigno Bianco, cosí enorme e cosí fredda che nessuno mai ha pensato di scavalcarla con un esercito. Soltanto in tempi recenti gli uomini hanno incominciato ad avventurarsi tra i suoi ghiacci: e molti, anche, ci hanno perso la vita.

Chi, nei secoli, è vissuto sotto il Macigno Bianco, è vissuto fuori dalla storia. Due soli personaggi: l'Eretico e il Beato, hanno lasciato in questi luoghi una traccia del loro passaggio destinata a durare. Una traccia, anzi due tracce, che si collegano al nostro racconto e alle due chiese del titolo: con cui in apparenza (ma soltanto in apparenza!) non hanno niente a che fare, e di cui invece sono la premessa.

Due personaggi che sono l'uno l'opposto dell'altro. Due contrari, in cui si riassumono e si annullano tutti i possibili contrari di questo mondo attorno alla grande montagna, e forse addirittura del mondo.

La luce e le tenebre. La ragione e il torto. Il giusto e l'ingiusto. Il bene e il male...

La storia dell'Eretico è nel respiro di queste valli, dove il passato non riesce mai a passare del tutto e il presente non è mai davvero presente. È una nuvola lassú tra le vette, è una musica che riecheggia nel tempo e che assomiglia alla «marcia per banda» del maestro Petrali.

È l'inno di una umanità che vuole liberarsi di tutto ciò che la opprime. È l'*Internazionale*:

«È la lotta finale. Uniamoci, e l'Internazionale sarà domani il genere umano».

L'Eretico è giovane, alto, bello nel viso e nella persona. Per raccontare la sua storia, noi non gli faremo il torto di chiamarlo con quel nome: Dolcino, che gli è stato dato dai suoi genitori e che sembra il nome di un biscotto. Lo chiameremo, semplicemente, l'Eretico e diremo che è figlio di un prete e di una donna di cui non sappiamo niente: nemmeno il nome. Diremo che il celibato dei preti, nel corso dei secoli, ha prodotto tra queste montagne chissà quante donne e quanti uomini come lui; e che a qualcuno di quei poveracci, per addolcirgli un destino a volte amaro, è poi stato dato un nome piú adatto a una caramella che a un essere umano. Sono cose che capitano.

Il figlio del prete è un uomo cordiale, che ha un sorriso e una parola buona per tutti. È un uomo assennato, che ha riflettuto sulla vita e sulla morte e sulla natura umana; ma è anche, e bisogna dirlo subito, un uomo ingenuo, che crede un po' troppo nel valore assoluto dei ragionamenti e nella forza delle idee, soprattutto di quelle che a lui sembrano giuste. Crede che il vero sia sempre vero e che il falso sia sempre falso. Crede che la luce, come dicono i Vangeli, alla fine prevarrà sulle tenebre.

Crede che l'amore trionferà sull'odio e che la giustizia vincerà l'ingiustizia.

Crede che il mondo, grazie alla ragione umana, sia destinato a diventare perfetto; e crede di essere la persona che Dio ha mandato sulla terra per farlo diventare perfetto.

L'Eretico è pieno di entusiasmi che riesce a comunicare a tutti, o a quasi tutti, quelli che incontra. Soprattutto alle persone semplici: agli artigiani, agli operai, alle donne di casa. Ai vagabondi e alle prostitute. Ha riflettuto sugli uomini e su Dio e dice che Dio non è ciò che insegnano i preti e nemmeno ciò che sta scritto nella Bibbia. Nossignore.

Dice che Dio è amore e soltanto amore.

Amore spirituale e amore fisico. Amore sacro e amore profano.

Dice che gli uomini (e le donne) non sono felici perché tra loro e Dio si è venuto a frapporre un corpo estraneo, e che quel corpo estraneo è la religione dei preti.

Dice che gli uomini (e le donne) sono tutti fratelli e sorelle e che devono vivere con gioia, perché Dio ci vuole appagati e contenti. Dio è felice quando anche noi siamo felici.

Dice che il lavoro è una necessità di chi serve gli uomini, ma non è una necessità di chi serve Dio. Dice che si può vivere, e stare bene, anche senza lavorare.

Dice che la proprietà non esiste, e che tutto è di tutti. La terra, il mare, il cielo, gli animali, gli alberi, le montagne sono di tutti.

Gli uomini e le donne sono di tutte e di tutti. L'unica regola di vita deve essere la gioia, e l'unico limite deve essere il piacere. Il piacere della mente e quello del corpo.

Io sono tuo se tu mi piaci e mi dai gioia. Tu sei mia, se io ti piaccio e ti do gioia: ma puoi essere anche di un altro. Puoi essere di tutti.

Dice che quando tra Dio e gli uomini non ci sarà piú la religione dei preti: il corpo estraneo, la terra diventerà un paradiso e sarà l'anticamera dell'altro paradiso, quello definitivo ed eterno. Si avvererà, tra gli uomini, il Regno dei Cieli.

Dice che il Regno dei Cieli è alle porte, e lo grida in tutte le prediche. Lo grida in latino:

«Appropinquabit!»

(Sta per arrivare!)

L'Eretico ha una fidanzata, Margherita, che è una ragazza alta e bionda, dal corpo perfetto. Insieme formano una coppia molto affiatata e anche proprio una bellissima coppia: due «divi» di Hollywood. (Il cinema, nella loro epoca, non c'è ancora; ma è strano che, dopo la sua invenzione, nessun regista abbia pensato di far rivivere questa storia e questi personaggi. Ne verrebbe fuori il piú grande film di ogni epoca: un «via col vento» all'ennesima potenza, che avrebbe successo in ogni parte del mondo, tranne forse che nei paesi islamici, e che supererebbe tutti i record, di affluenza di pubblico e anche di incassi).

Oltre ad avere una fidanzata, l'Eretico ha dei seguaci: uomini e donne che vivono secondo i suoi insegnamenti, nella gioia. Di notte si scaldano dandosi piacere l'uno con l'altro, e poi di giorno predicano e chiedono l'elemosina nelle piazze di tutte le città e di tutti i villaggi dove gli capita di trovarsi, dopo avere radunato intorno a sé la gente del posto con musiche, balli e giochi di acrobati. Dicono che Gesú è stato nel mondo il primo predicatore di gioia e il primo comunista, e che le sue parole sono state fraintese. Dicono che l'Eretico è l'interprete e il continuatore di Gesú, mandato da Dio per annunciare il Regno dei Cieli; ma la loro gioia dura poco, perché gli sbirri qua e là incominciano ad arrestarli e a trascinarli in catene davanti ai tribunali dei preti. Chi rinnega l'Eretico si salva; chi non lo rinnega viene consegnato all'autorità civile e bruciato vivo in una piazza della città dove è nato, o di quella dove è stato sorpreso a predicare senza l'autorizzazione del vescovo.

L'Eretico teme per la sua stessa vita, ed è a questo punto della storia che commette il suo primo, grave errore: quello di riunire i seguaci e di armarli, invece di nasconderli e di nascondersi. Gli dice:

«I nostri fratelli sono stati condotti al patibolo perché erano pochi e disarmati. Siamo in tanti: nessuno piú oserà perseguitarci, se resteremo uniti e se sapremo difenderci».

Effettivamente, le persone che si raccolgono intorno all'Eretico sono centinaia e poi addirittura migliaia. Sono soprattutto uomini, attirati dalle leggende di orge e di sfrenatezze che ormai accompagnano questa setta; ma ci sono anche molte donne, e non tutte sono prostitute. Ci sono alcuni aristocratici e anche alcuni religiosi, che si sono convertiti alle dottrine dell'Eretico. Insieme, formano una folla pittoresca e composita in cui sono rappresentati tutti i ceti sociali e tutti i tipi umani dell'epoca, dal sognatore al vagabondo al filosofo, dal soldato ribelle alla casalinga alla prostituta, dall'idealista al mistico all'assassino che deve nascondersi. Si spostano da una città all'altra con i carri o a dorso di cavallo o di mulo; i piú, si spostano a piedi. Dormono sotto le tende o nelle stalle dei contadini; se trovano una chiesa aperta, dormono lí. Raccolgono i frutti nei campi, perché tanto la proprietà non esiste. Cantano e suonano e ballano nelle piazze; chiedono l'elemosina nel nome di Dio. Dovunque vanno, annunciano il Regno dei Cieli. Gridano:

«Appropinquabit!»

Piú che un problema di religione ormai sono un problema di ordine pubblico e vengono seguiti e controllati da ogni genere di milizie: che ogni tanto ne acchiappano qualcuno, piú scalmanato o piú isolato degli altri, e lo trascinano davanti ai tribunali perché venga giudicato e bruciato vivo. È a questo punto della storia che l'Eretico commette il suo secondo e piú grave errore, destinato a essergli fatale. Vede, in capo alla pianura, il Macigno Bianco e decide che fonderà lassú il Regno dei Cieli:

«Al riparo di quella grande montagna, e in quelle valli, nessuno piú oserà infastidirci!»

L'Eretico pensa di trasformare il Macigno Bianco in una fortezza inespugnabile, e non si rende conto che sta andando invece a cacciarsi in una trappola. Si inerpica su per la valle Maggiore con migliaia di seguaci, fino alle pendici della grande montagna. Uomini e donne gridano: «Appropinquabit!», ai pastori e ai contadini esterrefatti; e siccome tutto è di tutti gli mangiano i vitelli, i maiali, le pecore e le galline, e gli rubano il miele e la segale. Si accoppiano con le loro donne (gli uomini) e con gli uomini piú attraenti (le donne): cosí, giusto per farseli amici. Pensano di avere trovato, finalmente!, la terra promessa. Dopo tante tribolazioni e tante paure:

«Dio ci guarda dall'alto della sua montagna. Siamo nel suo Regno».

«Il Regno dei Cieli è qui!»

Con l'inverno, però, arrivano la neve, il gelo e le prime imboscate dei montanari: che non condividono le idee dell'Eretico su Dio, ma soprattutto non condividono le sue idee sulla proprietà, e gli ammazzano piú seguaci che possono. Quell'inverno nella neve: il primo inverno, è davvero terribile. Ma ancora piú terribile sarà il secondo e ultimo inverno, quando il Regno dei Cieli si trasformerà, definitivamente, nel Regno della Fame, tra il Macigno Bianco che chiude a nord ogni via di scampo e gli eserciti che vengono su dalla pianura per liberare il mondo dall'Eretico e dalle sue pericolose illusioni, di gioia e di benessere e di felicità universale.

(È qui che il film, se mai si farà, raggiungerà il suo punto piú struggente e piú alto, nella contrapposizione tra l'assoluta bellezza e la poesia della grande montagna d'inverno, e lo strazio e il dramma degli uomini. Ed è qui, anche, che si libereranno con forza le emozioni e che si consumeranno le ultime passioni. Quella tra l'Eretico e Margherita, anzitutto; ma anche quelle, diciamo cosí, minori, che sono nate tra i suoi seguaci e che poi si sono rafforzate con il trascorrere del tempo e con le avversità. Amori e sogni e illusioni. Amori e tragedie. Amore e morte, nello scenario grandioso del Macigno Bianco).

Dopo avere mangiato tutto ciò che può essere mangiato, fino all'ultimo cane e all'ultimo topo; dopo avere fatto bollire la paglia e avere rosicchiato le radici degli alberi, l'ultima resistenza dell'Eretico, nella neve, si alimenterà con la carne dei caduti in battaglia, prima soltanto con quella dei nemici e poi anche con quella degli amici. Poi, sarà la fine.

I seguaci dell'Eretico saranno tutti massacrati sul posto, fino all'ultima donna e all'ultimo bambino. Lui e la sua fidanzata Margherita, invece, verranno portati in una città di pianura, mostrati al popolo in festa, fatti a pezzi e bruciati.

La religione dei preti: l'unica religione possibile tra gli uomini, ancora una volta ha vinto.

(Ma, naturalmente, il film non può concludersi cosí. Bisogna lasciare allo spettatore una via d'uscita. E questa potrebbe essere, per esempio, che la bella Margherita si salva. Che a portarla in salvo, con molte peripezie e molti pericoli, sia un ragazzo di queste montagne, anche lui bellissimo; e che negli ultimi fotogrammi del film lei veda accendersi una luce negli occhi del ragazzo: la stessa, che c'era negli occhi dell'Eretico...

La «colonna sonora» del film: la musica con cui il film si apre e si conclude e che ritorna nei momenti di maggiore impeto e di maggiore tensione emotiva è, naturalmente, la «marcia per banda» di Vincenzo Petrali. È l'*Internazionale*).

Di tutt'altro genere è la storia del Beato. Che è un prete e un frate francescano: un frate trafficone e impiccione come ce ne sono sempre stati nelle epoche passate, e come forse ce ne sono ancora nel mondo di oggi. Fra Bernardino (questo è il suo nome) non è nato nelle valli sotto al Macigno Bianco ma ci è arrivato in uno dei suoi tanti viaggi. A differenza dell'Eretico è piccolo di statura e brutto, con una corona di capelli che sembrano setole intorno al cranio rasato per via della tonsura. È però fornito di un'energia prorompente e inesauribile, che lo porta a scorrazzare nei palazzi dei potenti dell'epoca dove confessa nobildonne, consiglia nobiluomini, prepara gli anziani a morire e i bambini a vivere, compie ambascerie per conto di vescovi e di cardinali, bacia la santa pantofola di un papa che alla fine, per toglierselo di torno, lo manda a Gerusalemme in Terrasanta: con l'incarico e il titolo ufficiale di «Rettore dei Luoghi Santi». Forse spera che affoghi durante la traversata del Mediterraneo, o che cada in mano ai pirati; ma lui, naturalmente, riesce a cavarsela. Arriva a Gerusalemme e scopre che nei cosiddetti Luoghi Santi: nei luoghi, cioè, che assistettero alla predicazione e alla morte di nostro signore Gesú Cristo, non c'è piú niente da reggere. Ci sono i funzionari del Sultano e reggono tutto loro. In quanto ai pellegrini cristiani, che in passato venivano a migliaia da ogni parte d'Europa per visitare il Santo Sepolcro, non ce n'è piú nemmeno l'ombra. Il Santo Sepolcro è sempre lí, ma non lo visita piú nessuno perché arrivarci è diventato difficile.

Il viaggio per mare è pericoloso a causa delle tempeste e dei pirati.

Il viaggio per terra è lungo e quasi impossibile, perché per compierlo bisogna attraversare il paese dei Turchi.

Chiunque al mondo si scoraggerebbe: non fra Bernardino. A differenza dell'Eretico, il nostro futuro Beato non crede nella ragione umana e non crede che i contrari siano davvero contrari: che la luce sia il contrario delle tenebre, che il bene sia il contrario del male... Figuriamoci! Pensa che tutto è relativo: ciò che è vero, in una prospettiva diversa può diventare falso, e ciò che appare falso, può essere piú vero del vero. E poi, non crede nella geografia. Pensa: se i pellegrini non possono piú visitare i Luoghi Santi, basterà trasferire i Luoghi Santi in un'altra parte del mondo, con strade e locande e alberghi e, insomma, con tutti i santi commerci e i santi traffici che devono prosperare nel nome di Nostro Signore. «Non facciamoci spaventare dalle apparenze, e non diamo alla geografia piú importanza di quanta ne abbia davvero». Gerusalemme è dovunque; Dio è dovunque, e la passione e morte di Gesú si ripetono ogni giorno con la santa Messa, in ogni luogo dove c'è un sacerdote. Se la fede, come dicono i Vangeli, può muovere le montagne, potrà anche spostare i quattro sassi di cui è fatta Gerusalemme. Il problema vero non sono i Luoghi Santi. Il problema, e la soluzione del problema, è la fede. Con la fede si risolve tutto.

«Bisogna trasferire Gerusalemme, – pensa il frate, – in un paese cristiano. Bisogna trovare, tra le nostre tante montagne, un Monte Santo: un luogo che per la sua collocazione geografica e per le sue caratteristiche, si presti a ricreare il Santo Sepolcro e gli altri ambienti, dove si svolsero la predicazione e la morte di Gesú».

Ritornato in Europa, fra Bernardino ricomincia a scorrazzare nei palazzi dei potenti dell'epoca ricevendo somme di denaro, celebrando Messe di suffragio, combinando matrimoni, sollecitando eredità e insomma dedicandosi ai suoi traffici di sempre; ma, tra un traffico e l'altro, tra un viaggio e l'altro, non smette di coltivare il suo progetto e continua a cercare, tra tutte le montagne che vede, quella che diventerà la meta dei pellegrini del mondo cristiano.

La montagna santa di Gesú. La nuova Gerusalemme, destinata a prendere il posto di quella diventata inservibile, di là dal mare nel paese dei Turchi.

Un giorno, il nostro frate non ancora Beato arriva in valle Maggiore, nella piccola città di Roccapiana sovrastata da un promontorio roccioso che gli abitanti del luogo chiamano «la Parete». Chiede di chi è quella montagna e scopre che appartiene a un benefattore della chiesa locale; va a parlargli, e lo trova disposto a donare la Parete ai frati.

«Se la volete, prendetela. Tanto, per quello che mi rende... Ci sono soltanto pietre, lassú!»

A partire da questo momento, l'attività di fra Bernardino diventa davvero frenetica. Corre a baciare la santa pantofola: spiega al papa il suo progetto di far rinascere Gerusalemme in un paese cristiano, perché i pellegrini possano tornare a visitarla. Ne ottiene, con una generica approvazione del progetto, qualche parola di incoraggiamento e di lode. Bussa ai palazzi di tutti i potenti che conosce. Chiede soldi, non per le solite opere di beneficenza ma per un'impresa, dice, ancora piú importante: quella di far rivivere i Luoghi Santi tra le nostre montagne. Domanda ai benefattori: «Volete che il Sepolcro di Gesú rimanga dov'è ora, trascurato e dimenticato in mano al Sultano, oppure volete che venga restituito alla devozione e alla pietà dei fedeli?»

«Volete negare al popolo dei credenti ciò che soltanto la fede può restituirgli, se voi l'aiuterete con la vostra generosità? In cambio di un piccolo sacrificio, Dio vi perdonerà tutti i peccati e vi darà il paradiso. Rifletteteci!»

Tra un viaggio e l'altro, tra una genuflessione e l'altra, tra un'elemosina e l'altra il nostro frate trova anche il tempo di ritornare a Roccapiana, a ispezionare i lavori in cima alla Parete. Ci arriva a dorso di mulo, giusto in tempo per gridare al miracolo. Dagli scavi, dice, stanno affiorando delle pietre assolutamente simili a quelle che compongono, a Gerusalemme, il Santo Sepolcro; e sono anche venuti alla luce tre grossi chiodi arrugginiti, uguali in tutto ai chiodi autentici della croce. Si infervora e diventa paonazzo, dopo avere costretto gli operai a interrompere i lavori per ascoltarlo. «Queste Sante Pietre, – gli grida mostrandogli un cumulo di sassi che loro hanno appena ammucchiato senza rendersi conto di cosa maneggiavano, – e questi Santi Chiodi sono la prova evidente della volontà di nostro signore Gesú Cristo, di trasferire i luoghi dove lui è vissuto su questa montagna!»

Un giorno, il miracolo è piú grande del solito, perché gli operai hanno trovato una pietra squadrata: un grande sasso assolutamente identico, per la forma e per le dimensioni, a quello che copriva il sepolcro di Gesú, e che si ruppe nel momento della resurrezione! Anche questa pietra è rotta in un angolo, come quella originale; o forse, grida fra Bernardino, questa è proprio la pietra dei Vangeli, che assistette alla resurrezione di Nostro Signore... Torna a Roccapiana per far suonare le campane. Raduna il popolo in piazza e gli annuncia che un frammento dei Luoghi Santi: il piú pregiato, per volontà divina è arrivato in cima alla Parete senza che mani umane lo toccassero. Grida piú forte che può:

«Sono stati gli Angeli a portarlo! Quegli stessi Angeli

che hanno portato di qua dal mare, a Loreto, la Santa Casa di Nazareth, dov'è vissuta la Madonna con i suoi familiari!»

Passano alcuni mesi. Una mattina, fra Bernardino è piú rosso in viso del solito ed è costretto a interrompersi mentre sta parlando con un benefattore. Si mette tutt'e due le mani sul petto. Dice:

«Non riesco piú a respirare. Muoio, muoio!»

Viene sepolto a Roccapiana con una grande cerimonia a cui assistono migliaia di persone. Durante i funerali, si sparge la voce che era un santo: da allora, gli abitanti delle valli intorno al Macigno Bianco lo chiamano «il Beato». Dopo la sua morte, i lavori sulla Parete continueranno per piú di tre secoli e però alla fine non produrranno quella Nuova Gerusalemme che lui avrebbe voluto, ricostruita sul modello della vecchia Gerusalemme con il Santo Sepolcro di qua, il Calvario di là e il palazzo di Ponzio Pilato in mezzo; ma daranno vita a un monumento unico al mondo, all'epoca della sua costruzione. (A un monumento che molti cercheranno di imitare in molti luoghi, e che rimarrà inimitabile). Il Monte Santo, con le sue cinquanta cappelle e le sue ottocento statue, racconterà al mondo la vita, la passione e la morte di nostro signore Gesú Cristo; e racconterà anche la vita, la passione e la morte degli uomini e delle donne che sono vissuti fuori dalla storia, tra queste montagne. Sarà il loro passato e la loro storia.

(Ma di questo aspetto della vicenda, e del Monte Santo, torneremo a occuparci piú avanti).

Capitolo quinto
L'«intervento»

Con la primavera, arriva anche nella nostra valle una parola: la parola «intervento», che non è del tutto nuova perché già si usava qualche volta in passato, ad esempio per dire «un intervento chirurgico». Ma che adesso ha un nuovo significato e una nuova funzione, di dividere la gente in due partiti: quello di chi vorrebbe la guerra e quello di chi non la vuole. Chi è per l'intervento vuole la guerra. Dice che la situazione non è piú tollerabile: gli uomini che vivono di là dalle montagne, nelle valli dove si parla una lingua incomprensibile e dove i fiumi scorrono verso nord e verso est, continuano a opprimere gli abitanti di certe città e di certe altre valli che invece sono nostre, perché ci si parla la nostra lingua e i fiumi scorrono nella direzione giusta cioè verso sud. Bisogna intervenire per liberarli. È un nostro diritto, ma è anche un nostro preciso dovere!

«Se qualcuno viene a stare a casa mia senza che gliene abbia dato il permesso, – dice chi è a favore dell'intervento, – e pretende anche di comandarmi, io non ho scelta. O lui, o io! Se non se ne va con le buone, devo riuscire a buttarlo fuori: a qualunque costo».

Si discute pro o contro l'intervento tutte le mattine in piazza quando arrivano i giornali; e poi si continua a parlarne all'Osteria del Ponte gestita dal signor Alessandro detto il Manina, che a volte partecipa ai discorsi e a volte no, limitandosi a ricevere le ordinazioni e a servire i clienti. Dell'oste Alessandro, ora che l'abbiamo nominato, dobbiamo dire che è un uomo di una sessantina d'anni, piccolo di statura e con una gran pancia; e che, a parte questo, non ha proprio niente che meriti di essere raccontato o descritto. Anche il soprannome è un soprannome ereditario e nessuno, in paese, ne ricorda l'origine. Sua moglie, la signora Giuseppa, lavora in cucina come cuoca e qualche volta aiuta anche il marito a servire i clienti, o lo sostituisce dietro al bancone. Non ha soprannomi, ma deve sopportare il peso di una caratteristica particolarmente sgradevole. È la donna barbuta della valle: che ha dovuto incominciare a radersi, dicono le comari, prima ancora di sposare l'oste Alessandro, e che ormai si rade tutte le mattine come fanno gli uomini. A parte questo, è una donna normale. Lei e suo marito hanno avuto un figlio che adesso ha trent'anni, il Pirin (diminutivo di Pietro) Manina: di cui in paese si dice che è il piú grande «ciöccatun» (ubriacone) e «strusún» (puttaniere) della valle. Tutte le settimane, raccontano le comari, Pirin va a Roccapiana a fare visita alle «struse» cioè alle donne della Casa da Tè; e non ci va per necessità, come quei poveracci che devono mettersi in fila alla domenica, perché negli altri giorni lavorano. Lui ci va nei giorni feriali, e ci va per vizio!

«Se non fosse un vizioso avrebbe già messo la testa a posto ("avaría buttà la testa a partí" cioè si sarebbe sposato), e non starebbe tutto il giorno a fare niente nell'osteria di suo padre».

Ma torniamo alla parola intervento e ai due partiti che si sono formati in paese: quello di chi vorrebbe che anche noi entrassimo in guerra e quello contrario, di chi dice che le guerre si sa come cominciano ma non si sa mai come finiscono, e che è meglio lasciarle fare agli altri.

Il partito dell'intervento, e della guerra, è un partito piccolo ma rumoroso. Quelli che vogliono la guerra, si dice in paese, sono cosí pochi che «per contarli bastano le dita di una mano, o al massimo di due»: ma fanno piú baccano degli altri. Tra di loro, ci sono due anziani che tanti anni fa erano andati volontari in una guerra ormai dimenticata, e ne sono ancora entusiasti. Hanno tirato fuori dall'armadio i berretti sbiaditi delle loro antiche divise e li indossano con aria di sfida. Dicono che le guerre, per un uomo, sono un'esperienza indispensabile, e che servono a formare il carattere:

«Un vero uomo deve andare in guerra almeno una volta nella vita, altrimenti non ha visto niente e non sa niente».

Dicono che con gli uomini delle valli di là dalle montagne non sarà mai possibile stare in pace, perché sono prepotenti e malvagi:

«Per farli stare al loro posto, e stare buoni, bisogna ammazzarli».

A favore dell'intervento, e della guerra, è il maestro Luigi Prandini. Che ha smesso di leggere il giornale dei socialisti: «Perché, – dice, – è diventato il giornale dei pacifisti cioè dei vigliacchi. I veri socialisti sono quelli come me, che vogliono cambiare il mondo e non hanno paura della guerra, perché sanno di non avere niente da perdere». Lui è cosí convinto della necessità dell'intervento che non accetta nemmeno di discuterne, e lo grida:

«I vigliacchi, bisogna ignorarli! È inutile cercare di convincerli».

Un altro dei nostri personaggi che si dichiara a favore della guerra è il giovane Giuliano Mezzasega. Anche lui, e anche la sua fidanzata Angela, quando parlano dell'intervento usano gli stessi argomenti del maestro Prandini; ma chi li ascolta scuote la testa. «Il problema di Giuliano, – dicono i vecchi, – non è l'intervento: è il padre. Pur di liberarsi del padre, e dell'emporio, quel ragazzo abbraccerebbe qualsiasi causa e combatterebbe qualsiasi guerra. L'unica guerra che non combatterà mai, perché non ne ha il coraggio, è quella contro suo padre».

Della fidanzata, invece, dicono: «Gli dà ragione per farlo contento. Cosa vuoi che ne sappia, lei, di queste faccende!»

Notizia su Angela soprannominata Sbrasenta, fidanzata «interventista» di Giuliano.

L'Angela Sbrasenta («sbracciata»: un altro soprannome ereditario, forse per l'abitudine che avevano le donne di quella famiglia di lavorare d'estate a braccia nude), è piccola di statura, bruna, con il viso rotondo e due fossette sulle guance, che quando ride sono il suo connotato piú bello. È giovane: ha ventidue anni, ma ha già una storia abbastanza complicata. A dodici anni, quando le è morta la madre, Angela è andata a vivere in città in casa degli zii e si è iscritta a una scuola di cucito, per imparare a fare la sarta. A quindici anni, ha detto che voleva diventare suora ed è entrata in convento; a diciotto ha cambiato idea ed è tornata a stare con i parenti, che l'hanno messa a servizio nella famiglia di un medico. Già allora, dicono a Rocca di Sasso le comari, c'era un giovanotto che «le parlava». Quando il giovanotto ha smesso di parlarle, è tornata a stare in paese e adesso parla con Giuliano. Non sono fidanzati ufficialmente, perché nelle nostre valli per essere considerati fidanzati bisogna andare insieme a Messa alla domenica e Giuliano, a Messa, non ci va piú da anni. Ma i tempi cambiano, dappertutto e anche a Rocca di Sasso: e ormai si arriva al matrimonio anche soltanto parlandosi...

Le persone importanti del paese sono tutte contro l'intervento. A cominciare dal direttore dell'ufficio postale, il signor Gino soprannominato Dindon, che ha smesso di comperare i giornali per la ragione opposta a quella del maestro Prandini. Perché, dice, fanno tutti propaganda alla guerra:

«Ce ne fosse uno che aiuta a capire come stanno davvero le cose, lo leggerei volentieri; ma qual è? Ditemelo voi».

Quando nel suo ufficio ci sono tre o quattro clienti, il signor Gino ne approfitta per tenergli delle vere e proprie conferenze, con la scusa di «uno scambio di idee». (In realtà, parla solo lui). Gli spiega che la guerra innanzitutto è inutile: perché gli uomini di là dalle montagne hanno detto che sono disposti a restituirci le nostre città e le nostre valli se rimarremo neutrali, e dunque che bisogno c'è di fare l'iradiddio quando si può ottenere lo stesso risultato con un paio di firme? Ma la guerra, continua il signor Gino: sollevando le sopracciglia nere e folte che fanno paura ai bambini, è anche rischiosa, perché chi ci garantisce che la vinceremo? Gli uomini di là dalle montagne: i nostri nemici, sono gente determinata e bene armata, con una tradizione militare che noi nemmeno ce la sogniamo. Se vincono loro, non solo non ci restituiranno le nostre valli, ma ne vorranno delle altre. Magari anche queste intorno al Macigno Bianco: chi potrebbe impedirglielo? La verità, dice alla fine il nostro personaggio passando a un altro tipo di argomentazioni, è che le guerre, comunque vadano a finire, servono ad arricchire chi è già ricco e a ridurre in miseria i poveri. Chiede a quelli che ascoltano: «Non capite? È la grande industria che vuole la guerra, per far crescere i guadagni. I fratelli oppressi e le altre storie sono balle. Ci si scanna per soldi: ecco quello che i giornali non dicono».

«Sono i soldi che fanno le guerre!»

Contro la guerra è il sindaco di Rocca di Sasso, geometra Eusebio dei Cravon («caproni»), cosí chiamati nella valle da tempo immemorabile perché sono gente testarda. Eusebio Cravon è basso, tarchiato e si tinge di nero i capelli bianchi, che ricrescendo tra una tintura e l'altra assumono un colorito giallognolo. (Da qui il suo secondo soprannome: Canarino, che però non riesce a prevalere su quello ereditario e, per cosí dire, storico). Tutte le mattine il sindaco viene in municipio, a ricevere i postulanti quando ce ne sono e a fare certe riunioni con il segretario comunale Carmine Mancuso, detto Etna perché originario di un paese alle pendici del vulcano, che a volte durano anche piú di un'ora. (Sulla porta del sindaco, in quei casi, compare il cartello «Non disturbare»; ma le malelingue dicono che quando c'è quel cartello, sindaco e segretario giocano a carte). Per le sue idee politiche e per il suo temperamento, il geometra Eusebio probabilmente sarebbe favorevole all'intervento, se non avesse un figlio di trent'anni: Antonio Cravon, che gli assomiglia come una goccia d'acqua assomiglia a un'altra goccia e che, in caso di guerra, verrebbe richiamato con la mobilitazione generale. Cravon figlio, di professione geometra come il padre, è sposato e ha una bambina di sei anni; ma questo, dicono le comari, non gli impedisce di darsi buon tempo ogni volta che può, insieme a quel Pirin Manina, figlio dell'oste Alessandro, di cui è amicissimo fino dall'infanzia. Pirin e Antonio sono i due gaudenti del paese, che ogni tanto partono con la corriera per andare nelle città della pianura a visitare certi locali cosiddetti notturni, perché di giorno restano chiusi. E chissà, si chiedono in molti a Rocca di Sasso, se la signora Ernesta moglie di Antonio crede davvero alle storie che lui le racconta, degli «impegni di lavoro» e delle «verifiche catastali» che andrebbe a eseguire in quelle lontane città!

Contrarissimi alla guerra sono i preti, di cui ancora non abbiamo avuto occasione di occuparci in modo specifico. Il parroco don Ignazio soprannominato Oliosanto è un uomo anziano, che porta occhiali da vista spessi un dito ed è anche quasi completamente sordo ma non se ne rende conto e, soprattutto, non lo vuole ammettere. A chi cerca di fargli capire, con tutta la possibile diplomazia e con tutte le cautele del caso (e però, naturalmente, gridando), che qualcosa nel suo udito non funziona e che dovrebbe usare un «apparecchio acustico», don Ignazio risponde indignato:

«Io ci sento benissimo. Che diamine!»

Questa è la sua caratteristica piú evidente, e naturalmente c'è chi ne approfitta. Anno dopo anno, i ragazzi discoli di Rocca di Sasso e degli altri paesi della valle Minore, costretti dai genitori a confessarsi in occasione della Pasqua, vengono a sussurrargli nella penombra del confessionale che hanno ammazzato e fatto a pezzi il padre e la madre, e che hanno seppellito nel bosco una compagna, dopo averla violentata e massacrata di botte. Don Ignazio gli raccomanda di «non farlo piú» e li assolve e li benedice. Gli dà anche la penitenza: «Per tre giorni, – gli dice, – reciterai un Pater Ave e Gloria, alla sera prima di addormentarti».

Un'altra caratteristica di don Ignazio è che detesta ogni genere di cambiamenti. Il suo mondo ideale è un mondo immobile, dove tutti continuano a fare ciò che hanno sempre fatto, e rimangono dove sono sempre stati. È un mondo che si riflette nelle parole della Bibbia: «Ciò che è stato tornerà ad essere», e che si regola in base alle tradizioni, alle abitudini e alle festività della Chiesa. Tra le cose piú sacre di quel mondo ci sono i confini. Non soltanto i confini tra gli Stati, ma anche quelli tra un campo e l'altro, tra una casa e l'altra, tra una classe sociale e l'altra. Chi vuole spostare i confini, dice don Ignazio, o è un pazzo o è un delinquente; e una guerra tra due Stati per questo genere di faccende, dal punto di vista del nostro anziano sacerdote non è soltanto una guerra assurda. È anche una guerra sacrilega, perché va contro la volontà di Dio.

«Gli uomini che vivono di là dalle montagne, – dice il parroco, – sono cattolici o per lo meno cristiani, come noi; in piú, hanno fama di avere delle buone leggi, come le abbiamo anche noi, e di essere ben governati e bene amministrati. Che senso ha fare una guerra tra cristiani, e per cambiare cosa: le bandiere sui municipi? Per spostare gli edifici del dazio?» Dice che di novità se ne erano viste anche troppe nel secolo precedente, quando lui, don Ignazio, era giovane. Il papa che c'era allora: il piú grande papa di ogni epoca, le aveva passate tutte in rassegna in un'enciclica e le aveva condannate in blocco. Se ci fosse stato qualcosa da salvare, l'avrebbe salvato...

«Il vero nemico da combattere, – ripete ogni domenica Oliosanto durante la predica, – non sono gli uomini come noi, fatti a immagine di Dio. È questa smania di novità che dura ormai da troppo tempo e che si è impadronita delle nostre menti e dei nostri cuori, per farci trasgredire le leggi divine e per farci commettere ogni genere di peccati».

Anche il viceparroco don Filippo è del suo stesso parere. Questo don Filippo, che i roccasassesi chiamano don Muscolo perché ha le guance bianche e rosse di salute e perché quando in chiesa si fanno le pulizie sposta due banchi per volta, sollevandoli uno con la mano destra e l'altro con la mano sinistra, nel momento in cui incomincia la nostra storia non ha ancora compiuto quarant'anni e si occupa soprattutto dei ragazzi della parrocchia. Le comari ne sono entusiaste. Dicono di lui:

«È cosí robusto! È cosí bravo a dire Messa! Ed è anche bello!»

Contrarissimo alla guerra è il dottor Giovanni Barozzi soprannominato Lavatif («clistere»), medico condotto di Rocca di Sasso e degli altri paesi della valle: che si sposta da un borgo all'altro seduto di traverso sulla mula Rosmunda, e se gli chiedono il suo parere circa l'intervento, spalanca gli occhi e agita le mani. Risponde: «Sono contrarissimo!»

Per spiegare le ragioni di quella contrarietà, il dottore scende dalla mula. Dice: «Sono contrario come cittadino e come medico. Come cittadino, non credo che ci troviamo nella necessità di fare una guerra. Non ne vedo la ragione e nemmeno lo scopo. Ma soprattutto sono contrario come medico, perché con le guerre si spostano gli eserciti e con gli eserciti si spostano e si moltiplicano le malattie. Tutte le pestilenze e le grandi epidemie del passato hanno avuto origine dalle guerre».

Le passa in rassegna sulle dita della mano sinistra, partendo dal mignolo. Dice: «Il colera. La peste bubbonica. La sifilide...»

Ci sarà, alla fine, l'intervento? Si farà la guerra?

Per tutto il mese di aprile, queste due domande continuano a rimanere sospese sulla nostra valle e sulle valli dei fiumi che scendono verso sud, come quei nuvoloni carichi di pioggia che di tanto in tanto si aprono in squarci di azzurro, e poi tornano a raccogliersi intorno al Macigno Bianco impedendone la vista. Il clima è freddo e piovoso. Un sabato mattina, arriva a Rocca di Sasso portato dalla corriera uno strano personaggio, con un soprabito nero e un cappello di feltro dello stesso colore. Dopo essersi dato un'occhiata attorno, lo sconosciuto attraversa la piazza e scompare alla vista dei curiosi entrando nell'Albergo Pensione Alpi. I vecchi che hanno assistito all'arrivo della corriera dicono che quel misterioso forestiero è l'uomo dei manifesti: è l'«oratore interventista» invitato dal maestro Prandini per spiegare ai montanari le ragioni della guerra. Già da parecchi giorni, nella valle, sono comparsi certi manifesti con il titolo della conferenza stampato in caratteri enormi:

«Ora o mai piú»,

e con tutte le indicazioni utili per assistere all'evento. (Che si svolgerà, dicono i manifesti, «sabato trenta aprile alle ore diciotto, presso le scuole elementari di Rocca di Sasso».

Firmato: «Il Comitato Patriottico dei Cittadini della Valle Minore»).

Non piove, ma le nuvole basse impediscono la vista delle montagne. Alle cinque e mezza del pomeriggio, l'unica aula della scuola elementare è già piena zeppa di persone, e c'è gente anche nell'ingresso e sulle scale che portano al piano di sopra. Alle cinque e tre quarti, arrivano in motocicletta i regi carabinieri del presidio della valle Maggiore: sono il maresciallo Salvatore Esposito e un altro milite senza nome, e prendono posizione tra l'ingresso del municipio e quello della scuola, distanti pochi passi l'uno dall'altro. Nella piazza, intanto, si sta radunando molta gente che vorrebbe assistere alla conferenza ma non può, perché dentro alla scuola non c'è piú posto. Alle sei, il maestro Prandini va dal sindaco per chiedergli, «vista l'affluenza straordinaria di pubblico», che all'oratore sia consentito di uscire in piazza e di tenere il suo discorso all'aperto, in modo che tutti possano ascoltarlo. È eccitato e alza la voce. Il sindaco Cravon rifiuta di dare l'autorizzazione, e invita il maestro ad abbassare i toni: «Altrimenti, – lo minaccia, – dovrò credere che mi si vuole intimidire, e dovrò chiedere l'intervento dei rappresentanti della legge», cioè dei regi carabinieri. Dice che la conferenza è stata autorizzata nei locali della scuola, e che dovrà svolgersi lí dentro. Alle sei e mezza l'oratore incomincia a parlare. L'unica finestra dell'unica aula è spalancata e lui grida con tutto il fiato che ha, per farsi sentire anche in piazza; ma l'acustica è la peggiore che si possa immaginare e la voce del conferenziere arriva alle orecchie della gente come un rumore continuo e indistinto, intervallato a tratti dagli applausi di chi sta dentro alla scuola e naturalmente appartiene al partito dei favorevoli all'intervento. Ciò che arriva in piazza sono singole parole e mozziconi di frasi, senza un filo logico che li unisca. Per esempio:

«guerra nazionale», «guerra di civiltà», «manovra infame» (applausi), «canaglia di montecitorio» (grandi applausi, grida «bene, ben detto»), «l'italia e il suo avvenire», «nove mesi di passione» (applausi), «la volontà della nazione» (applausi), «rinnegare», «intrighi» (applausi).

C'è un momento di silenzio. Tutti immaginano, anche se non lo vedono, l'oratore che si sta asciugando la fronte con il fazzoletto che ha estratto dal taschino della giacca e che poi, con quello stesso fazzoletto, si pulisce gli occhiali senza stanghette, stretti sul naso da una molla. Lo immaginano mentre gira i fogli degli appunti. Poi la conferenza riprende. L'oratore grida:

«la corruzione parlamentare di vent'anni» (applausi), «l'arbitro e il padrone», «irredentisti» (applausi), «rivoluzione» (applausi), «dentro un abisso di vergogna», «il disonore», «giolitti» (grandi applausi, grida «bene, bravo»), «nemici interni», «per la guerra» (applausi).

Come negli spettacoli di fuochi artificiali, un lungo momento di silenzio serve da preparazione al gran finale. L'oratore grida:

«guerra» (applausi), «i nostri martiri» (applausi), «risorgimento nazionale», «volontà del re e della nazione» (applausi, grida «bene, ben detto»), «terre irredente», «italia», «guerra contro l'austria» (applausi), «guerra contro la germania» (applausi), «guerra! guerra!» (applausi scroscianti e prolungati).

Alle ore sette e ventidue minuti, l'oratore intona l'inno nazionale. La gente incomincia a uscire dalla scuola mentre lui, dentro, stringe mani e firma autografi. I curiosi che affollavano la piazza cercando di ascoltare qualcosa del discorso, e di capire qualcosa, si riuniscono in piccoli gruppi per fare commenti o si avviano verso le loro case.

La conferenza è finita.

Ci sarà, alla fine, l'intervento? Si farà la guerra?

A maggio, esplode la primavera. L'acqua dei fiumi è quella del disgelo, che ogni anno feconda queste valli e tutte le valli delle Alpi. È un'acqua torbida, grigiastra, portatrice di vita.

Le foreste di pini e di abeti si risvegliano. Le montagne scintillano nel sole. Nei prati sotto il Corno Rosso, al Pass d'i Ratti, fioriscono le genziane e i primi rododendri; nei grandi boschi di faggi, un po' piú sotto, si sentono i richiami degli uccelli cantori, che tornano tutti gli anni per cercare il compagno o la compagna e per fare il nido.

I giornali dicono che c'è la mobilitazione generale. Sui sentieri che portano agli alpeggi, capita di incontrare il piú strano dei fiori: il giglio martagone, bianco screziato di sangue. Nei prati a fondovalle, da Pianebasse giú giú fino alla confluenza con il fiume Maggiore, il profumo che domina su tutti è invece quello dei narcisi, dolce e intensamente carnale.

CAPITOLO QUINTO

Nella bacheca del municipio, sotto il portico, c'è un foglio scritto a macchina e affisso con quattro puntine. È l'elenco, firmato dal sindaco e dal segretario comunale Carmine Mancuso, dei richiamati per la mobilitazione generale, «dai ventisette anni ai quaranta compiuti». Chi, in paese, si è preso la briga di contarli dice che in tutto sono sedici, ma che tre di loro sono emigrati in paesi lontani e che certamente non torneranno per andare in guerra.

Ne restano tredici...

Capitolo sesto
La guerra

Passano i giorni: un venerdí, un sabato, una domenica, un lunedí.
Arrivano i giornali. Martedí, su tutte le prime pagine c'è una parola di sei lettere, su quattro o addirittura su otto colonne.
La parola «guerra».
Tutti si guardano stupiti. Per mesi, si è continuato a parlare della guerra, e la guerra adesso è arrivata davvero: «Siamo in guerra!»
Sono in guerra le montagne: quelle dei fiumi che vanno a sud contro quelle dei fiumi che vanno a nord e a est. Sono in guerra le vacche al pascolo, anche se non ne sono consapevoli e continuano a brucare. Sono in guerra le genziane e i gigli martagoni. Sono in guerra le infinite chiese delle Alpi, quelle di questa parte contro quelle dell'altra parte.
Sono in guerra le Madonne e i santi di qua, contro le Madonne e i santi di là.
Sono in guerra gli uomini.
Ogni giorno, ormai, porta qualche novità. Mercoledí mattina, la corriera arriva a Rocca di Sasso come al solito, e l'autista Ansimino presenta ai suoi compaesani l'uomo che dovrà sostituirlo. Dice:
«Io sono stato richiamato con la mobilitazione generale e dovrò partire per andare in guerra. Al mio posto, perché la corriera continui a svolgere il suo servizio, ci sarà il signor Nicola Callone, che è uno dei due proprietari della ditta. L'altro è il signor Rossi».

CAPITOLO SESTO

Il signor Nicola Callone è un uomo sulla cinquantina, con un po' di pancia e baffi scuri «a manubrio» che contrastano con i capelli già tutti grigi. Stringe le mani del portalettere Gottardo, di Giuliano Mezzasega venuto a ritirare i giornali per l'emporio, del maestro Prandini che aspetta per l'ultima volta i suoi scolari e di tutti gli altri, che sono qui per ritirare un pacco o per attendere un parente. Guarda la piazza con l'Albergo Pensione Alpi, il municipio, la chiesa col san Cristoforo dipinto sulla facciata, la Mula di Parenzo e la scuola. Guarda le montagne della valle Minore, che nella parte alta conservano ancora qualche traccia della neve caduta durante l'inverno. Muove le braccia e le spalle per distendere i muscoli intorpiditi dal viaggio. Dice: «Non ero mai stato quassú prima di questa mattina. Sono dei bei posti».

E, poi: «Non conosco nessuno e dovrò ambientarmi, ma come dice il proverbio, in mancansa d'cavaj trottu j asu. (Se mancano i cavalli, trottano gli asini). C'è la guerra, e bisogna sostituire quelli che partono. Bisogna adattarsi».

Ogni giorno porta una novità. Tre giorni dopo la dichiarazione di guerra: giovedí, la novità è l'«ultima cena» di Ansimino.

Se ne sente parlare in paese. Ansimino, dicono le comari, sta andando attorno a cercare, uno per uno, gli altri richiamati della mobilitazione. Pare che gli dica:

«Dobbiamo partire entro lunedí: ci mandano in guerra. Ti propongo di trovarci una sera tutti insieme, per salutarci tra di noi e per salutare le nostre montagne. Ti sembra una buona idea?»

La prima tappa di Ansimino è stata all'Osteria del Ponte. Il figlio dell'oste, Pirin, all'inizio non voleva nemmeno ascoltarlo. Continuava a ripetere: «Io non parto, perché sono sempre stato contrario alla guerra. Troverò il modo per tirarmene fuori». Alla fine, però, anche lui ha dovuto rendersi conto che l'epoca delle chiacchiere pro o contro la guerra era finita, e che bisognava andarci per forza. Ha detto: «Va bene, ci sarò. Ma la cena la facciamo qui, nella mia osteria».

Poi, Ansimino è andato alla segheria di Oliviero soprannominato il Rana, perché ha gli occhi un po' sporgenti come tutte le persone di quella famiglia. La moglie di Oliviero, la signora Faustina, quando ha sentito parlare di mobilitazione generale e di guerra si è messa a piangere. Il Rana, invece, era allegro, e dopo che sua moglie li ha lasciati soli ha detto a Ansimino:

«Cambiare vita, ogni tanto, non fa male. Tu cosa ne pensi?»

«Penso che le guerre non sono uno scherzo, – gli ha risposto Ansimino. – Anche quando sembra che incomincino per scherzo, come questa».

È andato a casa del figlio del sindaco. Antonio Cravon era ancora a letto perché era rincasato tardi la notte precedente, e sua moglie ha dovuto svegliarlo. «Una cena tra noi, prima di andare al fronte, mi sta bene, – ha detto Antonio mentre si faceva la barba. – Quello che non mi sta bene è la guerra. Vita da cani e rischiare la pelle, per cosa?» E poi: «Proprio adesso che mi ero fatto la morosa, in un paese della valle Maggiore...»

È andato a trovare i fratelli Calandron. (Un soprannome, che significa «maschera di legno»). Carlo e Giuseppe Calandron, da giovani, erano «i bei mattai», cioè i ragazzi piú belli della valle: poi sono cresciuti, e adesso hanno trentaquattro e trentasei anni. Carlo, il fratello piú giovane e piú sveglio, lavora il legno: fa i piatti di legno, le forchette di legno, i crocefissi e le Madonne di legno. Giuseppe, il fratello piú anziano e piú tardo, fa il boscaiolo e il muratore e ha sposato una donna, la Gilda soprannominata Cagafeuch (dal nome dialettale di un insetto: la lucciola), che secondo la voce pubblica gli «mette le corna». Di lui, le comari dicono: «Ha due figli. Ma chissà, poi, se è davvero lui il padre!»

CAPITOLO SESTO

È andato a casa di Stefano Ballista, l'uomo piú misterioso della valle. Si sa che ha studiato in seminario e che doveva diventare prete; si sa che ha dovuto interrompere gli studi e che ha avuto dei problemi con la giustizia, per avere molestato dei bambini e forse anche per avere rubato dei soldi in una chiesa. Si sa, infine, che vive in città. Da qualche settimana, Stefano è tornato a stare con i suoi genitori; qualcuno, in paese, dice che è in «soggiorno obbligato». Ansimino ha bussato alla porta dei Ballista ed è uscita la madre di Stefano, la signora Andreina, che gli ha detto:

«Mio figlio, al momento, è occupato. Cosa devi dirgli?»

«Sono venuto a invitarlo alla cena della mobilitazione generale, – le ha risposto Ansimino. – Una cena per stare insieme e per salutarci, prima di partire per la guerra...»

Andreina ha fatto una smorfia. Ha detto, in tono convinto: «Stefano non va in nessuna guerra e non deve salutare nessuno. Ne ho già parlato con il sindaco. C'è stato un errore». È rientrata in casa e si è chiusa la porta dietro alle spalle.

«Meglio cosí, – ha pensato Ansimino andandosene. – Con lui, saremmo stati in tredici. Porta male».

A mezzogiorno ha incontrato in piazza il maestro Prandini, che gli ha detto: «Ti ringrazio di avere avuto questa idea, di trovarci una sera a cena prima di partire».

«È un'ottima idea e naturalmente io ci sarò».

Poi è entrato nell'emporio della Mula e Giuliano, dopo averlo ringraziato anche lui e avere accettato, ha voluto accompagnarlo fuori dal negozio. «Mio padre, – gli ha detto, e gli occhi gli ridevano, – è fuori di sé perché io parto, ma questa volta non può trattenermi».

«C'è la guerra!»

Dopo pranzo, Ansimino è uscito dal paese per andare a cercare i quattro che ancora mancano all'appello, e che forse non sono nemmeno informati di quello che sta succedendo. Sopra di lui, nel blu profondo del cielo, c'è una nuvola che si sposta nella sua stessa direzione e lui cammina di buon passo, verso il Corno Rosso e verso gli alpeggi. Supera il grande sasso spaccato in due, che secondo un'antica leggenda si sarebbe rotto nel corso di una lotta furibonda tra Dio e il diavolo, e avrebbe dato il nome al paese: Rocca di Sasso. Arriva alla piccola chiesa della Madonna del Rumore, cosí detta perché in quel punto le acque del fiume precipitano in una strettoia: e gli sembra di ritrovare se stesso e il suo passato, in quei luoghi dov'era venuto chissà quante volte quando era un ragazzo, e dove non ritornava da anni. Ora che deve lasciarli per andare incontro a un destino incerto, capisce quanto sono stati importanti per lui e quanto lo sono ancora. Pensa:

«Una parte di me resterà in questo paesaggio, comunque vadano le cose. Dentro a quel frammento di roccia, in quel fiore, in quel cespuglio di rododendro ci sono anch'io».

Si incanta a guardare un volo di farfalle. Pensa che anche le farfalle fanno parte del paesaggio alpino, e che anzi ne costituiscono una componente essenziale. Ce ne sono di grandi e di piccolissime; ce ne sono ovunque. Nelle valli intorno al Macigno Bianco c'è una farfalla bianca semitrasparente, la Parnassio Apollo, con grandi macchie nere e rosse; ci sono le farfalle arancione, le Arginnidi; c'è la Cleopatra, gialla con un punto rosso sulle ali; ci sono, e sono le piú eleganti di tutte, le Vanesse: la Io, la Atalanta, la Vanessa del Cardo. C'è una farfallina color del cielo: una Licena, che gli abitanti di queste valli chiamano «farfalla della merda» perché è attratta irresistibilmente dallo sterco delle vacche. Se ne vedono anche trenta o quaranta su una sola cacca, e con la loro leggerezza e la loro eleganza riescono a rendere spirituale ciò che di spirituale, in sé, non ha proprio niente.

La merda.

Ci sono le Cavolaie, le Pieridi, le Melanargie...

Ansimino ripensa alle leggende che gli raccontavano sua

nonna e sua madre. Secondo quelle leggende della valle Minore, le farfalle sono anime di defunti non ancora arrivate a destinazione. Anime perse, che dovrebbero presentarsi a Dio per essere giudicate e che invece si godono un ultimo momento di spensieratezza nelle valli intorno al Macigno Bianco, cioè intorno al paradiso e all'inferno. Ogni farfalla, gli spiegava la Maria d'i Biss quando lui era ancora molto piccolo, con la sua forma caratteristica e con i suoi colori rappresenta il carattere di un defunto o di una defunta; è, come dire?, la sua immagine dopo la morte. Gli uomini sempre indaffarati sono Macroglosse, le comari stupide sono Cavolaie, le persone vanitose e boriose diventano Vanesse...

Le persone frivole, di cui è pieno il mondo, diventano farfalline della merda. Infine, gli esseri stupidi e malvagi che costituiscono la gran parte del genere umano, dopo la loro morte assumono l'aspetto della Sintomide Fegea: che è un bacarozzo con le ali blu scuro macchiate di rosso, e il corpo tozzo e peloso. Soprattutto in autunno, nelle valli intorno al Macigno Bianco ci sono milioni di Sintomidi, e secondo la credenza popolare portano disgrazia. Chi ne trova una in casa, o se ne trova una addosso, deve recitare immediatamente una preghiera per allontanare la malasorte. La preghiera di morti:

«L'eterno riposo donagli, o Signore...»

In cima ai pascoli c'è un gruppetto di case, tutte in pietra, e attorno alle case ci sono piccoli appezzamenti di terreno sostenuti da muriccioli di pietre. In questi orticelli e giardini pensili, gli abitanti del borgo chiamato Pradel coltivano le poche cose che arrivano a maturazione anche quassú, dove le estati, di solito, sono corte, e gli inverni sono lunghi e gelidi. Coltivano la segale, che è il grano di questi luoghi; coltivano le patate e la canapa. È qui che Ansimino incontra il Contardo dal Pradel, uno dei richiamati della mobilitazione generale. Dopo che si sono salutati, gli chiede:

«Lo sai che c'è la guerra, e che dobbiamo partire entro lunedí?»

«Lo so, lo so, – gli risponde Contardo. – Me l'ha detto l'Ernesta», che è sua moglie. «È andata in paese questa mattina a fare le provviste, e mi ha anche detto che tu stai organizzando un incontro tra noi richiamati: un'ultima cena, perché possiamo salutarci prima di partire. È una buona idea, e naturalmente io ci sarò».

Contardo è un uomo robusto, con la barba già grigia e un fazzoletto legato intorno alla fronte, per impedire al sudore di scendergli negli occhi mentre sta lavorando. La faccenda della guerra lo preoccupa, e chiede a Ansimino:

«Contro chi la facciamo, questa guerra? Da che parte ci mandano?»

Davanti alla piccola chiesa del villaggio (una delle cento chiese della valle, dedicata alla Madonna di Loreto: la Madonna che vola), Ansimino incontra un ometto magro e nervoso con in spalla la «ranza», cioè la falce grande per tagliare il fieno. È il Luigi Barlun, un altro richiamato della mobilitazione generale. Prima che Ansimino abbia il tempo di dire qualcosa, lui gli grida:

«So già tutto!»

Visto da vicino, l'uomo corrisponde abbastanza bene al suo soprannome: che significa «piccola cacca» o «stronzetto». Ha la statura e la corporatura di un ragazzo di quattordici anni, e pochi peli di barba mal tagliati sulla punta del mento. In piú, ha la pelle bruciata dal sole, scura come cuoio e rugosa. Dice:

«Non vedo l'ora di tornare a mettere la divisa. Ci voleva proprio, una bella guerra!»

Ansimino lo guarda stupito e lui ride, scuotendo la testa: «Stai tranquillo. Non sono diventato matto. Guerra o pace, l'importante è che me ne vado da questa valle maledetta: almeno per un po' di tempo. Sono stufo di tagliare l'erba degli altri. Sono stufo di essere chiamato e trattato come uno stronzo. Barlun qua, Barlun là. Sono come il barbiere dell'opera di Rossini: tutti mi cercano, tutti mi vogliono, perché il mio lavoro non vale niente. Sono stufo di servire quelli che mi pagano e anche quelli che non mi pagano».

«Finalmente, è arrivata la guerra!»

Dopo essersi lasciato alle spalle le case e i pascoli del Pradel, Ansimino continua a salire in un bosco di abeti secolari e di pini neri, diritti come lance sul fianco della montagna. Dopo un'ultima svolta arriva all'alpeggio detto Cà d'i Banf cioè «casa dei fiati»: due edifici di pietra nel verde tenero dei prati, sotto il picco del Corno Rosso avvolto in quella stessa nuvola che ha accompagnato fin quassú il nostro personaggio, e che finalmente è giunta a destinazione. Sulla destra, a chiudere l'orizzonte, ci sono le rocce grige e dentate della montagna chiamata Resga («sega»). Un bel paesaggio: ma prima che Ansimino abbia il tempo di guardarsi attorno, qualcosa si stacca dalle case. Una massa grigia, velocissima, si dirige verso l'intruso cioè verso di lui e in un batter d'occhi si materializza al suo fianco nella forma di un grosso cane da pastore, che gli gira attorno ed emette un brontolio minaccioso.

Adesso Ansimino è immobile. Grida con tutto il fiato che ha nei polmoni:

«Giuseppe! Giuseppe Babbiu! Chiama il cane!»

Si sente un fischio nel silenzio della montagna e il cane ritorna da dove è venuto con la stessa velocità con cui è venuto. Da una delle due case di pietra è uscito un uomo, che si tiene una mano sulla fronte per riparare gli occhi dalla luce. Grida:

«Chi è? Chi sei?»

Ansimino gli va incontro e il cane, adesso, muove la coda. Il Babbiu («rospo»: uno dei tanti soprannomi che si trasmettono nella valle senza che nessuno, piú, ne ricordi l'origine) chiede al visitatore, scherzando: «Cosa ti è successo, per farti arrivare fin quassú?»

«Si è persa la corriera?»

«È scoppiata la guerra», gli risponde Ansimino. E poi,

visto che il Babbiu non sa niente, gli spiega tutto quello che c'è da spiegare, sulla guerra e sulla mobilitazione generale. Gli parla dell'ultima cena. Il Babbiu si mette le mani nei capelli. Dice: «Ci mancava anche questa!»

Si dispera: «Come farà Eufemia, da sola?» Eufemia è sua moglie, soprannominata la Levra («la lepre») per via del labbro leporino. «Abbiamo due figli, e ce n'è un terzo in arrivo!»

Prima di andarsene, Ansimino gli chiede notizie del tesoro e dei fantasmi che lo difendono: «Si sentono ancora, di notte?»

«Si sentono, si sentono. Sono in tanti, – gli risponde il Babbiu. E, poi: – Mi tocca partire proprio adesso, che stavo per mettere le mani sul loro tesoro».

«Adesso che c'ero arrivato vicinissimo!»

La storia del tesoro alla Cà d'i Banf è un'altra leggenda della valle Minore: una leggenda che si tramanda da quattro secoli, e che ha dato il nome all'alpe dei Babbii. C'è, nella leggenda, un reparto di soldati tedeschi che cercano di raggiungere le valli di là dalle nostre montagne: quelle dove i fiumi, invece di scorrere verso sud, scorrono verso nord e verso est. C'è un baule di gioielli e di monete d'oro, frutto di saccheggi, che viene trasportato da un mulo verso il Pass d'i Ratti. È il mese di novembre e c'è una tormenta di neve. Il mulo zoppica; i soldati, costretti a fermarsi, si rifugiano in due case di pietra che sono le baite degli antenati di Giuseppe. Non hanno niente da mangiare e mangiano il mulo. In quanto al tesoro, lo seppelliscono da qualche parte vicino alle case: torneranno a riprenderlo in primavera, quando le strade saranno libere dalla neve e loro si saranno procurati un altro mulo. In un intervallo della tormenta, i soldati ripartono: ma la strada è lunga, la montagna è gelata e gli uomini muoiono uno dopo l'altro, ben prima di arrivare dall'altra parte delle montagne... nelle loro valli!

A questo punto, la storia dovrebbe essere finita; invece no. Perché l'anima di chi nasconde un tesoro è condannata a fargli la guardia e a difenderlo: lo dicono i vecchi, e lo sanno tutti nelle valli intorno al Macigno Bianco. Non esistono tesori incustoditi; e le anime dei soldati tedeschi, dopo quattro secoli, sono ancora lí che ansimano e si affannano intorno all'alpe dei Babbii. L'hanno fatta diventare la Cà d'i Banf: la casa dei fiati e dei respiri affannosi. («Banfêe», appunto, significa ansimare).

I Babbii cercano il tesoro, e gli spiriti cercano di spaventarli. «Ma ormai, – dice il Giuseppe, e mentre parla gli brillano gli occhi, – ci sono arrivato vicinissimo, al tesoro! Lo sento da come si muovono. Fanno piú rumore del solito, perché hanno capito che sto per trovarlo».

Si interrompe. Si porta la mano alla fronte. «Vuoi vedere, – si chiede, – che a far scoppiare questa guerra sono state le anime dei soldati tedeschi, per impedirmi di trovare il loro tesoro?»

Dalla Cà d'i Banf, Ansimino sale sulla Pianaccia: che è un passaggio obbligato, in alta quota, tra i nevai del Corno Rosso e il monte Teragn. Costeggia il lago Nero, cosí detto per il colore cupo delle sue acque e perché, secondo le leggende, sarebbe abitato da un'entità femminile: la Matta cioè «la bambina», che di tanto in tanto si rivelerebbe ai viandanti e li inviterebbe a seguirla in un castello sott'acqua, da dove nessuno mai è tornato indietro. Dopo essersi lasciato alle spalle il lago Nero, il nostro personaggio scende per il sentiero delle Pisse, che sono gli emissari del lago: una cascata, spartita sulla parete rocciosa in tanti rigagnoli. In fondo alla discesa c'è una cappella dedicata alla Madonna delle Pisse cioè, in pratica, dell'orina (al plurale). Ansimino si ferma a renderle omaggio. Mentre provvede a questa necessità si ricorda che suo padre Ganassa, il fabbro, quando pisciava all'aria aperta aveva l'abitudine di tirare un peto. Sentenziava:

«Pissée sensa tirée un pèt, l'è istess comè sonée l'violin sensa l'archèt».

(Pisciare senza fare un peto, è come suonare il violino senza l'archetto).

A lui, però, il peto non viene. Riprende il cammino, e in un quarto d'ora di buon passo arriva alla baita dell'ultimo richiamato: alla Civera, tra il monte Teragn e la Griccia. (Una montagna, quest'ultima, cosí detta perché assomiglia a quelle forme di pane allungate e segnate in mezzo: le gricce, che fuori da queste valli si chiamano «filoni»). Ci sono delle vacche al pascolo, e c'è un cane, che Ansimino conosce e chiama per nome:

«Buono, Tupp, buono. Da quanto tempo non mi vedevi? Su, su, calmati».

Il proprietario della Civera, Reginaldo soprannominato d'i Oluch («degli allocchi») è l'Ercole della valle Minore: un omaccione, con due mani grandi come badili. Si dice che sia capace di sollevare due uomini prendendoli uno con il braccio sinistro e l'altro con il braccio destro, e di portarli in giro senza sforzo. La sua principale caratteristica, però, è che non parla da vent'anni, da quando di anni ne aveva quattordici; e che nessuno sa cosa gli è successo. Una vigilia di Natale, dicono in paese, Rocca di Sasso era sepolta nella neve come capita spesso in quel periodo dell'anno, e qualcuno aveva trovato il ragazzo Reginaldo nel vicolo dietro la chiesa. Giaceva nella neve e sembrava morto; invece poi si è ripreso e non riusciva piú ad articolare la voce. Non ricordava cosa gli era successo. Fino a quel giorno era stato un ragazzo assolutamente normale, che parlava con i genitori e con tutti; da allora, non ha piú parlato. A parte questo inconveniente, Reginaldo sta bene. Non è sordo, anzi ci sente benissimo. Non è stupido, perché capisce tutto quello che gli dicono. Non ha perso la memoria, perché riconosce le persone e ricorda tutto, tranne ciò che gli è successo vent'anni fa. Apre e chiude la bocca, emette suoni: ma, per quanto si sforzi di articolarli, non parla.

Chi racconta la storia di Reginaldo dice che, all'epoca

dei fatti, i suoi genitori lo avevano portato in città da un medico famoso; e che il medico, dopo averlo visitato, aveva detto:

«Deve avere visto qualcosa che lo ha spaventato. Se sapessimo cosa...»

Ansimino, guidato dal cane Tupp, trova il padrone di casa dentro alla baita, intento a rimestare la polenta nel paiolo che ha messo sul fuoco. Reginaldo spalanca gli occhi: siamo in guerra? Dice all'ospite, a gesti, che lui il servizio militare lo ha già fatto: era negli alpini (traccia con le mani, nell'aria, la forma di un cappello, e ci mette sopra una penna immaginaria). Si stringe nelle spalle e allarga le braccia. Chiede (con l'espressione del viso, e con i gesti): cosa vogliono, ancora, da me?

Cosa vogliono da noi?

«Vogliono che andiamo al fronte, – gli dice Ansimino. – I giovani fino a ventisei anni sono già partiti, e adesso tocca a noi che abbiamo un'età compresa tra i ventisette e i quarant'anni. Ci mandano in guerra!»

Capitolo settimo
L'ultima cena

L'ultima cena dei richiamati della mobilitazione generale a Rocca di Sasso durerà dalle otto di sera di quel sabato alle tre di mattina della domenica successiva, e sarà un evento memorabile a causa degli schiamazzi, ingigantiti dal silenzio della montagna, dei cori e della fisarmonica: che mai prima d'allora, in paese, si era sentita suonare a quelle ore di notte! Le cronache della valle, a questo proposito, registrano tre diversi atteggiamenti tra gli abitanti del borgo, e tre differenti reazioni. Il primo atteggiamento, tutto sommato positivo, è quello di chi si immedesima nelle ragioni del baccano, e prova sentimenti di indulgenza e di umana solidarietà nei confronti dei «nostri uomini», costretti a partire per una guerra di cui si è tanto parlato in questi mesi, ma di cui, ancora, non si sa niente. Molte donne e anche molti anziani del paese, costretti a rimanere svegli fino quasi all'alba del giorno successivo, dicono dei disturbatori:

«Poveretti! È l'ultima occasione che hanno, di stare insieme e di stare allegri. Noi soffriamo per una notte, ma loro per chissà quanto tempo dovranno soffrire, laggiú al fronte!»

«Qualcuno, addirittura, potrebbe non tornare piú indietro. Bisogna avere pazienza».

La seconda reazione, invece, è quella di chi vuole dormire ad ogni costo, qualunque cosa succeda; e pensa di averne il diritto, dopo una giornata di lavoro. Una parte della popolazione di Rocca di Sasso sopporta per forza e con fastidio il fracasso della cena dei richiamati, e non si dà alcun pensiero dei pericoli che i disturbatori dovranno affrontare, anzi gli augura il peggio del peggio e glielo augura subito:

«Ch'i crepessan!»

(Rara forma mista di condizionale e di congiuntivo: «Che crepassero»).

Infine, il terzo tipo di reazione è quello di chi inveisce in modo specifico contro il musicista cioè contro il signor Gino Dindon, proprietario dell'unica fisarmonica che c'è in paese. È lui che anima e dirige i cori dei richiamati, fino a un'ora impossibile di notte. È lui il principale responsabile del baccano: e la faccenda è tanto piú difficile da spiegare in quanto il signor Gino è conosciuto da tutti come persona tranquilla, di buon senso e... contraria alla guerra! Molti si domandano:

«Ha preso un colpo di sole? È diventato pazzo?»

Qualcuno gli augura un accidente:

«Cosí smette!»

Ma, prima di parlare dell'ultima cena e dei discorsi memorabili che vi si faranno, dobbiamo dire qualcosa dei preparativi. Che, all'Osteria del Ponte, incominciano la mattina del sabato.

Alessandro Manina: l'oste, mette insieme i tavoli della sala in modo da farli diventare un unico tavolo, e lo imbandisce con dodici coperti.

Suo figlio Pirin, dopo essersi consultato con Giuliano Mezzasega e con il maestro Prandini, stabilisce il posto a tavola di ciascun convitato con degli appositi cartellini. Assegna un posto di capotavola a Ansimino («Spetta a lui, perché è lui che ha avuto l'idea dell'ultima cena»), e lascia l'altro capotavola al signor Luigi e alla sua fisarmonica.

Il maestro Prandini cura l'addobbo della sala, che si affaccia con una vetrata sul fiume Minore. Sulla parete opposta a quella della vetrata crea una cascata di striscioline di carta (le «stelle filanti» che si usano a carnevale), con i colori della bandiera. In fondo alla sala, in bella vista, mette uno di quei manifesti che il mese precedente erano serviti ad annunciare la conferenza per l'intervento, con la sua scritta in caratteri cubitali:

«Ora o mai piú».

A metà mattina arriva una visita. La Gilda moglie di Giuseppe Calandron, che da giovane era stata soprannominata Cagafeuch («caca-fuoco» o «lucciola») per il richiamo che esercitava sui maschi, si affaccia alla porta dell'osteria e chiede in tono di sfida «se anche le mogli dei richiamati in guerra parteciperanno alla cena». Ansimino e Giuliano Mezzasega si scambiano un'occhiata senza dire niente. L'oste Alessandro scuote la testa. Suo figlio Pirin che sta porgendo le stelle filanti al maestro Prandini, in piedi sopra una sedia, si volta e guarda l'estranea con un occhio aperto e l'altro semichiuso, come fa di solito con chi lo infastidisce. Risponde, in tono seccato: «Figuriamoci!»

«A una cena di uomini, ci sono solo uomini».

Nel pomeriggio, i preparativi si spostano in cucina. L'atmosfera è allegra, anche se la signora Giuseppa: la donna barbuta madre del richiamato Pirin, ha fatto sapere che lei, oggi, in cucina non metterà piede. Andrà in chiesa ad accendere un cero a san Cristoforo, che è il santo protettore della valle. Gli chiederà di riportare a casa tutti i ragazzi e tutti gli uomini di Rocca di Sasso, ma soprattutto di riportare a casa il suo Pirin: «Che è un fannullone e forse anche un poco di buono, ma è l'unico figlio che ho e deve rimanere vivo».

«Se morisse lui, morirei anch'io».

A dirigere i lavori intorno ai fornelli c'è Berta, la sorella dell'oste Alessandro; una donna magra e ossuta soprannominata Copún («cazzotto»), perché quando qualcuno la molestava, da ragazza, alzava una mano e lo minacciava: «At do un copún!» A forza di minacciare cazzotti la Berta è rimasta zitella, e adesso che è anziana ha anche preso il vizio di bere: è una «ciöccatuna» (un'ubriacona), ma è anche una donna di buon cuore e un'ottima cuoca. Quando suo fratello Alessandro è venuto a chiederle di preparare la cena d'addio per i richiamati della mobilitazione generale, lei si è cosí commossa che non è riuscita a trattenere le lacrime. Ancora adesso, mentre sminuzza una cipolla per preparare il soffritto, ogni tanto si asciuga gli occhi con il grembiule. Ogni tanto mormora:

«Poveretti. Chissà cosa gli daranno da mangiare, laggiú in guerra».

Insieme a Berta c'è sua nipote Teresa soprannominata Girumeta, fidanzata con un ragazzo di Rocca di Sasso che è dovuto partire qualche mese fa e che in questo momento si trova già al fronte. Il soprannome Girumeta (forse un diminutivo storpiato di Gerolama, come Ansimino è un diminutivo storpiato di Anselmo), all'epoca della nostra storia è ancora abbastanza diffuso nelle valli intorno al Macigno Bianco e indica un tipo di donna talmente comune da essere passato in proverbio. Girumeta è la ragazza di montagna che va a fare la serva in città, laggiú nella pianura dove si coltiva il riso. Per prenderla in giro, le ragazze di città le dicono nel loro dialetto:

«Girumeta d'la muntagna, torna al tò païs; va a mangé le tò castagne, lassa sté l'mé ris».

(Girometta della montagna, tornatene al tuo paese. Vai a mangiare le tue castagne, lascia stare il mio riso).

È una ragazza bianca e rossa di salute, linguacciuta e ingenua. Una maschera tra le tante della commedia dell'arte: e chissà se nei secoli passati si sono fatti degli spettacoli, in cui lei è la protagonista. Chissà se in qualche storia del teatro è rimasta traccia di Girometta!

Ma torniamo ai richiamati della mobilitazione generale e al loro incontro, che qualcuno in paese ha incominciato a chiamare «l'ultima cena» e che anche loro, ormai, chiamano cosí.

I richiamati arrivano all'Osteria del Ponte dopo che il sole ha incominciato a scendere dietro le cime del monte

L'ULTIMA CENA

Resga, e prendono posto secondo i cartellini, intorno al tavolo apparecchiato con le tovaglie delle grandi occasioni. Sono tutti gli uomini dell'elenco che c'è in municipio, tranne i tre emigrati e tranne Stefano detto il Ballista, che in quanto assente è la vittima dei primi discorsi. I piú feroci:
«Meno male che non è venuto, – dicono in molti. – Con quegli occhi da matto, e con quella barba, ci avrebbe rovinato la festa». E Oliviero il Rana, prima di sedersi, commenta:
«Anche noi saremmo stati in tredici, come gli apostoli di Nostro Signore insieme a Giuda».
Le voci, adesso, si sovrappongono. «Sua madre, – dice uno dei convitati, – sostiene che lui non può partire per la guerra, perché ha cose piú importanti da fare qui». E un altro: «Dice che ne ha parlato con il sindaco, e che il sindaco gli ha firmato il congedo». Il geometra Antonio Cravon, figlio del sindaco, scoppia a ridere e gli va il boccone per traverso. Tutti ridono e danno delle gran manate sulla schiena dell'infortunato, per aiutarlo a inghiottire ciò che lo soffoca.
«È la balla piú grossa che ho mai sentito, – dice Antonio quando finalmente riesce a smettere di tossire. – Mica per niente in quella famiglia si chiamano Ballista. Se mio padre poteva congedare qualcuno, congedava me».
Seduto a capotavola c'è il signor Gino Dindon, con la «fisa» (la fisarmonica) a tracolla. Non mangia insieme ai richiamati perché, dice, non si possono fare due cose nello stesso tempo («O mangio o suono. Chi canta nelle processioni non può portare la croce»), ma di tanto in tanto si versa un bicchiere di vino e lo beve. Quando gli sembra che intorno al tavolo i discorsi girino a vuoto, fa scorrere le dita sui tasti dello strumento e subito intorno a lui si scatena il coro:
«E che la vaga ben che la vaga mal, siamo il fior della gioventú», oppure:
«La mamma di Rosina era gelosa...»

Tra un coro e l'altro, tra una portata e l'altra, tra un bicchiere di vino e l'altro, ognuno parla col vicino, o coi vicini, delle cose che piú gli interessano. Pirin Manina figlio dell'oste e Antonio Cravon figlio del sindaco si chiedono: come sarà organizzata «la ciulanda», cioè il commercio del sesso, in tempo di guerra? Con due o tre milioni di maschi giovani e assatanati concentrati sulla linea del fronte, chi si occuperà di quel genere di assistenza, e come farà a soddisfare una richiesta cosí enorme?

La faccenda li rende pensosi. «Non è un problema da poco, – dice Antonio. – Anche se non vogliamo prendere in considerazione il benessere dei soldati e il loro morale: ci sono in gioco interessi economici enormi...»

«Te la ricordi la Gina? – gli chiede Pirin. – Quella rossa di capelli, con un neo sulla guancia destra... Sí, sí, quella. L'ultima volta che l'ho vista, a marzo, c'era già nell'aria questa storia della guerra e lei mi ha detto che aveva compilato una modula: una carta, per lavorare nell'esercito, nei battaglioni della ciulanda...»

«Speriamo che l'abbiano compilata in tante, quella carta», sospira l'Antonio. Rimane un momento soprappensiero, poi aggiunge: «Il mio timore è che, al fronte, ci andranno solo le donne piú brutte, a rischiare molto e a guadagnare poco. Vorrei sbagliarmi, ma credo che finirà cosí».

Dall'altra parte del tavolo si parla di armi. «Il fucile modello novantuno è un'arma eccellente, – dice il Contardo dal Pradel a Oliviero il Rana. – Io l'ho provato quando ho fatto il militare in fanteria, e vi assicuro che non c'è confronto con il fucile ad avancarica. Speriamo che ce ne siano a sufficienza per poterli dare a tutti».

Carlo Calandron scuote la testa. «Le guerre di oggi, – dice, – non si vincono con i fucili. Si vincono con le artiglierie: e in quel settore, per quanto ne so io, i nostri nemici sono meglio equipaggiati di noi».

La discussione, a questo punto, si infiamma dalle due parti del tavolo. «Che mi importa se abbiamo meno cannoni, – grida il Luigi Barlun. – Siamo sempre in tempo per farne degli altri, non vi pare? La guerra è appena incominciata. Noi però abbiamo la superiorità nell'arma aerea. Lo sanno tutti che i nostri piloti e i nostri aereoplani sono i migliori del mondo!»

Reginaldo d'i Oluch ascolta tutti i discorsi e fa segno di sí con la testa. Riempie e vuota il bicchiere che ha davanti e fa segno che è d'accordo con tutti: sí, sí, sí.

Giuseppe Calandron non dice nulla. A un tratto scoppia in singhiozzi, e nell'Osteria del Ponte si fa silenzio. Lui se ne accorge e cerca di smettere. Si asciuga gli occhi con un fazzolettone di tela, bianco a quadretti rossi. Dice, anzi per essere piú precisi balbetta:

«Scusatemi... Vi sto rovinando la festa. Mi dispiace».

«Stavo pensando che non voglio partire e che sono obbligato a partire. Da quando sono al mondo, c'è sempre stato qualcuno che decideva per me quello che dovevo fare io».

Riattacca a piangere e i vicini si sforzano di consolarlo. Gli dicono: «Disperarsi non serve a niente. Cerca di stare allegro».

«Fai come noi!»

Per risollevare il morale della tavolata, il signor Gino si alza in piedi e accenna con la fisarmonica le prime note dell'*Internazionale*. Dice: «Questa musica, e quest'inno, li dedichiamo al maestro Prandini».

Il coro che segue è fragoroso («Compagni, avanti! Il gran partito | Noi siamo dei lavorator»), anche se non tutti conoscono le parole. Tutti cantano. Il maestro Prandini ha le lacrime agli occhi. «L'inno dei lavoratori, – dice, – è sempre bellissimo, ma il socialismo mi ha deluso. La storia degli operai che cambiano il mondo con gli scioperi è soltanto una favola, come quelle che ci raccontavano i nostri nonni quando eravamo bambini. Per cambiare il mondo ci vogliono lacrime e sangue. Ci vogliono le guerre».

Barlun applaude: «Ben detto, bravo! Anch'io la penso cosí».

Il signor Gino sorride e scuote la testa. Accenna con la fisarmonica le prime note della *Mula de Parenzo*. Dice:

«Per il nostro amico Giuliano e per la sua Mula. Tutti insieme!»

Le cronache dell'ultima cena registrano, oltre alle chiacchiere di cui s'è detto e oltre alle musiche e ai cori che tengono svegli gli abitanti di Rocca di Sasso fin quasi all'alba del giorno successivo, tre discorsi che meritano di essere ricordati.

Il primo discorso memorabile è quello del signor Gino Dindon, direttore dell'ufficio postale e musicista della valle. Prima di prendere il suo posto a capotavola e di togliere la custodia alla fisarmonica, il signor Gino chiede di essere ascoltato, battendo le mani una contro l'altra. Dice:

«Sono qui come musicista e come patriota, anche se mi rendo conto che la mia presenza alla vostra cena, per molti nostri compaesani sarà la prova definitiva che sono diventato matto. Io ero contrario alla guerra, lo sanno tutti in paese, e fino a pochi giorni fa ne dicevo tutto il male possibile. Avevo torto? Non lo so e non credo che queste considerazioni, ormai, abbiano piú importanza. Dal momento in cui la guerra è iniziata siamo tutti in guerra, e ognuno deve fare la sua parte per quel poco o tanto che può. Voi che andate al fronte dovete vincere e rimanere vivi. Io che non ho piú l'età per partire ho il dovere di sostenervi, anche suonando la fisarmonica. Che Dio vi benedica e vi aiuti».

Bicchieri alzati, brindisi: «Viva il signor Gino!»

«Ai richiamati della mobilitazione generale. Alla nostra vittoria!»

«A noi!»

Il secondo discorso memorabile è quello di Anselmo detto Ansimino, l'uomo che «ha l'intelligenza nelle mani». Dopo essersi alzato in piedi e avere chiesto un poco di silenzio battendo la forchetta contro un bicchiere, Ansimino dice:

«Vi ringrazio di avere accettato la mia proposta, di trovarci a cena tutti insieme prima di partire. Stiamo salutando le nostre montagne e la nostra valle, e ci stiamo anche salutando tra di noi: perché sarà difficile che, al fronte, ci ritroviamo negli stessi posti e negli stessi reparti. Il signor Gino, che ha parlato prima, ha detto bene: dobbiamo vincere la guerra e dobbiamo riportare a casa la pelle. Cercheremo di fare tutt'e due le cose, ma non sarà facile. In guerra si muore e sarebbe inutile che ce lo nascondessimo. Quando tutto sarà finito qualcuno di noi non ci sarà piú, e ci sarà una lapide sul muro del municipio con scritto il suo nome. Forse, quel nome sarà il mio...»

Grida, schiamazzi e gesti volgari. Dopo avere chiesto nuovamente silenzio, Ansimino continua:

«Avete fatto bene a fare gli scongiuri. Tutto serve, per tenere a bada il destino: ma io vorrei proporvi qualcosa di meglio. Qualcosa che facevano i nostri antenati fino dalla notte dei tempi e che forse, chissà!, li aiutava davvero a scampare i pericoli. Qualcosa che ha lasciato il segno dappertutto, nei nostri paesi e sulle nostre montagne. Vi propongo di fare un voto alla Madonna perché ci protegga. Se poi non servirà a niente, pazienza. E vi propongo di costruire una chiesa: una piccola chiesa tutta di sasso, che ricordi la nostra partenza e il nostro voto. Dentro alla chiesa, io metterei l'immagine della Beata Vergine del Soccorso e i nostri nomi: nient'altro». Guarda le persone intorno al tavolo, che a loro volta lo stanno guardando. Alza una mano, per fermare un'obiezione fin troppo prevedibile: «Sí, lo so che i tempi sono cambiati. La religione, oggi, ha meno spazio nelle nostre vite di quanto ne aveva una volta; e qualcuno di noi se ne è allontanato completamente. Ma di fronte ai fatti gravi: alle epidemie, alle alluvioni, alle guerre bisogna stringersi intorno a qualcosa, ci si creda o no. Fare un voto alla Madonna non è soltanto un atto di devozione. È anche un modo per sentirci uniti tra di noi e con la nostra valle, quando saremo laggiú al fronte. Penseremo che qualcuno, qui, ci protegge; e quel pensiero ci aiuterà a sopravvivere».

Nell'Osteria del Ponte, adesso, il silenzio è perfetto. «È una buona idea», dice Contardo dal Pradel. «Io sono d'accordo», dicono Oliviero Rana e Carlo Calandron. «Sí, sí, – dicono tutti. – Una chiesetta di sasso con dentro i nostri nomi ci sta bene, e ci sta bene che sia dedicata alla Beata Vergine del Soccorso». Poi però sorgono i primi dubbi. «Chi la fa? E con quali soldi? Bisognerà comperare dei materiali, – dice Giuliano Mezzasega. – I sassi nelle nostre montagne non mancano e le travi ce le darà Oliviero che ha la segheria, ma gli intonaci bisogna pagarli. I marmi per l'altare bisogna pagarli. E se chiamiamo un pittore, non lavorerà certo gratis». Si rivolge a Ansimino: «Ci hai pensato?»

«Faremo una colletta, – gli risponde Ansimino, – e chiederemo a tutti, in paese, di aiutarci. Ci sarà chi ci mette il lavoro e chi ci mette i soldi. Con mille lire, piú o meno, dovremmo farcela».

«C'è un'altra difficoltà, – dice il pastore Giuseppe Babbiu. – Tutti noi che siamo qui partiremo con la corriera lunedí pomeriggio, e la chiesa, al massimo, possiamo progettarla. Possiamo chiedere all'Antonio, che è geometra, di fare un disegno: ma poi chi lo realizza, mentre noi siamo via?»

«Un voto realizzato da qualcun altro, è un voto valido?»

«Certo che è valido, – interviene il signor Gino. E poi: – Scusate se mi intrometto nei vostri discorsi, ma anche noi che restiamo in paese siamo ancora in grado di fare qualcosa». Appoggia la fisarmonica su una sedia e si alza in piedi. Si mette una mano sul petto. «Se mi considerate degno della vostra fiducia, – dice in tono solenne, – io mi prendo l'impegno di curare la costruzione della vostra chiesa e di amministrare i soldi che avrete raccolto prima di partire. Naturalmente vi renderò conto di tutto, fino all'ultima pietra e all'ultimo centesimo».

«Che bella cosa, – dice il Luigi Barlun: e non si capisce se parla sul serio, o se sta facendo dell'ironia. – Io, già lo sapevo che sarei ritornato vivo dalla guerra; ma con il voto alla Madonna mi sono tolto anche l'ultimo dubbio». E il geometra Antonio Cravon, scuotendo la testa: «Sí, va bene. Domani provo a fare un disegno. Un progetto cosí alla buona, per una cappella che, se ho ben capito l'idea di Ansimino, dovrebbe contenere l'immagine della Beata Vergine sulla parete di fronte all'ingresso e dovrebbe essere rivolta verso la valle anziché verso il paese: dico bene? Altrimenti, come fa la Madonna a seguirci? Ma le chiese non si costruiscono per aria. Ci vuole il terreno».

«Ve lo do io, il terreno, – dice l'oste Alessandro Manina che è rimasto vicino alla porta, in piedi, ad ascoltare i discorsi. – Ho un po' di prato in cima alla salita, prima di arrivare in paese, e ve lo metto a disposizione perché possiate farci la vostra chiesa. A destra o a sinistra della strada, scegliete voi».

Tutti brindano. Il signor Gino Dindon si rimette in spalla la fisarmonica e nel buio della valle addormentata riecheggiano le note e il coro della *Marianna*:

«La Marianna la va in campagna quando il sole tramonterà...»

«Tramonterà... tramonterà...»

Il terzo discorso memorabile è quello del maestro Luigi Prandini. Che, dopo avere chiesto e ottenuto un poco di silenzio, dice:

«Finalmente siamo entrati in guerra e dobbiamo vincerla, perché soltanto la guerra: questa guerra, ci farà uscire dalla mediocrità in cui ci hanno tenuto i nostri governi e ci permetterà di avere un futuro, certamente migliore di quello che ci avrebbe dato la pace. In quanto alla proposta di Ansimino, di stringerci tutti insieme in un voto e di costruire una chiesa che serva a custodire i nostri nomi e a ricordare la mobilitazione generale per cui siamo stati richiamati, anch'io sono favorevole e darò il mio contributo, anche se non credo in nessuna Madonna e in nessun Dio. Quell'edificio, che per altri sarà un luogo di culto, per me sarà la testimonianza di un momento importante della mia vita e della vita di tutti».

«Approfitto di questa occasione, – aggiunge dopo un momento di silenzio, – per ringraziare chi ha sostenuto il nostro comitato patriottico e la nostra campagna per l'intervento. Ringrazio Giuliano, che ha dimostrato di non meritare quello stupido soprannome: Mezzasega, con cui tutti, in paese, si ostinano a chiamarlo. Prima di partire per la guerra vorrei che glielo togliessimo. È possibile?»

Risate, schiamazzi. Un grido: «Chiamiamolo Segaintera!»

Un altro grido, di Luigi Barlun: «E io allora cosa dovrei dire? Il mio soprannome significa stronzo. Peggio di cosí!»

«Anche il tuo soprannome deve essere cancellato, – dice il maestro Prandini. – Se siete d'accordo con me, vi propongo di fare un brindisi all'abolizione di Mezzasega e di Barlun».

«Ma sí, – gridano tutti. – A Mezzasega che non è piú mezza sega! A Barlun che non è piú stronzo! Siete liberi!»

Capitolo ottavo
Gianin Panpôs

Lunedí pomeriggio, in piazza a Rocca di Sasso, intorno alla corriera che sta per partire. Ci sono persone che si tengono per mano e non parlano. Donne che sospirano e si asciugano le lacrime con il fazzoletto o con il grembiule. Uomini che si sforzano di sembrare allegri e non ci riescono, oppure ci riescono in modo eccessivo e stonato, scambiandosi ad alta voce certe spiritosaggini, che dovrebbero suscitare chissà quale ilarità e che invece non fanno ridere nessuno.

Ci sono i richiamati della mobilitazione generale, con i loro parenti piú stretti. C'è Ansimino con sua madre, la signora Maria d'i Biss vedova del fabbro Ganassa.

C'è il maestro Luigi Prandini con in mano una borsa da viaggio. È solo. La Mariaccia voleva accompagnarlo e ha insistito tutta la mattina, gli ha detto: «Che mi importa? Tanto lo sanno tutti, in paese, che abbiamo una relazione e che stiamo insieme».

Lui, però, è stato irremovibile. «Voglio che resti libera, – le ha detto. – Non voglio che diventi la mia vedova, se io non torno, a causa delle chiacchiere che si sono fatte in paese».

C'è Giuliano che tutti continuano a chiamare Mezzasega, con la fidanzata Angela Sbrasenta. Stanno in disparte e parlano fitto fitto.

Sembra che facciano dei progetti: ma chissà!

C'è il geometra Antonio Cravon con la moglie Ernesta e la piccola Anna, di sei anni. Ci sono Pirin Manina con la donna barbuta sua madre, e Oliviero Rana con la moglie Faustina soprannominata Cantunin («angolino»: forse per via della casa dove è nata, e dove sono nati i suoi genitori e i suoi nonni). Ci sono i fratelli Carlo e Giuseppe Calandron con le rispettive consorti. C'è il Babbiu con sua madre Annastorta e con sua moglie Eufemia, incinta per la terza volta, che continua a guardarlo e a toccarlo. Gli tocca il viso come fanno i ciechi per riconoscere le persone. Gli tocca le braccia e il corpo, come se dovesse trasmettergli qualcosa con le dita.

Non parla.

Ci sono il Contardo dal Pradel con la moglie, e il Reginaldo d'i Oluch che ha appoggiato per terra lo zaino e si guarda intorno. È solo. L'unico parente che gli è rimasto in paese, uno zio, ha dovuto prendere il suo posto all'alpeggio, per custodire le vacche e gli altri animali.

C'è il Luigi che tutti continuano a chiamare Barlun. Ci sono dei bambini che giocano tra di loro. Sono i figli dei richiamati in guerra, che dovrebbero essere tristi e invece ridono e si rincorrono. Le madri li guardano e scuotono la testa. Dicono: «Beata innocenza».

Ci sono tutti tranne il tredicesimo richiamato, il misterioso Stefano Ballista di cui gli abitanti di Rocca di Sasso sono pronti a dire tutto il male possibile ma di cui, in pratica, non sanno nulla. Sanno soltanto che doveva partire insieme agli altri e che invece, a differenza degli altri, non parte. Dicono: «Le solite ingiustizie».

C'è il signor Gino Dindon, che ha in mano i fogli con il progetto della chiesa e parla con il geometra Antonio, gli chiede le ultime spiegazioni. Gli dice: «Se ci sarà qualche dubbio lo risolveremo per lettera».

La parola «lettera» ricorre in molti discorsi. Le mogli implorano i mariti, gli dicono: «Non farci stare senza notizie. Appena arrivi, scrivici una lettera».

«Appena ti è possibile, fammi scrivere». (Questa variante è per gli analfabeti). «Fammi sapere cosa ti succede, e dove sei».

Il signor Nicola Callone guarda l'orologio. Accende il motore. Suona la tromba che segnala l'arrivo e la partenza della corriera. La suona una volta, due volte, tre volte. Alla fine perde la pazienza. Grida:

«Per favore decidetevi a salire e partiamo, altrimenti qui facciamo notte!»

La corriera si allontana traballando come tutti i giorni. Scompare giú per la discesa mentre la gente, in piazza, sventola i fazzoletti o li usa per asciugarsi le lacrime.

La piazza, pian piano, si svuota.

Tutti gli uomini dai diciotto ai quarant'anni sono in guerra.

Nel paese senza piú giovani e senza piú uomini in età da essere richiamati i giorni continuano a scorrere come sempre, scanditi dal suono delle campane e dagli arrivi e dalle partenze della corriera, che porta i giornali e la posta.

I giornali parlano della guerra. All'Osteria del Ponte, tutte le mattine, chi è capace di leggere se li legge da sé, e chi non è capace se li fa leggere. Chiede, entrando:

«È successo qualcosa di nuovo, ieri, in guerra?»

«Ci sono novità dal fronte?»

I giornali dicono che la guerra va bene. «I nostri» avanzano, ma siccome i nemici: «gli altri», cioè gli uomini delle valli di là dalle montagne, non si rassegnano a indietreggiare come dovrebbero, la situazione è bloccata. Il fronte è fermo.

I nostri sono fermi.

Gli altri sono fermi.

Si scavano buche e buche chiamate «trincee». Si mettono fili spinati dappertutto. Ci si spara da una parte e dall'altra, prendendo bene la mira. Tanto non c'è fretta.

I nostri cercano di ammazzare quanti piú nemici è possibile.

I nemici, per ripicca, cercano di ammazzare i nostri e in genere ci riescono. È la guerra.

Anche i bambini, in paese, giocano alla guerra. Le scuole sono finite e loro si sono scelti, per giocare, un muretto che c'è in fondo alla piazza. Si sono divisi in due gruppi: «noi» e «loro».

(Tutti, naturalmente, sono «noi». Ma, altrettanto naturalmente, tutti sono «loro»).

Si tirano pietre e si danno bastonate, finché intervengono le madri a farli smettere. Il piccolo Aldo, figlio del richiamato in guerra Oliviero, viene portato dal dottor Barozzi perché gli ricucia la testa. Ha un taglio in fronte, prodotto (pare) da un sasso.

È estate e gli uomini ancora validi si sono dovuti trasferire negli alpeggi, per badare alle bestie e per fare il fieno. In paese, oltre alle donne e ai ragazzi, sono rimasti soltanto i vecchi: e tra un arrivo della corriera e l'altro, tra una chiacchiera e l'altra, lavorano a costruire la nuova chiesa.

La chiesa dei richiamati della mobilitazione generale, proposta da Ansimino e progettata dal geometra Antonio Cravon figlio del sindaco.

Il cantiere è in cima alla salita, fuori del paese, ed è diventato il ritrovo obbligato di chi ci viene per dare una mano a quelli che lavorano, e anche di chi ci viene per guardare e per criticare. Si discute e, a volte, si litiga. I piú assidui tra i frequentatori del cantiere sono due anziani tra i settant'anni e gli ottanta, l'Olindo Spaccarotelle e il Giorgino Priôo («priore»), che addirittura hanno smesso di andare in piazza ad aspettare l'arrivo della corriera e vengono qui tutte le mattine di buon'ora, per scavare le fondamenta del nuovo edificio e per portare via carriolate di terra e di sassi. Ogni tanto si sputano sulle mani callose e poi si fregano le palme una contro l'altra, prima di tornare a impugnare il piccone o ad afferrare i manici della carriola. Sono contenti e lo dicono:

«Finalmente si costruisce una nuova chiesa, qui in paese!»

«Erano almeno vent'anni che non se ne facevano piú. L'ultima è stata quella di san Sebastiano, al prà d'i Müs».

«No. È stata la cappella di santa Cecilia, sulla Strà d'la Furca».

Con la stanchezza, poi, arrivano i ricordi. Verso sera: «Tu non c'eri, – dice lo Spaccarotelle al Priôo, – quando abbiamo costruito l'oratorio della Madonna delle Pisse, lassú al passo della Grondana. Quella sí che è stata un'impresa da doversela ricordare! E non c'eri nemmeno quando è crollato il campanile della chiesa di santa Barbara, giú al borgo, e abbiamo dovuto ricostruirlo in fretta e furia, perché fosse pronto per la ricorrenza della santa...»

Con i ricordi arrivano le liti. «Invecchiando ti è andato in acqua il cervello», gli risponde acido il Priôo. «Per tua norma e regola, – tiene a precisare, – negli ultimi cinquant'anni io ho lavorato in tutte le chiese della valle, compresa quella della Madonna delle Pisse e compreso il campanile di santa Barbara. Ci ho lavorato per salvarmi l'anima e per il mio piacere personale, senza che nessuno, mai, mi abbia dato un centesimo. Ho rischiato anche l'osso del collo. Sissignore. Chi ha messo le beole (tegole) sul campanile, a trenta metri d'altezza? È stato il Priôo! E adesso mi arriva questo mazzòch (testa di legno) a dire che non c'ero qui e non c'ero là. Am fa gnî n'arabia...»

(Mi fa venire una «arabia», cioè un nervoso...)

Passano i giorni e sul prato dell'oste Alessandro Manina, fuori dal paese, incominciano ad ammucchiarsi i materiali per la costruzione della chiesa. Arrivano le pietre spaccate ad arte, per fare i muri. Arrivano le pietre lisce e squadrate che serviranno a fare il pavimento, e quelle piatte e irregolari (le «beole») per il tetto. Arrivano, dalla segheria del padre di Oliviero detto il Rana, le travi del tetto: due tronchi d'abete, che dovranno assumere la loro forma definitiva quando verranno collocati. A tagliarli nelle giuste misure, e a sistemarli, provvederà un mastro d'ascia in pensione, il Gianni Brusa («brucia»): cosí soprannominato perché tra i suoi antenati ce n'era uno che aveva il vizio di incendiare le case e i boschi di chi gli era antipatico, o gli dava fastidio.

(Un vizio, e un soprannome, abbastanza diffusi in queste valli, e in tutte le valli delle Alpi).

Arrivano la sabbia e la calce per gli intonaci.

Incominciano a crescere i muri, mentre il signor Gino Dindon va e viene dall'ufficio postale per controllare tutto e per prendere nota di tutto. Ha con sé, sempre, una cartella di cuoio da scolaro, e ogni tanto tira fuori i disegni del progetto o il metro snodabile per verificare una misura. Ogni tanto litiga con lo Spaccarotelle o col Priôo. Gli grida:

«Ti t'ei storn mè na tappa!»

(Sei stupido, anzi: ottuso, come un ceppo di legno).

Una mattina, a Rocca di Sasso non è ancora arrivata la corriera e si materializza, in paese, la motocicletta del maresciallo dei carabinieri Salvatore Esposito. Seduto nel carrozzino c'è il carabiniere semplice Antonio detto Toni (un diminutivo che nella parlata delle valli intorno al Macigno Bianco può avere anche un significato spregiativo. «Poar Toni», povero Toni, può anche voler dire povero babbeo). La motocicletta, dopo avere girato intorno alla chiesa di san Cristoforo, si ferma davanti alla casa del signor Natale Ballista. I carabinieri scendono dalla moto e il maresciallo Esposito che è un uomo sui cinquant'anni, tarchiato, va a piazzarsi davanti al cancello e chiama ad alta voce Stefano Ballista con il suo vero cognome:

«Stefano Tal dei Tali!»

Si affaccia la madre di Stefano, Andreina: che noi abbiamo già avuto occasione di incontrare, quando Ansimino è venuto a cercare Stefano per l'ultima cena. È una signora non piú giovane, con i capelli tinti di biondo. Dice: «Mio figlio è partito. Non ha lasciato detto dove andava, e nemmeno suo padre e io sappiamo dov'è». Fa una pausa e poi aggiunge, con un tono di voce particolarmente gentile:

«Nel caso lo vedessimo, dobbiamo riferirgli qualcosa?»
«Spero che volete scherzare, signora», dice Esposito. Il comandante del presidio dei regi carabinieri della valle Maggiore e delle valli annesse, in quanto napoletano tratta le persone incensurate con il «voi» (il «tu» è per i pregiudicati) e in quanto maresciallo considera irrilevante l'uso del congiuntivo nella lingua scritta e parlata. Dice, e sembra che reciti a memoria: «In virtú del regio decreto sulla mobilitazione generale. Stefano Tal dei Tali doveva presentarsi al distretto militare di pertinenza, per essere arruolato e assegnato al di lui reparto. Non avendo ottemperato alla chiamata e non avendo giustificato l'assenza nei tempi e nei modi previsti, viene ricercato come disertore».

Respira a fondo. Conclude: «In tempo di guerra, la pena per i disertori è la fucilazione».

La signora Andreina continua a sorridere. Rientra in casa, e dietro alla porta rimasta socchiusa si sentono un gemito e un tonfo. (Le cronache della valle riferiranno in seguito che è svenuta). Dalle stanze interne della casa arrivano voci concitate e rumore di porte che sbattono. Il maresciallo Esposito, in piedi davanti al cancello, grida per la seconda volta:

«Stefano Tal dei Tali!»

Si riapre la porta ed esce Stefano. È un uomo magrissimo, con la barba grigia arruffata e gli occhi che guardano in tutte le direzioni. Si ferma davanti al maresciallo, balbetta: «Mi avevano detto... Io non credevo... Non sapevo...»

«Mia madre diceva che aveva parlato con il sindaco... Eravamo convinti...»

Esposito fa un cenno al carabiniere suo aiutante, che si avvicina al ricercato. Si toglie dalla cintura due anelli di metallo (le manette) tenuti insieme da una catena; e, dopo avere chiuso il suo polso sinistro dentro un anello, chiude nell'altro anello il polso destro di Stefano, che cosí non può piú scappare.

Poi il maresciallo si avvicina alla porta di casa. Chiede ad alta voce: «È permesso?» Qualcuno gli risponde: «Avanti», e lui allora si toglie il berretto ed entra. Rimane in casa una diecina di minuti. Quando finalmente torna fuori è in compagnia del padre di Stefano, il signor Natale Ballista, che gli cammina a fianco e continua a ripetere: «Maresciallo, la prego. Veda lei cosa si può fare».

«Siamo nelle sue mani. Soltanto lei può salvare nostro figlio».

Il maresciallo si rimette il berretto che gli copre la parte centrale del cranio, lucida e completamente priva di peli. Natale Ballista gli sta addosso e gesticola. Gli dice:

«Se Stefano non è partito come tutti gli altri, la colpa è soltanto nostra. Pensavamo di poterlo nascondere e gli abbiamo mentito...»

E, poi: «Nostro figlio è malato. Non è matto, per lo meno non completamente, ma a volte proprio non ci sta con la testa. Dice che sente delle voci e che deve ubbidirgli. Fa delle cose che nemmeno lui sa spiegare. Delle cose assurde!»

«Non è un uomo da mandare in guerra. Per favore, lo spieghi ai suoi superiori, che lo dicano ai medici...»

Il maresciallo sale sulla motocicletta al posto di guida. Stefano Ballista viene fatto sedere nel carrozzino, mentre il carabiniere semplice Toni prende posto dietro al guidatore. La motocicletta sta per partire e irrompe sulla scena la signora Andreina, ancora pallida e con i capelli scomposti. Grida al maresciallo e al suo aiutante di fermarsi. Di aspettare un momento:

«Non potete portarlo via cosí. Datemi almeno il tempo di preparargli la valigia, con un ricambio di biancheria e una camicia pulita!»

La moto parte e la donna le corre dietro gridando: «Stefano».

«Stefano rispondimi!»

Stefano fissa il vuoto davanti alla motocicletta. Non si volta.

Nella valle in guerra i giorni si succedono monotoni, tra un arrivo e l'altro della corriera. I vecchi vengono in cantiere tutti i giorni, e la chiesa dei richiamati della mobilitazione generale è arrivata al tetto. Si lavora all'interno, a mettere il pavimento e gli intonaci.

Viene un fabbro da un paese della valle Maggiore, a prendere le misure per le tre inferriate: quella piú grande che dovrà fare da cancello davanti alla porta, e le due piú piccole per le finestre.

Viene il marmista a prendere le misure dell'altare.

Si attende il pittore che dovrà eseguire l'affresco. Vive a Oro, che è l'ultimo villaggio della valle Maggiore, sulle prime pendici del Macigno Bianco. Qualcuno da Rocca di Sasso è andato ad avvertirlo che c'è da fare un affresco in una chiesa, e che si vuole sapere quanto costerebbe. Lui ha risposto (dopo avere consultato un calendario):

«Verrò la settimana prossima. Martedí».

Il signor Gino si frega le mani. Dice: «È fatta. La chiesa è quasi finita». In cuor suo, però, sa che la parte piú difficile dell'impresa deve ancora venire, e ha paura che i soldi non bastino. Ha paura del pittore, anzi: del maestro pittore Gianin (Giovannino) Panpôs. Lo dicono anche i vecchi, che a tirar su quattro muri è capace chiunque, ma che l'anima di una chiesa è nelle pitture e che ormai «c'è una sola persona, nelle nostre valli, capace di farle a regola d'arte». Un uomo bizzarro e difficile da trattare. Un uomo duro come il suo soprannome...

(Nella parlata delle valli intorno al Macigno Bianco, Panpôs significa «pane raffermo» o «pane duro»).

Qualche notizia sul maestro pittore Gianin, della dinastia dei Panpôs.

Il maestro pittore Gianin Panpôs è l'ultimo discendente di una famiglia di artisti che opera in queste valli da quattro secoli, e che ha lasciato le sue tracce piú importanti nel Monte Santo di Roccapiana, cioè nella nuova Gerusalemme voluta dal Beato. È lí che ha lavorato il caposti-

pite Michele Panpôs, la cui vita è avvolta nella leggenda. Un artista completo: pittore, scultore, architetto ma anche studioso di anatomia umana e scienziato, capace di analizzare i fenomeni fisici e di spiegare i movimenti degli astri. Un genio, come ce n'erano in passato e adesso non ne nascono piú. Uno di quegli uomini di cui, nelle nostre valli, si dice:
«Si è perso lo stampo».
Secondo il canonico Serafino Balme, storico locale e biografo dei Panpôs, il soprannome Paneduro, tramandato da Michele ai suoi discendenti, dovrebbe riferirsi alla difficoltà di vivere tra queste montagne facendo gli artisti. Ma, stando a ciò che dicono i vecchi nelle valli, quella difficoltà si è poi attenuata nel corso dei secoli, tanto che gli ultimi discendenti del leggendario Michele si sono guadagnati un secondo soprannome, che contraddice quello della tradizione.
Un soprannome in bilico tra latino di chiesa e dialetto:
«Conquibus». (Soldi).
Di suo, alla leggenda dei Panpôs, Gianin ha aggiunto un motto che nelle valli intorno al Macigno Bianco è diventato proverbiale e che lui ripete immancabilmente, alzando il dito, quando qualcuno trova eccessivi i suoi prezzi e gli chiede uno sconto. Lui gli risponde, in tono grave:
«La pitüra l'è nutta polenta!»
(La pittura non è polenta, cioè: chi vuole l'arte deve pagarla al giusto prezzo).
Giovannino Paneduro (o Giovannino Soldi) arriva a Rocca di Sasso una sera d'estate, insieme a un ragazzo che gli fa da allievo, da aiutante e da servo e con tutto il suo armamentario di cartoni pennelli squadre e cassette dei colori caricato sul dorso di una mula. È un uomo piccolo e panciuto, con i capelli bianchi tenuti lunghi fino sulle spalle. Si ferma in cima alla salita. Entra nella chiesa che dovrà dipingere («Sí, è questa», conferma l'Olindo Spacca-

rotelle) e valuta le dimensioni dell'affresco, misurando a spanne la parete. In paese, chiede al proprietario dell'Albergo Pensione Alpi, il signor Umberto, «la stanza migliore». Siccome quello lo chiama «pittore», lo corregge:
«Maestro pittore, se non vi dispiace. I pittori imbiancano i muri. Io sono un artista».
Gli dice di mettere la mula nella stalla e il ragazzo dove vuole, e di dare da mangiare a entrambi. Dopo avere cosí organizzato la sua permanenza in paese, se ne va (da solo) all'Osteria del Ponte. Parla con l'oste Alessandro e con la donna barbuta sua moglie, che lo trattano con familiarità ma anche con molto rispetto. La mattina del giorno successivo, mentre fa la prima colazione in albergo, incontra «la committenza» rappresentata dal signor Gino Dindon, che viene a cercarlo tenendo in mano il cappello e che si sente apostrofare con questa domanda:
«I sei voijait, la comitènsa?»
(Siete voi la committenza?)
«Sí, – risponde il signor Gino confuso. – No. Non so». (Non sa cos'è la committenza). Pensa che gli artisti, come gli avvocati e i medici, devono usare delle parole difficili per mettere a disagio i clienti; e comunque non si perde d'animo. Spiega al pittore che lui, a Rocca di Sasso, è il fiduciario dei richiamati in guerra della mobilitazione generale, e che quei poveretti prima di partire hanno deciso di mettersi sotto la protezione della Madonna. Hanno costruito, fuori del paese, una piccola chiesa da dedicare alla Beata Vergine del Soccorso; e hanno mandato a chiamare il maestro pittore per chiedergli di affrescarla, «se ci metteremo d'accordo sul prezzo»...
«So già tutto, – risponde Gianin Panpôs. – Ci sono già stato e ho misurato la parete. Cosí a occhio è un lavoro di una settimana, compresi naturalmente i due giorni del viaggio».
«Purtroppo, i soldi che abbiamo sono pochi». Il signor Gino prova a giocare d'anticipo: «Voi capite... Si tratta

di un voto, di povera gente che è al fronte e che spera di tornare a casa».

Gianin Panpôs scuote la testa. Dice, con severità: «La pittura non è polenta!» Chiede al signor Gino cioè alla committenza: «Quanto avete?»

Il nostro uomo prova a mentire: «Duecentocinquanta lire, forse trecento...», ma il pittore scuote la testa. Fa segno in su con la mano: «Sali, sali... Te l'ho appena detto che non stiamo parlando di polenta, ma di arte».

Alla fine, i due si mettono d'accordo per cinquecento lire, «compresi i nomi dei dedicanti». Il pittore va in chiesa per assistere alla preparazione del muro e il signor Gino si asciuga la fronte con il fazzoletto. Mormora:

«Anche questa è fatta!»

Capitolo nono
La «tavola deambulatoria»

La guerra tra le valli dei fiumi che scorrono verso sud e quelle dei fiumi che scorrono verso nord e verso est durerà tre anni e mezzo e produrrà milioni di invalidi, di paralitici e di dementi; oltre che, naturalmente, di morti. È una guerra feroce, a cui la valle Minore ha dato il suo contributo mandando al fronte i ragazzi dai diciotto ai ventisei anni e poi anche gli uomini della mobilitazione generale: che però prima di partire hanno fatto un voto, e si sono messi sotto la protezione della Beata Vergine del Soccorso.

I nostri tredici personaggi. I nostri eroi.

Raccontare ora tutta la guerra non è possibile, e non sarebbe nemmeno possibile raccontare per intero le tredici guerre dei tredici richiamati di Rocca di Sasso. Nemmeno Omero, che pure era Omero!, raccontò per intero la guerra di Troia. Preferí darcene un assaggio, opportunamente scelto perché poi noi, partendo di lí, potessimo (se volevamo) immaginare il resto.

Ci raccontò «l'ira di Achille».

C'è un momento centrale in ogni storia: un momento in cui il passato e il futuro di quella storia si incontrano, illuminandosi a vicenda. Omero, con la sua arte di poeta, è riuscito a coglierlo. E anche noi, che dopo tremila anni continuiamo a muoverci sulle sue orme, non racconteremo la guerra complessiva delle valli di qua contro le valli di là, perché questa sarebbe un'impresa superiore alle nostre forze; e non racconteremo nemmeno le tredici guerre dei nostri personaggi, ma di ogni personaggio e della sua guerra cercheremo di cogliere il momento centrale. Per esempio...

Per esempio racconteremo il nostro primo caduto, cioè l'uomo chiamato Contardo dal Pradel, partendo da due episodi cosí piccoli che nell'andamento complessivo del conflitto non significano assolutamente nulla e che invece sono indispensabili per capire la vicenda di questo personaggio e di tanti altri come lui, tirati fuori dalle loro storie e mandati a morire in un mondo estraneo, dove le vite dei singoli non contano piú niente, o quasi niente.

Racconteremo l'episodio dei topi e quello del cervello.

Contardo dal Pradel muore in una delle cento valli che la guerra ha trasformato in una ragnatela di trincee, di buche, di reticolati, di ripari costruiti con i sacchetti di sabbia. Dopo due tentativi dei «nostri» e altrettanti tentativi degli «altri» di impadronirsi delle trincee, delle buche, dei reticolati e dei ripari di chi gli sta di fronte.

Tra noi e gli altri c'è uno spazio disseminato di cadaveri che nessuno seppellisce perché non si riesce a trovare l'accordo per fare una tregua, e dunque nessuno può uscire dalla sua trincea, nemmeno di notte, senza esporsi ai colpi dei nemici.

È piena estate. Fa caldo e i morti si decompongono. C'è un odore di morte che si insinua nei vestiti e nei pensieri degli uomini e che si mescola con gli odori del rancio, della polvere da sparo e degli escrementi, in un unico odore: quello della guerra. Quando sulle trincee calano le ombre della notte, si vedono in controluce i topi che corrono sopra i sacchetti di sabbia. Contardo è arrivato da poche ore ed è seduto sulle cassette vuote delle munizioni insieme a un altro soldato: un «vecio» (vecchio. In realtà, ha qualche anno meno di lui, ma è qui già da parecchie settimane ed è questo, in guerra, che determina l'anzianità degli uomini). Stanno consumando la loro cena a base di pane e di formaggio, e il «vecio» tocca col gomito Contardo. Gli dice:

«Adesso ti mostro una cosa. Stai a vedere».
Fa finta di buttare ai topi un pezzetto del suo formaggio. In realtà, gli butta un truciolo di legno che ha tirato fuori di tasca: un legno chiaro, che nella penombra può sembrare formaggio.
I topi accorrono per vedere cos'è. In un attimo ci sono due topi, quattro topi, sei topi. Il legno-formaggio scompare; poi i topi se ne vanno e il legno è rimasto lí a terra. Il «vecio» dice, in tono neutro:
«Non mangiano piú nemmeno il formaggio. Mangiano solo i morti».
Contardo trangugia quello che sta masticando. Dice: «Ah». Tira fuori di tasca un pezzo di carta di giornale e ci avvolge il pane e il formaggio che gli sono rimasti.
Intasca il pacchetto. Dice: «Mi è passata la voglia». (Di mangiare).
La sua guerra incomincia cosí, con uno scherzo; e si concluderà dopo poco piú di un mese, con un altro scherzo.
Quello del cervello.
Un giorno la trincea dove si trovano il «vecio» e il nostro personaggio subisce un bombardamento violentissimo dell'artiglieria nemica. I sacchi di sabbia volano. I soldati volano. Contardo viene sollevato di peso e cade. Quando riprende i sensi, non ha piú l'elmetto e ha il viso pieno di sangue. Per terra davanti a lui, a pochi centimetri dalla sua mano, c'è una massa sanguinolenta che però ha una forma inconfondibile. È un cervello umano. Lui lo guarda e pensa:
«Ho perso il cervello». E poi, dopo un istante: «Come faccio a vivere, senza il cervello? E, soprattutto: come faccio a pensare?»
Muovendosi, sente un dolore insopportabile alla nuca e sviene per la seconda volta. Riapre gli occhi mentre lo stanno mettendo su una barella e fa appello a tutte le forze che gli rimangono per dire al portaferiti, in un soffio: «Il mio cervello. È lí. Bisogna raccoglierlo».

Il portaferiti guarda nella direzione giusta e vede il cervello. Dice:

«Non è il tuo. È il cervello di un altro che è già morto». Ma Contardo non può piú ascoltarlo perché ha speso il suo ultimo barlume di vita nello sforzo di parlare. È entrato in coma e finirà di morire su una branda di un ospedale da campo, senza riprendere conoscenza. Il suo ultimo pensiero è stato quello di farsi raccogliere il cervello, perché i medici potessero rimetterglielo dentro alla testa.

È stato, come spesso succede a chi muore, un pensiero futile.

(Quanta letteratura si è accumulata, nel corso dei secoli, sugli ultimi pensieri di chi sta per morire! Sulla loro intensità e sulla loro specularità, che li renderebbero memorabili se non fossero, appunto, gli ultimi e se dopo non si spegnesse la luce. In realtà e per quanto se ne può capire da vivi, gli ultimi pensieri di chi muore sono quasi sempre banali e privi di un legame logico con il passato).

Il secondo a morire in guerra, tra i richiamati della mobilitazione generale a Rocca di Sasso, è il pastore analfabeta Giuseppe soprannominato Babbiu. Giuseppe, per chi non se ne ricordasse, è l'uomo di cui si dice in paese che ha un tesoro nascosto nell'alpeggio, alla Cà d'i Banf. Un tesoro sepolto e custodito dai soldati tedeschi di tanti secoli fa.

È l'uomo che ha sposato Eufemia soprannominata la Levra. Che ha due figli, un maschio e una femmina, e un terzo figlio in arrivo.

Come e dove muoia Giuseppe non si sa, perché il Dio delle storie (il grande Omero, che di queste cose se ne intendeva, era convinto che padrona di tutte le storie umane fosse una divinità femminile di nome Calliope, e ogni tanto la invocava, le diceva: aiutami a ricordare, o a raccontare, quello che accadde) non ci ha detto niente in proposito. Per noi, tutta la guerra di Giuseppe Babbiu si riassume in due lettere: una lettera sua, indirizzata alla moglie, e un'altra di un non meglio specificato «Maggiore

Comandante del Deposito», indirizzata «al Signor Sindaco di Rocca di Sasso».

Come fa un pastore analfabeta a scrivere a sua moglie?

La risposta a questa domanda è nell'inizio della prima lettera: «Cara Eufemia, chi ti scrive per mio conto è il mio amico e caporale Giuliano e tu poi la farai leggere (sottinteso: la lettera) a nostro figlio Ginetto che va a scuola e sa come fare. Io sto bene in una valle chiamata (macchia nera). Sono nel reggimento compagnia zappatori che facciamo i camminamenti le trincee e mettiamo i reticolati quelle cose lí».

Dopo questo inizio non si legge piú niente o quasi niente, a causa dei timbri della censura. Come tutte le lettere dei soldati al fronte, infatti, anche quella di Giuseppe è stata controllata per verificare che non contenga informazioni utili al nemico o notizie tali da seminare il panico nelle retrovie. Le parole e le frasi sospette sono state cancellate con un timbro di inchiostro nero grasso, che penetrando nella carta è diventato una macchia e ha reso incomprensibili anche le parole e le frasi scritte sull'altra parte del foglio. Da quel poco che ancora si riesce a leggere, sembra di capire che Giuseppe vorrebbe comunicare alla moglie qualcosa di importante, e che quel qualcosa di importante dovrebbe riguardare il tesoro all'alpeggio. A forza di pensarci, Giuseppe ha avuto un'illuminazione! Nel mare delle macchie galleggiano singole parole: «tesoro», «casa», «prato», che fanno pensare alla Cà d'i Banf. Ma i soldati defunti, a centinaia di chilometri di distanza, sono riusciti a mettere in allarme il censore, e tutto è stato cancellato.

Che illuminazione ha avuto il povero Giuseppe, osservando i movimenti dei nemici nelle notti insonni dei turni di guardia? Non lo scopriremo mai. La lettera alla moglie, fuori dalle macchie, si conclude con un abbraccio «a te ai figli compreso quello che deve ancora nascere a mia madre Annastorta alle nostre montagne. Giuseppe».

La seconda lettera, del maggiore comandante il deposito (di cosa, non è dato sapere. E naturalmente anche la firma è illeggibile: uno sgorbio) al sindaco di Rocca di Sasso, è molto piú breve e non è passata attraverso la censura perché non ha timbri. Ci sono delle parole scritte a mano su un foglio già stampato e intestato al «Secondo Reggimento Genio». Il maggiore Illeggibile informa il sindaco di (scritto a mano) Rocca di Sasso che il soldato (scritto a mano) Giuseppe Tal dei Tali, del fu Francesco, è (scritto a mano) morto nel combattimento del (scritto a mano) 12/10.

La lettera si conclude con un messaggio (stampato) per il sindaco:

«Pregasi darne comunicazione con i dovuti riguardi alla di lui famiglia».

Firmato: «Illeggibile».

Le lettere dei morti le ricevono i sindaci. Il sindaco di Rocca di Sasso, Eusebio Cravon, ne ha già ricevute quattro da quando è incominciata la guerra e, dopo averle fatte protocollare e mettere in archivio, è andato personalmente a darne notizia alle madri e alle mogli dei soldati defunti. Ha dovuto assistere alla loro disperazione, e almeno in un caso ha dovuto anche sopportare i loro insulti. Una mattina, il geometra Eusebio arriva in ufficio come tutti i giorni e trova sulla scrivania una busta di carta giallina, con l'intestazione del «207° Reggimento Fanteria di Linea». Fa una smorfia di disappunto. Prende in mano la lettera ancora chiusa e scuote la testa. Esclama:

«Un altro morto!»

«Se continua cosí, – dice al segretario comunale Carmine Mancuso che è venuto a prendere le consegne per quel giorno, – finirò per dare le dimissioni. Sissignore. Non ce la faccio piú ad andare nelle case dei miei compaesani a dirgli che i loro figli, o i padri dei loro figli, sono morti. È un compito al di sopra delle mie forze. Io ho voluto fare il sindaco per occuparmi dei vivi, non dei morti».

«Sono stufo di annunciare disgrazie. Questo morto della lettera, sarà l'ultimo».

Il segretario Mancuso mormora qualche parola di incoraggiamento e se ne va, chiudendo la porta. Dopo circa un'ora, torna a bussare all'ufficio del sindaco perché ha bisogno di una firma. Da dentro, nessuno gli risponde. Lui bussa per la seconda volta. Spinge la porta, chiede:
«È permesso?»
Il sindaco Cravon è riverso sulla sua scrivania, con le braccia scomposte. Ha gli occhi aperti e anche la bocca è spalancata, in un grido che nessuno ha potuto sentire e che forse non c'è nemmeno stato. Sembra morto, anzi: è morto, e il segretario comunale, spaventatissimo, chiama in soccorso l'unica persona, una donna, che in quel momento si trova nei locali del municipio. Le dice di andare a cercare il dottor Barozzi, che venga subito subito:
«Forse, si può ancora fare qualcosa!»
Lui, invece, si precipita a casa del sindaco per avvertire la moglie. Non la trova, e dopo avere chiesto a tutti quelli che incontra se l'hanno vista, corre alla Mula di Parenzo dove lei sta facendo la spesa come tutti i giorni. La signora Gina (questo è il nome della moglie del sindaco, e in quanto al soprannome non è il caso di occuparcene in un momento cosí concitato) è in compagnia della nuora, la signora Ernesta moglie di suo figlio. Quando si apre la porta dell'emporio le due donne si voltano e Etna (il segretario comunale) dice, anzi grida alla signora Gina:
«Suo marito sta male. Venga subito in municipio!»
Il dottor Barozzi è nell'ufficio del sindaco e ha appena provato a rianimarlo. Si volta verso la signora Gina e allarga le braccia. Dice:
«Non c'è piú niente da fare. Mi dispiace. Si è trattato di un arresto cardiaco».
La signora Gina viene fatta sedere su un divano e qualcuno le porta dell'acqua. Lei si guarda attorno, con in mano il bicchiere. Mormora:
«Cosí all'improvviso... Stava bene, anche se eravamo in ansia per Antonio».

«Il povero signor Eusebio aveva appena ricevuto una lettera dell'esercito, – dice Etna. – Una di quelle lettere che annunciano la morte di un soldato: ormai, le riconosciamo dalla busta. Mi aveva detto che era stanco di dover avvertire personalmente le famiglie, e che voleva dimettersi da sindaco. Ha detto proprio cosí: voglio dimettermi...»

Si accorge che la lettera è finita sotto la scrivania. La raccoglie e la legge. Resta stupefatto a fissarla. Mormora: «Ma allora...»

Si guarda attorno. Non sa cosa fare e dà la lettera al dottor Barozzi, che dopo essersi messo gli occhiali e averla letta a sua volta, esclama: «È morto suo figlio!»

Fermiamo il racconto e torniamo indietro di un'ora per vedere cosa è successo a Rocca di Sasso nell'ufficio del sindaco, dopo che il segretario comunale è uscito e si è chiuso la porta dietro le spalle.

Il geometra Eusebio apre la lettera del 207° Reggimento Fanteria di Linea, in cui un maggiore Illeggibile comunica al sindaco di (scritto a mano) Rocca di Sasso che il (scritto a mano) sergente Antonio Tal dei Tali, di Eusebio, è (scritto a mano) morto nel combattimento del (scritto a mano) 16/4 c.a. (corrente anno).

Rimane immobile a fissare la lettera. Mormora: «Non è possibile. Antonio...» Poi, il foglio gli sfugge di mano e lui spalanca la bocca, si mette la mano sinistra sul petto.

Si accascia, anzi: crolla sulla sua scrivania senza nemmeno avere potuto leggere la conclusione (stampata) della lettera. Che dice:

«Pregasi darne comunicazione con i dovuti riguardi alla di lui famiglia».

Il sindaco Eusebio Cravon muore per non avere comunicato con i dovuti riguardi a se stesso la notizia che suo figlio è caduto in combattimento. Se avesse avuto un po' piú di tatto, la lettera che teneva in mano avrebbe prodotto una sola vedova; cosí, invece, le vedove sono due.

La moglie di suo figlio e sua moglie.

Qualcosa di piú sulla morte del sergente Antonio Cravon si verrà poi a sapere dopo la fine della guerra. Quando il nuovo sindaco di Rocca di Sasso consegnerà alla signora Ernesta vedova dell'eroe una «Medaglia d'argento al valor militare alla memoria». Con la seguente motivazione irta di virgole, letta ad alta voce dal sindaco medesimo:

«Comandante di plotone, muoveva tra i primi, con slancio e ardore, all'attacco delle posizioni nemiche, trascinando con mirabile esempio i suoi dipendenti, attraverso zone battute dal fuoco di mitragliatrici e di fucilerie. Contrattaccato sul fianco da forze superiori, le fronteggiava ricacciandole. Ferito rimaneva al suo posto, continuando a incitare i suoi uomini al combattimento, finché colpito una seconda volta cadeva sul campo, esempio glorioso di dedizione al dovere».

La medaglia al valore del sergente Antonio Cravon, figlio del sindaco Eusebio, a Rocca di Sasso lascerà stupite e incredule molte persone, anche tra gli amici del decorato: che stenteranno a riconoscere nell'eroe l'uomo con cui avevano avuto a che fare per tanti anni, e che mai si era comportato in quel modo! Qualcuno si chiederà: «Davvero, uno come l'Antonio che aveva in mente una sola cosa: la ciorgna, è riuscito a fare tutto quel pandemonio da solo?» (Cosa sia, in queste valli, la «ciorgna», non è il caso di stare a spiegarlo). Qualcun altro scuoterà la testa: «Secondo me c'è stato uno scambio di persona. È già successo, di medaglie date per sbaglio a chi non le meritava». All'Osteria del Ponte, tra i reduci, ci sarà invece chi dirà: «La guerra è un mondo alla rovescia. Quanti ne abbiamo visti, laggiú nelle trincee, che avevano fatto l'iradiddio per l'intervento, e poi quando si doveva andare a un assalto rimanevano paralizzati dalla paura? Ma c'erano anche quelli come l'Antonio, che sembravano i meno adatti a fare gli eroi e invece ci prendevano gusto...»

È primavera. Nelle valli intorno al Macigno Bianco, co-

me tutti gli anni, la natura incomincia a risvegliarsi. Lungo le strade e nei boschi tornano a fiorire le primule e i mughetti; l'acqua dei fiumi e dei torrenti è un'acqua grigia, generatrice di vita. («Acqua di neve»). Una mattina di un giorno qualsiasi, un camion dell'esercito scarica davanti alla Mula di Parenzo un mezzo uomo, sistemato come un giocattolo sopra una tavola di legno con due piccole ruote per parte. I clienti che si trovano nell'emporio, uomini e donne, escono in piazza per vedere chi è; e, dopo di loro, escono anche il signor Giacomo Mezzasega e sua moglie. In pochi istanti, intorno all'uomo sulla tavola a rotelle si raduna una piccola folla, di persone che esclamano: «È Giuliano!»
«Ha perso tutt'e due le gambe. Povero ragazzo!»
Il nuovo arrivato, effettivamente è il figlio del proprietario della Mula e si guarda intorno senza parlare. Guarda le sue montagne, i suoi compaesani, i suoi genitori. Un tenente medico, che ha viaggiato insieme a lui e ha il compito di riconsegnarlo ai parenti, spiega che «il reduce Giuliano» è saltato per aria su una mina nel dicembre dell'anno precedente, e che gli sono state amputate tutt'e due le gambe. La sua guerra è stata breve ma gloriosa e si concluderà probabilmente con un encomio, se non addirittura con l'assegnazione di una medaglia al valore. La sua vita invece deve continuare e deve ritornare alla normalità. «Anche se l'esercito, al momento, – dice l'ufficiale, – può dargli soltanto questo attrezzo, chiamato tavola deambulatoria, che si manovra con uno spago o con le braccia di chi ci sta sopra, e che non permette al mutilato di essere davvero autonomo. Siamo in guerra: ma presto gli verrà dato qualcosa di meglio. Esistono comode carrozzine a trazione manuale o addirittura a motore, che consentono a questo tipo di invalidi una vita indipendente e operosa; e non è escluso, con il progredire della scienza e della tecnica, che in un futuro non lontano si possa addirittura parlare di protesi. Gambe artificiali!»

Finito il discorso, l'ufficiale risale sul camion e se ne torna da dove è venuto. Se ne vanno anche le donne e i vecchi del paese, dopo avere accarezzato il reduce sulla testa come si fa con i cani e dopo averlo salutato dicendogli delle cose assurde, del genere: «Cerca di star bene. Adesso che sei tornato a casa, riposati». Il povero Giuliano, che non ha pronunciato nemmeno una parola, viene trascinato dal padre dentro l'emporio. In un batter d'occhi, la notizia del suo ritorno arriva all'Osteria del Ponte e da lí si diffonde in tutta la valle.

«Che disgrazia, – commentano le donne. – Forse era meglio davvero se moriva, e se i guai, per lui, finivano in quel modo. Cosa ci sta a fare, al mondo, un uomo di quell'età senza piú le gambe?»

«E pensare che ci teneva tanto, ad andare in guerra!»

«Sarà contento Giacomo Mezzasega, – dice un vecchio. – Suo figlio, in un modo o nell'altro, sperava di andarsene e di non passare tutta la vita in negozio. Ma adesso che ha perso tutt'e due le gambe, dove va?»

«Giacomo Mezzasega è n'om da sbiess, – dice un altro vecchio. (È un uomo "di sbieco", un uomo obliquo). – Alla fine, gira e gira, vince sempre lui».

In negozio, nascono i primi problemi: perché l'abitazione della famiglia Mezzasega è al primo piano, dietro alle finestre dove c'è l'insegna della Mula, e per arrivarci bisogna superare due rampe di scale. Giuliano viene sollevato e portato di peso, da suo padre e dal ragazzo che ha preso il suo posto nell'emporio e che va tutti i giorni a ritirare i giornali. Rimane tranquillo per un'ora e poi incomincia a gridare che si sente in trappola, e che mandino a chiamare l'Angela: la sua fidanzata, perché venga a vedere com'è ridotto.

«Deve trovarsi un altro moroso. Io, per lei e per tutte le donne, ho cessato di esistere!»

(Ma gli viene risposto che l'Angela non c'è. Come tante altre ragazze della valle, si è arruolata volontaria nella Croce Rossa per andare al fronte a curare i feriti).

Alla sera, scoppia il primo litigio. Padre e figlio si insultano mentre mangiano e Giuliano per la prima volta nella vita si ribella a suo padre, gli tira in faccia un piatto di minestra bollente. Il signor Giacomo gli ha detto:

«Cosí adesso la smetterai di lamentarti e di incolparmi, perché in paese ci chiamano Mezzasega».

«Adesso, tra noi due, la mezza sega sei tu».

Capitolo decimo
La canzone dei morti

Finché la stagione lo permette, la piccola chiesa della Madonna del Soccorso a Rocca di Sasso è sempre piena di fiori freschi, oltre che naturalmente di candele accese e di ceri. Ci vengono a pregare e a portare fiori i genitori, le mogli e le fidanzate dei nostri tredici personaggi ma anche i genitori, le mogli e le fidanzate degli altri che sono al fronte: dei ragazzi che sono dovuti partire a diciott'anni, di quelli a cui è stata prolungata la ferma e, infine, dei cosiddetti «riservisti», che avevano già fatto il servizio militare e sono stati richiamati per andare in guerra.

Ci vengono le madri dei ragazzi di sedici e di diciassette anni, a chiedere che la guerra finisca prima che i loro figli abbiano raggiunto l'età per andarci. Ci vengono i soldati che tornano in licenza o in convalescenza, per accendere un cero alla Madonna che gli ha permesso di rimanere vivi e di tornare nella loro valle, sia pure soltanto per pochi giorni.

La chiesa in cima alla salita è il centro di tutte le preghiere e di tutti i voti. Ci entriamo anche noi, che fino a questo momento l'abbiamo vista soltanto da fuori e non abbiamo ancora avuto occasione di ammirare l'opera del maestro pittore Gianin Panpôs.

L'affresco, costato cinquecento lire, della Beata Vergine del Soccorso.

L'ambiente è piccolo e, appena si entra, è quasi buio: perché le uniche fonti di luce, oltre naturalmente alle fiammelle delle candele e dei ceri, sono due piccole finestre in alto sotto il soffitto. Dopo qualche istante, però, gli occhi si abituano alla penombra e si vedono quattro banchi davanti a un altare. Si vedono i fiori sopra l'altare. Non c'è il tabernacolo, perché la celebrazione della Messa in questa chiesa è prevista soltanto in casi eccezionali; ma sulla parete dietro all'altare c'è lei, la padrona di casa, che accoglie a braccia aperte i visitatori e illumina l'ambiente con l'azzurro del suo mantello e con il suo sorriso. È questo, infatti, il primo particolare che ci colpisce: il sorriso. La Beata Vergine dipinta dal maestro Panpôs non è una delle solite Madonne che vengono rappresentate in tutte le chiese mentre fissano il vuoto. Nell'espressione del suo viso c'è un carattere; e, stando a ciò che dicono le donne in paese, c'è il ritratto della modella a cui il pittore si ispira già da qualche anno e che dovrebbe essere la minore delle sue due figlie, di nome Artemisia...

La Madonna ha sulle spalle un mantello azzurro e lo tiene aperto con tutt'e due le mani. Sotto al mantello ci sono tredici uomini, inginocchiati e con le mani unite in atto di preghiera, che rappresentano i tredici richiamati della mobilitazione generale. (Tredici e non piú dodici come nell'ultima cena. Il signor Gino, di sua iniziativa e con un atto lodevole di generosità, ha deciso all'ultimo momento di metterci anche lo Stefano soprannominato Ballista: perché, ha detto, anche lui è nato nelle nostre valli e anche lui, alla fine, è stato visto partire sulla motocicletta del maresciallo Esposito. Anche lui ha bisogno di essere soccorso dalla Beata Vergine, come gli altri). I visi sono privi di lineamenti: ma a destra dell'altare, su una pergamena dipinta (che il maestro pittore, quando ne parlava, chiamava «cartiglio») ci sono i nomi degli uomini inginocchiati sotto il manto della Madonna e affidati alla sua protezione.

I nomi dei nostri tredici personaggi.

Fin qui, l'opera del maestro pittore. Poi però sono successe altre cose, nella nostra chiesa, che hanno modificato il progetto originario. Dopo che Gianin Panpôs se ne è andato. Mani ignote hanno piantato dei chiodi nel muro, da una parte e dall'altra dell'affresco, e hanno appeso a quei chiodi tanti piccoli quadri con le fotografie o anche soltanto con i nomi degli uomini di Rocca di Sasso che erano già al fronte prima che si incominciasse a fare la chiesa, e poi anche con le fotografie e i nomi dei ragazzi che sono partiti quando la chiesa era già stata fatta. Le donne e i vecchi che ogni giorno vengono a portare i fiori e ad accendere le candele alla Beata Vergine dicono che questa, ormai, è la chiesa della guerra, anche se è stata costruita per iniziativa degli uomini della mobilitazione generale.

Non è una loro proprietà.

È la chiesa di tutti, e tutti hanno il diritto di esserci rappresentati.

Passano i mesi e le stagioni. A Rocca di Sasso arrivano le lettere dal fronte e ogni tanto anche ritorna qualche soldato, in «licenza premio» o in convalescenza. Uno dei primi a tornare, dopo essere stato ferito in un assalto, è il soldato Oliviero detto il Rana: e racconta ai suoi compaesani certe storie che, dice, nelle lettere non si possono scrivere, perché sono troppo complicate e perché la censura le cancellerebbe. Per esempio, la storia dei gas asfissianti e delle maschere: «Una sera, abbiamo visto l'aria che diventava verde e ci siamo messi le maschere. I miei compagni sono morti in modo atroce e io ho avuto la conferma di quello che avevo sentito dire: che le nostre maschere servono soltanto per i nostri gas, e che per i gas dei nemici ci vogliono le loro. Purtroppo era vero, e non so se la regola vale anche al contrario. Sarebbe bello se anche le maschere dei nemici servissero soltanto per i loro gas e non per i nostri: ma non credo».

Quando c'è un soldato in licenza, all'Osteria del Ponte i giochi a carte si fermano e si ferma tutto: perfino la donna barbuta esce dalla cucina e viene ad ascoltare i discorsi. «Io sono qui e sono vivo, – spiega il Rana, – perché il giorno prima che venissimo attaccati con i gas, ero stato mandato di pattuglia in una zona del fronte dove c'erano dei soldati nemici uccisi dalla nostra artiglieria, e il sergente che comandava la pattuglia ci aveva consigliato di prendergli le maschere. Se non avessi incontrato quel sergente, sarei morto».

Un altro racconto del soldato Oliviero è la storia di un reparto di alpini: il suo reparto, che va a rimpiazzare le perdite di un'altra unità, su un altopiano di neve e di ghiaccio. «Camminavamo nella neve, – dice il Rana, – e non vedevamo niente di quello che avevamo attorno perché eravamo dentro a una nuvola. Poi abbiamo incominciato a salire. Sali e sali, dopo un'ora di marcia siamo usciti dalla nuvola nel sole, in un paesaggio bellissimo».

Descrive il paesaggio dell'altopiano aiutandosi con i gesti. «Sopra di noi, – dice, – c'è il blu profondo del cielo di montagna; davanti a noi, nella neve a perdita d'occhio, ci sono i reticolati delle trincee che i nemici hanno dovuto abbandonare, e sospesi nei reticolati ci sono i corpi dei nostri compagni che sono rimasti impigliati nel filo spinato, e che sono morti durante l'assalto. Visti da lontano sembrano le rondini quando si posano, in primavera, sui fili del telegrafo; ma non sono tutti in fila come le rondini. Li vedi uno qua e uno là; uno su e l'altro giú. Uno di noi che è maestro di musica dice che quello che abbiamo davanti nella neve è uno spartito musicale. Che il filo spinato è il pentagramma e che i morti sono le note.

Ci chiede di fermarci e di rimanere in silenzio. Sto cercando, dice, di leggere la musica. Se volete, posso provare a suonarla.

Dice: è una canzone. La canzone dei morti.

Tira fuori di tasca un'armonica e ci soffia dentro. Ne viene fuori una specie di pianto, di singulto, un suono che trema e poi si interrompe. Che si ripete due volte, tre volte, quattro volte...

Un suono stridulo che ci fa venire la pelle d'oca». Oliviero il Rana allarga le braccia. «Forse, – esclama, – se l'era inventata lui sul momento, la canzone dei morti. Forse erano davvero le note che avevamo davanti. Succedono tante cose, laggiú in guerra!»

Torna a Rocca di Sasso in convalescenza il Reginaldo d'i Oluch, e saluta le persone che incontra per strada chiamandole per nome. In pochi minuti, la notizia fa il giro del paese:

«È tornato Reginaldo e parla!»

«Ha ripreso a parlare!»

Reginaldo è quasi irriconoscibile. È diventato cosí magro e cosí pallido che qualcuno, in paese, si chiede: «È proprio lui?» In piú parla, e questa per chi lo conosce è la sorpresa piú grossa, perché quando è partito per la guerra non parlava da vent'anni. Parla e racconta la sua storia. Dice che è stato colpito da una granata: «Quattro schegge. Due mi sono entrate nella pancia, una nel torace e una in testa. Sono stato operato non so piú quante volte, in due ospedali diversi; ma i medici non credevano di riuscire a salvarmi, anzi poi mi hanno detto che secondo loro le mie probabilità di rimanere vivo erano una su cento. È stata la Beata Vergine del Soccorso che ha fatto il miracolo».

Dice che è rimasto in coma venti giorni: «Il coma è l'anticamera della morte e un dottore, dopo che ne sono venuto fuori, mi ha spiegato che chi esce dal coma non dovrebbe ricordare niente perché è come se ritornasse dall'altro mondo. Io invece credo di avere avuto dei momenti in cui le mie condizioni erano meno gravi, perché quando ho ripreso conoscenza mi sembrava di essermi svegliato da un sogno. Ricordavo, fino nei minimi particolari, quella notte di Natale di tanti anni fa, che la mia mente aveva voluto cancellare. Riuscivo ad articolare la voce. Balbettavo».

«Perché non lo dici anche a noi, cosa ti è successo quella notte?», gli chiedono i vecchi del paese. Lui, allora, scuote la testa. Dice: «No, no, vi prego. Non chiedetemelo».

«Non posso».

«È una storia che non si può raccontare. Una storia orribile».

Una sera, però, all'Osteria del Ponte, Reginaldo ha bevuto un po' piú del solito e i vecchi riescono a convincerlo. Gli dicono: «L'unico modo per liberarsi del passato è parlarne. Ciò che è di tutti, non è piú di nessuno». Si crea il silenzio delle grandi occasioni e Reginaldo racconta la sua storia senza guardare le persone che ha attorno. Guarda il muro sopra le loro teste; si guarda le mani. «Io ho perso l'uso della parola, – dice, – quando avevo quattordici anni, la notte di Natale del novantacinque. Ricordate? Era nevicato per tre giorni consecutivi e il paese era isolato dal mondo, sepolto sotto due metri di neve. Con fatica, avevamo liberato dalla neve i passaggi tra una casa e l'altra. Potevamo andare in chiesa o all'emporio. Potevamo attraversare la piazza: nient'altro».

Tace un istante, poi continua. «In quei giorni era morta una donna anziana, la Rundlon, e non si era potuto seppellirla perché il cimitero era pieno di neve. I suoi parenti l'avevano messa nel locale che c'è dietro alla chiesa, dove si tengono i corpi delle persone che hanno bisogno di un'autorizzazione per essere sepolte. I morti per contagio, i suicidi...»

«Io me la ricordo, la Rundlon, – interviene la moglie dell'oste. – Di nome si chiamava Vincenza ed eravamo parenti...» Ma suo marito le dà sulla voce: «Perché non stai zitta una buona volta? Lascia parlare Reginaldo».

«Lascia che finisca la sua storia e poi parli tu».

«Io dovevo andare alla Messa di mezzanotte insieme ai miei genitori, – racconta Reginaldo: – ma poi, all'ultimo momento, gli ho detto che sarei andato con un amico. Gli ho detto che eravamo d'accordo, io e quell'amico, che sarei passato a chiamarlo. Quando mi sono trovato, da solo, dietro alla chiesa, mi è venuta la curiosità di dare un'occhiata alla morta: anche se avevo paura o forse proprio perché avevo paura. Cosí, un'idea da ragazzi. Un'idea stupida...»

«Da fuori, si vedeva la luce delle candele. Lo sapete anche voi: a una certa altezza nel muro c'è una finestrella ovale chiusa da un'inferriata e io mi sono aggrappato ai ferri, mi sono tirato su a forza di braccia. Non avrei mai pensato di vedere quello che ho visto».

Gli trema la voce. Dice: «Oltre alla morta, là dentro c'era una persona viva. Un uomo che in paese ci veniva soltanto d'inverno, perché d'estate vagava tra le montagne. È morto qualche anno fa e lo conoscevano tutti, ma non credo che avesse un nome. Io, almeno, il suo vero nome non l'ho mai saputo. Noi ragazzi lo chiamavamo il Maigru ("magro"), o anche il Spüssún: perché puzzava peggio di un caprone. Quando lo incontravi, ti chiedeva a gesti qualcosa da mangiare. Non sembrava aggressivo; ma i nostri genitori dicevano che era pericoloso, e che dovevamo stare attenti a non avvicinarlo».

«Ho visto che il Maigru era nudo dalla vita in giú, nonostante il freddo, e che cercava di spogliare la morta. Le alzava i vestiti, le sfilava le calze. Le toglieva... L'ho visto compiere certi gesti... Insomma, potete immaginarlo da soli cosa stava facendo».

«Io, prima d'allora, non avevo mai visto un cadavere e non avevo mai assistito a una cosa del genere, voi capite! E nella luce delle candele, con quelle ombre che si muovevano da tutte le parti... Sono caduto all'indietro, nella neve; forse, anche, ho battuto la testa. Ho perso i sensi e sono rimasto lí per un tempo che non posso calcolare. Quando mi hanno raccolto ero come morto. Poi mi è venuta la febbre: non parlavo, e non ricordavo piú niente».

«Da allora, per ventuno anni, non ho piú parlato».

Passano altri giorni e altre settimane. Una mattina d'estate (siamo a luglio), Reginaldo d'i Oluch è già ripartito con la corriera per tornare al fronte e ricompare in paese il maggiore dei fratelli Calandron, il soldato Giuseppe marito di quella signora Gilda che da ragazza era stata soprannominata Cagafeuch, perché si diceva che avesse il fuoco in culo come le lucciole. Anche Giuseppe, come Giuliano Mezzasega, è un relitto di guerra, un rottame umano; ma, a differenza di Giuliano che ha perso tutt'e due le gambe, lui non ha danni visibili. È un uomo sano e apparentemente integro che non riconosce nessuno, non capisce piú niente e non pensa a niente.

È uno «scemo di guerra».

Giuseppe Calandron è accompagnato da un sergente che ha il compito di riconsegnarlo alla moglie. «Queste, signora, sono le carte di suo marito, – dice il sergente alla Gilda mentre lei lo guarda e poi guarda Giuseppe con gli occhi dilatati dallo stupore. – Qui c'è il certificato dell'ospedale militare che attesta l'invalidità e le dà diritto a chiedere un sussidio. Se mi firma l'avvenuta consegna... Grazie. È tutto».

Si volta per ritornare all'automobile ma la Gilda lo afferra per un braccio. Dice: «Eh, no. Non puoi andartene cosí. Devi spiegarmi cosa è successo a mio marito. Perché mi guarda e non dice niente? Cosa bisogna fare per svegliarlo?»

«È andato via con la testa, non vede? – Il sergente si batte un dito contro la fronte. – Cosa gli è successo io non lo so perché nessuno, a me, dà questo genere di informazioni. Anche il modo per svegliarlo, se c'è, non è affar mio. Deve chiederlo ai medici».

«Non è affar tuo?» La Gilda si mette le mani sui fianchi. Grida, rivolta al sergente: «Brutto stronzo. Io avevo un marito e tu mi riporti un pezzo di legno, un tarluch (tonto) che non sa nemmeno chi è e non mi riconosce. Un peso morto, da mantenere e da assistere. Mi dici cosa me ne faccio?»

«Cosa gli racconto, ai miei figli?» Giulio e Rachele, i due figli della Gilda e (forse) di Giuseppe, sono usciti di casa e guardano il padre seduto sul muretto dove l'ha appoggiato il sergente. Giulio gli si avvicina e gli prende una mano. Lo chiama: «Papà».

Lui lo guarda e non dice niente. Non fa niente.

La Gilda è fuori di sé. Grida, rivolta al marito: «Non potevi crepare anche tu, come fanno tutti? Dovevi proprio tornare a casa in queste condizioni?»

Grida al sergente: «Riportalo dove l'hai preso. Io non lo voglio!»

«È l'esercito che deve pensarci. È roba vostra!»

Il sergente risale sull'automobile e fa segno all'autista di partire. Lei gli corre dietro e gli tira un sasso. Grida con tutto il fiato che ha in corpo:

«Bastardi. Tornate indietro. Tornate a riprenderlo!»

I bambini piangono.

I vicini rientrano nelle loro case.

Lo scemo di guerra vede tutto stando seduto sul muretto dove l'ha messo il sergente. Basta guardarlo negli occhi per capire che non pensa a niente. Non sa niente. Non gli importa di niente.

Respira il profumo del fieno appena tagliato. Guarda un cane, che si è fermato a una certa distanza da lui e ogni tanto muove la coda. È il suo cane che lo ha riconosciuto ma non osa avvicinarsi perché capisce che nel padrone c'è qualcosa di strano.

Capisce che il suo padrone non è piú padrone di niente: nemmeno di se stesso.

Come si diventa scemi di guerra?

Soltanto la Dea delle storie, se volesse, potrebbe rispondere a questa domanda: che riguarda il soldato semplice Giuseppe Calandron e tanti altri uomini come lui, immobilizzati da anni nelle trincee di una guerra immobile.

L'ispiratrice di Omero: la divina Calliope, ci direbbe che Giuseppe non poteva adattarsi alla vita in trincea. Lui cosí lento nei ragionamenti e nei riflessi, cosí paziente nel lavoro e cosí tollerante con sua moglie Lucciola («caca-fuoco»), ha scoperto, in guerra, di essere una persona emotiva. Un uomo fragile, che di notte, nel sonno, rivive gli incubi della giornata e a volte grida, svegliandosi e svegliando i compagni. Nel buio della camerata gli uomini chiedono:

«Chi ha gridato? Cos'è successo? È ancora Giuseppe?»

Vivendo in trincea, il nostro personaggio ha scoperto di avere una particolare sensibilità, non molto diversa da quella dei veggenti e dei medium.

Giuseppe «sente» i proiettili, soprattutto quelli di grosso calibro. Li sente partire, e capisce dove sono diretti. Li sente arrivare mentre tiene gli occhi chiusi e i pugni serrati, e invoca la Vergine del Soccorso e san Cristoforo perché lo aiutino ancora una volta a restare vivo. Il tempo in cui il proiettile compie la sua traiettoria, lungo (al massimo) pochi secondi, nella sua mente si scompone in un numero quasi infinito di istanti: diventa un tempo, se non proprio eterno, comunque sufficiente per far crescere lo spasimo dell'attesa, e per capire con ragionevole approssimazione dove andrà a esplodere ciò che sta arrivando.

Un giorno, i nemici martellano le nostre trincee con i cannoni, gli obici «da duecentodieci» e perfino con i temutissimi mortai «da trecentocinque millimetri». Il rumore è assordante. Nel tempo rarefatto delle esplosioni, Giuseppe sente partire un proiettile «da trecentocinque» e capisce, con terrore, che sta venendo dalla sua parte. Sente che continua ad avvicinarsi. Sente che è in arrivo. Apre gli occhi e lo vede cadere davanti a sé, a non più di tre o quattro metri di distanza, facendo tremare il terreno sotto i suoi piedi. Lo vede conficcarsi per terra nella trincea e restare lí.

Torna a chiudere gli occhi. Pensa: «Sono morto».

Aspetta che il proiettile esploda.

Il proiettile non esplode. Al suo posto e in quel medesimo istante, esplode la testa di Giuseppe. O, per essere più precisi, si svuota. La memoria e il senno se ne vanno e lui incomincia a vagare qua e là, nella trincea sconvolta dalle bombe, finché uno dei suoi compagni che ha capito cosa gli è successo, lo prende per mano e lo porta al riparo.

Questo è il modo in cui si diventa scemi di guerra. Ma la vicenda di Giuseppe non finisce qui e Calliope deve continuare ad assisterci. Soltanto lei, infatti, ci può rivelare gli avvenimenti successivi: quelli che permettono al nostro personaggio di ritornare nella valle dove è nato e che non è piú in grado di riconoscere, da sua moglie che lo vorrebbe morto e che non sa cosa farsene di lui.

Dai suoi figli che forse non sono nemmeno i suoi figli.

Giuseppe viene mandato nelle retrovie, in un ospedale militare dove c'è un medico specialista: uno psichiatra, che ha il compito di riconoscere i veri pazzi tra i molti che fanno soltanto finta di esserlo perché sperano, in quel modo, di tornare a casa. Dopo una visita generale, con tante domande a cui lui, naturalmente, non dà risposte, il nostro personaggio viene tenuto in osservazione in un reparto dove c'è un finto ammalato: un infermiere che ha il compito di controllare quelli come lui, per vedere se si tradiscono. Siccome lui non si tradisce, viene rimesso insieme ai pazzi e trattato con l'elettricità, con scariche sempre piú forti. «L'elettricità, – spiega lo psichiatra ai suoi assistenti, – è l'energia del futuro. Un'energia capace di operare miracoli, in tempo di pace ma soprattutto in tempo di guerra. Con l'elettricità i ciechi tornano a vedere, i sordi tornano a sentire, i simulatori rinsaviscono e ci supplicano di smettere. Non siamo ancora riusciti a resuscitare i morti, ma chissà! Forse ci arriveremo». Alla fine, su ventisette ricoverati nel reparto dei pazzi ce ne sono soltanto due che hanno resistito a tutte le prove, e uno dei due è «il dodici» cioè Giuseppe. (Cosí chiamato dal numero della branda). Il tenente medico che aiuta lo psichiatra ad applicare gli elettrodi, si rifiuta di tornare a metterglieli. Gli dice:

«Io ho prestato il giuramento di Ippocrate. Faccio il medico per guarire la gente, non per ammazzarla!»

Questa, dunque, è la storia di uno dei nostri tredici personaggi, raccontata dalla divina Calliope. È la storia di Giuseppe Calandron che, pur essendo fisicamente integro, è riuscito ad andarsene dalla guerra e adesso respira il profumo del fieno appena tagliato, in un paese: il suo paese!, che non è piú in grado di riconoscere...

Capitolo undicesimo
San Cristoforo dona una campana

La guerra continua. Si continua a combattere e a morire, laggiú al fronte; e, nella guerra, continuano le imprese degli uomini inginocchiati sotto al mantello della Beata Vergine del Soccorso, nella chiesa a lei dedicata. Un po' fuori dal paese di Rocca di Sasso, in cima alla valle Minore.

Muore Stefano detto il Ballista.

Muore male, legato a una sedia e con una benda nera sugli occhi. Condannato a morte da un tribunale speciale militare in zona di guerra, per «intelligenza con il nemico» e «tradimento». «Il soldato Stefano Tal dei Tali, – recita la sentenza, – è stato visto lanciare, con un sasso, un foglio di carta a un soldato nemico che si è affrettato a raccoglierlo. Subito immobilizzato e perquisito, non ha saputo dare spiegazioni del suo gesto. In tasca gli sono stati trovati altri pezzi di carta con scritte parole in lingua tedesca, apparentemente prive di senso.

Interrogato a lungo, non ha voluto rivelare l'oggetto dei messaggi né il codice».

E non è tutto: perché, dicono i giudici, c'era un precedente a suo carico. Il soldato Stefano già in passato si era reso irreperibile durante un assalto, e quando poi era ricomparso dopo due giorni aveva finto di non ricordare piú nulla: «Ma l'offerta, allettante, di un po' di cibo lo aveva fatto ritornare in sé, e la visita medica a cui era stato sottoposto non aveva evidenziato lesioni o segni di natura traumatica, tali da giustificare una perdita di memoria totale o anche soltanto parziale».

Muoiono, a un paio d'ore di distanza l'uno dall'altro,

il Luigi soprannominato Barlun («piccolo stronzo») e il Pirin detto Manina, figlio dell'oste Alessandro e della donna barbuta. Muoiono in un momento di grande difficoltà e di grande scompiglio per «i nostri», cioè per gli uomini delle valli dove i fiumi scorrono verso sud: che un giorno, improvvisamente, vengono travolti dagli «altri». Proprio mentre la guerra sembrava essersi assestata in una sorta di immobilità, un morto a me e uno a te, un bombardamento di qua e un bombardamento di là: i nemici hanno fatto un balzo in avanti e hanno abbattuto le nostre difese. Sono venuti giú dalle montagne come un fiume in piena e hanno incominciato a dilagare nella pianura, razziando e uccidendo. Per qualche giorno e per qualche settimana la guerra è sembrata perduta. Poi, a fatica, i nostri sono riusciti a fermarsi, a riorganizzarsi; e anche gli altri, i nemici, hanno dovuto rallentare la loro furia.

La guerra è tornata a essere immobile su un fronte piú arretrato.

Il nostro.

Luigi detto Barlun muore all'alba di un giorno di ottobre, asfissiato dal gas mentre sta dormendo. La sua guerra è stata un lungo susseguirsi di ubriacature, dalla mattina in cui si è presentato al distretto militare e faceva fatica a reggersi sulle gambe, fino al suo ultimo istante di vita. Da ubriaco, ha chiesto e ottenuto di essere assegnato a un corpo d'assalto; è diventato caporalmaggiore e sergente e ha incominciato a farsi cucire sulla giubba i nastri delle decorazioni. Ha incominciato a vantarsi di essere invulnerabile e di poter passare («cosí agile e mingherlino come sono») tra una pallottola e l'altra, tra un proiettile d'artiglieria e un altro proiettile; e non solo si è vantato, ma ha continuato a sfidare pallottole e proiettili e a compiere atti di eroismo o, se si preferisce, di incoscienza, che gli hanno procurato due medaglie al valore e che, dopo la sua morte e dopo la fine della guerra, gli varranno l'intitolazione della strada dove abitava a Rocca di Sasso:

«Vicolo Luigi Tal dei Tali, eroe di guerra».

In paese, quando ci è tornato in licenza, il nostro eroe ha fatto certi discorsi da gradasso, che mal si conciliavano con il suo soprannome e con l'idea che la gente della valle aveva di lui. Ha detto che il mondo, dopo la guerra, sarebbe cambiato «da cosí a cosí»: che gli ultimi di una volta sarebbero diventati i primi e insomma, secondo i clienti dell'Osteria del Ponte, si è comportato «come se la guerra gli avesse dato alla testa». Qualcuno, dietro le sue spalle, si è toccato la fronte con un dito; qualcuno ha ripetuto un proverbio delle nostre montagne:

«Quand la merda la munta n'scagn, o c'la spüsa o c'la fa dagn».

(Quando la merda sale in cattedra, o puzza o fa danno).

Le comari hanno detto che Barlun, con le sue vanterie e le sue medaglie al valore, sperava di trovare finalmente una donna: una qualunque, perché fino a quel momento nessuna mai l'aveva preso in considerazione. Ma nemmeno l'invulnerabilità riesce a salvargli la vita, in quell'alba livida di una mattina d'ottobre, quando la nuvola del gas si alza sopra le nostre trincee e le nostre inutili difese. Anche lui muore, come tanti altri e come tutti, senza compiere atti eroici e senza nemmeno svegliarsi.

Sta sognando e il sogno diventa affannoso. Un sogno di morte.

Pirin Manina muore in quella stessa mattina d'ottobre, a pochi chilometri di distanza. Muore mentre sta cercando di sfuggire al nemico e di salvarsi, dopo essere stato felice in guerra piú di due anni.

Si può essere felici in guerra? Sí, si può.

La divina Calliope, che conosce le storie di tutti gli uomini e di tutte le guerre, ci dice che il soldato semplice Pirin Manina, assegnato a un reggimento di fanteria, è entrato nelle grazie del suo colonnello ed è diventato il suo attendente. Lo ha seguito in una città di pianura dove c'è il comando generale dell'esercito e dove lui: il soldatino venuto dalle montagne, tra un turno di servizio e l'altro può frequentare i bordelli «degli ufficiali» e può dedicarsi a ogni genere di traffici, leciti e illeciti. Anche se Calliope certe cose non può e non vuole raccontarcele; noi sappiamo che intorno agli alti comandi degli eserciti c'è sempre stato e ci sarà sempre un commercio fiorentissimo di tutto ciò che in una guerra può essere venduto e comperato. Dalle licenze ai congedi, dai certificati di invalidità alle forniture di cibo e di vestiario, dalle puttane alle onorificenze. Lontano dal suo paesello e dall'osteria di suo padre, il nostro personaggio vive una stagione irripetibile di piaceri, di traffici e di soldi. Spera che quella guerra: la sua guerra, duri in eterno. E se poi, a pochi chilometri da lí, gli uomini continuano a soffrire e ad ammazzarsi, tanto peggio per loro!

Tutto passa, nel mondo. Un brutto giorno, il colonnello di Pirin muore (d'infarto); e il suo attendente deve andare al fronte. Grazie alle sue molte conoscenze, però, riesce a evitare la trincea. Diventa il cuoco di un distaccamento avanzato, in un paese dove già prima della guerra c'era una Casa da Tè per i civili, che adesso è frequentata esclusivamente dai militari. Ci va tutti i giorni: come cliente, all'inizio, e poi come amico della signora Gina cioè della tenutaria. Un amico particolare. E qui, nel letto della signora Gina, che lo sorprende la grande offensiva dei nemici, in quella stessa mattina di ottobre in cui, poco prima, è morto il suo compaesano Luigi Barlun.

La luce del nuovo giorno ha già incominciato a filtrare attraverso le imposte e Pirin Manina si sveglia a causa di un rumore: il rumore della guerra, che non si era mai sentito cosí forte e cosí vicino. Come se la linea del fronte improvvisamente si fosse messa a correre e fosse arrivata vicinissima alla Casa da Tè. Si sentono, di là dalle imposte, il frastuono delle artiglierie e il ticchettio delle mitragliatrici. Si sentono dei colpi di fucile, di qualcuno che sta sparando a poca distanza dalle case.

Si sentono grida concitate, giú in strada, di persone che scappano.
Il nostro personaggio salta giú dal letto; cerca a tentoni i calzoni e se li infila. Va alla finestra e la apre. C'è un odore strano nell'aria: l'odore dei gas che nelle ore precedenti e a qualche chilometro da lí hanno ucciso migliaia di uomini. I colpi di fucile sono vicinissimi e c'è gente, in strada, che grida:
«Via, via, scappate! Arrivano i tedeschi!»
Nella Casa da Tè le donne corrono al buio, seminude, in tutte le direzioni. Ruzzolano giú dalle scale. La signora Gina si aggrappa a Pirin. Cerca (inutilmente) di trattenerlo. Gli grida:
«Vengo con te. Devi aiutarmi! Non andartene!»
L'uomo si divincola e corre giú per le scale. Corre in strada, verso la mensa del distaccamento: la «sua» mensa. Laggiú, sotto una tettoia, c'è la motocicletta con il carrozzino che gli serve a trasportare le provviste, e lui sa che deve riuscire a prenderla prima che la prenda qualcun altro. Sa che quella è la sua unica possibilità di salvarsi e corre piú forte che può. Trova la motocicletta e la fa partire. Si dirige dalla parte opposta rispetto ai nemici, ma non riesce ad andare in fretta come vorrebbe perché deve farsi largo in una massa disordinata di persone e di carri, che scappano tutti nella medesima direzione bloccando le strade. Ci sono i civili che vorrebbero portare in salvo, oltre a se stessi, anche le loro masserizie, e ci sono i soldati che cercano di salire sulla motocicletta di Pirin: si aggrappano al carrozzino o alla giacca del guidatore, gli strappano i vestiti cercando di trattenerlo. Molti di quei soldati hanno già buttato via il fucile, ma fuori del paese c'è una sorpresa. Due ufficiali con in pugno le pistole sono lí in mezzo alla strada e sparano per aria. Gridano:
«Dove andate, vigliacchi?»
«Dovete fermarvi! È un ordine».
Gli ufficiali vorrebbero organizzare una linea di difesa

con gli uomini che hanno ancora il fucile; i soldati gli buttano i fucili davanti ai piedi e continuano a correre. Quando Pirin arriva di fronte agli ufficiali, la strada è ingombra di fucili e lui cerca di passarci sopra. Uno dei due ufficiali, un tenente, gli punta la pistola. Dice:
«Questa motocicletta appartiene all'esercito. Devi scendere!»
Lui cerca di travolgerlo e l'altro ufficiale gli spara: tre colpi uno dietro l'altro, che gli arrivano nella schiena come tre pugni.
Pirin cerca di accelerare ma non ci riesce. Cerca di continuare a pensare ma non ci riesce.
La sua ultima sensazione è quella di molte mani che lo afferrano e lo tolgono dalla motocicletta; che lo depongono o, per essere piú precisi, lo scaraventano sui fucili.
L'ultimo rumore, è quello della motocicletta. Poi, c'è il nulla.
La notizia che i nemici sono riusciti a rompere il fronte arriva a Rocca di Sasso e nelle valli intorno al Macigno Bianco insieme alle prime gelate e alla prima neve sulle montagne; ed è come se all'inverno si aggiungesse un altro inverno, ancora piú triste e piú grigio. Ciò che gli uomini vedono nel paesaggio: neve e gelo, rispecchia i loro pensieri. E il silenzio e la tristezza della natura, che si prepara a morire come fa ogni anno, sono la rappresentazione di un altro silenzio e di un'altra tristezza, quelli della patria umiliata e vinta.
All'arrivo della corriera, ogni mattina, c'è una piccola folla di persone che aspettano i giornali, per leggerli o per farseli leggere e per poi commentare le notizie, in strada o alla Mula di Parenzo o, piú tardi, all'Osteria del Ponte: dove si discute ogni sera, fino a notte inoltrata, nell'aria resa irrespirabile dal fumo dei sigari. Si fanno ipotesi e previsioni. Si paragona questa guerra con quelle del passato, e ci si trova d'accordo nel dire che «non c'è confronto».
Ci si interroga su come è potuto succedere che le no-

stre difese siano state travolte, e su ciò che accadrà nei prossimi giorni e mesi. Chi era contrario all'intervento dice in tono di rimprovero: «Avevamo ragione noi. Noi lo sapevamo, che l'entusiasmo non basta per vincere le guerre. Ci vuol altro!»

Chi era favorevole, ribatte: «Non può finire cosí. Io ne sono sicuro, e dobbiamo esserne sicuri tutti. Dopo questa batosta sapremo riprenderci. Vinceremo».

Come è sempre accaduto in ogni epoca nei momenti difficili, la valle si stringe intorno al suo santo traghettatore: a san Cristoforo, che è dipinto dappertutto sulle facciate delle chiese mentre porta in salvo l'anima di chi lo prega.

Si stringe intorno ai suoi cento luoghi di culto. A Rocca di Sasso, si stringe intorno alla piccola chiesa fatta costruire dai richiamati della mobilitazione generale e dedicata alla Beata Vergine del Soccorso. È lí che ogni giorno, da quando hanno incominciato ad arrivare in paese le cattive notizie, si celebra una Messa per chiedere a Dio di intervenire in nostro favore, e di castigare la superbia dei nostri nemici. Anche se l'anziano parroco Oliosanto, fuori dalle prediche, continua a ripetere di non avere niente di personale contro gli uomini delle valli di là dalle montagne, che sono cristiani come noi e presi uno per uno possono anche essere delle degne persone; ma adesso, dice don Ignazio, siamo in guerra, e quando c'è una guerra ognuno deve schierarsi dalla parte giusta: altrimenti si fa confusione. Nemmeno Dio può restare neutrale. Lui che è il creatore di tutti gli uomini e di tutti i popoli della terra, deve ricordarsi che la sua religione e il suo vicario, cioè il papa, hanno il loro quartier generale da questa parte delle Alpi, e che quelli dall'altra parte sono soltanto i nostri, e i suoi, vicini di casa. Deve ricordarsi che di là dalle montagne ci sono anche i seguaci di Lutero: gli eretici. Fin che si vive d'amore e d'accordo, ripete ogni giorno l'anziano sacerdote nelle prediche, siamo tutti fratelli e siamo tutti uguali: pace e bene; ma se poi per disgrazia si litiga, e le cose prendono una brutta piega, anche Dio deve sapere da che parte sta. «Glielo ripeto tutti i giorni durante la Messa. Gli dico: non puoi fare finta di niente e considerarti superiore a queste faccende degli uomini, perché ci sei dentro anche tu fino al collo».

Mentre si attende che Dio metta giudizio, il santo patrono della valle: san Cristoforo, non esita a schierarsi in favore dei «nostri» regalandogli la sua campana piú grande, la Vusona («vociona»), cosí squillante che il suono si sente fino alla Cà d'i Banf e alla Madonna delle Pisse. Le campane sono fatte di bronzo, il bronzo serve a fare i cannoni e i cannoni servono a vincere le guerre. A dire il vero, l'iniziativa di donare le campane per rimpiazzare i cannoni distrutti o caduti in mano al nemico durante la ritirata viene dal parroco di un paese della valle Maggiore, sotto il Macigno Bianco: ma anche i due preti di Rocca di Sasso, don Ignazio Oliosanto e don Filippo Muscolo, e anche il santo proprietario della campana, dopo qualche esitazione decidono di aderirvi. «Per le necessità del culto, – dice don Muscolo ai fedeli, – resteranno le due campane piú piccole, quelle che la gente di qui chiama i Tolún». (Barattoli di latta). «Non hanno un gran suono, ma pazienza. In quanto alla Vusona, la rifaremo con i cannoni del nemico dopo che avremo vinto la guerra, e la rimetteremo al suo posto lassú sul campanile».

«È solo un prestito».

Una mattina di un giorno di novembre, a Rocca di Sasso arriva un grosso camion dell'esercito, preceduto da un'automobile grigioverde e dalla motocicletta, anch'essa grigioverde, dei regi carabinieri. Si raduna in piazza una folla di qualche diecina di persone, che assistono con il naso in su al sacrificio della campana maggiore. I soldati si arrampicano sul campanile; piazzano le carrucole, stendono le funi e pian piano la Vusona viene giú, lenta e solenne come una madre che va a donare la vita per i figli. Si posa nel cassone del camion. La folla applaude, grida:

«Viva i nostri soldati!»
«Viva san Cristoforo!»
Dagli uomini al fronte non arrivano piú notizie. Sono tutti dispersi, come foglie in una bufera di vento; e sono disperse anche le ragazze della valle, di cui finora non abbiamo avuto occasione di occuparci e che sono andate in guerra come infermiere volontarie per curare i feriti. Non si sa piú niente della fidanzata di Ansimino, la Virginia soprannominata Güdritt («cutrettola»), che dovunque va attira l'attenzione e i commenti degli uomini per il suo modo di camminare come se stesse ballando. Non si sa piú niente dell'Angela Sbrasenta, della Teresa soprannominata Girumeta e di tante altre. Non arriva piú la posta dal fronte, e il vicesindaco Gino Dindon, che dopo la morte del geometra Eusebio ha dovuto prendere il suo posto in municipio, in fondo in fondo ne è contento. Niente lettere, niente cattive notizie: «Per un po', non dovrò annunciare a nessuno la morte di un congiunto». Dimentica che i soldati, oltre che al fronte, possono morire anche nei campi di prigionia. Quando si trova tra le mani una busta con l'intestazione della Croce Rossa Internazionale, il signor Gino la apre pensando che riguardi il soldato Oliviero detto il Rana: di cui, da tempo, non si hanno notizie. (Dopo che è stato fatto prigioniero, il Rana è scomparso). La lettera, invece, contiene l'annuncio della morte di un altro richiamato della mobilitazione generale: di quel Carlo Calandron, fratello dello scemo di guerra Giuseppe, che a Rocca di Sasso faceva l'artigiano del legno e lo scultore, e che al fronte non si sapeva piú dove fosse. Da quando è partito, Carlo ha scritto una cartolina ai suoi familiari, per dirgli che era arrivato a destinazione e che stava bene. Poi gliene ha scritta un'altra dopo un anno, e poi ha smesso di scrivere in via definitiva. La moglie e i figli si chiedono: «Chissà dov'è e come sta»; ma sperano che il suo silenzio sia dovuto soltanto a pigrizia. Purtroppo non è cosí, e la Croce Rossa Internazionale, attraverso il sindaco di Roc-

ca di Sasso, gli comunica che il soldato Carlo Tal dei Tali, del fu Arturo, «è morto nel campo di prigionia di». (Il nome della località, scritto a mano, è illeggibile). Nello spazio riservato alla causa della morte, l'anonimo che ha riempito gli spazi bianchi del foglio già stampato ha scritto: «Tubercolosi».

Di piú, la lettera non dice; e il signor Gino, dopo averla girata per vedere se c'è qualcosa anche sul retro, alza gli occhi e sospira: «Un altro morto!» Ma la parola «tubercolosi», per noi che dobbiamo rendere conto dei nostri tredici personaggi, non è un riassunto sufficiente delle vicende che hanno portato Carlo Calandron a morire di là dalle montagne, in un paese straniero. C'è dell'altro: e la Dea delle storie ci chiede, anzi ci impone di raccontarlo.

La divina Calliope ci dice che la guerra del soldato semplice Carlo Calandron è incominciata in una trincea, su un altopiano battuto giorno e notte dalla nostra artiglieria e da quella dei nemici. La trincea è una specie di città dove vivono migliaia di uomini, e il nostro personaggio è entrato a far parte di un gruppo (segretissimo) di amici che si riuniscono in un luogo chiamato «il ginocchio», perché c'è un ginocchio umano che sporge da terra e che serve come punto di riferimento. I componenti del «Circolo del ginocchio» si danno appuntamento quasi ogni giorno in quel posto dove gli ufficiali non possono vederli e soprattutto non possono ascoltarli, per risolvere il problema dei problemi: «Come andarsene, vivi, via dalla guerra».

Vengono prese in considerazione tutte le possibilità, e di ogni possibilità vengono passati in rassegna tutti i rischi; perché, dicono gli affiliati del Circolo, «morire qui è morire da stupidi, e se anche le nostre morti servissero a qualcosa, a noi, poi, cosa ce ne verrebbe?» Ogni giorno, intorno al ginocchio, c'è qualche informazione da valutare e qualche proposta da discutere. Circolano nelle trincee certe scatolette, e certi flaconi dall'aspetto sinistro, che contengono (cosí, almeno, si dice) i germi di malattie co-

me il tracoma o la tubercolosi, considerate «invalidanti».
Chi le ha viene rispedito a casa, e tanti saluti alla guerra!
Ma nessuno, nel Circolo del ginocchio, è disposto a fare
questi esperimenti, considerati troppo rischiosi. Anche le
tecniche per procurarsi lesioni ai timpani o altri generi di
invalidità, per esempio sparandosi in un piede o in una mano, non sono sicure; e c'è il rischio, sempre presente e anzi incombente, di venire processati come disertori e di finire davanti a un plotone d'esecuzione.

Che fare? Per qualche settimana, sembra a tutti che la soluzione migliore sia quella di fingersi pazzi. Qualcuno ci prova; ma poi incominciano ad arrivare, anche al Ginocchio, notizie sempre piú allarmanti e informazioni sempre piú dettagliate sulle apparecchiature elettriche usate dagli psichiatri per torturare i pazzi, e anche questa possibilità viene messa da parte.

Pian piano, tra gli aderenti del Circolo si fa strada la convinzione che il modo migliore per tirarsi fuori dalla guerra sia quello di darsi prigionieri. «Anche se non è facile, – riflette ad alta voce il soldato Carlo Calandron, – e c'è il rischio di essere ammazzati quando si esce dalla propria trincea. Tutti i pericoli si concentrano in quell'attimo: ma chi riesce a superarlo si salva». «Comunque vada a finire la guerra, – dice un altro socio del Circolo, – i prigionieri se la cavano sempre, perché ci sono dei trattati internazionali che li proteggono. Ci sono le ispezioni della Croce Rossa nei campi di prigionia. C'è la possibilità di ricevere lettere da casa, e addirittura dei pacchi con i viveri».

«Non saranno rose e fiori nemmeno lí, ma si resta vivi!»

Il momento centrale della guerra di Carlo Calandron è quello in cui lui riesce, fingendosi morto, a sopravvivere durante un assalto e poi a farsi prendere prigioniero. Il resto non ha storia, fino alla busta della Croce Rossa Internazionale indirizzata «al signor Sindaco di Rocca di Sasso», che è l'approdo naturale di questa vicenda.

Il campo di prigionia non ha storia. È un luogo popolato da uomini magrissimi e pieni di pidocchi, che si ammalano e vengono portati a morire in un altro posto ancora piú orribile, chiamato «lazzaretto». In quel campo di prigionia i pacchi non arrivano o, se arrivano, sono già stati aperti e svuotati. Le guardie sono anziani della milizia territoriale che capiscono soltanto la loro lingua, anzi: il dialetto della loro regione, e se gli dici qualcosa c'è il rischio che ti sparino, perché cosí si tolgono il fastidio di doverti rispondere. (Poi, possono sempre dire che li avevi minacciati e che stavi per aggredirli). In quanto agli ispettori della Croce Rossa Internazionale, chi li ha mai visti?

Il signor Gino Dindon, facente funzioni di sindaco, sospira. Chiama il segretario comunale Carmine Mancuso e gli consegna la lettera, perché venga protocollata e messa in archivio. Si passa una mano sulla fronte, si alza. Andrà a dare la notizia alla moglie e ai figli di Carlo. Gli dirà ciò che ripete a tutti in queste circostanze: che il loro congiunto ha dato la vita per la patria e che la patria gliene sarà riconoscente in eterno. Sono sciocchezze e anche lui lo sa; ma cos'altro può dirgli?

Capitolo dodicesimo
Il Monte Santo

Le notizie che arrivano dal fronte continuano a essere tristi. Dio continua a far vincere i nostri nemici. Nonostante tutte le preghiere che gli vengono rivolte e nonostante il sacrificio di san Cristoforo che, per aiutare i suoi fedeli, si è privato della sua campana piú grande. Per convincere Dio a cambiare idea, gli abitanti delle valli intorno al Macigno Bianco decidono di fare qualcosa che prima d'ora non avevano mai fatto. Decidono di andare in pellegrinaggio al Monte Santo, tutti insieme, per una «veglia di preghiera e di penitenza» che durerà un'intera notte e che si terrà nella basilica dell'Assunta. Dopo che i fedeli avranno scalato la montagna alla luce delle fiaccole, invocando Dio e ripetendo a gran voce le sue lodi.

Dopo che si saranno riuniti nel piazzale davanti alla basilica.

Potrà, Dio, restare indifferente a un tale spettacolo, facendo finta di non vedere tutte quelle luci e di non sentire tutte quelle preghiere, sulla montagna delle cinquanta chiese che raccontano la vita terrena e la morte di suo figlio?

La risposta a questa domanda è: non potrà.

(Cosí, almeno, pensano gli abitanti delle nostre valli).

Prima di seguirli in processione, però, dobbiamo fare un passo indietro nella nostra storia. Un passo lungo quattrocento anni.

Dobbiamo dire cos'è diventato il Monte Santo. Noi l'abbiamo visto nascere sulla Parete che domina Roccapiana, e abbiamo conosciuto il suo fondatore: quel frate piccolo di statura e in stato di perenne agitazione, che tutti, da queste parti, chiamano il Beato.

(Quel frate che voleva trasferire i Luoghi Santi di Gesú tra queste montagne, come si trasferiscono i mobili in un trasloco da un appartamento all'altro. Qui mettiamo il Calvario, lí il Santo Sepolcro, laggiú l'Orto del Getsemani).

Quattrocento anni prima della nostra storia, fra Bernardino voleva che Roccapiana diventasse una copia conforme di Gerusalemme, e diceva che i sassi della Parete erano straordinariamente simili a quelli del monte Calvario, dove è stato crocifisso Nostro Signore e dove si è compiuta la redenzione del genere umano. Un giorno, mentre si scalmanava come al solito, il nostro frate è diventato un po' piú rosso del solito ed è morto. Il racconto che ne abbiamo fatto si è fermato qui; ma i lavori sulla Parete sono proseguiti, e nel corso del tempo hanno portato a un risultato abbastanza diverso rispetto alle intenzioni del fondatore.

Dopo il Beato sono arrivati gli artisti. È arrivato un architetto: l'Architetto, a cui delle pietre della Palestina e dei Luoghi Santi non importava quasi nulla. (O, forse, non importava proprio nulla). Lui voleva costruire, in cima alla montagna, una città dell'utopia. Forse la Città di Dio; piú probabilmente, una piccola Città del Sole. Ma anche il suo progetto è fallito.

Poi sono arrivati i forsennati della religione. Due uomini che si chiamavano Carlo: il Santo e il Vescovo, hanno dato alla città dell'utopia la forma, che conserva ancora oggi, di Via Crucis. L'hanno trasformata in un percorso di devozione (e di redenzione) del genere umano, che ha come punti di riferimento la nascita, la predicazione e la morte di nostro signore Gesú Cristo. La vita delle donne e degli uomini della loro epoca e di tutte le epoche a venire, secondo i due Carli doveva modellarsi su quel percorso di devozione e di penitenza; e il Monte Santo doveva diventare l'emblema di una umanità, riscattata e resa santa (cioè: felice di essere infelice) dalla fede in Dio.

A poco a poco, la montagna si è riempita di chiese e le chiese si sono riempite di statue. Centinaia di uomini e di donne, di bambini e di vecchi e perfino di animali riprodotti in grandezza naturale hanno rappresentato, all'interno di ogni chiesa, un episodio della vita di Cristo; e hanno rappresentato se stessi. La montagna delle cinquanta chiese: il Monte Santo, ha incominciato a vivere di vita autonoma rispetto alle intenzioni del suo fondatore e dei suoi costruttori. Ciò che si è formato nel tempo in cima alla Parete, e che ancora esiste mentre ne stiamo parlando, non è la Nuova Gerusalemme voluta dal Beato; non è la Città del Sole dell'Architetto; non è la Via del Paradiso (la Via Crucis) del Santo e del Vescovo: o, per meglio dire, è un po' tutte queste cose ma è soprattutto qualcos'altro. È il racconto delle infinite vicende delle donne e degli uomini che sono nati e vissuti in queste valli, riassunte in un'unica vicenda: quella di Cristo e del suo cammino verso la croce.

È un campionario, abbastanza rappresentativo e abbastanza completo, dei loro visi, dei loro gesti, delle loro deformità, dei loro tic, dei loro mestieri, delle loro abitudini di vita.

Delle loro vite.

Questo, dunque, è il Monte Santo di Roccapiana quattrocento anni dopo la morte del Beato: quando gli abitanti delle nostre valli decidono di andarci tutti insieme in pellegrinaggio in una notte di novembre, per far sentire a Dio le loro ragioni, e per convincerlo che sta sbagliando a sostenere i loro nemici.

Per dirgli che sí, hanno meritato di essere castigati: ma che ora implorano il perdono e l'aiuto a rialzarsi.

Per mettere Dio di fronte alle sue responsabilità. Le cinquanta chiese saranno illuminate dall'interno, e nelle chiese ci saranno le ottocento statue di legno o di terracotta che rappresentano gli uomini e le donne di queste valli, impegnati a recitare con le loro vite la vita di Gesú.

Ci saranno la Madonna dell'Annunciazione e l'arcangelo Gabriele.

Ci saranno i Magi.

Ci saranno gli sbirri di Erode impegnati a uccidere gli Innocenti.

Ci saranno i convitati delle nozze di Cana.

Ci saranno gli Apostoli.

Gesú tornerà a essere presentato a Ponzio Pilato e poi verrà flagellato e inchiodato in croce dagli uomini che sono vissuti tra queste montagne. Il sacrificio della croce tornerà a ripetersi mentre le donne e gli uomini di oggi, fuori dalle chiese, saliranno verso la basilica dell'Assunta cantando e reggendo ognuno la sua fiaccola.

Per mettere Dio di fronte alle sue responsabilità. Ci saranno gli orfani dell'ospizio, con le divise invernali di lana grigia e con le teste rasate.

Ci saranno le madri e le vedove dei caduti in guerra.

Ci saranno le suore con le ragazze traviate, e i vecchi mantenuti dalla carità nel ricovero dei frati.

Ci saranno tutti i parroci e tutti i preti di tutti i villaggi delle valli, e tutte le confraternite con i loro stendardi.

Ci saranno i sindaci e le autorità civili.

Ci saranno due predicatori. Il primo predicatore, fra Raimondo, illustrerà ai pellegrini le quattordici tappe (o «stazioni») del percorso della salvezza: la Via Crucis. Il secondo predicatore, fra Galgario, sarà l'intrattenitore della veglia di preghiera e di penitenza che si farà nella basilica in cima al Monte Santo e che dovrà protrarsi fino alle luci dell'alba. Tutte le preghiere e tutte le meditazioni di quella notte, ruoteranno intorno alla domanda che Gesú in croce fece al Padre:

«Dio, Dio mio, perché mi hai abbandonato?»

Ci sarà sua eccellenza monsignor vescovo.

Ci saranno, nella luce della basilica, gli invalidi, perché

tutti vedano le loro carni straziate. Ci sarà (forse) Giuliano Mezzasega, l'uomo che ha perso tutt'e due le gambe. Gli anziani e le donne di Rocca di Sasso cercano di convincerlo, gli dicono: «Chi, meglio di te, può rappresentare davanti a Dio il dolore e i sacrifici della nostra guerra?» Ma l'interessato, sulle prime, non vuole saperne. Una delegazione di anziani, guidata personalmente dal signor Gino Dindon facente funzioni di sindaco, deve fare i conti con i suoi sbalzi d'umore e con le sue obiezioni. La piú seria di quelle obiezioni è:

«Come ci arrivo, in cima al Monte Santo, senza gambe?»

«Non pretenderete di trascinarmi fin lassú con questa tavola a rotelle che mi ha dato l'esercito!»

«Ti portiamo con una carriola fino all'inizio della salita, – dicono gli anziani. – Da lí, poi, ti tireremo su a braccia. Non sarà una passeggiata, alla nostra età, ma dobbiamo riuscirci e ci riusciremo».

Alla fine, anche Giuliano si lascia convincere. La salita al Monte Santo si fa una sera di sabato, col buio e sotto una pioggerellina gelata che vorrebbe diventare neve ma non ci riesce. Tutta la montagna è sfavillante di luci. Dentro a ogni chiesa, le candele creano un teatro di ombre che si incrociano e si sovrappongono seguendo i movimenti delle fiammelle mosse dal vento. Le statue sembrano vive: sono vive, e si muovono e parlano con le loro ombre. Sono le donne e gli uomini vissuti nelle valli sotto il Macigno Bianco, una generazione dopo l'altra, un secolo dopo l'altro, che si parlano e parlano anche a chi li sta guardando fuori dalle chiese. Si raccontano e raccontano ai pellegrini le loro storie. Dicono, per esempio:

«Io che qui sono la Samaritana accanto al pozzo, nel mio tempo e nella mia valle ero la donna che faceva nascere i bambini, e per alcuni di loro sono stata anche la balia». Oppure:

«Io che sono vestito da centurione romano, in realtà facevo il panettiere a Roccapiana, e l'artista mi ha rappresentato cosí come mi vedete, senza nemmeno chiedermi di posare. Veniva da me tutti i giorni a comperare il pane, e mi ha fatto il ritratto...»

Ogni stazione della Via Crucis è un cerchio di luce, e la fiaccolata dei pellegrini è un fiume in piena che anziché scendere dalla montagna verso la valle si muove in senso contrario. Gli orfani cantano. Le ragazze traviate cantano. I preti cantano. Tutti cantano e le loro voci si alzano sopra le luci e sopra il tracciato luminoso della fiaccolata, si perdono nell'immensità della notte. Ogni tanto il canto si interrompe e la voce del predicatore risuona sulla montagna, abbastanza forte (si spera) perché possa arrivare fino a Dio:

«Nella terza stazione della Via Crucis, Gesú cade per la prima volta».

«Nella sesta stazione della Via Crucis, la Veronica asciuga il volto di Gesú».

«Nella settima stazione della Via Crucis, Gesú cade per la seconda volta».

Lassú dove si trova, circondato dagli angeli, Dio si rende conto che qualcuno sta cercando di richiamare la sua attenzione e tende l'orecchio. La voce del predicatore, lontanissima, gli grida: «Anche noi, come il tuo divino figlio, siamo caduti sotto il peso della nostra croce. Aiutaci a rialzarci!»

«Soccorrici nel momento del bisogno! Difendi in noi quelli che oggi vengono oppressi, e fai trionfare la tua giustizia, sempre e ovunque!»

«Castiga la tracotanza dei nostri nemici, tu che puoi! Accogli i nostri caduti nel tuo paradiso e aiuta i nostri soldati, laggiú al fronte. Falli vincere, perché lo meritano!»

Gli orfani ricominciano a cantare. La ragazze traviate, i preti, i vecchi mantenuti dalla carità pubblica, le confraternite e il vescovo si uniscono al coro. La fiaccolata ricomincia a muoversi.

«Nella decima stazione della Via Crucis, Gesú è spogliato delle vesti e abbeverato di fiele e di aceto».

«Nell'undicesima stazione della Via Crucis, Gesú è inchiodato alla croce».

«Nella dodicesima stazione della Via Crucis, Gesú muore sulla croce».

Attraverso i cori degli angeli che cantano la sua gloria, Dio continua a sentire le voci lontane che lo invocano, e la loro insistenza incomincia a impensierirlo. Si chiede: e se davvero avessi sbagliato a favorire gli uomini delle valli dove i fiumi scorrono verso nord e verso est? Se avessi commesso, senza volerlo, un'ingiustizia? Anch'io, a volte, faccio degli errori, soprattutto quando mi distraggo. Mentre Dio si pone questi interrogativi, e fa queste riflessioni, il predicatore gli grida: «Degnati di rivolgere il tuo sguardo verso di noi, e allunga la tua mano per sostenerci!»

«Tu lo sai, – gli rammenta, – che non siamo entrati in guerra per fare conquiste, ma per riparare i torti di secoli. Tu lo sai, che i nostri fratelli sono oppressi da quegli stessi uomini che ora stanno vincendo la guerra, e che la tracotanza dei nostri nemici non conosce freni né limiti. Tu lo sai, che i nostri diritti vengono calpestati ogni giorno, e che le nostre speranze non arriveranno mai a realizzarsi se tu, Dio, non ti volgerai dalla nostra parte, con tutta la tua benevolenza e con tutta la tua forza!»

In cima al Monte Santo c'è la basilica dell'Assunta, dedicata alla Madonna che sale in cielo. La basilica è piena di luce e di gente; e anche fuori, sul sagrato, c'è una folla di persone che vorrebbero entrare e non possono, perché all'interno dell'edificio non c'è piú posto. L'unico spazio vuoto è davanti all'altare: un cerchio di luce, e nella luce ci sono le persone che devono commuovere Dio con lo spettacolo delle loro sofferenze.

Ci sono le vittime della guerra: i mutilati.

C'è un uomo con una calotta d'acciaio al posto del cranio.

C'è un uomo senza piú la faccia.

C'è un uomo che respira attraverso una cannuccia che

ha nel collo, e un altro a cui è stato tolto lo stomaco e sostituito con una sacca di gomma.

Ci sono uomini senza gambe e senza braccia. Ci sono due scemi di guerra, e vengono tenuti legati perché non vadano attorno a disturbare la cerimonia.

Davanti all'altare il vescovo canta con voce nasale. Tutti cantano.

Poi il vescovo, i canonici, i sacerdoti vanno a sedersi negli scranni del coro. C'è un grande silenzio nella basilica: un silenzio carico d'attesa.

Cosa succederà?

Nel silenzio si fa avanti un uomo vestito da frate. Un uomo piccolo di statura, senza barba, con i capelli che sembrano setole intorno alla parte rasata del cranio.

Si potrebbe pensare che sia il Beato: ma non è il Beato.

È fra Galgario, il predicatore della veglia di preghiera e di penitenza.

Il freddo nella basilica è intenso. Quando le persone aprono la bocca per cantare, si vedono i fiati.

Fra Galgario ha la testa abbassata e gli occhi chiusi. Improvvisamente spalanca gli occhi e li alza verso l'interno della cupola, dove un pittore della dinastia dei Panpôs ha rappresentato la gloria di Dio Padre circondato dalle schiere degli angeli e dei santi, in un'apoteosi barocca. Il predicatore grida, con voce di tuono:

«Dio, Dio mio, perché ci hai abbandonati?»

Ci sono donne che strillano tra la folla, in preda a una crisi isterica. Nel cerchio di luce, tra gli invalidi, uno dei due scemi di guerra incomincia a ululare e il nostro Giuliano, che fino a quel momento si è tenuto ritto a forza di braccia sulla «tavola deambulatoria» che gli ha dato l'esercito, crolla sul pavimento privo di sensi. Sia lui che lo scemo vengono soccorsi e portati via, dalle stesse persone che li hanno messi dov'erano: e chissà, vien fatto di pensare, se vedendoli in quelle condizioni, e vedendo gli altri mutilati, Dio ha provato almeno un briciolo di pietà!

Chissà se la notte di preghiera e di penitenza servirà davvero a qualcosa.

I giorni che seguono trascorrono, almeno in apparenza, senza grandi cambiamenti.

La vita, nelle nostre valli, continua. La guerra continua; e noi, dopo essere saliti sul Monte Santo insieme ai pellegrini, dobbiamo tornare a occuparci di due dei nostri personaggi che sono rimasti indietro nel racconto, perché al momento dell'avanzata dei nemici e della sconfitta dei «nostri» non si trovavano sulla linea del fronte.

Dobbiamo spostarci di qualche diecina di chilometri per seguire le vicende del maestro (ora sottotenente) Luigi Prandini e dell'autista della corriera (ora sergente) Anselmo soprannominato Ansimino.

Cosa gli è successo, dopo l'ultima cena e dopo che sono partiti per la guerra, insieme agli altri richiamati della mobilitazione generale?

Il maestro Luigi Prandini, nei giorni in cui i nemici scatenano la loro grande offensiva si trova in un lettino d'ospedale, lontano dai luoghi dove si sta combattendo. Ha dovuto essere operato in seguito a una ferita, di un proiettile che gli ha distrutto l'articolazione del polso sinistro.

Ha perso una mano.

Si dirà: sono cose che succedono in guerra. Nel caso del nostro personaggio, però, i fatti non sono cosí semplici, perché il proiettile che lo ha raggiunto è stato sparato di notte e dall'interno delle nostre trincee. Mentre si stava svolgendo un'ispezione: il sottotenente Prandini, dicono i rapporti, ha alzato il braccio sinistro e si è voltato verso il caporale di giornata per indicargli qualcosa. In quell'istante, non era in corso nessun combattimento e un colpo di fucile gli ha attraversato il polso, andando poi a conficcarsi tra la clavicola e la spalla sinistra.

I rapporti del caporale e delle sentinelle mettono in evidenza due cose. La prima è che, per ciò che si è potuto capire, chi ha colpito il sottotenente voleva ucciderlo, perché gli ha sparato all'altezza del cuore; la seconda è che soltanto il suo gesto improvviso, di alzare il braccio e di spostarsi con il busto di una diecina di centimetri, gli ha salvato la vita. Anche l'analisi del proiettile ha poi confermato ciò che già risultava dai rapporti: cioè che il fucile da cui era partito il colpo era nostro, e che l'assassino andava cercato tra i nostri soldati.

Una brutta storia. Su cui anche l'alto comando dell'esercito ha ritenuto di dover aprire un'indagine.

Perché un uomo della sua stessa compagnia voleva uccidere il maestro Prandini?

La risposta a questa domanda deve essere cercata in un episodio che si era verificato nel precedente mese di agosto: quando il nostro personaggio, insieme a un altro sottufficiale, era stato incaricato di scortare il trasferimento di un battaglione di alpini, da una stazione di raccolta nelle retrovie alla linea del fronte.

Durante quel viaggio erano successe cose scandalose, da non poter essere tollerate. C'erano degli ubriachi, sul treno, e il maestro Prandini aveva dovuto fronteggiarli da solo. Il processo, che si era poi svolto dopo pochi giorni davanti a un tribunale di guerra, aveva messo in evidenza che l'altro sottufficiale «si era sottratto alle sue responsabilità, allontanandosi con un pretesto dal vagone ferroviario dove gli atti di insubordinazione erano piú gravi e evidenti».

Il maestro, invece, era rimasto al suo posto. Aveva ascoltato parole inammissibili, che poi avrebbe riferito al processo. Frasi del genere: «Ci portano al macello. Siamo stanchi di farci ammazzare, e per cosa, poi? Tanto questa porca italia non potrà mai vincere». Mentre il treno era in movimento erano stati sparati dei colpi di fucile, da soldati che si erano rifiutati di fornire le loro generalità al sottotenente e lo avevano ripetutamente insultato, chiamandolo «sottotenente del cazzo». Si era sentito gridare: «Abbasso la guerra», e «Tutti a casa!»

In seguito a questi fatti il tribunale di guerra aveva avviato un'indagine per individuare i responsabili delle grida e delle sparatorie: che, prima ancora di essere riconosciuti e arrestati, erano stati giudicati colpevoli e condannati a morte. Gli stessi giudici avevano condannato anche l'altro sottufficiale: quello che non aveva compiuto il suo dovere con il dovuto zelo, «a quattro mesi di carcere e ad essere degradato in pubblico».

Nelle trincee erano comparse delle scritte: «Prandini boia».

Poi, c'erano stati il colpo di fucile e l'ambulanza. C'era stato il trasporto, nella notte, verso un ospedale delle retrovie.

C'era stata l'amputazione della mano sinistra.

Nel momento in cui noi lo ritroviamo, il sottotenente Prandini è stato appena dimesso dall'ospedale dove è stato operato. È a rapporto dal suo colonnello. Il colonnello gli sta dicendo che, data la gravità della situazione creatasi in seguito all'offensiva dei nemici, le indagini sull'attentato per cui lui ha perso la mano hanno dovuto essere sospese e probabilmente non verranno riaperte, mai piú.

«Che vuoi farci! – gli dice il colonnello, allargando le braccia. – La trincea dove è avvenuto quell'episodio attualmente è in mano al nemico, e gli uomini che dovevano presidiarla sono tutti morti o dispersi. In quanto allo sconosciuto che voleva ucciderti, – aggiunge il colonnello dopo un momento di silenzio, – forse ci ha già pensato la guerra a dargli ciò che si meritava».

Cerca un foglio tra le carte che ha sulla scrivania. Si mette gli occhiali: «Ho qui il tuo congedo per invalidità. E ho inoltrato la richiesta di una promozione e di una medaglia al valore. Che, – tiene a precisare, – non ti restituiranno la mano perduta, ma almeno daranno un senso al tuo sacrificio».

«Se la cosa è possibile, – dice il maestro Prandini, – vorrei riprendere servizio dopo la convalescenza. Ho ancora una mano valida: la destra. E mi sento di poter fare ancora qualcosa, finché la guerra non sarà vinta».

La sua richiesta (possiamo dirlo fin d'ora) verrà accolta. La sua mano sinistra, al termine della convalescenza, sarà sostituita con una protesi di legno e di metallo in grado di trattenere e di sostenere piccoli oggetti, e la protesi verrà coperta con un guanto nero di pelle. Il tenente (promosso e decorato) Luigi Prandini, diventerà, in un'altra parte del fronte, Mano Nera; e quel soprannome per vie misteriose gli resterà appiccicato anche dopo la guerra, quando lui tornerà a Rocca di Sasso insieme agli altri superstiti.

Sarà Mano Nera per tutti. In quanto a Ansimino...

Capitolo tredicesimo
Artemisia

Ansimino, in guerra, è stato assegnato come autista di camion a un «deposito mitragliatrici», che in realtà è un grande centro di smistamento, con annessa officina riparazioni, di quel genere di armi. È riuscito a farsi apprezzare, oltre che come conducente, anche come meccanico, per il tempo che dedica alla manutenzione dei veicoli senza che nessuno glielo chieda e senza che questo tipo di prestazioni rientri nei suoi compiti specifici. I camion di Ansimino funzionano alla perfezione e funzionano sempre. Da caporale qual era al momento di essere richiamato, grazie all'«intelligenza nelle mani» il nostro personaggio è diventato caporalmaggiore e sergente, e nei primi mesi di guerra gli è stata data anche una licenza-premio di una settimana; poi, non ha piú avuto licenze. Il suo comandante: un capitano che nella vita civile fa l'ingegnere, ogni volta che lo incontra alza gli occhi al cielo. «Lo so, – gli dice sospirando, – che dovrei mandarti a casa e che te lo meriti, ma come faccio? Sei l'unica persona, in questo deposito, capace di resuscitare un motore o di rimettere in funzione una mitragliatrice inceppata senza farla esplodere. Sei riuscito a renderti indispensabile e adesso ne porti le conseguenze. È colpa tua».

A volte, quando parla con gli altri ufficiali, il capitano di Ansimino si diverte a immaginare come saranno in futuro le guerre. «Le guerre del futuro, – gli confida, – non saranno combattute dagli eroi ma dai tecnici. Non ci saranno piú, o saranno rarissimi, gli atti di valore individuale; e non ci saranno piú gli assalti alla baionetta per espugnare le trincee del nemico, con le perdite di vite umane che tutti sappiamo. Quel tipo di eroismo apparterrà alla letteratura. I nuovi eroi saranno gli uomini come Ansimino, che hanno un talento naturale per far funzionare le macchine. È con uomini come lui che già oggi si vincono le guerre. Dipendesse da me, – dice ogni volta, – lo proporrei per una medaglia: se la merita. Ma la retorica della guerra, purtroppo è rimasta ferma ai tempi di Omero e dell'*Iliade*; e non credo che i nostri superiori mi capirebbero».

Un giorno (siamo ormai in guerra da due anni, e da tre estati) i camion del deposito sono tutti impegnati con i rispettivi autisti e arriva una richiesta urgente, anzi: urgentissima, di una batteria contraerea per un caposaldo, che dovrà proteggere le nostre retrovie dalle incursioni dei bombardieri nemici. La batteria contraerea, del peso di parecchi quintali, viene caricata sull'unico camion disponibile, arrivato il giorno precedente da un'altra zona del fronte e non ancora revisionato. Prima di salirci, Ansimino ha un momento di esitazione. Chiede che gli si dia la possibilità di provare il camion, o almeno di verificarne in officina le parti vitali. Gli si risponde che non c'è tempo per quel genere di sottigliezze. La batteria deve essere portata dove è stata richiesta e deve essere portata nel piú breve tempo possibile, perché i biplani e i triplani del nemico hanno trovato un buco nelle nostre difese: un «corridoio», attraverso il quale vanno a scaricare le loro bombe sulle nostre trincee e sui nostri magazzini.

«Bisogna fermarli!»

Nel primo tratto di strada, in pianura, il camion funziona abbastanza bene; poi però c'è una salita, e si scoprono i primi difetti. I tiranti dello sterzo cedono a sinistra, e bisogna fare molta attenzione, in ogni curva, per non uscire di strada. Il peggio arriva con la discesa. Ansimino cerca di rallentare la corsa del pesante automezzo tirando la leva del freno e sente che il camion sobbalza. Sente che qualcosa, sotto i suoi piedi, si è spezzato: non ci sono piú freni! Con terrore, vede avvicinarsi il vuoto di là dalla curva e fa l'unica cosa possibile in quella circostanza.

Apre lo sportello e si butta fuori dal camion.

Il suo viaggio e i suoi pensieri finiscono lí.

Riapre gli occhi in un luogo dove tutto ciò che si vede è bianco, e sul momento non riesce a raccapezzarsi. Non sa chi è e perché si trova in quel posto. Anche il suo corpo è imprigionato nel bianco: gambe e braccia sono appese a delle funi d'acciaio, e perfino il collo è tenuto stretto dentro qualcosa. Attorno a lui si sentono delle voci e dei passi e lui, improvvisamente, si rende conto di essere in una corsia d'ospedale. Si ricorda di essere Ansimino; si ricorda del camion e di quell'ultimo viaggio, in cui per un istante ha creduto di dover morire. Vede entrare nel suo campo visivo un volto sorridente, di una donna con un grande copricapo bianco che gli dice: «Buongiorno. Ben tornato nel mondo dei vivi».

La donna gli spiega che lei è suor Anna e che lui è vivo per miracolo. Le sue ossa, quando è arrivato in ospedale, erano fratturate in tredici punti. In piú, c'erano le lesioni: quelle esterne che si vedevano, e quelle che non si vedevano e che bisognava scoprire. Il direttore del reparto le aveva detto: «Sorella diamoci da fare, ma qui ci vuole un miracolo». Detto fatto, racconta suor Anna: «Mi sono rivolta a chi può fare i miracoli e a volte li fa. Ti ho messo sotto la testa un'immagine che avevo in tasca, della Beata Vergine del Soccorso. Ho detto alla Madonna dell'immagine: la vita di quest'uomo è nelle tue mani. Per favore, salvalo. E lei ti ha salvato».

Fruga tra i cuscini che reggono la testa e le spalle di Ansimino e tira fuori un'immagine della Madonna. Gliela mette davanti agli occhi:

«È stata lei!»

Ansimino guarda il cartoncino colorato e non vede niente. I suoi occhi sono pieni di lacrime, che gli scorrono anche sulle guance. Poi tra le lacrime gli sembra di vedere qualcosa: una strada in salita, che porta a un paese di montagna. Un po' prima di arrivare in paese c'è la chiesa dei richiamati della mobilitazione generale: la «sua» chiesa, e dentro alla chiesa c'è una donna con un grande mantello azzurro, che tiene sotto al suo mantello tredici uomini. Lui ha già avuto modo di incontrarla, la Beata Vergine del Soccorso, quando il capitano gli ha dato la sua prima e unica licenza: è entrato in chiesa, e la Madonna con il mantello azzurro era là che lo stava aspettando...

Le lacrime continuano a scorrergli giú per le guance. «Sí, sí, piangi, – gli dice suor Anna. – Ti fa bene. Ma ricordati anche di ringraziare chi ti ha salvato la vita. Io ho visto com'eri ridotto, e devi credermi. Se la Madonna non fosse intervenuta in tuo aiuto, tu ora non staresti ad ascoltarmi. Dille una preghiera».

Quando incomincia ad alzarsi dal letto, e sta meglio, Ansimino ha la possibilità di conoscere un asso della nostra aviazione: il tenente pilota Alberigo Gulli, che è ricoverato nel suo stesso reparto e che è destinato a diventare il suo migliore amico: come si vedrà. Il tenente Gulli è stato colpito dalla contraerea nemica («O forse, per sbaglio, dalla nostra, – dice l'interessato: – io però voglio credere che sono stati gli altri») ed è caduto con l'aereo dietro le nostre linee, riportando una quantità incredibile di fratture. Anche lui, come Ansimino, è rimasto chiuso nel gesso per parecchie settimane, e anche lui è vivo «per miracolo». I due uomini si incontrano ogni giorno nel parco della clinica e fanno insieme delle brevi passeggiate, appoggiandosi ciascuno alle proprie stampelle. Parlano di aereoplani e di motori. Il volo umano è qualcosa che continua ad affascinare il nostro protagonista: e la scoperta che gli aereoplani volano grazie a dei motori non molto diversi da quelli che lui conosce e che sa aggiustare, chissà perché lo rende quasi felice. Vuole sapere tutto degli aereoplani. Chiede a Gulli:

«Quanti tipi di aereoplani ci sono? E quanti tipi di motori? Chi li costruisce (gli aereoplani), e chi insegna a guidarli?»

Il tenente Gulli gli spiega quello che sa, sui monoplani e sui biplani a un solo motore o a due motori. Sul modo come vengono istruiti i piloti. Gli parla di un suo amico: un ingegnere che lui conosce dai tempi dell'università e che, dice il tenente, ha progettato l'aereoplano piú geniale di tutta la guerra: il «biplano trimotore da trecento cavalli». Una macchina capace di volare fin sopra le nuvole, a quattromila metri di altezza e anche piú su, e di trasportare quintali di bombe.

Soprattutto, però, il tenente Gulli gli parla delle sue imprese oltre le linee nemiche: delle trincee mitragliate, dei convogli bombardati, dei duelli in volo con i piloti avversari... Ansimino non si stancherebbe mai di ascoltarlo. Ai primi di ottobre viene dimesso dall'ospedale e rimandato al suo paese per trascorrervi la convalescenza. Zoppica un po' con la gamba sinistra e continuerà a zoppicare finché vive, soprattutto quando cambiano le stagioni e quando cambia il tempo; è, in qualche misura, un invalido, ma i discorsi con il tenente Gulli gli sono comunque serviti per chiarirsi le idee. Adesso sa cosa dovrà dire ai suoi superiori, quando si presenterà al comando di divisione dopo la convalescenza. Gli chiederà di essere mandato in un aereoporto militare come apprendista meccanico. Dati i suoi precedenti con i camion, pensa che lo accontenteranno.

Dopo un viaggio in treno durato tutta la notte, Ansimino sale sulla corriera della valle Minore guidata dal signor Nicola Callone: che, strada facendo, lo informa delle novità di Rocca di Sasso. Gli racconta di Giuliano Mezzasega che ha perso tutt'e due le gambe, e di Giuseppe Calandron che è diventato scemo di guerra e viene picchiato con il bastone da sua moglie Gilda, «anche in presenza dei figli». Della fidanzata di Ansimino, cioè di Virginia soprannominata Cutrettola, il signor Nicola non sa niente o, per essere piú precisi, sa soltanto che è andata al fronte come infermiera volontaria: «Ma se le fosse successo qualcosa me lo avrebbero detto. Ormai conosco tutti, in paese».

«Non mi scrive e non mi dà piú notizie da due anni», si lamenta Ansimino. Poi però fa un gesto che significa: pazienza! «Avrà conosciuto, – dice, – qualcuno piú interessante di me. Il mondo è grande, e laggiú al fronte è pieno di uomini».

Si fa lasciare dall'autista in cima alla salita, dove c'è la chiesa della Beata Vergine che tiene i richiamati della mobilitazione generale sotto il suo mantello e sotto il suo sorriso. Si inginocchia davanti all'immagine dipinta e le parla ad alta voce, tanto in quel momento in chiesa non c'è nessuno, come parlerebbe con una persona. Le promette che le porterà una tavola dipinta: un «ex voto», per ricordo del miracolo che gli ha salvato la vita. Le dice: «Ci ho pensato a lungo e credo di doverti ringraziare cosí, facendo in modo che tutti in paese sappiano cosa mi è successo».

La Beata Vergine lo guarda e non dice niente. Metà, o piú, degli uomini affidati alla sua protezione sono morti, ma lei continua a sorridergli e Ansimino le spiega come sarà fatto il quadro che intende dedicarle. Le dice: «Nella parte alta si vedrà il cielo e in cielo ci sarai tu, seduta sopra una nuvola. Sotto alla nuvola ci sarà la strada di montagna con il camion che corre senza piú freni e ci sarò io, Ansimino, che mi butto fuori dal camion».

Dopo essere rimasto qualche giorno con sua madre, la Maria d'i Biss, a riposarsi e a prepararle la legna per l'inverno, una mattina il nostro personaggio si mette in cammino per andare dal maestro pittore Gianin Panpôs, che vive nel villaggio di Oro sotto il Macigno Bianco. Ci va a piedi, perché i medici gli hanno detto che ormai può camminare e andare dove vuole, purché non si affatichi troppo; e perché sente il bisogno di riabbracciare le sue valli, ora che ha attraversato la linea di confine tra la vita e la morte e ha avuto la fortuna, o la grazia, di tornare indietro. Vuole avere negli occhi, mentre cammina, la grande montagna carica di neve: il Macigno Bianco, che ha dato vita nel tempo a tante leggende e che è il punto fermo attorno a cui ruotano le vicende degli uomini in questa parte del mondo; non soltanto degli uomini delle valli, ma anche di quegli altri che vivono laggiú nella grande pianura. Ogni tanto si ferma a bere a una fontanella, o si riposa per qualche minuto all'ombra di un albero. Quando incontra una chiesa si fa il segno della croce, e quando passa davanti a un cimitero mormora le parole che gli ha insegnato suo padre, il fabbro Ganassa, perché i morti restino dove sono e restino tranquilli. Dopo avere pranzato in un'osteria, e dopo essersi riposato, si rimette in cammino. Attraversa uno dopo l'altro tutti i villaggi della valle Maggiore, mentre il sole tramonta dietro le montagne e la valle, a poco a poco, si riempie di ombre. Arriva a Oro che è quasi buio. Soltanto le tre cime del Macigno Bianco, lassú in alto, sono ancora illuminate dagli ultimi raggi del sole che ormai non c'è piú.

Dagli ultimi raggi del sole di ieri.

Dorme nell'Antica Locanda di Oro. La mattina del giorno successivo si fa indicare la casa del maestro pittore. È una casa di pietra con le balconate in legno rivolte verso la valle e verso sud, dalla parte opposta rispetto alla grande montagna. Si avvia per andarci e vede, su una balconata, una giovane donna che è uscita a stendere dei panni. Poi la donna rientra e Ansimino arriva sotto la casa. Grida:

«Cerco Gianin Panpôs: il maestro pittore!»
«C'è qualcuno?»

Arriva abbaiando un piccolo cane. Al piano superiore torna ad affacciarsi la ragazza di prima, quella che era uscita a stendere i panni. È una bella ragazza, di vent'anni o pochi di piú; ma c'è qualcosa, nel suo aspetto, che sorprende il visitatore e lo lascia disorientato, senza che lui, al momento, riesca a capire di cosa si tratta. La ragazza gli sta dicendo:

«Mio padre non c'è, mi dispiace. Posso sapere chi lo cerca, e per quale motivo?»

«Non c'è!» Ansimino fa una smorfia di disappunto. Partendo da casa, non aveva nemmeno preso in considerazione quella possibilità, che il pittore non fosse nel suo paese e nel suo laboratorio. Mormora: «Ho camminato un'intera giornata per venire a cercarlo!»

Spiega alla ragazza: «Devo chiedergli di dipingermi un quadro di piccole dimensioni, su una tavola di legno. Ho fatto un voto...»

«Aspettate un momento, – dice la ragazza: a cui, evidentemente, è stato insegnato di trattare gli sconosciuti con il "voi". – Scendo ad aprire».

Scompare dalla balconata e dopo un minuto ricompare sulla porta di casa. Dice:

«Entrate».

Ansimino entra e si guarda attorno. L'ambiente è grande e luminoso. C'è, nell'aria, un odore forte ma non sgradevole, di resina di pino e di colla. Da una parte della sala c'è una grande vetrata; attraverso la vetrata si vedono le pendici del Macigno Bianco coperte di foreste. Ci sono due cavalletti: uno davanti alla vetrata e un altro in mezzo alla stanza. Ci sono molti quadri intorno alle pareti, appesi o anche soltanto appoggiati. Uno di quei quadri rappresenta la ragazza che l'ha fatto entrare nello studio del pittore e lui, allora, si porta una mano alla fronte. Esclama: «Adesso ho capito!»

Si volta verso la ragazza. Le parla dandole del «tu», come ha fatto, qualche giorno prima, con la Beata Vergine del Soccorso. Le dice: «Tu sei...» Poi se ne accorge e si corregge: «Voi siete...»

La ragazza sorride e scuote la testa: «Io sono Artemisia, la figlia piú giovane del pittore. Quella che vive insieme a lui e fa il suo stesso mestiere». Ma Ansimino non ha potuto sentire le sue parole perché ha continuato a parlare. Sta dicendo:

«Voi siete la Madonna che c'è al mio paese, nella chiesa che abbiamo costruito quando siamo partiti per la guerra e che è dedicata alla Beata Vergine del Soccorso».

Artemisia fa segno di sí con la testa: «Sí, lo so. Ci sono almeno sette o otto Madonne con la mia faccia, nella valle del Macigno Bianco e nelle valli piú piccole». Spiega all'ospite: «Qualche anno fa, ero ancora molto giovane e mio padre ha voluto che posassi come modella per quel genere di immagini. Dice che ho un'espressione rassicurante... Non so se ha ragione, ma so che ogni tanto mi capita di essere scambiata per la Madonna. Nei paesi dove la gente non mi conosce: capita che le donne, vedendomi, si facciano il segno della croce, o che i bambini vengano a toccarmi la gonna con un dito, per vedere se è fatta d'aria o di roba solida...»

Porge una sedia al visitatore. Gli fa segno di sedersi. Si siede sullo sgabello davanti al cavalletto.

«Purtroppo, – dice, – mio padre è via e non so quando tornerà. È a Roccapiana, al Monte Santo, e lavora a restaurare un affresco fatto da un nostro antenato, in una delle cinquanta chiese che ci sono su quella montagna. Ci siete mai stato?»

Il visitatore fa un gesto che significa: sí, naturalmente, e la ragazza lo guarda incuriosita. Gli chiede: «Da dove venite? Non mi sembra di avervi mai visto, prima di oggi».

«Vengo da Rocca di Sasso nella valle del fiume Minore, – le risponde Ansimino. – Ma forse dovrei dirvi che vengo dalla guerra, perché sono a casa in convalescenza. Sono vivo grazie alla Madonna, ed è questa la ragione per cui ora mi trovo qui. Ho promesso alla Beata Vergine del Soccorso di portarle un ex voto: uno di quei quadri, voi lo sapete, che rappresentano un miracolo. Con quelle tre lettere in un angolo: PGR, che significano per grazia ricevuta...»

«Figuratevi se non so cosa sono gli ex voto, – dice la ragazza. – Anche se non ho l'esperienza di mio padre, ne ho già dipinti piú d'uno».

E, poi: «Mio padre è via per lavoro, ve l'ho detto, e io sono qui per sostituirlo. Posso fare il vostro ex voto e qualsiasi altra cosa. So fare tutto quello che sa fare lui, piú o meno come lo fa lui e a un prezzo inferiore. Ma, naturalmente, non tutti quelli che vengono a cercare mio padre mi accettano come sostituto. Oltre al difetto di essere giovane, ho anche quello di essere donna; e ci sono ancora tanti pregiudizi, a questo mondo, che riguardano le donne!»

Ansimino fa segno di sí con la testa. Dice: «È vero. Non so perché, ma anch'io ho sempre pensato che i pittori fossero tutti uomini. Come i preti e come i dottori. Come i musicisti. Anche se probabilmente si tratta di una sciocchezza...»

La ragazza conferma: «È una sciocchezza e posso provarlo». Gli dice: «Io porto il nome di una pittrice, Artemisia, che è vissuta tanto tempo fa e che è stata allieva di suo padre, proprio come me. Quella prima Artemisia ha dimostrato con le sue opere di essere piú brava del maestro, il pittore Orazio; io mi accontento di essere brava come mio padre Gianin. Chi mi ha messo alla prova, finora è rimasto soddisfatto. Ma, naturalmente, siete voi che dovete decidere».

Si alza, prende un foglio di carta e un pezzettino di carbone. Con quattro puntine, fissa il foglio su una tavola di legno e mette la tavola sul cavalletto. Torna a sedersi.

Guarda l'uomo che le sta di fronte.

Abbassa gli occhi e traccia dei segni sul foglio.

Continua per qualche istante a guardare un po' l'uomo e un po' il foglio. A tracciare dei segni con il carboncino.

Non parla.

Alla fine, torna ad alzarsi. Stacca il foglio dalla tavola e lo mette in mano all'ospite, che spalanca gli occhi e dice: «Questo sono io!»

«Sí, sei tu, – gli risponde Artemisia: passando, probabilmente senza accorgersene, dal "voi" al "tu". – Te lo regalo, se pensi che chi è capace di farti il ritratto in un minuto sia anche capace di dipingere un ex voto, con te che stai per morire e la Madonna che viene a salvarti».

Ansimino guarda il ritratto e guarda la ragazza. Dice, continuando a darle del «voi»: «Mi avete convinto. Oltretutto, – riflette, – ora che sono arrivato fin qui e che vi ho conosciuto, sarei uno sciocco se tornassi al mio paese a mani vuote, senza portare alla Madonna quello che le ho promesso». Le chiede di dipingergli l'ex voto: ed è, forse, in questo preciso momento che per i nostri due personaggi inizia una storia, di cui loro ancora non possono essere consapevoli e di cui non hanno nemmeno il sospetto.

Una storia complicata dentro alla storia semplice della guerra.

Una storia piú grande della somma delle loro due storie.

Una storia d'amore.

All'epoca di Artemisia e di Ansimino, quando le guerre erano ancora semplici e si andava all'assalto con le baionette, l'amore poteva essere una faccenda molto complicata, che metteva tutto in discussione e cambiava tutto.

Poteva essere un labirinto dove ci si perdeva. O un viaggio verso l'ignoto, di due persone che partono senza sapere dove vanno, e che non arriveranno mai a destinazione. Soprattutto, poteva essere una faccenda piú grande del sesso. Il sesso, veniva dopo.

Nel mondo di oggi, dove le guerre sono diventate complicate e gli uomini e le donne sono diventati intelligenti, l'amore è una cosa da nulla. È l'amore veloce: il «fast love».

L'amore lento (e stupido) di una volta era fatto di sguardi, di carezze, di parole sussurrate o anche solo pensate.

Di pensieri. Di silenzio. Di nulla.

Il sesso era una penombra dove ci si avventurava in punta di piedi. Anche nella letteratura e anche nell'arte.

Cosí è per gli amanti di Dante, Paolo e Francesca, che si baciano e tutto finisce (comincia) lí:

«La bocca mi baciò tutto tremante».

Cosí è per Enea e per la regina Didone, di cui parla Virgilio nell'*Eneide*. Quando, sorpresi dal temporale, si rifugiano nella grotta: «Rifulsero lampi nell'aria a celebrare l'unione, e sulle cime dei monti ululuarono le Ninfe».

«Ululuarono le Ninfe». Cosa succederebbe, oggi, se esistessero ancora le Ninfe e se ululassero nel vuoto delle nostre storie vuote?

Meglio non pensarci.

Capitolo quattordicesimo
La «spagnola»

Ansimino spiega ad Artemisia come ha fatto la Beata Vergine a salvarlo, quando si è trovato in pericolo di morire. Le racconta il deposito mitragliatrici e la sua guerra. Le racconta il camion con la batteria contraerea nel cassone, che deve arrivare al caposaldo.
La strada in discesa. I freni che si rompono.
La padrona di casa lo ascolta mentre si prepara a dipingere. Va attorno per la stanza: apre un armadio, cerca qualcosa in un mobile a cassetti.
Trova una tavola di legno della misura giusta e dello spessore giusto. La prepara.
Prepara la tavolozza e i pennelli.
Ogni tanto fa una domanda. Per esempio: com'era il paesaggio attorno alla strada dov'è precipitato il camion? C'erano rocce, o boschi?
Come è fatta, una batteria contraerea?
Prima di incominciare a dipingere, Artemisia mostra al cliente un campionario di Madonne, perché lui possa scegliere quella dell'ex voto. Ci sono Madonne che sorridono e Madonne che fissano il vuoto, Madonne bionde e Madonne brune; ma nessuna, in quel campionario, è la Madonna che c'è a Rocca di Sasso nell'affresco, e Ansimino le rifiuta tutte. «La Beata Vergine che mi ha salvato, – dice alla ragazza, – è quella che vostro padre ha dipinto nella chiesa dei richiamati della mobilitazione generale, e che ci tiene sotto il suo mantello. Siete voi».
Mentre la ragazza è seduta davanti al cavalletto, inten-

ta a dipingere, lei e il nostro personaggio fanno dei discorsi, cosí per passare il tempo. Parlano della guerra, che sembra non dovere finire mai e che ha già fatto tanti morti anche nel paese di Artemisia e nella valle del fiume Maggiore. Parlano della grande montagna: il Macigno Bianco, che secondo la credenza popolare è il luogo dove vanno i defunti. Lassú, sotto le nevi eterne, c'è l'inferno: e Ansimino dice che lui se ne è fatto un'idea, di quell'inferno gelato, quando ha visto i magazzini dell'esercito dove si conserva la carne. «Io ci sono dovuto andare a portare i blocchi di ghiaccio con il camion, e credo che l'inferno sotto la grande montagna sia un corridoio di piastrelle bianche a perdita d'occhio, con le anime dei dannati tutte in fila, appese ai ganci di ferro come i quarti di bue».

Parlano del maestro pittore Gianin Panpôs e della sua famiglia. «Non è vero, – dice Artemisia, – che mio padre è come lo descrivono in tanti: gram me l'diau. (Cattivo come il diavolo). E non è vero che ha fatto morire di crepacuore mia madre. Sono chiacchiere messe in giro da chi ci vuole male. Il maestro Gianin Panpôs è un grande artista ed è anche un buon padre di famiglia, che ha voluto bene a sua moglie e le è stato vicino fino all'ultimo respiro. Sembra burbero perché deve farsi rispettare dagli ignoranti che vivono in queste valli, e che non sanno nemmeno cosa significa la parola arte! Credono che gli affreschi si facciano come si fa la polenta, e che basti rimestare con il pennello su una parete per tirare fuori le immagini. Secondo quelle chiacchiere, mio padre è un uomo duro di cuore e avido di denaro: ma chi lo conosce davvero, sa che non è cosí».

Parlano di donne e di streghe. Nelle valli intorno al Macigno Bianco si è sempre creduto nell'esistenza delle streghe e la faccenda, dice Artemisia, ha un suo fondamento e una sua spiegazione logica perché le donne: tutte le donne, anche quelle che sembrano piú sciocche o piú frivole, riescono a capire certe cose che gli uomini non capiscono, e sanno leggere nel libro della vita meglio dei maschi. «Questa è la ragione per cui fanno paura; e qualche volta, in passato, sono state prese di mira e perseguitate. Anche qui a Oro. Una mia antenata, che si chiamava Eufemia e che, a giudicare dai ritratti assomigliava a mia madre e un po' anche a me, è stata accusata di avere fatto morire uomini e animali soltanto guardandoli, e ha dovuto presentarsi a Roccapiana davanti al tribunale dei preti. Ma, per sua fortuna, i tempi in cui si bruciavano le streghe erano già finiti, e i preti, dopo averle fatto una specie di esorcismo, l'hanno rimandata a casa».

Quando incominciano a scendere le ombre della sera, sul Macigno Bianco e sulle montagne che si vedono dallo studio del pittore attraverso la grande vetrata, Ansimino saluta la padrona di casa e ritorna alla locanda dove ha dormito la notte precedente. Il giorno dopo, l'ex voto è finito ma non può ancora essere consegnato al cliente perché è stato messo ad asciugare in un apposito forno: il «seccatoio», e dovrà restarci parecchie ore. Per passare il tempo, Ansimino e Artemisia decidono di fare una passeggiata sulle pendici della grande montagna, fino all'oratorio campestre di san Giacomo dove lei ha eseguito il suo primo affresco da sola, senza l'aiuto di suo padre.

Al ritorno, raccolgono dei funghi.

Il cielo è azzurro e luminoso. Non ci sono temporali in vista e non ci sono grotte lungo il percorso; ma succederà comunque qualcosa, tra i nostri personaggi, che attirerà l'attenzione delle Ninfe, come ai tempi di Enea e della regina Didone.

Forse le Ninfe si scambieranno dei sorrisi, o delle strizzatine d'occhio.

Forse guarderanno da un'altra parte, per vincere l'imbarazzo. Sono cosí sensibili!

(Chissà che fine hanno fatto le Ninfe. Se sono scomparse a causa dell'inquinamento o perché non riuscivano piú a sopportarci. Chissà se in qualche parte del pianeta

CAPITOLO QUATTORDICESIMO

ce ne sono ancora. All'epoca della nostra storia, nelle valli intorno al Macigno Bianco e in tutte le valli delle Alpi, le Ninfe erano centinaia, forse addirittura migliaia).

Finito il periodo di convalescenza, Ansimino ritorna al suo reparto e si ripresenta ai suoi superiori. Il deposito mitragliatrici non c'è piú, perché è caduto in mano al nemico; il suo capitano è morto durante la ritirata e lui riesce a farsi mandare in un aereoporto militare, dove ritrova il tenente Alberigo Gulli e dove trascorrerà le feste di fine d'anno insieme agli altri meccanici e ai piloti. La guerra, adesso, è di nuovo ferma; e anche nelle nostre valli non succede piú niente che meriti di essere raccontato, dopo la fiaccolata al Monte Santo per la veglia di preghiera e di penitenza. Un giorno di marzo, a Rocca di Sasso la neve ha già incominciato a sciogliersi e il signor Gino Dindon, nell'ufficio del sindaco, si accorge di non stare bene. Gli è venuta la tosse, ha mal di gola e probabilmente ha anche la febbre. Dovrebbe leggere una «circolare» del prefetto, dovrebbe scrivere (di nuovo) alla Croce Rossa Internazionale per chiedere notizie del soldato Oliviero; ma, per quanto si sforzi, non riesce a combinare nulla. Si alza e va dal segretario Carmine Mancuso per dirgli che non se la sente di rimanere in ufficio: «Credo di essermi raffreddato. Torno a casa».

«Probabilmente, – gli spiega, – si tratta di una malattia di stagione, ma non voglio trascurarla. Alla mia età, anche un semplice raffreddore può avere conseguenze spiacevoli».

A casa, il signor Gino si misura la febbre e scopre di averla oltre i trentotto gradi. Trema da capo a piedi e si mette a letto. Sua sorella Maria Assunta, che vive con lui, dopo avergli preparato un latte caldo e averci messo dentro un mezzo bicchiere di cognac, va a chiamare il dottor Barozzi soprannominato Lavatif («clistere»): che, come si ricorderà, è il medico condotto della valle Minore. Gli dice: «Per favore venga subito da mio fratello. Ha la febbre».

Qualche notizia su Maria Assunta Dindon, sorella di Gino.

Maria Assunta Dindon è una di quelle donne che nelle nostre valli e all'epoca della nostra storia vengono chiamate «signorine» finché vivono, indipendentemente dall'età e dalla corporatura. (Che non sempre è cosí esile come vorrebbe il diminutivo). È una donna robusta, con i capelli grigi e le sopracciglia poco meno nere e poco meno folte di quelle del fratello. Per vent'anni, ha fatto la maestra in un paese della valle del fiume Maggiore senza che ci fosse, sul suo conto, nemmeno l'ombra di un pettegolezzo. Poi si è innamorata di un uomo con sei figli: un direttore didattico, che non ha voluto corrispondere ai suoi ardori. (Forse, per via delle sopracciglia). Ha tentato di uccidersi con i sonniferi. È stata salvata, ma non è piú tornata a fare la maestra e vive a Rocca di Sasso insieme al fratello, anche lui scapolo.

Fine delle notizie.

Il dottor Barozzi si fa accompagnare dalla signora, anzi: dalla signorina Maria Assunta a casa sua, e strada facendo le chiede qualche informazione sulla malattia del fratello. Dice: «Ah», «Oh», «Perbacco», «Ma davvero?» Si ferma sulla porta della stanza dell'infermo, giusto il tempo di constatare che lui sta davvero male. Il quadro clinico, nel frattempo, si è aggravato: la febbre è salita, tanto che ormai il pover'uomo delira e non riconosce il dottore. In piú si sono aggiunte altre complicazioni, come la nausea e il vomito.

Un disastro.

A partire da questo momento, la nostra storia prende una piega che nessuno, fin qui, poteva prevedere. Una piega che sarebbe anche divertente, se non si riferisse a qualcosa di tragico.

A un'epidemia.

Il dottore si volta ed esce dalla stanza del povero signor Gino senza dire nulla. La signorina Maria Assunta lo insegue per chiedergli spiegazioni e lui, dopo averle intimato di fermarsi («Resti dov'è, se vuole che le risponda») le dice che suo fratello è contagioso. Si è ammalato di un male che ha incominciato a fare vittime anche nelle nostre valli, e che i giornali chiamano «febbre spagnola» o «spagnola» perché sembra che venga dalla Spagna: «Ma, di certo, non se ne sa niente». La signorina Maria Assunta è pallida e sta per mettersi a piangere. Chiede, con un filo di voce:

«Cosa si può fare per mio fratello? C'è una cura?»

Il dottore allarga le braccia: «Non lo so. Non credo. Non lo sa nessuno».

E poi: «Provate con una compressa di chinino ogni quattro ore. Ma non garantisco nulla».

Maria Assunta Dindon torna da suo fratello e il dottor Barozzi va all'ufficio postale: dove detta all'impiegata due telegrammi, uno per l'ufficio d'igiene della provincia e l'altro per il sindaco di Rocca di Sasso. (Che non c'è: il geometra Eusebio è morto, e il suo vice è malato). Poi, rientra nell'abitazione del medico. Si lava, si disinfetta, si cambia i vestiti e mette a bagno nella lisciva anche il camice e anche gli asciugamani del locale dove visita i pazienti. Manda la donna delle pulizie a fare scorta di generi alimentari. Torna a uscire, per appendere un cartello sulla porta di casa. Nel cartello c'è scritto:

«Il dottor Barozzi è in ferie. È stato chiesto per telegramma un sostituto, che arriverà nei prossimi giorni e che visiterà gli ammalati nelle loro case o presso la sede del municipio».

Seguono la data, il timbro e la firma del dottore.

(Per avere esposto quel cartello, e per avere abbandonato al loro destino le persone che avrebbe dovuto assistere, il dottor Barozzi sarà sottoposto a un provvedimento disciplinare, che porterà alla sua destituzione e alla sua cancellazione dall'albo dei medici; ma nessuno verrà a sostituirlo mentre sarà via e lui continuerà a essere, nella nostra valle, l'unico rappresentante della medicina ufficiale, finché durerà la guerra e poi ancora per un po' di tempo).

La notizia che a Rocca di Sasso si è verificato il primo caso di spagnola vola da un paese all'altro. La gente si chiede: «Come si trasmette questa epidemia, e cosa possiamo fare per evitarla?» E poi, anche: «A chi dovremo rivolgerci, se ci capiterà di ammalarci? Dovremo andare a Roccapiana, all'ospedale, o verrà davvero qualcuno a sostituire il dottor Barozzi mentre lui è in ferie?»

Infine: «Si muore, di spagnola?»

(A quest'ultima domanda rispondono i giornali. Sí, si muore).

Nei giorni successivi si verificano altri casi di contagio, a Rocca di Sasso e in tutta la valle Minore. Si ammala il parroco don Ignazio soprannominato Oliosanto. Durante la Messa: la gente, in chiesa, vede che incespica, che barcolla, che si mette tutt'e due le mani sulla bocca per fermare gli accessi di tosse. Gli vede fare dei gesti che significano: non posso piú continuare. Scusatemi.

Lo vede dirigersi verso la sacrestia.

Si ammalano due anziane zitelle: la signorina Berta soprannominata Copún («At do n'copún»), sorella dell'oste Alessandro, e la signorina Natalina soprannominata la Vegia («la vecchia») perché nessuno, in paese, ricorda con precisione quanti anni ha. C'è chi dice che ne ha ottanta e chi novanta. Se qualcuno le chiede: «Natalina. Avete ottanta, o novant'anni?», lei spalanca gli occhi e agita le mani come se l'avessero spaventata. Esclama: «Figuriamoci!»

L'oste del Ponte, Alessandro detto il Manina, espone un cartello: «Qui si vende l'unica medicina riconosciuta efficace contro l'epidemia di spagnola». Cioè il vino.

Si ammala la Maria d'i Biss, vedova del fabbro Ganassa e madre di Ansimino.

Si ammala la donna barbuta moglie dell'oste, e suo marito allarga le braccia. Dice: «Era l'unica persona, nella mia osteria, che non beveva il mio vino. Si è ammalata».

Fa la sua comparsa in paese un uomo che tutti chiamano l'Armittu («l'eremita») perché vive nel bosco, in due stanze annesse alla piccola chiesa di san Rocco vicino al borgo di Pianebasse. L'Armittu è un medico praticone: un guaritore che rimette a posto le slogature, fascia le fratture e fa abortire le donne che lo mandano a chiamare di notte, in gran segreto, quando scoprono di essere incinte e non vogliono che gli nasca il figlio. In tempi normali e nei paesi della valle Minore, rappresenta l'alternativa alla medicina del dottor Barozzi: è l'uomo dei rimedi approssimativi e delle pratiche illecite che si contrappone all'uomo della scienza. (Scarsa e limitata, ma pur sempre scienza). Durante l'epidemia di spagnola e le «ferie» del medico condotto, il nostro guaritore diventa l'unico medico della valle: che va a visitare gli ammalati nelle loro case e gli vende anche i rimedi per le malattie, tirandoli fuori da una sporta piena di barattoli e di sacchettini di stoffa. È un medico diffidente, che prima di consegnare le medicine si fa dare i soldi. Se l'ammalato non li ha, rimette dentro alla sporta il suo barattolo (o il suo sacchettino di stoffa). Dice, in tono grave:

«La miseria è l'unica malattia che io non so curare. I poveri, si curano da soli».

Visto per strada, l'Armittu assomiglia a uno gnomo. È un grande gnomo, con i capelli grigi raccolti in una reticella e la barba grigia che gli arriva a metà del petto. Indossa giacche fornite di cappuccio anche d'estate, e sostiene che, a lui, la spagnola non può fare niente:

«Io sono immune!»

Si ammala la perpetua di don Ignazio, l'Adelina soprannominata Farfoja cioè «farfuglia», perché in bocca non ha piú nemmeno un dente e parla tenendo la lingua tra le gengive.

Si ammala il figlio del defunto Giuseppe detto Babbiu e di Eufemia la Levra, venuto al mondo dopo che suo padre è partito con i richiamati della mobilitazione generale. Non ha ancora compiuto tre anni, e sua madre si raccomanda alla Beata Vergine del Soccorso. Le promette: «Se salvi mio figlio, andrò a piedi in pellegrinaggio al Monte Santo, e farò l'ultimo tratto della salita in ginocchio».

La gente in paese è terrorizzata: «Moriremo tutti!»

Alla mattina, in piazza, non c'è piú il solito gruppo dei curiosi che venivano ad aspettare la corriera. Ci sono soltanto il portalettere Gottardo e il ragazzo che deve ritirare i giornali per conto del proprietario della Mula. Poi anche il ragazzo si ammala e i giornali viene a prenderli personalmente il signor Giacomo, imprecando e giurando ogni volta che domani non verrà piú. Perché, dice, i giornali non si vendono:

«Ormai, la guerra non interessa a nessuno».

«È qui, la guerra!»

Il primo a morire di spagnola è anche il primo che ha preso il contagio: è il signor Gino, direttore dell'ufficio postale, musicista e vicesindaco facente funzioni di sindaco. Tra tutte le vittime dell'epidemia, lui è l'unico per cui si celebra in paese un vero funerale, con don Muscolo che accompagna il defunto al camposanto dopo avergli dato, in chiesa, l'ultimo saluto. Per gli altri che moriranno nei giorni e nei mesi successivi ci sarà soltanto la benedizione nella cappella degli appestati dietro la chiesa, e poi verranno portati a essere sepolti senz'altra cerimonia che una preghiera:

«Riposi in pace».

Muoiono il parroco Oliosanto e la signorina di novant'anni. (La Vegia). Quando si tireranno le somme del contagio, si scoprirà che Rocca di Sasso è stato il paese che ha avuto piú vittime nelle valli intorno al Macigno Bianco, e uno dei piú colpiti da questa parte delle Alpi.

(Dell'altra parte, cioè della parte dei nemici, si sa poco; ma i giornali dicono che si muore di spagnola anche lí).

Muore la Maria d'i Biss madre di Ansimino e il figlio, al fronte, riceverà la notizia a cose fatte e a sepoltura avvenuta. Muore la moglie dell'oste, la Giuseppa che ogni mattina doveva farsi la barba come gli uomini, e suo marito Alessandro si mette al braccio una fascia nera in segno di lutto, ma non chiude l'osteria nemmeno per un'ora: perché, dice, «come si fa a lasciare la gente senza vino?» Molti dei suoi clienti, infatti, e molti abitanti di Rocca di Sasso, uomini e donne, credono davvero che il vino sia un rimedio universale per tutte le malattie e in modo specifico per le malattie da contagio; e l'Osteria del Ponte, finché dura in paese l'epidemia di spagnola, è sempre piena di ubriachi che si confidano il segreto per non ammalarsi:

«Basta bere».

Che si incoraggiano a vicenda: «Bevine un altro bicchiere, che fa bene!»

Il baluardo contro il contagio: l'osteria, è anche il quartier generale dell'Armittu, che ci ha stabilito il suo recapito e il suo ufficio. Le sue medicine, confezionate in barattoli o in sacchetti di stoffa, sono esposte nell'ingresso sopra un tavolo, con i cartellini dei prezzi bene in evidenza. E poi, l'osteria è il ritrovo abituale di certi personaggi che sono diventati importanti grazie alla spagnola. C'è il portalettere Gottardo soprannominato Sumia («scimmia»), che quando è ubriaco chiede agli altri clienti:

«Secondo voi, come ha fatto il contagio ad arrivare fin dentro alle vostre case?»

Siccome quelli lo guardano e non gli rispondono si risponde da solo, raddrizzandosi sul busto e vantandosi:

«L'ho portato io con la posta!»

Ci sono, negli intervalli tra una sepoltura e l'altra, i due fratelli gemelli Orio e Servano, di cui ancora non abbiamo avuto occasione di occuparci: cosí piccoli e brutti, da non avere nemmeno un soprannome. Due nullità. Orio e Servano sono gli operai del municipio di Rocca di Sasso e degli altri paesi della valle Minore; e siccome tra le loro incombenze c'è anche quella di seppellire i morti, devono essere sempre ubriachi per resistere al contagio. Infine, c'è un certo Floriano detto il Strologu (cioè «l'astrologo» o «il dietrologo»), che ha una spiegazione per qualsiasi cosa e che potremmo definire l'opinionista della valle. È lui che, all'Osteria del Ponte, tiene banco dopo una certa ora di sera, quando gli altri clienti si sono sfiniti a forza di gridare e sono cosí annebbiati dal vino che possono fare soltanto una cosa: ascoltarlo. È lui che gli spiega perché accadono certi fatti, nel mondo. Come accadono e chi li fa accadere.

È lui che, se c'è un rimedio, glielo indica.

Qualche informazione su Floriano detto il Strologu, opinionista e tuttologo della valle Minore.

Di professione lattoniere (all'epoca della nostra storia, gli idraulici si chiamano ancora lattonieri), Floriano è un uomo d'una cinquantina d'anni, con i capelli e i baffi brizzolati. Veste sempre nello stesso modo d'estate come d'inverno, con calzoni grigi di fustagno e camicie colorate a scacchi di stoffa pesante. Fuma sigarette che si arrotola lui stesso e, a differenza degli altri frequentatori dell'osteria che lo guardano inorriditi, è completamente astemio. Beve acqua cedrata d'estate e succo di rabarbaro nelle altre stagioni. Ogni tanto, si concede un caffè.

Ma soprattutto: sa tutto.

«Credete davvero, – chiede il Strologu, – che il contagio venga dalla Spagna, come hanno scritto i giornali?» Naturalmente nessuno gli risponde. L'oste Manina è dietro al banco con la fascia del lutto intorno al braccio, e risciacqua i bicchieri. Tra i clienti, qualcuno alza le spalle; gli altri si limitano a guardare l'uomo che gli ha posto quella domanda, in un certo modo che significa «diccelo tu».

«No, – si risponde l'oratore. – L'epidemia viene di là dalle montagne, ed è collegata con la guerra. È l'arma segreta dei nostri nemici». Guarda gli ubriachi per vedere come reagiscono a quella rivelazione, che dovrebbe sconvolgerli. Non ci sono reazioni e lui dice: «Non dovevamo fare la guerra ai tedeschi. Sono diavoli, e hanno il diavolo dalla loro parte. Io so delle cose, e le so per certo, che se ve le dicessi voi forse non mi credereste...»

«Prova a dircele», lo incoraggia un ubriaco. Ma lui scuote la testa: «È meglio di no. Metterei in pericolo la mia vita e anche la vostra».

Gli ubriachi non fanno commenti. Aspettano il seguito del discorso e il Strologu, allora, si guarda attorno e abbassa la voce. Gli dice, anzi gli sussurra:

«Dappertutto ci sono orecchie che ascoltano. Anche tra di noi!»

Capitolo quindicesimo
Uno strano forestiero

La primavera, intanto, ha lasciato il posto all'estate. Nel mese di luglio, muoiono gli ultimi ammalati di spagnola. Muore il Ferdinando dei Sicutera (dal latino di chiesa «sicut erat»: per indicare una famiglia di persone pie), e dopo pochi giorni muore anche Maria la Gatta sua moglie. Due coniugi anziani, che per proteggersi dal contagio si erano affidati ai poteri arcani dell'aglio (nella parlata locale: «aj»), e avevano appeso sulla porta di casa e in ogni stanza delle corone di teste d'aglio intrecciate. Purtroppo per loro, però, il contagio è stato piú forte, e anche loro sono venuti a taglio come dice il proverbio. («A la fin, tut ven a taj», alla fine tutto viene a taglio; anche l'aglio). In quanto al soprannome della donna: la Gatta, vale forse la pena di notare che i gatti in quanto animali di razza felina non c'entrano. Nelle valli intorno al Macigno Bianco si chiamano «gatte» i bruchi delle farfalle e altre cose pelose: ad esempio, in primavera, le infiorescenze dei salici. E vale la pena di aggiungere che la povera signora Maria si era meritata quel nomignolo per l'abitudine che aveva avuto fino da ragazza, di vestirsi con certe maglie e certi golfini che si faceva lei stessa, di una lana particolarmente pelosa («lana d'angora»).

L'ultimo che si ammala è un soldato di ventidue anni, tornato in licenza a Rocca di Sasso. Giorgio soprannominato d'i Galupp cioè «degli ingordi» per essere l'erede di una dinastia di persone note per la gagliardia del loro appetito, arriva in paese una mattina d'agosto e sta già male; i suoi genitori si disperano. Dopo qualche giorno di febbre, gli vien fame. Mangia un mezzo formaggio locale: una mezza «tuma», e beve un mezzo fiasco di vino. Il giorno dopo risale sulla corriera e torna al fronte, anche se è ancora molto debole: «Altrimenti, – dice scherzando ma non troppo, – quello che non ha fatto la spagnola lo fa l'esercito, perché mi fucilano come disertore».

Nel mese di settembre non si ammala piú nessuno: il contagio è finito. Si riaprono le finestre delle case; i vecchi tornano in piazza ad aspettare la corriera, per vedere se ci sono delle novità. Scompare l'Armittu e ricompare per strada il dottor Clistere, che è stato via tutta l'estate; è rilassato e abbronzato, e saluta quelli che incontra. Non è piú il medico condotto della valle (una copia della lettera di licenziamento, firmata dal segretario Carmine Mancuso in mancanza del sindaco, è affissa all'albo del municipio e gli è stato anche intimato di lasciare libera la casa per il successore) ma nessuno, finora, è venuto a prendere il suo posto, e gli abitanti di Rocca di Sasso hanno ricominciato a interpellarlo per i loro acciacchi e per quei piccoli disturbi, che si curano con i clisteri e con gli sciroppi e che sono, appunto, di competenza dei dottori. (Le malattie vere e serie, come la spagnola, soltanto Dio può curarle). La fiducia nei medici e nelle medicine è sempre stata piuttosto scarsa, nelle nostre valli; e nessuno, ora che l'epidemia sembra essere passata, se la sente di criticare il dottor Barozzi per avere lasciato i suoi assistiti in balia del destino. Si tende, anzi, a giustificarlo: «Pover'uomo... Cosa poteva fare, da solo e senza che si conoscesse la natura del contagio? Senza che ci fossero delle medicine specifiche per curarlo?»

«Dobbiamo metterci nei suoi panni. Lui, in teoria, avrebbe dovuto fare l'eroe e correre da un ammalato all'altro. Avrebbe dovuto esporsi al contagio e prenderlo. Ma a chi, o a cosa, sarebbe servita la sua morte?»

«In fondo, è stato fin troppo scrupoloso. Se non mandava quei telegrammi e, in pratica, se non si denunciava da sé ai suoi superiori, non gli sarebbe successo niente».

Mentre attende l'arrivo di un medico che lo sostituisca, il dottor Barozzi sorride a tutti quelli che incontra per strada e si informa della salute di tutti. Se di qualcuno gli dicono che è morto, esclama:

«Poveretto!», oppure: «Poveretta! Era ancora giovane».

Quando si allontana, i montanari scuotono la testa. Dicono:

«È un brav'uomo e non ha fatto niente di male. La sua unica colpa è di non essere un eroe: ma, a noi, va bene anche cosí...»

Un sabato mattina, arriva con la corriera a Rocca di Sasso un omino vestito di grigio che nessuno, prima d'ora, ha mai visto, con una borsa di cuoio e due valige. Al momento di scendere, l'omino si guarda intorno e poi si rivolge all'autista per affidargli le valige: «Giusto il tempo, – gli dice, – di mandare qualcuno a prenderle».

L'omino entra nell'Albergo Pensione Alpi e dopo pochi minuti i suoi bagagli vengono ritirati dal proprietario dell'albergo, il signor Umberto in persona. In paese, si sparge la voce che è arrivato un uomo importante: forse, il nuovo medico condotto.

(«Se non è il nuovo medico condotto, – si chiedono quelli che hanno assistito al suo arrivo, – chi può essere?»)

Per un paio d'ore non succede piú niente. Il forestiero, dicono le voci, è salito in camera e ha disfatto le valige; adesso è in sala da pranzo e sta mangiando, unico ospite dell'Albergo Pensione Alpi. Dopo il riposo pomeridiano, l'uomo esce dall'albergo; e mentre gli abitanti del paese, da dietro le imposte, studiano i suoi movimenti per scoprire finalmente chi è, noi approfittiamo di questa occasione per descriverlo. Diciamo che è piuttosto piccolo di statura; che ha una sessantina d'anni, i capelli grigi tagliati corti e due baffi sottili, troppo neri per non essere tinti. Lo vediamo attraversare la piazza; fermarsi qualche istante ad ammirare il san Cristoforo dipinto sulla facciata della chiesa; andare verso il municipio ed entrarci.

«Hai visto? È entrato in municipio, – dicono i mariti alle mogli (o viceversa). – Secondo me, è il nuovo medico condotto». Ma la faccenda non è ancora certa e i movimenti dell'estraneo continuano a essere spiati con quell'attenzione e con quella partecipazione emotiva che a Rocca di Sasso, da sempre, vengono dedicate ai forestieri, finché non si è saputo tutto di loro.

Dopo, si continua a spiarli ma con meno interesse.

L'uomo con i baffetti (la creatività popolare gli ha già assegnato un soprannome provvisorio: Barbisin, che significa, appunto, «baffetto») rimane quasi un'ora dentro al municipio. Quando esce, è in compagnia del segretario comunale Carmine Mancuso detto Etna: l'unico uomo in tutta la valle che porta i baffi sottili come lui, e che come lui li tinge di nero. I due attraversano la piazza e suonano all'uscio della canonica. Dopo avere parlottato con la perpetua Adelina, che gli ha aperto, vengono fatti entrare e scompaiono nell'abitazione del parroco.

Il mistero si infittisce.

La curiosità per il forestiero è così forte che stanotte, dicono le comari, molte persone in paese faranno fatica a prendere sonno, se non si sarà scoperto chi è. Mentre ci si interroga sul nuovo arrivato e si cerca di capire le ragioni dei suoi movimenti, lui e il segretario comunale restano chiusi per un'altra ora nell'ufficio del parroco. (Cosa devono raccontargli, o cosa sono venuti a chiedergli? Non si sa). Quando escono, si salutano in mezzo alla piazza. Il forestiero entra nella Mula di Parenzo cioè nell'emporio del signor Giacomo Mezzasega, dove compera un giornale e due cartoline con i relativi francobolli; poi torna in albergo e non esce piú. Il segretario comunale, invece, dopo avere dato un'occhiata all'orologio, si dirige verso la sua abitazione. Strada facendo, incontra casualmente (casualmente?) alcuni uomini che cercano di attaccare discorso e che vengono congedati con un laconico:

«Signori, mi scusassero. Sono stanco».

Un analogo tentativo di scoprire qualcosa, quella sera verrà poi compiuto a casa del parroco da una coppia di anziani coniugi, noti in paese (soprattutto la donna) per la loro assiduità a ogni genere di funzioni religiose. Ma la perpetua Adelina, che pure ha spiato attraverso il buco della serratura come fa sempre, non è riuscita a scoprire chi è lo sconosciuto. E l'ex viceparroco, ora parroco, don Filippo, la incarica di dire ai visitatori che lui, in quel momento, non può riceverli.

Se il motivo della visita non è urgente, li vedrà domani dopo la Messa delle undici.

Qualche informazione sulla signora, anzi: sulla vedova Adelina, di professione perpetua.

Adelina, che i suoi compaesani chiamano Farfoja («farfuglia») o anche Magún a causa del gozzo, è la donna piú pettegola e maligna di Rocca di Sasso e forse addirittura di tutta la valle. Perciò, dicono le comari, è scampata all'epidemia di spagnola: perché «l'erba grama la môri mai». (L'erba cattiva non può morire). Ha settant'anni, di cui piú di venti trascorsi come perpetua al servizio di don Ignazio e del suo coadiutore e successore don Filippo. È stata sposata ma non ha figli. Veste sempre di nero e, con il passare del tempo, si è deformata e ingobbita a causa dei reumatismi: ma questo non le impedisce di essere presente dappertutto al momento giusto, dove c'è qualcuno o qualcosa da spiare; e di sapere tutto ciò che succede in paese. Il vecchio parroco don Ignazio, che nei rapporti con i suoi parrocchiani preferiva mantenere un certo distacco, la usava come informatrice per essere tenuto al corrente delle loro faccende. Il nuovo parroco don Filippo, detto don Muscolo, se ne serve per tenere a bada le persone moleste e lei, la vedova Adelina, funziona bene anche in questo nuovo ruolo, perché a Rocca di Sasso tutti la temono e cercano, per quanto gli è possibile, di evitarla.

Il giorno dopo, domenica. Alla Messa delle undici, detta Messa grande perché è la piú frequentata, l'uomo del mistero è seduto in prima fila nella chiesa parrocchiale di san Cristoforo e don Filippo incomincia la sua predica con queste parole:

«Fratelli e sorelle amatissimi. Il tema su cui oggi dovremo meditare è quello della nostra cattiva volontà, che ci fa commettere ogni genere di errori ed è il primo ostacolo che incontriamo sulla strada per arrivare in paradiso. Ma prima di trattare questo argomento devo darvi un annuncio. Il signore Iddio nella sua benevolenza e le autorità dello Stato nella loro saggezza non hanno voluto che il nostro paese rimanesse privo del sindaco, dopo che sono venuti a mancare, a pochi mesi di distanza l'uno dall'altro, il nostro amato fratello Eusebio, eletto da voi per governare la nostra comunità e per rappresentarla nelle occasioni ufficiali, e l'indimenticabile signor Gino, che si era assunto il compito di sostituirlo fino allo scadere dell'incarico. Al loro posto ci è stato mandato un funzionario governativo, il cavalier Ugo Zoppetti che in questo momento è insieme a voi per assistere alla celebrazione della santa Messa, e che da domani sarà ogni giorno in municipio per risolvere i vostri problemi. Rivolgetevi a lui con fiducia. Il cavalier Zoppetti, a cui io do il benvenuto anche a nome vostro, resterà in carica finché vorranno i suoi superiori cioè probabilmente fino alla fine della guerra. Soltanto allora, dopo la vittoria che Dio ci avrà concesso con la sua benevolenza e che i nostri soldati, al fronte, stanno pagando con il loro sangue e con il sacrificio delle loro giovani vite: soltanto allora, vi dicevo, si potranno tenere in paese nuove elezioni, e uno di voi diventerà sindaco. Ma adesso meditiamo tutti insieme sui nostri difetti, e chiediamo perdono a Dio per le nostre colpe...»

Cosí parla, dal pulpito, don Filippo: che i suoi parrocchiani hanno soprannominato don Muscolo per la prestanza fisica e perché dà certi scappellotti ai ragazzi dell'oratorio da lasciarli intontiti. Nel momento in cui rivolge il suo saluto e il saluto dei suoi parrocchiani al cavalier Zoppetti, don Muscolo è un omone con le guance bianche e rosse di salute e con certe mani grandi come badili, piú adatte per il mestiere del contadino che per quello del parroco. Veste di nero, con l'abito dei preti lungo fino ai piedi; ma appena può togliersi il colletto rigido se lo toglie, e si arrotola le maniche sugli avambracci pelosi. Da tre anni, cioè da quando c'è la guerra e tutti i giovani del paese sono al fronte, circolano certe voci sul suo conto, che gli attribuiscono un numero imprecisato di fidanzate, in tutte le località della valle. «Don Muscolo, – dicono le comari, – si è trovato nella situazione di essere l'unico gallo in un pollaio pieno di galline, e ne approfitta come farebbe chiunque al suo posto». Le storie che si raccontano e che lo riguardano potrebbero dare vita a un intero ciclo di avventure erotiche, se qualcuno si prendesse la briga di raccoglierle; e la conferma che in quelle storie c'è del vero, si dice in paese, è data dal fatto che lui si limita a ignorarle, senza sentire il bisogno di smentirle e senza mostrarsene infastidito. Quelle storie, evidentemente, soddisfano la sua vanità. Nel momento in cui il cavalier Zoppetti arriva a Rocca di Sasso, le fidanzate di don Muscolo secondo la voce pubblica sono una mezza dozzina, e la piú vicina al suo cuore è la Gilda soprannominata Cagafeuch («cacafuoco»): cioè la moglie, arrabbiatissima e insoddisfattissima, dello scemo di guerra Giuseppe Calandron. Ci sono poi una Carlina e una Maria: due bigotte che passano la maggior parte del loro tempo in chiesa o nei dintorni della chiesa, e che sono state ribattezzate, rispettivamente, Santacarlina e Santamaria. Una delle due, l'anno scorso, è andata a piedi in pellegrinaggio al Monte Santo: cosa doveva espiare? C'è una matura zitella, la signorina Elisabetta detta Gugia («ago» o «ferro da calza»), perché fa lavori da sarta e da ricamatrice. Anche lei, stando ai pettegolezzi, di tanto in tanto riceve le visite del parroco, che le porta qualche capo di biancheria da aggiustare e qualche maglia da rattoppare. Quei lavori, dicono le malelingue, non durano mai meno di un'ora; e non si capisce perché debba portarli il parroco personalmente e non possano essere affidati all'Adelina, come le altre faccende che lo riguardano...

Voci, voci, voci.

Una mattina d'ottobre, il cavalier Ugo Zoppetti è appena uscito dall'Albergo Pensione Alpi e sta attraversando la piazza per andare in municipio come fa ormai tutti i giorni da un paio di settimane, quando sente delle grida e si ferma. Le grida vengono da fuori del paese, dalla parte dove c'è la chiesa dei richiamati della mobilitazione generale. Va a vedere cosa sta succedendo e trova un gruppetto di persone: due uomini anziani e una donna, in piedi in mezzo alla strada. La donna gli indica qualcosa che lui, ancora, non può scorgere. Gli grida:

«C'è un uomo dentro a quel fosso! Sembra morto».

Gli anziani guardano anche loro nella direzione indicata dalla donna. Il cavaliere li raggiunge e vede che, effettivamente, nel fosso c'è il corpo di un uomo a faccia in giú, con la maglia sporca di sangue. Uno dei due anziani vorrebbe scendere per vedere chi è, ma il cavalier Zoppetti gli ordina di fermarsi: «Non bisogna toccarlo!»

Dice alla donna e all'altro vecchio: «Per favore. Qualcuno vada a chiamare il medico». La donna lo guarda stupita e lui allarga le braccia: «Sí, lo so che il dottor Barozzi è stato destituito, ma finché non viene un altro a prendere il suo posto, l'ufficiale sanitario è lui».

Arriva gente dal paese e il cavaliere si rivolge a un ragazzo: «Corri in municipio e di' al segretario Mancuso che avverta i carabinieri. Per telefono!»

«Che vengano subito!»

Arriva il dottor Barozzi («Lavatif») e qualcuno tra i

presenti dice ad alta voce: «Chissà se c'è un clistere anche per i morti». Lui fa finta di non avere sentito e scende nel fosso. Tocca il polso dell'uomo e gli muove il braccio. Dice:
«È morto da parecchie ore. È già rigido».
Solleva una spalla del cadavere e lo gira. Tra la gente si sente un'esclamazione, un lungo «oh» a cui fanno seguito molte voci, sia maschili che femminili:
«È Giuseppe! Giuseppe Calandron!»
«Non riconosceva nessuno e non capiva piú niente. Chissà cosa gli è successo. Poveretto!»
Il dottor Barozzi prende nella borsa una lancetta da chirurgo. Taglia il maglione e poi taglia anche la camicia inzuppata di sangue. Mette a nudo le spalle e il petto dell'uomo, con i segni ben visibili di alcune ferite. Spiega a tutti, indicando il cadavere con il bisturi:
«Quest'uomo è stato ucciso con quattro coltellate, di cui una certamente mortale».
Arrivano i regi carabinieri e allontanano la gente dal luogo del delitto. Ispezionano il terreno intorno al morto e trovano un coltello da cucina, che viene raccolto senza toccarlo e avvolto in un fazzoletto pulito, per essere messo a disposizione del giudice che farà le indagini.
Arrivano i giornalisti.
Arrivano i fotografi con i treppiedi e i «lampi al magnesio».
Arriva il medico legale e rilascia la seguente dichiarazione:
«Giuseppe Tal dei Tali, di anni trentotto, è stato ucciso con un'arma da taglio, tra le ore ventitre di ieri e le ore due di questa mattina, da una persona dotata di notevole forza fisica e probabilmente di statura non inferiore al metro e ottanta centimetri, che ha colpito la vittima dall'alto verso il basso».
Arrivano, su un carro funebre a motore, due necrofori vestiti di nero, che mettono il defunto in una cassa e siste-

mano la cassa nella parte posteriore del carro per portarla in città.

Arriva il giudice istruttore e si insedia in una stanza a pianoterra del municipio, insieme al cancelliere incaricato di scrivere i verbali. Vengono interrogati i genitori del defunto, che accusano la nuora. Dicono: «È stata la moglie di Giuseppe, la Gilda. Se anche non lo ha ammazzato lei personalmente, ha incaricato qualcuno di ucciderlo. Ne siamo sicuri».

E poi: «Quella donna non ha mai voluto bene a nostro figlio e lo tradiva già prima che lui partisse per andare in guerra. Dopo che è tornato invalido dal fronte, lo insultava e lo picchiava con un bastone, davanti ai figli e davanti a tutti».

Alla domanda del giudice, se tra gli amanti della Gilda ci sia un uomo alto almeno un metro e ottanta centimetri e robusto in proporzione, i genitori di Giuseppe rispondono: «Il parroco don Filippo».

Viene interrogato don Filippo soprannominato don Muscolo, che dice in buona sostanza: non scherziamo. «In quanto prete secolare, – spiega don Filippo al giudice, – io ho fatto voto di celibato, che non è propriamente un voto di castità. Sono due cose diverse. Se trasgredisco il sesto o il nono comandamento sono fatti miei, e devo risponderne alla mia coscienza o, al massimo, al mio confessore. Ma sono un prete, e per nessuna ragione al mondo ucciderei un essere umano. La vita è sacra, e l'unico che può toglierla è chi ce l'ha data, cioè Dio».

Richiesto dove fosse e cosa facesse la notte del delitto, don Muscolo risponde senza esitazioni: «Ero in canonica nel mio letto e stavo dormendo».

Viene interrogata la vedova Adelina di professione perpetua, che conferma la dichiarazione del parroco: «Era in canonica e dormiva, sissignore. Come faccio a essere sicura che ha dormito ininterrottamente dalle undici dell'altra notte alle sei di ieri mattina? Signor giudice, lei non ha idea del rumore che fa quell'uomo quando dorme. Venga in strada sotto la canonica e se ne renderà conto, anche se le finestre sono chiuse. Il vecchio parroco don Ignazio che l'eva storn mè n'barlòch (era sordo come il campanaccio di una vacca), nel silenzio della notte riusciva a sentirlo e aveva dovuto cambiare stanza. Io lo sopporto perché mi metto dei tappi di cera nelle orecchie, e comunque posso garantire che l'altra notte, in canonica, l'orchestra funzionava a pieno ritmo, segno che il parroco era in casa».

Si guarda attorno, abbassa la voce. «Del resto, – dice, – lui dorme sempre da solo e dorme nel suo letto, perché dove vuole che vada un uomo cosí grande e grosso e conosciuto da tutti, in un paese piccolo come il nostro? Chi vuole che venga a trovarlo, qui in canonica? Le gran chiacchiere che si fanno sulle sue morose sono solo fumo, e di sostanza, sotto, ce n'è poca. Forse c'è stato qualcosa in passato con la Santacarlina, che poi è andata a piedi in pellegrinaggio al Monte Santo per farsi perdonare chissà cosa. Forse con la Gugia: ma non ci credo. In quanto alla Gilda, la storia della relazione con il parroco deve averla messa in giro lei, per coprire qualcos'altro... Don Filippo, naturalmente, sarebbe felicissimo di avere un'amante: ma non l'ha. Se l'avesse, io sarei la prima a saperlo».

Viene interrogata, per ore, la Gilda moglie del defunto, che si difende da par suo. Dice che lei è sempre andata d'amore e d'accordo con il marito, e che chi sostiene il contrario è un calunniatore. Anche la storia col prete è una calunnia. La notte dell'omicidio lei era in casa, insieme a una sua cugina che abita in città e che era venuta a trovarla. (La cugina, poi, confermerà questa circostanza). I figli erano dai nonni, «in visita». In quanto al marito, lo aveva messo a dormire nella legnaia perché in casa non poteva piú starci: «Lei capisce... Sporcava dappertutto e rompeva tutto». Ma, naturalmente, non si sente in colpa per questo. «Come potevo immaginare che sarebbe andato in giro di notte? Per curarlo, ci voleva una persona che badasse soltanto a lui, e io invece ho tante altre cose a cui pensare. Non potevo stare dietro a un invalido».

E, poi:

«Non so chi lo ha ammazzato e perché lo ha ammazzato. Forse, al buio, mio marito è stato scambiato per un'altra persona... Io non so niente!»

Vengono sentiti, uno dopo l'altro, molti abitanti del paese. Gli si chiede: hanno notato qualcosa di sospetto, o di strano, nei giorni precedenti il delitto? Che idea se ne sono fatta, e qual è la loro opinione in proposito?

Dopo una settimana è tutto finito. I primi ad andarsene sono stati i fotografi; poi se ne sono andati i giornalisti e il maresciallo dei carabinieri, che però ha lasciato sul posto un suo aiutante: un carabiniere semplice, a guardia del municipio e della stanza dove si svolgono gli interrogatorii. Gli ultimi che se ne vanno, con la corriera, sono il giudice istruttore e il cancelliere, e l'unico risultato del loro lavoro sono i verbali delle indagini e delle testimonianze: una valigia piena di carta e di niente, che viene caricata dall'autista insieme agli altri bagagli per essere portata in città. L'assassino è libero di tornare a uccidere, e gli abitanti del paese si domandano:

«È cosí che funziona la nostra giustizia? È questa la protezione che ci dà la legge?»

«È stato ucciso un uomo, – dicono i vecchi sulla piazza, mentre aspettano che arrivi la corriera con le novità: – e cosa si è fatto per cercare chi l'ha ammazzato e per arrestarlo? Solamente chiacchiere».

Capitolo sedicesimo

«Vittoria!»

Tra le incombenze che il cavalier Ugo Zoppetti, funzionario del Regno, ha ereditato dal suo predecessore Gino Dindon c'è la ricerca del soldato Oliviero detto il Rana, che è stato fatto prigioniero dai nemici e poi ha smesso di mandare notizie. È vivo? È morto? Ogni mattina il cavalier Zoppetti si reca nel suo ufficio al primo piano del municipio, e una volta alla settimana trova in anticamera la signora Faustina moglie di Oliviero, da sola o in compagnia del piccolo Aldo che è suo figlio e che, a dire il vero, ormai non è piú tanto piccolo perché ha compiuto undici anni. Quando arriva il cavaliere, la donna si alza e lo guarda in un certo modo che significa: sono qui per il solito motivo. Lui la fa entrare nel suo ufficio e controlla la posta sulla scrivania, se sono arrivate lettere della Croce Rossa Internazionale. Se vede un plico con quell'intestazione, lo apre e verifica il contenuto. Se non c'è, torna a voltarsi verso la signora Faustina. Le dice:

«Non ci sono notizie. Mi dispiace».

Ogni tanto la donna chiede al cavaliere se esistono altre organizzazioni, o altri enti pubblici o privati a cui ci si potrebbe rivolgere per cercare il marito, e lui allarga le braccia: «No. Non credo».

L'accompagna alla porta. Le dice, congedandola: «Vedrà che alla fine lo troveremo. Abbia fiducia».

E, poi: «In queste cose ci vuole pazienza».

Una mattina, la corriera arriva a Rocca di Sasso suonando in continuazione la tromba. Ci sono grandi novità.

L'autista e proprietario dell'automezzo, il signor Nicola, non riesce quasi a parlare per l'agitazione: gesticola e indica il pacco dei giornali, che viene aperto lí in piazza. La gente si raduna intorno alla corriera o si affaccia alle finestre per vedere cosa sta succedendo, mentre la tromba rieccheggia per tutto il paese e i giornali passano di mano in mano, o addirittura vengono portati via a chi sta cercando di leggerli. I fortunati che se ne sono assicurati una copia corrono verso le loro abitazioni gridando che finalmente qualcosa ha incominciato a muoversi, laggiú al fronte, e che si sta muovendo in nostro favore. Un uomo, rivolto a una finestra, grida che è in corso la nostra grande offensiva:
«I nemici hanno incominciato a ritirarsi e noi abbiamo incominciato a vincere. Finalmente!»
«Finalmente stiamo vincendo!»
Finalmente.
Dopo tre anni e mezzo di riflessioni e di confronti, di dubbi e di ripensamenti e di decisioni sbagliate, Dio finalmente ha capito cosa deve fare. (Dopo la notte di preghiera al Monte Santo e dopo il sacrificio delle campane. Dopo le tante suppliche che gli sono state rivolte da questa e anche dall'altra parte delle montagne. Dopo averci tenuti in ansia per piú di un anno, ha deciso di voltarsi dalla parte giusta: la nostra). Un ragazzino bussa alla porta della canonica e consegna il giornale a don Filippo, che dopo avere dato un'occhiata ai titoli della prima pagina corre a suonare le campane: e pazienza se il suono dei «tolún» è assolutamente inadeguato per celebrare un evento cosí bello! «Senza il cannone che è stato fatto con il bronzo della nostra campana grande: la Vusona, – dice don Muscolo al ragazzino tra una scampanata e l'altra, – oggi non avremmo niente da festeggiare. È la nostra campana che ci fa vincere!»
«È il nostro santo patrono. È san Cristoforo!»
In piazza, adesso, ci sono anche i bambini della scuola. Corrono attorno e gridano:

«Vittoria! Vittoria! Abbiamo vinto!»
«Non ancora, – li correggono gli adulti. – Ma finalmente abbiamo incominciato a vincere».
«Finalmente, la Madonna e san Cristoforo ci hanno fatto la grazia. Finalmente, Dio si è reso conto che la ragione e la giustizia erano dalla nostra parte!»

L'assalto ai giornali si ripete anche nei giorni successivi, ogni mattina all'arrivo della corriera, e ogni mattina le notizie sono migliori di quelle del giorno precedente. I nostri soldati, dicono le notizie, avanzano su tutto il fronte e i nemici, dopo avere cercato inutilmente di contrastarli, si ritirano in modo scomposto, abbandonando armi e depositi. E poi: la nostra avanzata è diventata una rincorsa, e la ritirata del nemico è una fuga disordinata. Una mattina, i giornali hanno tutti lo stesso titolo, composto da un'unica parola stampata grande come l'intera pagina:

«Vittoria!»

Tutte le campane di tutte le valli di tutti i fiumi che scorrono verso sud suonano a distesa, per festeggiare la vittoria. I nemici, dicono i giornali, non ci sono piú: sono ritornati nel nulla da dove erano venuti. I loro generali hanno firmato un armistizio, che in realtà è una resa senza condizioni. Nelle chiese da questa parte delle Alpi le Madonne sorridono felici, mentre di là dalle montagne: nelle valli dei fiumi che scorrono verso nord e verso est, guardano incupite chi non ha piú niente da chiedergli. È come nelle immagini delle carte da gioco. Le stesse Madonne che ridono di qua, di là sono capovolte e piangono. Anche i santi: gli stessi santi che si venerano di qua e di là dalle Alpi, da questa parte sono contenti mentre dall'altra parte sono tristi.

La guerra è finita!

È sera. A Rocca di Sasso le bandiere si muovono nel vento gelido della montagna, che stacca le ultime foglie dagli alberi e si insinua fin sotto i vestiti delle persone facendole rabbrividire. Ci sono, in tutto, quattro bandiere.

Ce n'è una (nuova) sul balcone del municipio; ce n'è un'altra che sventola in cima al campanile e ce n'è una terza all'ingresso del paese, sulla chiesa dei richiamati della mobilitazione generale. Dentro e fuori da quella piccola chiesa, sfavillante di luci, una folla di un centinaio di persone sta cantando l'inno di ringraziamento: il *Te Deum*. («Dio, ti lodiamo. Signore, ti benediciamo»). La quarta bandiera è in mezzo alla piazza, dove ormai si stanno addensando le ombre delle montagne, e dentro alla bandiera c'è ciò che resta di Giuliano Mezzasega, l'invalido che è diventato il simbolo della guerra. Per portarlo a cantare il *Te Deum*, i suoi compaesani lo hanno caricato su una carriola e gli hanno messo in mano una bandiera piegata. Gli hanno detto: «Tienila tu». Lui, all'inizio, sembrava contento; ma quando è arrivato in piazza ha incominciato a fare i capricci. Si è messo a gridare: «Io in chiesa non voglio venirci. No e poi no. Non me ne importa un accidente di chi ha vinto la guerra».

«Chi dovrei ringraziare, e di cosa? Ma guardatemi!»

Adesso l'invalido è solo in mezzo alla piazza, dentro alla carriola, e osserva da lontano la festa degli altri. Per difendersi dal freddo si è avvolto nella bandiera. Aspetta che qualcuno si ricordi di lui e venga a riprenderlo, per portarlo a casa.

Passano i giorni e nei pensieri della gente si diffonde una grande stanchezza. Un grande vuoto, come se improvvisamente fosse venuto a mancare qualcosa che era al centro della vita di tutti. Anche a Rocca di Sasso. Tutti pensano:

«Non c'è piú la guerra!»

La guerra, anche se era lontana, ha lasciato il segno. Ci sono grondaie che penzolano tra i vicoli, e muri che hanno dovuto essere puntellati perché non crollino su chi passa per strada. Ci sono case chiuse e disabitate, dopo che i proprietari hanno dovuto abbandonarle per andare in guerra, o sono morti durante l'epidemia di spagnola. Molti tetti sono rovinati e non sembrano in condizioni di affrontare l'inverno. I giardini e gli orti tra le case sono pieni di rovi; e la prima neve che, dopo la vittoria, ha imbiancato le montagne intorno a Rocca di Sasso, è stata tolta dalle strade soltanto in parte e ha formato in paese una fanghiglia, che fa crescere la sensazione di disordine e contribuisce a rendere ancora piú triste quello che si vede.

Uno dopo l'altro, tornano i reduci. Con la corriera o a dorso di mulo o in bicicletta, pedalando nei tratti pianeggianti o quasi pianeggianti e facendo a piedi i tratti in salita. Tornano i ragazzi delle classi di leva; tornano i riservisti e gli uomini della mobilitazione generale o, per essere piú precisi, tornano i vivi, e portano con sé le ombre dei morti. Tra tutti, erano partiti in trentanove e ne sono rimasti molti di meno.

Quattordici, forse quindici. E, dice la gente del paese, «non sono piú loro».

A Rocca di Sasso come dappertutto, i ragazzi e gli uomini che tornano dalla guerra non sono piú gli stessi ragazzi e gli stessi uomini che tutti avevano conosciuto prima che partissero, e che al momento di andarsene avevano ancora in mente le faccende della loro vita normale. È cambiata l'espressione del loro viso; è cambiato il loro modo di parlare e, soprattutto, di pensare. I genitori, i nonni, le mogli e le fidanzate continuano a guardarli e a toccarli. Gli chiedono: «Sei tu?»

«Sei proprio tu?»

«Sí, sono io», dicono i reduci. E poi, dopo avere riflettuto un istante: «Mi sembra di avere vissuto un'altra vita. Mi guardo attorno, e faccio fatica a ricordare chi ero».

«Mi chiedo se sono cambiato io o se sono cambiati gli altri. Se è cambiato il mondo».

«Sono passati soltanto tre anni e mezzo, e mi sembra un secolo!»

Torna il maestro Luigi Prandini, Mano Nera. Veste la divisa degli alpini con i gradi di tenente; sulla giacca, ha i nastri delle decorazioni. Prende alloggio all'Albergo Pensione Alpi, perché la casa dove abitava prima della guerra appartiene al municipio, e c'è dentro la nuova maestra. Da lí, cioè dall'albergo, la mattina del giorno successivo e sotto un cielo grigio che preannuncia altra neve, scende a Pianebasse per rivedere la Mariaccia: che non ha notizie di lui da piú di un anno, cioè da quando lui è stato ferito, e che se lo trova davanti all'improvviso, tornando da fare la spesa.

La Mariaccia lo guarda sorpresa e quasi spaventata, come se vedesse un fantasma. Dice: «Oh!», e lascia cadere la borsa con dentro quattro pagnottelle e un chilo di rape. Rape e pagnottelle saltellano giú per il sentiero e vanno a perdersi nella neve sporca. I due fidanzati (possiamo chiamarli cosí?) si abbracciano e la Mariaccia scoppia in singhiozzi. Esclama:

«Sei ancora vivo, grazie a Dio!»

Le lacrime le scorrono giú per le guance e lei cerca di fermarle passandosi e ripassandosi il dorso delle mani sugli occhi, che diventano subito rossi. «Sí, – le risponde il maestro. – Sono vivo: anche se, a ben vedere, non credo che questo risultato sia merito di Dio. Diciamo che ho avuto fortuna, perché sono riuscito a fare il mio dovere e a salvare la pelle: due cose che, in guerra, non sempre vanno d'accordo tra di loro».

Poi la Mariaccia vede che la mano sinistra del maestro è coperta da un guanto. Gliela afferra, e sente che è fatta di legno. Grida: «Hai perso una mano!»

Lui continua a sorridere. «Non l'ho persa. L'ho data alla patria che ne aveva bisogno. È stato un prestito; e la patria, vedrai, saprà ripagarmi».

Solleva la manica della giacca e mostra l'attaccatura della protesi. Dice: «Vedi? Quella che mi hanno sostituito è la mano sinistra. Con la mano di legno, e con la destra, riesco a fare quasi tutto quello che facevo prima».

Arriva il figlio della colpa. Il giovane Carlino è cresciu-

«VITTORIA!»

to di parecchi centimetri, e gli è anche cresciuta sul mento una peluria che preannuncia la barba. Il maestro gli dà uno scappellotto che in realtà è una carezza. Lo attira a sé per abbracciarlo; ma lui, chissà perché, si divincola e corre dentro casa.

«Non vuole farti vedere che è commosso», dice la Mariaccia.

Lui le prende le mani. Le dice: «Sapessi quanto ho aspettato questo momento! Ti ho scritto poche lettere e spero che vorrai perdonarmi, perché avevo troppe cose da dire e non sapevo da che parte iniziare. Ma quando mi sentivo scoraggiato, laggiú al fronte, era sempre a te che pensavo».

E poi, in tono solenne: «Maria Carla. Se ti chiedessi di sposarmi, tu saresti d'accordo?»

La Mariaccia ricomincia a piangere. Si abbracciano. Lui le accarezza i capelli con la mano sana e le dice: «Non devi rispondermi subito. Riflettici e parlane anche con tuo figlio. Domani ci rivediamo e mi dai una risposta».

Lei fa segno con la testa: sí, e lui continua a parlare. Le dice: «Ci sono tante cose che devono cambiare, dopo questa guerra, nel mondo e anche nelle nostre vite. Ci ho riflettuto mentre mi trovavo in ospedale dopo l'incidente, e ho deciso che non tornerò a fare il maestro. Anche se non so ancora cosa farò; voglio inventarmi una nuova esistenza, da uomo libero».

«È anche per questo che ti chiedo di riflettere. L'uomo che accetteresti di sposare non sarà piú quello che hai conosciuto prima della guerra, che faceva il maestro elementare in un villaggio di montagna. Sarà un uomo nuovo, e dovremo costruirlo insieme».

Torna Ansimino e la prima persona che va a trovare, dopo avere recitato una preghiera sulla tomba di sua madre morta di spagnola, e dopo avere acceso un cero sotto l'immagine della Beata Vergine del Soccorso nella chiesa dei richiamati della mobilitazione generale, è il giovane

Giuliano, che ha perso in guerra tutt'e due le gambe. Qualcuno gli ha detto che Giuliano sta ancora aspettando quella carrozzina dell'esercito, che dovrebbe permettergli di muoversi e di vivere un po' piú liberamente; e che è ancora costretto sulla tavola a rotelle. Ansimino non vuole crederci. Va alla Mula di Parenzo: sale al piano superiore e trova Giuliano appoggiato a una montagna di cuscini, in una stanza piena di giornali e di libri. I due uomini si abbracciano; poi il nuovo arrivato prende in mano il libro che Giuliano stava leggendo e lo volta per vedere il titolo.

«È la storia senza capo né coda di un santo che nessuno conosce, san Protasio, – gli spiega l'invalido, – e me l'ha prestata il parroco don Filippo».

Allarga le braccia, per scusarsi e per scusare il parroco: «Lui ha soltanto quel genere di libri».

Indica all'amico gli altri libri, appoggiati sul tavolo e sulle sedie. Dice: «Li leggo per passare il tempo. Ormai ho deciso: quando avrò finito di leggere tutte le scemenze che ci sono nella biblioteca della parrocchia, non avrò piú niente da fare e mi tirerò un colpo, perché vivere cosí non ha senso. Cosa potrei chiedere, alla vita, in queste condizioni?»

Ansimino guarda la tavola a rotelle ai piedi del letto e scuote la testa. Dice: «Davvero, stento a crederci».

«Com'è possibile, – chiede all'invalido, – che non ti abbiano ancora dato una di quelle carrozzine, che si muovono girando una manovella e si guidano come le biciclette?» E, poi: «Quando ero venuto a casa in convalescenza, l'anno scorso, mi avevi detto che la stavi aspettando».

«Continuo ad aspettarla, – gli risponde Giuliano. – Che vuoi farci! In municipio dicono che bisogna avere pazienza, perché gli invalidi sono tanti e l'esercito non riesce a soddisfare tutte le richieste».

«Ci vorrebbe una raccomandazione: ma a chi posso chiederla?»

«Ci penso io», dice Ansimino. Torna a casa e riapre l'officina di suo padre, piena di ragnatele e di polvere.

Prende una vecchia bicicletta, di quelle ancora con le gomme piene: smonta le ruote, le adatta a una struttura di metallo con dentro un sedile di ferro, tolto a un erpice; collega le ruote con un ingranaggio. Salda, avvita. Batte e ribatte. Aggiunge un manubrio che muove una ruota piú piccola, presa a una carrozzina per bambini. A destra, mette un altro ingranaggio con una manovella. Collega i due ingranaggi con la catena della bicicletta. Mette i freni. Nella parte posteriore del veicolo sistema un contenitore per i bagagli; infine, per dare all'insieme un tocco di allegria, stacca dal muro una tromba d'automobile e la fissa al manubrio.

Porta in cortile la carrozzina e la dipinge con l'unica vernice che ha trovato, color verde chiaro. Il giorno dopo, lui e il maestro Prandini si presentano a casa dell'invalido. Gli dicono: «Preparati a uscire. Andiamo a fare una passeggiata».

Lo trasportano, prendendolo sotto le ascelle, fino in piazza e lo mettono sul nuovo veicolo, che è stato reso piú comodo con dei cuscini. Giuliano si guarda attorno stupito. Tocca le varie parti della carrozzina: la manovella, il manubrio, la tromba. Chiede agli amici: «Posso provarla? Potrò usarla?»

«È tua, – gli dice Ansimino. – Togli il fermo, che è quella leva sulla tua sinistra, e muovi la manovella. Prova a fare un giro della piazza. Devi controllare che tutto funzioni bene».

«Se ci sono dei difetti, la riporto in officina e li aggiusto».

La gente si ferma a guardare la novità. Quando la carrozzina si muove, qualcuno applaude. Giuliano risponde suonando la tromba: Tuuu. Tuuu. Tuuu.

Dopo tre giri della piazza, l'invalido è costretto a fermarsi perché gli è venuto un crampo alla spalla. Le sue guance sono diventate paonazze e gli occhi gli brillano. È felice.

«Metti il fermo! – gli grida Ansimino, che vede la carrozzina continuare a muoversi. – Metti il fermo! Ricordati sempre di bloccare le ruote, quando vuoi fermarti».

«Mi sembra... mi sembra di tornare a vivere, – balbetta Giuliano, con il poco fiato che ha ancora. – Muoversi da soli è la cosa piú bella del mondo». E poi, rivolto a suo padre Mezzasega, che è uscito dalla Mula per vedere cosa sta succedendo: «Non ci torno piú al piano di sopra, in casa tua, a farmi trasportare come un pacco su e giú per le scale».

«Trovami una stanza al pianoterra e brucia quella maledetta tavola a rotelle, che mi costringeva a strisciare come un verme davanti ai piedi degli altri. Anche se non ho piú le gambe, sono ancora un essere umano».

«Sono una persona!»

La gente applaude e lui ha le lacrime agli occhi. Grida: «È tutto merito di Ansimino! Grazie ai miei amici! Grazie a tutti!»

Ritorna il Reginaldo degli Allocchi, che è stato ventun anni senza parlare e che in guerra ha recuperato la parola anzi l'ha recuperata fin troppo, secondo i suoi compaesani che ormai lo evitano. Dicono che è un «cicciarún», un logorroico, uno che non riesce a smettere di parlare, e anche un «tacabutún», un attaccabottoni. (Con questa parola, gli abitanti delle valli intorno al Macigno Bianco indicano le persone che si appiccicano per strada alle loro vittime e le stordiscono a forza di discorsi). Quando lo incontrano gli dicono:

«Mi fermerei volentieri a fare due chiacchiere, ma vado di fretta».

«Ti accompagno, – risponde Tacabutún. – Cosí, strada facendo, ti racconto...»

Ritornano le donne che sono andate al fronte come infermiere volontarie, e che in guerra si chiamavano «crocerossine». (Per via della croce rossa sopra il camice bianco). Tornano prima che le nevicate di dicembre blocchino le strade, in tempo per trascorrere il Natale con le loro famiglie. Torna la Virginia Cüdritt («culo diritto»), e se le parlano di Ansimino scuote la testa. Dice: «Una vecchia storia», oppure «Una storia di ragazzi». Le amiche stentano a riconoscerla, tanto è cambiata. Ha i capelli rossi, le unghie rosse e le labbra dello stesso colore delle unghie. Ha due orecchini di corallo e un anellino di brillanti. (L'anello «di fidanzamento»). È in compagnia del suo nuovo fidanzato: un giovane alto e magro, con gli occhiali d'oro e i capelli tagliati corti. Lo presenta a tutti quelli che incontra. Dice che si chiama Riccardo e che è un medico. Dice che si sono conosciuti in un ospedale di guerra, e che si sposeranno la primavera prossima.

«Naturalmente, – aggiunge, – vivremo in città. In paese ci sono tornata per le feste di fine d'anno, e perché Riccardo voleva conoscere i miei genitori. Ma lui, poi, deve riprendere servizio nella clinica dove lavorava prima della guerra».

Quando è sola, racconta alle amiche le meraviglie del nuovo fidanzato: «È uno specialista nelle malattie dei polmoni. Da studente è stato campione di canotaggio. Ha un fratello avvocato...»

«Beata te, – le dicono le amiche. – Sei stata davvero fortunata a incontrare un uomo cosí!»

Ritorna la fidanzata dell'invalido Giuliano: l'Angela soprannominata Sbrasenta («sbracciata»), e tutti quelli che la incontrano si complimentano con lei per il bell'aspetto, le dicono: «Sembri il ritratto della salute». Lei, invece, ha un proiettile conficcato in testa, in un punto dove non si può toglierlo senza ucciderla. Soffre di emicranie e di sbalzi d'umore. Può piangere per un'intera giornata, e poi il giorno successivo può essere allegra e perfino euforica. Alterna momenti di fannullaggine ad altri di attivismo frenetico, in cui vorrebbe fare chissà cosa e si dispera perché non ci riesce. Il direttore dell'ospedale dove ha prestato servizio, quando è andata a congedarsi le ha dato una busta con dei fogli, le ha detto: «Porta questi certificati al sindaco del tuo paese e chiedigli di avviare la pratica perché ti diano un sussidio».

«Ne hai il diritto».

Ma questo, almeno per il momento, non lo sa nessuno.

Il primo pensiero di Angela, appena arriva a Rocca di Sasso, è per Giuliano. Vuole sapere dov'è e cosa sta facendo. È tornato a lavorare in negozio con suo padre? Qualcuno le ha detto che il suo fidanzato è stato ferito abbastanza gravemente da essere rimandato a casa. (Ma nessuno, finora, ha avuto il coraggio di dirle che Giuliano ha perso tutt'e due le gambe. In quanto a lui, si è limitato a non rispondere alle lettere che lei gli scriveva. Le buttava via quando arrivavano, senza nemmeno aprirle).

La ragazza vuole correre da Giuliano e non ascolta ragioni. Dice:

«Non mi importa se non è stato avvisato e non mi importa nemmeno se è invalido. Anch'io sono invalida, e forse lo sono piú di lui».

«Dobbiamo ricostruire insieme le nostre vite e ci riusciremo!»

Capitolo diciassettesimo
La cena dei reduci

Con la carrozzina che gli ha fatto Ansimino, da due giorni Giuliano si è trasferito sull'altro lato della piazza, in una stanza a pianoterra che suo padre usava come magazzino e che adesso invece è stata attrezzata perché lui possa viverci: con un letto, un tavolo, una stufa a legna. Un amico viene a dirgli che è tornata la sua fidanzata; lui gli risponde che quando ha perso le gambe ha perso anche la fidanzata, e che non vuole ricevere visite. «Andrò io a trovarla nei prossimi giorni. Par favore ditele che abbia pazienza e che mi scusi; ma spiegatele anche come sono ridotto, se già non lo sa».

È sul suo letto, appoggiato a due guanciali, e sta leggendo un libro che gli ha imprestato il maestro Prandini: un libro di racconti, senza storie di santi e senza miracoli. L'amico apre la porta per andare a riferire ciò che gli è stato detto e si trova di fronte Angela, che è già stata alla Mula di Parenzo e ha chiesto notizie di Giuliano al signor Giacomo. La ragazza ha le guance rosse ed è eccitata: «Mi hanno detto che è qui».

Stando sulla porta, lo vede. Grida: «Giuliano!» e corre ad abbracciarlo, ma davanti al letto si ferma. Dice: «Ah!»

L'incontro, dopo la fine della guerra, tra ciò che resta di Giuliano Mezzasega e ciò che resta di Angela Sbrasenta è uno degli episodi piú toccanti della nostra storia: che, comunque, non vuole commuovere nessuno, e anche in situazioni come questa riesce a mantenere il necessario di-

stacco. Diciamo, dunque, che i nostri personaggi si guardano, e che gli occhi di lei sono fissi sui moncherini delle gambe di lui. Poi Giuliano lascia cadere il libro di racconti e si copre il viso con tutt'e due le mani per non far vedere che sta piangendo, mentre Angela, a sorpresa, incomincia a ridere. Intorno a loro, in un attimo, la stanza si è riempita di gente. Ci sono gli amici di lui e le amiche di lei; ci sono i curiosi e le persone che hanno cercato di trattenere la ragazza o quantomeno di prepararla a un incontro che tutti immaginavano drammatico e che invece, a giudicare da ciò che sta succedendo, improvvisamente sembra essere diventato comico. Tra i presenti, c'è chi è sorpreso e c'è anche chi è contrariato. C'è chi osserva:
«Cosa ci sarà mai da ridere. Perché ride?»
Quelli che sono sulla porta spiegano a quelli che sono fuori: «Sta ridendo».
«Gh'a ciappàa la fiffa, – dice una donna. – Le ha preso la fiffa».
(La «fiffa», nel linguaggio delle valli intorno al Macigno Bianco, è un riso sciocco e prolungato; un riso isterico).
Angela ride senza riuscire a trattenersi; ride fino alle lacrime. Tira fuori dalla borsetta un fazzolettino ricamato e se lo passa piú e piú volte sugli occhi. Quando finalmente riesce a calmarsi, abbraccia Giuliano che la respinge (ma senza troppa convinzione). Giuliano non riesce a smettere di piangere e lei lo bacia sui capelli, sulla fronte, sul viso. Gli dice:
«E cosí, credevi che ti avrei lasciato perché hai perso le gambe. Povero Giuliano!»
Si siede sul letto accanto a lui e torna ad abbracciarlo: «Vedrai che staremo bene insieme, – gli promette. – Le gambe sono importanti, lo so, ma ci sono cose ancora piú importanti. Per esempio il fatto che siamo rimasti vivi, sia tu che io, e che alla fine della guerra siamo ritornati nel nostro paese. Quanta gente è morta laggiú nelle trincee, senza rivedere i luoghi da dove era partita e senza rivede-

re gli amici, i parenti, le persone care? Noi invece abbiamo potuto ritrovarci: siamo qui, e se restiamo insieme anche il resto andrà a posto. Si possono fare tante cose, nella vita, anche senza le gambe!»

Ricomincia a ridere e le persone che l'hanno seguita fin dentro la stanza di Giuliano sono imbarazzate ma anche sollevate, dicono: «Meno male che l'ha presa bene. Meno male che non ne ha fatto un dramma!»

«Chissà. Forse ce la faranno davvero, a rimanere insieme».

È la vigilia di Natale e ha smesso di nevicare. Ansimino si lega ai piedi le racchette da neve fatte tanti anni prima da suo nonno, il fabbro Ottavino Ganassa; si carica in spalla lo zaino e, dopo avere augurato «buon Natale» alle persone che incontra per strada (e anche al maestro Prandini che gli chiede «Natale di chi?»); dopo avere sostato un istante nella chiesa della Beata Vergine del Soccorso, si avvia giú per la discesa verso la valle Maggiore e verso Oro, dove è atteso per l'ora di cena. I villaggi che attraversa sembrano deserti. Gli unici segni di vita, in quel paesaggio, sono il fumo che esce dai camini delle case e i rintocchi delle campane che si rispondono da una chiesa all'altra preannunciando la nascita di Gesú. Ogni tanto, nel cielo color bianco sporco, si vedono delle macchie nere: sono uccelli, che volano e volano e non sanno dove andranno a posarsi. Mentre scivola sulla neve gelata, il nostro personaggio pensa all'incontro dell'anno precedente con la ragazza che gli ha dipinto l'ex voto, e alla storia che poi ne è seguita. Dopo l'ex voto e dopo la passeggiata in montagna tra le Ninfe, lui e Artemisia non si sono piú visti, ma si sono scritti un centinaio di lettere. Quelle di lei erano allegre e piene di figure, colorate con i pastelli o con gli acquarelli. C'erano fiori, visi di persone, piccoli animali e sotto ogni figura c'era anche la sua spiegazione, per esempio: «Questa è Nora, la mia sorella piú grande. Questo è il cane: dovresti ricordarlo». C'erano le montagne della valle Maggiore e il Macigno Bianco. C'era il destinatario della lettera: «Questo sei tu». Le lettere di Ansimino, in genere erano piú brevi e avevano come unica nota di colore qualche macchia d'inchiostro, causata dai pennini dell'esercito; ma anche lui, quando poteva spedire la sua corrispondenza con la posta normale, senza farla passare attraverso la censura, ci metteva dentro qualcosa per renderla piú interessante. Per esempio un ritaglio di giornale dove si raccontavano le imprese di un «suo» aereoplano; o una fotografia che si era fatto scattare da un compagno, negli aereoporti militari dove prestava servizio. Di solito, quelle fotografie lo ritraevano vicino all'una o all'altra delle macchine volanti che gli erano state affidate, e che lui chiamava per nome. Scriveva dietro alle fotografie: «Questo è Mastino, un monoplano da caccia non tanto veloce ma dotato di tre mitragliere. Questo è Scorpione, un biplano che può trasportare trecento chili di bombe». Soltanto in una fotografia non c'erano aereoplani e Ansimino era in compagnia di un ufficiale, con un giaccone di pelle sopra alla divisa. Dietro alla fotografia c'era scritto:

«Questo è il tenente pilota Alberigo Gulli, che mi onora della sua amicizia».

A sera, stanco e infreddolito dopo avere attraversato un universo di neve, Ansimino arriva a casa della fidanzata nel villaggio sotto al Macigno Bianco e viene accolto dal cane Puff che abbaia e salta per la gioia, come fa con tutti e come fa sempre. Lui, ora, conosce il nome del cane, che nel dialetto della valle significa «debito», e cerca di calmarlo parlandogli:

«Buono, Puff, buono. Lo so che sei contento di vedermi. Buono. A cuccia».

Sulla porta di casa compare il maestro pittore in persona: il signor Gianin della dinastia dei Panpôs, famosa nei secoli per gli affreschi. È vestito da casa, con una vestaglia color rosso scuro e un berretto rotondo di lana. Ai

piedi, ha due pantofole di lana: due babbucce, con le punte rivolte all'insú. Guarda il visitatore e scuote la testa. Dice:
«Credo di sapere chi sei». E poi, vedendolo indeciso davanti alla porta:
«Entri tu, o lasciamo che entri il freddo?»
Lo studio del pittore è illuminato da due lampade a gas, che emanano una luce fin troppo bianca. L'odore che c'è nell'aria è lo stesso odore, forte ma non sgradevole, che Ansimino ricorda dalla prima visita. Odore di resina di pino e di colla.
Ci sono due cavalletti, come l'altra volta, e sui cavalletti sono posate due tavole di legno: due ex voto, a cui il maestro stava lavorando quando Puff gli ha annunciato l'arrivo dell'ospite. Nell'ex voto di sinistra si vedono una bomba che esplode e due soldati, sollevati da terra per effetto dell'esplosione; quello di destra, invece, rappresenta un aereoplano che sta volando a bassa quota, e un soldato in primo piano che gli spara con un fucile.
C'è, in un angolo della stanza, una stufa di ceramica alta fin quasi al soffitto, che riscalda tutto l'ambiente in modo uniforme e gradevole.
C'è la grande vetrata, che nella bella stagione si affaccia sulle montagne e sui boschi della valle Maggiore e che adesso, invece, si affaccia sulla neve e sul buio.
Si affaccia sul nulla.
«Togliti lo zaino e le racchette», dice il pittore. Si avvicina all'ospite e lo guarda in viso con attenzione. Poi attraversa la stanza. Prende un quadro che era voltato contro il muro; lo solleva e lo appende con un gancio a una cordicella. Ansimino guarda il quadro e gli sembra di vedersi allo specchio. Esclama:
«È il mio ritratto!»
«Sí, sei tu, – conferma il pittore. – Evidentemente, mia figlia aveva nostalgia della tua faccia e ha voluto dipingerla. È stata brava: intendo dire, nell'esecuzione del quadro.

Il mio non è un giudizio sul soggetto, ma soltanto sulla pittura...»

Spiega all'ospite, in tono professionale: «Non è facile fare un ritratto come questo, senza avere davanti agli occhi la persona che si vuole ritrarre. Basandosi soltanto sulla memoria, e su quelle fotografie in bianco e nero, grandi come francobolli, che tu le mandavi».

Si siede su uno sgabello. Dice: «Artemisia è in chiesa che finisce di sistemare il presepe. Sarà qui tra pochi minuti, e noi intanto approfitteremo della sua assenza per parlare tra uomini». Prende in mano un pennello e lo punta contro Ansimino. Gli chiede: «Che intenzioni hai con mia figlia?»

«Io, io... – Il nostro personaggio, per l'emozione, balbetta: – Io intendo sposarla».

Gianin Panpôs fa una smorfia: «Sí, naturalmente». Il suo tono di voce è ironico: «Ci ho messo vent'anni, – spiega all'ospite, – per far diventare mia figlia un'artista, e adesso che ci sono riuscito arrivi tu con il tuo stupido matrimonio per riportarla alla sua condizione di donna, cioè di massaia e di macchina da figli. Secondo te, dovrei essere contento? Dovrei ringraziarti?»

«Artemisia continuerà a dedicarsi alla pittura, – dice Ansimino con fermezza. – Su questo, non ci sono dubbi. E sarà, in tutto e per tutto, una donna libera. In quanto ai figli, avremo quelli che Dio vorrà mandarci, come è giusto che avvenga».

Il maestro pittore scuote la testa. Chiede al giovane: «Come conti di mantenerli, i figli?»

E poi: «Artemisia mi ha detto che guidi una corriera. Che lavoro è, guidare una corriera? Ci si vive?»

«Sono appena tornato dalla guerra, – gli risponde Ansimino, – e non ho ancora avuto il tempo di guardarmi attorno per decidere cosa farò; ma, di sicuro, non resterò con le mani in mano. Sono un fabbro, come lo erano mio padre e mio nonno. So aggiustare i motori delle macchine che si muovono da sole: le automobili, e anche quelli delle macchine che volano...»

«Nel mio genere, anch'io sono un po' artista!»

Si sentono dei rumori fuori dalla casa. Puff che abbaia, e poi una voce di donna che dice: «Sí, è arrivato». Artemisia irrompe nella stanza portandosi dietro una folata di neve e di freddo, e abbraccia Ansimino. Ha gli occhi che le brillano. Dice: «Finalmente!»

«Finalmente sei tornato. Sono cosí contenta!»

Gianin Panpôs alza gli occhi al cielo. Mormora: «È sempre la solita storia». E poi: «È inutile che io stia qui a discutere, tanto hanno già deciso tutto loro».

La ragazza accompagna il fidanzato nella stanza degli ospiti. Gli dice: «Non fare caso a mio padre. È un gran brav'uomo e un padre straordinario, ma non vorrebbe che io mi sposassi. Non vuole perdere la figlia e, soprattutto, non vuole perdere l'allieva. Già ha dovuto rassegnarsi all'idea di non avere un figlio maschio, che continuasse la dinastia dei Panpôs... E poi, ha paura di rimanere solo. Mia madre, te l'ho già detto, è morta quando ancora eravamo bambine, mia sorella e io; e dovremo inventarci qualcosa, perché lui non si senta abbandonato dopo il mio matrimonio».

Mostra a Ansimino il ritratto di sua madre, appeso in soggiorno sopra al pianoforte: «Si chiamava Eugenia e aveva questa espressione del viso, questo modo di sorridere che ho un po' anch'io e che ricorda un quadro famoso: la Gioconda del grande Leonardo. L'avrai visto in fotografia, da qualche parte...»

Passa Natale e passano le festività di Capodanno, nelle valli intorno al Macigno Bianco e in tutte le valli delle Alpi: sia in quelle dei fiumi che scorrono verso sud che nelle altre, dove i fiumi scorrono verso nord e verso est. In tutte le chiese, i preti cantano le lodi di un Dio che ormai sonnecchia beato, dopo avere trascorso anni e anni ad arrovellarsi sui torti e sulle ragioni degli uomini, e a decidere chi doveva vincere una guerra, andata per le lunghe per colpa sua. A Rocca di Sasso si incomincia a sentir parlare della «cena dei reduci»: che, dicono le comari, hanno deciso di riunirsi e di fare festa. (Per la vittoria e per essere ritornati a casa). Qualcuno, all'Osteria del Ponte, ricorda un'altra cena diventata famosa: quella dei richiamati della mobilitazione generale. L'oste Manina si asciuga una lacrima. «Allora, – dice, – il re della tavolata era mio figlio Pirin, che poi è morto combattendo come un leone quando i nemici hanno rotto il fronte. Lui, solo, ha cercato di fermarli...»

«C'era ancora al mondo la mia povera Giuseppa, che sarebbe stata portata via dalla spagnola. Una vera santa!»

«C'era ancora il buonanima Luigi Dindon, – dice un anziano. – Mi sembra di rivederlo, seduto laggiú a capotavola con la fisa a tracolla...»

La cena dei reduci, dicono gli organizzatori, si farà in una sala a pianoterra dell'Albergo Pensione Alpi e sarà la festa della vittoria e la festa di tutti: vecchi e giovani, graduati e soldati semplici, alpini e bersaglieri e fanti... Ci saranno i ragazzi che sono partiti a diciott'anni e ci saranno quelli che invece la guerra l'hanno vissuta dall'inizio, e in qualche caso ne portano i segni. Sarà un'occasione per stare insieme ma sarà anche un banchetto memorabile, con cibi e vini prelibati: «L'altra volta, – dice il Reginaldo d'i Oluch, – quando noi della mobilitazione generale abbiamo fatto la nostra ultima cena, non ci siamo quasi accorti di cosa stavamo mangiando. Eravamo in ansia perché dovevamo partire; adesso che siamo ritornati, però, vogliamo mangiare bene e bere meglio».

Dopo molte chiacchiere e molte discussioni per stabilire una data, e poi anche per stabilire la lista dei cibi e dei vini, la grande cena dei reduci: il «cenone», si fa a febbraio una sera di sabato. Prima della cena c'è una funzione religiosa, nella chiesa parrocchiale di san Cristoforo, che nelle cronache della valle verrà ricordata per due mo-

tivi. Il primo motivo è la presenza del nuovo viceparroco: un certo don Franco, arrivato con la corriera da pochi giorni. Il secondo motivo è che don Muscolo approfitta di quella circostanza per fare una predica interminabile: una vera e propria orazione funebre, in cui ricorda a uno a uno tutti e ventiquattro i caduti. La gente del paese, costretta a rimanere immobile sulle panche per piú di un'ora, sospira e piange di dolore (e di noia). Tutti piangono. Quando poi la predica finisce, i fedeli ritornano alle loro case con la sensazione di essersi liberati di un peso. I reduci attraversano la piazza ed entrano nell'albergo, dove trovano ad attenderli il proprietario Umberto Primo con la moglie Giacoma e la figlia Carlotta, la cuoca, di cui in paese si dice:
«L'è brüta me l'pacà (è brutta come il peccato), ma in cucina è un genio».
Trovano il suonatore di fisarmonica: un certo Nicola soprannominato Tacabanda, che è stato fatto venire da un paese della valle Maggiore.
Trovano, già seduti a tavola, i due che non erano presenti alla funzione religiosa, cioè il maestro Prandini e l'invalido Giuliano.
Tutto è pronto per il loro cenone e li sta aspettando. Li aspetta il carrello degli antipasti: con i salumi assortiti, l'insalata russa, le acciughe, i sottaceti, le trote del fiume Maggiore e dei suoi affluenti conservate «in carpione».
Li aspettano i due risotti: quello con i fagioli e le cotiche (la «panissa») e quello con i funghi della valle, raccolti e fatti seccare personalmente dal proprietario dell'albergo. Due qualità di funghi: quelli gialli, che a Rocca di Sasso tutti chiamano «margherite», e i porcini che qui vengono chiamati «bulé». (Chissà perché).
Li aspetta il carrello delle carni. Il «fritto misto» con le cervella, la frittura dolce e la mela fritta. I bolliti con il cotechino e le due salse: la salsa verde al prezzemolo e la salsa rossa al peperoncino.

Li aspetta il carrello dei dolci, con il budino di nocciole e le due crostate: quella di mele e quella dei frutti di bosco, che è l'orgoglio e la specialità della signorina Carlotta.

Li aspettano i vini.

Il vino bianco dal nome sognante (l'«erbaluce») per accompagnare gli antipasti.

Il vino amaro e nero come il peccato (la «barbera») per accompagnare i risotti e le carni.

Il vino dolce («moscato») per accompagnare i dolci.

Il vino speziato («chinato») per togliere dalla bocca il gusto del caffè, dopo il caffè, e per concludere la cena «come Dio comanda». (Sul Dio dei vini e delle cene sono tutti d'accordo, anche quelli che non credono in Dio e non vanno in chiesa).

Nella sala dei banchetti dell'Albergo Pensione Alpi è stata allestita un'unica tavolata, con quattro tavoli uniti tra di loro e disposti a ferro di cavallo. Nessuno ha pensato ad assegnare i posti e i convitati si siedono dove vogliono. Brindano alzando i bicchieri:

«Ai vivi! Ai morti!»

Tra gli uomini che partecipano alla cena dei reduci ce ne sono parecchi che noi non conosciamo e di cui non ci occuperemo nemmeno ora. Uno solo di questi sconosciuti, un certo Tommasino Baloss («briccone»), appartiene di diritto alla nostra storia e deve essere presentato perché possa entrarci. Dei tipi come lui, nelle valli intorno al Macigno Bianco si dice: «Grand e gross, ciulla e baloss». Grande e grosso, ingenuo e briccone.

Qualche notizia sul nostro nuovo personaggio, Tommasino soprannominato Baloss.

Quando è dovuto partire per il fronte, a diciotto anni, Tommasino si trovava in collegio a Roccapiana dove studiava in un istituto tecnico e si preparava a dare l'esame per diventare geometra. Ora che è ritornato dalla guerra senza avere subito danni, i suoi genitori vorrebbero che finisse gli studi, ma lui ha altro per la testa. Dice:

«Non è piú tempo, per me, di studiare. È tempo di vivere».

Tommasino, come già si è detto, è «grand e gross», cioè è un ragazzone di buona corporatura e di bell'aspetto. È «ciulla», cioè è piú prepotente che furbo, piú gradasso che intelligente.

Infine, è «baloss», cioè è intraprendente con le donne e sfacciato.

Il cenone dei reduci non ha storia. Ci si riempie di cibo, si ride. Soprattutto, si beve. A metà della cena, prima che i discorsi incomincino a girare a vuoto a causa del vino, il maestro Prandini si alza e chiede un minuto di attenzione. «Non voglio rovinarvi la festa, – dice ai reduci. – Ma vi ricordo che noi sopravvissuti abbiamo un dovere: quello di mantenere viva la memoria dei nostri compagni che hanno dato la vita per la nostra vittoria, e che sono morti al posto nostro. Abbiamo un debito nei loro confronti e dobbiamo pagarlo».

La proposta del maestro per pagare il debito è la seguente:

«Un monumento ai caduti, qui in paese al centro della piazza. Una statua di bronzo, di un uomo in divisa da alpino con in mano il fucile. La statua avrà come piedestallo un masso delle nostre montagne, in parte grezzo e in parte levigato. Nella parte levigata ci saranno i nomi dei morti scritti in lettere di bronzo, e sotto ai nomi ci sarà la dedica: Rocca di Sasso ai suoi figli caduti in guerra».

I reduci si guardano e guardano il maestro; non sembrano convinti. «Perché in divisa da alpino e non da fante? – chiede uno. – Io e tanti altri, eravamo in fanteria».

«Mai visti monumenti del genere nelle nostre valli, – dice un altro. – Queste opere si trovano nelle città e servono per distinguere le piazze l'una dall'altra. Noi di piazze ne abbiamo una sola, e se vogliamo dedicarla ai caduti basta che ci mettiamo una targa».

«Io ho una proposta migliore, – dice Tommasino Baloss e tutti si voltano dalla sua parte. – Una proposta che può mettere tutti d'accordo: alpini, fanti, bersaglieri, artiglieri eccetera».

Intorno al tavolo si fa di nuovo silenzio e Tommasino si rivolge al maestro. «Un monumento come quello che ci hai descritto, – gli dice, – costerebbe un mucchio di soldi, e per tenere viva la memoria dei morti servirebbe a poco. Nelle città di pianura, ci sono statue in tutte le piazze e nessuno le guarda».

«Sto aspettando di sentire la tua proposta», gli risponde il maestro. Si guarda intorno e sorride:

«Sono tutt'orecchie».

«I monumenti, da noi, sono le chiese, – dice il Baloss. – Per chi crede in Dio e anche per chi, come me, ci crede poco. La mia proposta, – si rivolge a Ansimino, – è di fare come avete fatto voi della mobilitazione generale. Una chiesa all'ingresso del paese, dall'altra parte della strada e grande il doppio della vostra, perché questa dovrà essere la chiesa della vittoria e la chiesa di tutti. Sopra l'ingresso metterei la scritta: Partiti trentanove, ritornati quindici...»

Intorno al tavolo, adesso, si sentono dei mormorii di approvazione: «Tommasino ha ragione. È una buona idea».

«Chi entrerà nella nostra chiesa, – dice Tommasino Baloss, – ci troverà dentro qualcosa: una pittura o quello che vorrete voi, per celebrare la vittoria. Ma ci troverà anche una lapide con i nomi dei morti e, se sarà possibile, con le fotografie di ciascuno...»

«Sí, sí, – dicono molte voci. – Facciamo una chiesa, di fianco a quella della Beata Vergine del Soccorso. Dall'altra parte della strada».

«La chiesa della vittoria».

«La chiesa dei reduci!»

Capitolo diciottesimo
Le due chiese

Dopo otto mesi dalla fine della guerra le chiese fuori Rocca di Sasso sono due, una da una parte e una dall'altra rispetto alla strada che porta in paese. È un giorno sereno: una di quelle domeniche d'estate in cui anche le montagne sembrano partecipare alla festa degli uomini, e il cielo sopra il Corno Rosso e la Pianaccia è blu senza nemmeno una nuvola. Le campane di san Cristoforo (i «tolún») hanno suonato a distesa, in lungo e in largo fino dalle prime ore del mattino, per annunciare un avvenimento straordinario: l'arrivo del vescovo! Che è venuto, dicono i fedeli, in automobile con il suo segretario personale e il suo autista, appositamente per consacrare la nuova chiesa.
La chiesa dei reduci.
Rocca di Sasso è in festa. (Ma le malelingue, che nelle valli intorno al Macigno Bianco non sono mai mancate, dicono che la presenza del vescovo, annunciata e rimasta in forse fino all'ultimo giorno, è dovuta a un'altra circostanza. Dicono che la chiesa dei reduci non era pronta per essere consacrata, e che si è voluto anticipare la cerimonia in forma solenne, per coprire e per chiudere uno scandalo: quello del viceparroco don Franco, di cui si parla, nella valle, da piú di un mese e di cui si sono occupati perfino i giornali).
Sono le undici del mattino e il vescovo è dentro alla chiesa parrocchiale, intento a celebrare la Messa «grande». Fuori, in piazza, ci sono piú di cento persone che lo stanno aspettando, per unirsi alla processione e per seguir-

lo quando uscirà accompagnato dai preti e da tutto il popolo dei fedeli e andrà a benedire la nuova chiesa. Molte di quelle persone, sia donne che uomini, indossano i costumi tradizionali (i «vistí d'la festa») della valle Minore e delle altre valli che circondano il Macigno Bianco, con le loro fogge caratteristiche e i loro colori.

Ci sono le autorità civili, rappresentate da una mezza dozzina di sindaci e da due deputati al parlamento nazionale.

C'è la banda musicale della valle Maggiore.

Ci sono un generale e due colonnelli, in rappresentanza dell'esercito.

Ci sono i carabinieri in alta uniforme.

Ci sono i corrispondenti dei giornali locali e due fotografi.

Ci sono i reduci di Rocca di Sasso e degli altri paesi della valle Minore.

Tutti aspettano il vescovo; e noi, come già ci è capitato di fare in altre circostanze, approfitteremo di questa pausa nel racconto per parlare di alcune cose che sono successe a Rocca di Sasso dopo la cena dei reduci, e per visitare la nuova chiesa. Che è stata costruita secondo un progetto del quasi-geometra Tommasino Baloss ed è dedicata alla Madonna Incoronata, «regina di tutte le vittorie». Qualcuno, in paese, dice che è storta (effettivamente pende un po' verso destra) e che, vista da fuori, assomiglia a una «casera», cioè a un cascinale, piú che a un luogo di culto: ma si sa che, a costruire qualcosa, si va sempre incontro alle critiche. È grande il doppio dell'altra e, a differenza dell'altra che è rivolta verso la valle e verso il mondo, è orientata in senso contrario, verso le case del paese e verso la piazza. Sulla sua facciata, in alto, c'è la dedica:

«Alla Madonna Incoronata Di Tutte Le Vittorie».

E poi sotto, in caratteri piú piccoli, si legge:

«Partiti Trentanove. Ritornati Quindici».

La prima cosa che salta all'occhio, guardando la chiesa

dei reduci, è che chi l'ha costruita voleva creare un contrasto con l'altra chiesa, quella della Beata Vergine del Soccorso. Il risultato però è andato contro le intenzioni del progettista, perché la chiesa grande e la chiesa piccola non si contrappongono ma si integrano in un unico complesso: quello, appunto, delle «due chiese» che danno il titolo alla nostra storia. Per chi arriva a Rocca di Sasso venendo da Pianebasse e dai tornanti della Madonna del Trasü, i due edifici costituiscono un passaggio obbligato e sono destinati, possiamo dirlo fin d'ora, a diventare il simbolo del paese e la sua principale caratteristica. Chi, negli anni a venire, non ricorderà il nome di Rocca di Sasso, dirà:
«Quel paese: l'ultimo della valle, che ha un ingresso con due chiese, quella dei richiamati in guerra e quella dei reduci...»
Un'altra cosa che possiamo e anzi dobbiamo dire già in questa premessa, è che col tempo si formerà una leggenda, a proposito delle nostre chiese, per cui la chiesa rivolta all'esterno: la piú piccola, sarebbe stata costruita in economia, dai trentanove partiti per la guerra. Mentre l'altra che guarda verso il paese: quella grande, testimonierebbe la generosità dei quindici superstiti. Come se i trentanove fossero partiti tutti insieme, e non essendo ancora consapevoli dei pericoli a cui andavano incontro, avessero lesinato soldi e sforzi per realizzare il loro voto. Mentre i quindici sopravvissuti si sarebbero comportati in modo adeguato all'enormità della grazia che gli era stata concessa, di rimanere vivi, costruendo un edificio grande il doppio dell'altro: una vera chiesa!
Pur non corrispondendo alla verità, come si è detto, la leggenda delle due chiese prenderà corpo negli anni della nostra storia, fino a essere considerata piú vera del vero. Cosí, a volte, le favole si sovrappongono alla realtà e finiscono per sostituirla. Ma, ora che abbiamo accennato al futuro delle nostre due chiese, dobbiamo tornare a occuparci di quella che sta per essere consacrata.

Della chiesa dei reduci.

Dobbiamo dire che alla sua costruzione ha partecipato tutto il paese: oltre, naturalmente, agli stessi reduci. Perciò si è potuta fare in cosí poco tempo. Dopo la fine della guerra, a Rocca di Sasso tutti si sentivano sopravvissuti a qualcosa, e tutti sentivano il bisogno di costruire qualcosa che testimoniasse la loro gioia di essere vivi. Chi non era scampato alla morte nelle trincee aveva temuto di soccombere al contagio della nuova peste, chiamata «spagnola», e aveva dovuto affrontare i pericoli e le fatiche del lavoro in montagna mentre gli uomini del paese erano tutti al fronte. Molti avevano perso in guerra un congiunto, e si erano dovuti adattare alla nuova situazione. C'è stata una gara di solidarietà, per la nuova chiesa, come non se ne erano viste in passato. In un modo o nell'altro, tutti hanno contribuito alla sua costruzione. Perfino i bambini hanno rotto i loro salvadanai e hanno sacrificato i loro risparmi. Nonostante questo...

Nonostante questo, nel momento in cui noi ci entriamo e ci guardiamo attorno, la chiesa dei reduci non è ancora finita. Manca la grande lapide di marmo che nel progetto del quasi-geometra Tommasino Baloss doveva occupare un'intera parete e doveva portare incisi i nomi dei ventiquattro caduti, con le date di nascita e di morte e addirittura con le fotografie di ciascuno. Quando è stato interpellato il marmista a Roccapiana, si è scoperto che le lapidi avrebbero dovuto essere due, una a destra e una a sinistra dell'ingresso: per una questione pratica, di misure («Dodici nomi per lapide») e anche per una questione estetica, di simmetrie. E poi, si è scoperto che la faccenda non soltanto era piú complicata del previsto, ma era anche molto piú costosa. «Una chiesa, – aveva detto il marmista, – non è una macelleria. Il marmo bianco con le venature nere può andar bene, ma bisogna chiuderlo dentro una cornice di un altro colore. E, trattandosi di caduti in guerra, bisogna mettere in cima a ogni lapide un medaglione di bronzo, con la corona d'alloro o con un'altra immagine simbolica. Ce ne sono in commercio di già pronti, e si può scegliere il soggetto che si preferisce».

Mancano i nomi dei caduti, e mancano le pitture. La chiesa dell'Incoronata è vuota e spoglia perché ancora non si sono trovati, e non si troveranno nemmeno in futuro, i soldi per fare a regola d'arte le due lapidi; e perché la trattativa dei reduci con il maestro pittore Gianin Panpôs non è andata in porto. Anche se, in apparenza, era incominciata bene. I reduci si erano rivolti al maestro nel piú rispettoso dei modi, per chiedergli di dipingere l'abside della loro chiesa come già aveva dipinto il muro dietro all'altare della chiesa a fianco; e lui aveva accettato l'incarico.

Come è potuto succedere che poi non si sia fatto niente?

Le risposte che si danno in paese a questa domanda sono tre, e spiegano la lite tra i reduci e il maestro in tre modi diversi. Secondo il primo racconto, all'origine di tutte le incomprensioni c'è una questione di soldi. Il maestro Panpôs, dicono le comari, quando gli è stato proposto di affrescare l'abside della nuova chiesa, è venuto a Rocca di Sasso. Ha misurato l'altezza e la circonferenza dell'abside; ha fatto dei calcoli, e alla fine ha chiesto una cifra che ai reduci di guerra è sembrata improponibile. Una cifra assurda! Qualcuno, allora, ha commesso l'errore di chiamare il maestro con il suo secondo soprannome: «Conquibus». Lui si è offeso; ha dato dell'ignorante all'interlocutore e a tutti gli abitanti della valle Minore. Se ne è andato, sfidandoli:

«Fatevelo da soli, il vostro affresco!»

Nel secondo racconto, invece, e nella seconda spiegazione della lite, ci sono un appuntamento mancato e un equivoco. (Reso piú grave dalla permalosità del maestro). Stando a quest'altra versione dei fatti, dopo l'arrabbiatura del soprannominato Conquibus e dopo la sua disputa con gli ignoranti, la trattativa sarebbe ripresa grazie al parroco don Muscolo che avrebbe fatto da paciere, e si sarebbe raggiunto l'accordo per un affresco piú piccolo. («Un'abside, – aveva brontolato il maestro, – è un lavoro grosso. La pittura non è polenta»). Un pezzetto di muro era stato lasciato senza intonaco, ma Gianin Panpôs non era venuto a dipingerlo nel giorno stabilito e qualcuno, per sbaglio, aveva finito di mettere l'intonaco. Quando poi il maestro era tornato in paese per l'affresco, c'era stata una nuova lite con i reduci: perché l'intonaco, sí, era stato rifatto, ma le misure non erano piú quelle dell'accordo. Il maestro era andato su tutte le furie. Aveva detto:

«Io non lavoro per chi ha cercato di imbrogliarmi!»

Il terzo racconto, infine, è la somma dei due racconti precedenti e tiene conto, oltre che del brutto carattere del pittore, anche della sua gelosia per la figlia. Gianin Panpôs, secondo quest'ultima spiegazione dei fatti, ha saputo da Artemisia che lei e Ansimino progettano di sposarsi proprio in quella chiesa, della Madonna Incoronata e dei reduci: e non è riuscito a nascondere il suo disappunto. Ha detto che nelle nostre valli, «da che mondo è mondo», i matrimoni si fanno nel paese della donna e non in quello dell'uomo. In realtà, spiegano le comari, ciò che gli dà fastidio è che sua figlia si sposi; e da quel vecchio bisbetico che è, ha preso in uggia, oltre al fidanzato, anche la chiesa dove dovrà svolgersi la cerimonia. Perciò ha chiesto una cifra esagerata per il suo lavoro e poi anche ha accusato i reduci di averlo voluto imbrogliare, facendo andare a monte tutta la trattativa.

Perché lui, la chiesa dell'Incoronata, non vuole affrescarla!

Ma torniamo al giorno della consacrazione. A questa mattina limpida d'estate in cui anche le montagne sembrano essere in festa, e tutti i preti delle valli intorno al Macigno Bianco sono riuniti nella chiesa parrocchiale di san Cristoforo, insieme a sua eccellenza monsignor vescovo. Tutti meno uno: il viceparroco di Rocca di Sasso. Quel don Franco che noi abbiamo intravvisto, anzi abbiamo avuto soltanto occasione di nominare durante la cerimonia religiosa che ha preceduto la cena dei reduci, a febbraio: quando il viceparroco era appena arrivato. Da allora, sono trascorsi soltanto pochi mesi e però è accaduto qualcosa di abbastanza grave da costringere don Franco a scappare di notte, come un ladro, e da indurre sua eccellenza a venire quassú, dove i vescovi non si vedevano da decenni, per inaugurare una chiesuola di sassi, senza nemmeno una pittura e senza niente dentro. È lui, secondo le malelingue: il prete dello scandalo, il vero protagonista di questo giorno di festa. Ed è a lui che pensano le persone radunate in piazza, mentre aspettano che il vescovo esca in processione solenne (in «pompa magna») per andare nella chiesa dei reduci. È di lui che noi, ora, dobbiamo occuparci, prima di assistere alla cerimonia della consacrazione e di ascoltare la predica del vescovo.

Dobbiamo parlare del prete dello scandalo. Di don Franco.

Don Franco arriva a Rocca di Sasso all'inizio dell'anno, mandato da sua eccellenza per aiutare don Filippo nella cura delle anime che gli sono state affidate e per occuparsi in modo specifico dei ragazzi. È un preticello giovane e apparentemente innocuo; le sue uniche caratteristiche sono il pallore del viso, gli occhi sporgenti e i capelli rossi, che fanno dire alle donne anziane: «Cavèi rus, catif da cugnús». (Sotto i capelli rossi c'è sempre una persona malvagia). La malvagità di don Franco, però, all'inizio stenta a manifestarsi anzi sembra essere il suo esatto contrario, cioè bontà e disponibilità nei confronti degli altri. Soprattutto, desta ammirazione l'entusiasmo del nuovo prete per i bambini. Li va a cercare nelle loro case, a uno a uno, o li aspetta all'uscita della scuola per aiutarli a fare i compiti. Gli organizza le gare di corsa e quelle di pallone nel prato dietro al cimitero, gli insegna il catechismo e le vite dei santi e si occupa anche dell'educazione specifica delle femmine: che imparano l'arte del cucito dalla signorina Elisabetta detta Gugia e quella della cucina dalla signorina Carlotta, figlia del proprietario dell'albergo. Tutti i giorni feriali dopo la scuola, e anche alla domenica, i bambini di Rocca di Sasso sono in compagnia del viceparroco, affidati alle sue cure; e i genitori ne sono contenti. Dicono: «Ci voleva proprio, in paese, un prete giovane, che si occupasse dei nostri ragazzi!»

Particolarmente soddisfatta è la signora Giovanna, vedova di Carlo Calandron e madre di un ragazzino di dieci anni, il piccolo Giacomo. Don Franco, dice la signora Giovanna, ha un affetto speciale per mio figlio e non solo lo aiuta a fare i compiti, non solo gli insegna a «servire Messa», ma se lo tiene sempre vicino e gli spiega una quantità di cose che gli saranno utili nella vita:

«Quel ragazzo mi stava crescendo senza il padre, e don Franco gli fa da padre. È davvero un sant'uomo!»

Poi, però, tra la gente del paese incominciano a farsi strada i primi dubbi. Certi comportamenti del viceparroco appaiono strani o comunque eccessivi. Per esempio, appare strano che lui senta continuamente il bisogno di toccare i bambini, di abbracciarli, e insomma di manifestare nei loro confronti un affetto, come dire?, fisico. Appare strano che costringa i ragazzi dell'oratorio ad appartarsi con lui per dei quarti d'ora, per confessare dei peccati che a quell'età si dovrebbero ascoltare e assolvere in una manciata di secondi, al massimo in un paio di minuti. Un primo scandalo, messo subito a tacere, è quello di Clara, una bambina di nove anni ma già grandicella, che racconta alle compagne una strana storia. Dice che mentre le parlava stando dietro la tenda del confessionale, don Franco le ha tirato un braccio di là dalla tenda e le ha messo in mano una cosa strana, calda e grossa. Abbastanza grossa, dice la bambina, perché le sue dita, stringendola, non arrivassero a incontrarsi. Dopo un attimo di sorpresa lei ha ritirato la mano, e si è accorta che era bagnata. La storia di Clara arriva all'orecchio di alcune persone adulte, tra cui una zia e una nonna della ragazza, che la sgridano e la prendono a sberle. Dovrebbe vergognarsi, le dicono, di inventare quel genere di favole e di andare in giro a raccontarle; ma, soprattutto, dovrebbe vergognarsi di parlare male dei preti. I preti, anche quelli che sembrano piú insignificanti, sono delle persone meravigliose: degli eroi, che dedicano la loro vita al servizio degli altri e che non potrebbero fare delle cose cattive, nemmeno se volessero! Chi parla male di loro va all'inferno: ed è lí che finirà anche lei, Clara, se non si pentirà e se non confesserà di avere mentito.

Le voci, però, continuano a circolare e anzi si moltiplicano. In paese si formano due partiti. Una Iolanda, rimasta vedova a causa della spagnola, dice che i preti si sono sempre comportati con i bambini in quel modo, con quell'affetto che a qualcuno può anche sembrare eccessivo, e che si tratta di un fatto normale. «Il vecchio parroco don Ignazio, che Dio l'abbia in gloria, quando io ero una bambina aveva preso l'abitudine di infilarmi la mano sotto le gonne. Questo però non mi ha impedito, quando sono diventata grande, di sposarmi in chiesa con l'abito bianco e di avere tre figli».

«Anche i preti sono uomini, che diamine! Non vivono mica sulla luna. E qualcosa devono concedere alla loro natura e alla nostra, visto che non possono sposarsi».

Non tutte le donne del paese, però, sono del suo stesso parere. Lo scandalo scoppia quando la madre del piccolo Giacomo, la signora Giovanna, si accorge che suo figlio è piú pensieroso del solito. Mangia poco; non gioca con i compagni. Dopo avere interpellato il dottor Barozzi, che le parla di «età evolutiva», e dopo avere costretto Giacomo a mangiare una minestra d'aglio per scacciare i vermi, una sera la signora Giovanna mette suo figlio alle strette: cosa gli è successo? La mattina del giorno successivo è in municipio, nell'ufficio del cavalier Ugo Zoppetti facente funzioni di sindaco, che strilla come una forsennata. Quel maiale, grida, ha rovinato mio figlio! Quel maiale dovrà pagare per quello che ha fatto! Quel maiale non può continuare a fare il prete!

«Signora, si calmi, – le dice il cavalier Zoppetti che è corso a chiudere la porta. – Abbiamo telefonato ai carabinieri. Tra poco il maresciallo sarà qui, e lei potrà fare la sua denuncia. Se c'è stato un reato, e se si potrà accertarlo, si procederà a termini di legge: ma lo scandalo, mi creda, non serve a nessuno. Soprattutto, non serve a suo figlio...»

Arrivano i regi carabinieri. Sono il maresciallo Santo Cannella (soprannominato, dagli spiritosi, Vin Brûlé, perché la cannella è un ingrediente di quella bevanda), che ha sostituito da pochi mesi il maresciallo Esposito andato in pensione; e il carabiniere semplice Vincenzo soprannominato Penna d'Asino, che è lo specialista dei verbali e delle denunce.

Vengono ascoltate, separatamente e con tutte le cautele del caso, le due controparti: il viceparroco don Franco e il piccolo Giacomo. Il giorno successivo, a Rocca di Sasso arriva un tale con la cravatta a fiocco e una matita nel taschino, che va attorno a fare domande.

Va in municipio, va all'emporio, va all'osteria.

Parla con i bambini che escono da scuola e con la serva del parroco, la perpetua Adelina.

Le comari dicono che è un giornalista.

Passa un giorno e nella pagina locale di un giornale, che è il piú venduto e il piú letto nelle nostre valli, compare un titolo su tre colonne: «Scandalo in parrocchia».

Passano due giorni e scompare don Franco. Le solite persone bene informate dicono che se ne è andato di notte, in bicicletta o addirittura a piedi, dopo una sfuriata del parroco don Muscolo che, secondo la testimonianza della perpetua, gli avrebbe anche dato un ceffone.

Mentre lo scandalo del viceparroco si arricchisce ogni giorno di nuove testimonianze e di nuovi dettagli, si incomincia a sentir parlare, in paese, della cerimonia di consacrazione della chiesa dei reduci. Quella cerimonia era stata prevista per l'autunno, nell'anniversario della vittoria; ma le persone bene informate dicono che forse, anzi probabilmente, sarà anticipata a causa di un evento straordinario:

«Viene il vescovo!»

Passano alcune settimane. Una domenica di luglio, tutte le finestre di tutte le case di Rocca di Sasso espongono drappi, lenzuoli o stoffe colorate. Le campane di san Cristoforo suonano a distesa. Dalla chiesa parrocchiale, gremita come nemmeno i vecchi ricordano di averla mai vista, esce una processione guidata dal vescovo e dagli altri preti della valle, che va verso la chiesa della Madonna Incoronata. La chiesa dei reduci:

«Partiti Trentanove. Ritornati Quindici».

I fedeli cantano, i preti cantano. Il vescovo procede a passi lenti e solenni, appoggiandosi al bastone pastorale; è vestito con i paramenti dorati e porta in testa la mitria. Guarda il mondo con severità attraverso gli occhiali da miope. È un uomo alto e ossuto, dal profilo tagliente.

Non canta.

In chiesa, don Muscolo gli porge un'acquasantiera d'argento e lui benedice i muri intorno all'altare: i nudi intonaci, che rendono testimonianza della lite tra gli abitanti di Rocca di Sasso (gli «ignoranti») e il maestro pittore Gianin Panpôs. Poi il vescovo incomincia a parlare. Loda i reduci per avere costruito una nuova chiesa, e per averla dedicata alla regina di tutte le vittorie cioè alla Madonna. Rivolge un pensiero ai caduti in guerra: «Ai nostri eroi, che adesso sono in cielo nella gloria del Padre e che verranno ricordati in questo santuario, dove chi entrerà potrà leggere i loro nomi scritti su una lapide».

(Speranza vana. La lapide, anzi: le lapidi, non verranno mai poste).

Dopo una pausa, il vescovo continua la sua predica. «La memoria del passato, – dice, – è ciò che ci dà forza. I gran-

di esempi sono tutti lí. Ma il nostro impegno di ogni giorno deve essere rivolto al futuro». A quel futuro, che è rappresentato dai giovani, anzi dai bambini:
«È ai nostri figli e ai nostri fratelli piú piccoli, – grida il vescovo, – che si riferisce Gesú nei Vangeli, quando dice: se non diventerete come loro, non entrerete nel regno dei cieli!»
Le comari si toccano con i gomiti. Bisbigliano: «Sta per parlare di don Franco».
Il silenzio, in chiesa, è assoluto e la voce del vescovo si fa minacciosa, i suoi occhi scintillano dietro le lenti: «Chi scandalizza anche uno solo di questi piccoli che credono in me, dice Gesú, sarebbe meglio per lui che gli fosse appesa al collo una macina di pietra, e che fosse gettato negli abissi del mare».
Il pretino dai capelli rossi sprofonda nell'abisso, trascinato da un'enorme pietra rotonda. Il vescovo grida:
«È necessario che avvengano gli scandali, ma guai all'uomo che li provoca!»
La mattina del giorno successivo, lunedí. Monsignor vescovo è ritornato nel suo palazzo in città e la signora Giovanna bussa alla porta del sindaco perché, dice, vuole ritirare la denuncia contro la parrocchia e contro don Franco. Il cavalier Zoppetti la guarda stupito e lei gli spiega che sí, insomma, c'è stato un intervento del vescovo. Che, attraverso il suo segretario, il vescovo in persona ha voluto informarsi della salute di suo figlio e le ha offerto per Giacomo un posto di convittore: un posto gratuito, nel seminario vescovile di Roccapiana. A patto, s'intende, che la denuncia venga ritirata.
«Se poi il ragazzo sentirà la vocazione a diventare prete, – le ha detto il segretario del vescovo, – potrà proseguire negli studi fino a raggiungere quel traguardo, che è il massimo a cui può aspirare un uomo. Se no, avrà fatto comunque le scuole medie...»

Capitolo diciannovesimo
L'elezione del sindaco

Dopo undici mesi dalla fine della guerra, ci sono delle novità a Rocca di Sasso e nella valle del fiume Minore. Piccole novità: cose che non cambiano il mondo e non cambiano nemmeno il corso della nostra storia. Chi legge per sapere «come va a finire» può saltare per intero questo capitolo o comunque può saltare le sue prime pagine, fino all'elezione del nuovo sindaco.

La prima novità è che le stagioni non si comportano piú come dovrebbero e che, a giudizio degli anziani, «non sono piú quelle di una volta».

«Si era mai vista, – dicono gli anziani, – una primavera come quella di quest'anno, con la neve e il ghiaccio che ritornano dopo che gli alberi sono già fioriti? E poi, si era mai vista un'estate con tanti giorni di pioggia e i fiumi in piena, da dover fare la novena a san Cristoforo per chiedergli di proteggerci dalle alluvioni?»

«Se piove e fa già freddo durante l'estate, cosa dovremo aspettarci dagli autunni?»

«E dagli inverni?»

Questi, dunque, sono i discorsi che si fanno dopo undici mesi, in piazza mentre si aspetta l'arrivo della corriera, nei giorni quando non piove. Quando piove, gli stessi discorsi si fanno all'Osteria del Ponte: dove sono comparse dietro al bancone (altra novità) le fotografie ingrandite e messe sotto vetro di Pirin, il figlio morto in guerra dell'oste, e della signora Giuseppa, madre di Pirin e donna barbuta della valle. L'oste del Ponte, Alessandro detto il

Manina, ogni tanto le stacca dal muro e, dopo averci alitato sopra, strofina i vetri con il grembiule. Si commuove. Del figlio morto in guerra dice, con un tono di voce che non ammette repliche:

«È il nostro eroe».

Si chiede: «Come potrà sdebitarsi, la patria, con chi ha sacrificato la vita per difenderla?»

Della moglie morta di spagnola dice: «La mia Giuseppa è una santa. Sissignore. Anche se i preti fanno santo soltanto chi ha avuto a che fare con loro e con la loro Chiesa. I piú grandi santi non sono quelli del calendario. Sono quelli che vivono con noi e fanno le stesse cose che facciamo noi, ma le fanno, appunto, da santi. Come la mia Giuseppa: una donna unica».

C'è, a Rocca di Sasso, un nuovo medico condotto. Il dottor Barozzi soprannominato Lavatif («clistere») se ne è andato durante l'estate, accompagnato da molte benedizioni e da qualche lacrima. La sua casa, cioè la «casa del dottore» di proprietà del municipio, è stata imbiancata da cima a fondo, dentro e fuori, e poi è arrivato il nuovo ufficiale sanitario che ha fatto mettere sulla porta una targa d'ottone, lucidissima, con il suo nome e la sua qualifica professionale:

«Dott. Alfredo Orioli. Medico chirurgo».

Il dottor Orioli, che per qualche giorno o addirittura per qualche settimana è stato il principale argomento di conversazione per gli abitanti della nostra valle, è un uomo fra i trentacinque e i quarant'anni, con il farfallino al posto della cravatta e gli occhiali da vista dalla montatura di metallo, che gli danno un aspetto serio e autorevole. Vive insieme alla madre, una signora anziana con i capelli bianchi colorati d'azzurro; e, già dopo poche settimane dal suo arrivo, ha ricevuto il battesimo di due soprannomi. Il soprannome piú importante è dottor Sintomo: perché, a differenza del dottor Barozzi che visitava i suoi assistiti per strada e prescriveva tisane e clisteri a tutti, il nuovo medico visita soltanto nel suo studio, che lui chiama «ambulatorio»; e, dopo avere fatto sdraiare il paziente, per prima cosa gli chiede «i sintomi». È un uomo pieno di scrupoli e di dubbi e ossessionato dai sintomi. Studia e medita su tutto ciò che gli viene detto e poi anche lo scrive e lo riscrive. Compila uno o due fogli per ogni ammalato. Dice a tutti:

«Ci vorrà almeno un'altra visita per stabilire la cura. Torna la settimana prossima».

(Come il suo predecessore, anche il dottor Orioli tratta tutti i pazienti con il «tu», e soltanto al parroco e al sindaco dà del «voi»).

Il secondo soprannome: Panporcin cioè «ciclamino», si riferisce all'aspetto del dottore, che ha la testa e il collo piegati in avanti come i fiorellini del ciclamino. (Una pianta molto comune tra le nostre montagne e anche sui davanzali delle case, dove viene coltivata in certe fioriere che si vedono soltanto qui, fatte con rami di nocciolo e muschio).

Per merito del dottor Orioli: il dottor Sintomo, Rocca di Sasso e la valle del fiume Minore per la prima volta da quando esistono hanno un presidio medico-chirurgico attrezzato per il pronto soccorso con i bollitori di siringhe, le pinze emostatiche e gli aghi per ricucire le ferite sempre pronti per l'uso. Nell'ambulatorio del nuovo medico, dicono le comari: e mentre parlano spalancano gli occhi e alzano le mani al cielo in segno di meraviglia ma anche di paura, c'è un moderno trapano a pedale da dentista e ci sono anche tanti altri apparecchi, che fanno spavento già soltanto con i nomi. (Un laringoscopio, un oftalmoscopio, un plessigrafo, un termocauterio...) C'è un arnese che serve a misurare il cranio, e c'è una bilancia su cui il dottor Orioli fa salire per pesarli tutti quelli che entrano nel suo studio, anche se hanno soltanto un po' di tosse. Gli abitanti della valle sono preoccupati. Molti rimpiangono le tisane e i lavativi del dottor Barozzi: «Che, forse, servi-

vano a poco, ma non facevano nemmeno troppi danni».
Dicono, del nuovo dottore:
«Questo si è messo in testa di curarci davvero. E se poi sbaglia?»
«Io, delle medicine moderne, non mi fido. Preferisco le erbe e le polveri dell'Armittu».

Le medicine moderne del dottor Orioli sono in bella mostra nella sua anticamera, dentro un armadio di vetro chiuso a chiave. Ci sono scatole e scatolette colorate che contengono flaconi, fiale, capsule, supposte e chissà che altro. Il dottore a volte le regala e a volte se le fa pagare. «Questo, – dice: tenendo una scatola tra le dita e mostrandola, – è un campione gratuito che mi è stato dato da un rappresentante di medicinali, e posso regalartelo. Questa invece è una confezione in commercio a prezzo fisso, e anch'io ho dovuto comprarla».

Seguono, minuziose, le prescrizioni:
«Due volte al dí prima dei pasti. La sera prima di coricarsi», e cosí via. A volte, anche, ci sono le raccomandazioni. Per esempio:
«Le supposte bisogna metterle dietro». (Segue il gesto). «Bisogna metterle lí. Non fare come il tuo vicino di casa che se le è mangiate».

C'è, in paese, un nuovo viceparroco: un certo don Carlo, che ha preso il posto del prete dello scandalo e che si occupa come lui dei ragazzi. La sua principale caratteristica è che fa tutto di corsa e che vive in uno stato di perenne agitazione. Gesticola e parla anche quando è solo; cambia continuamente le espressioni del viso e alza la voce senza che ce ne sia necessità. A vederlo, sembra un po' matto: ma, dice don Muscolo a chi gli esprime quel genere di dubbi, è un ottimo sacerdote e io con lui mi sento tranquillo, perché non farà mai le cose che faceva il suo predecessore. La domenica e nei giorni festivi, il nuovo prete tiene in movimento i bambini fino a sera, quando cadono addormentati prima ancora di mettersi a letto. Li fa giocare col pallone, gli organizza gare di corsa o di salti in alto e in lungo, tornei di giochi di biglie e tante altre cose, a cui partecipa lui per primo. Anche nei giorni feriali: li aiuta a studiare e a fare i compiti tenendoli sempre in movimento e muovendosi con loro. Li prende a scappellotti, li rincorre, gli tira le orecchie, sale in piedi sulle sedie, grida insieme a loro le parole delle poesie che devono imparare a memoria, finché le hanno imparate. Don Muscolo ne parla con ammirazione. «Un prete cosí, – dice, – lo vorrebbero in qualsiasi parrocchia, anche in città. Siamo stati fortunati ad averlo con noi».

Le Messe del nuovo viceparroco, tutte le mattine alle sette, sono le piú veloci che si ricordino nella valle. Chi si è preso la briga di cronometrarle dice che durano dodici minuti esatti senza predica; diciassette minuti (scarsi) con la predica. Le beghine che ogni giorno vanno alla prima Messa, quando parlano di don Carlo scuotono la testa. Dicono:

«È fatto cosí, bisogna avere pazienza. È folarmà». (Parola intraducibile, che indica le persone ansiose e sempre in movimento).

«Gna neghi drè». (Bisogna corrergli dietro).

Tornano a vedersi, con l'estate, i «villeggianti», che già c'erano prima della guerra ma che adesso sono cresciuti di numero e si incontrano un po' dappertutto. Sono coppie di anziani o famiglie composte da un padre, una madre e un paio (in media) di figli. Affittano una o due stanze nelle case di pietra dei nativi; i piú ricchi alloggiano all'Albergo Pensione Alpi, dove gli vengono serviti la prima colazione, il pranzo e la cena. Gli anziani passano il tempo sulle panchine (un'altra novità!) che ci sono in piazza, leggendo il giornale, sbadigliando e raccontandosi a vicenda le loro noiosissime vite, o le vite dei loro congiunti. Le donne fanno golfini, guanti e calzini di lana per l'inverno; gli uomini vanno nei boschi a cercare funghi e ogni tanto si fanno morsicare da una vipera, oppure cadono in un dirupo.

Tutti si annoiano e sono felici di annoiarsi perché, dicono, soltanto annoiandosi ci si riposa davvero. Quando parlano con i nativi gli domandano:

«Come fate a vivere tutto l'anno in questi posti dove non c'è niente da fare? Vi annoiate?»

I montanari li guardano sbalorditi. Gli rispondono: «Nemmeno per sogno! Non possiamo annoiarci perché non ne abbiamo il tempo».

«Tra una faccenda e l'altra, avremmo bisogno che le giornate fossero lunghe il doppio. Soprattutto d'estate».

Una sera, all'Osteria del Ponte, arriva una notizia che lascia tutti di sasso. Uno dei reduci della guerra, un certo Oreste di cui non ci siamo occupati in passato e non ci occuperemo nemmeno ora, se non per dire che fa il rappresentante di commercio ed è sempre in viaggio, racconta che in un paese di una valle dall'altra parte del Macigno Bianco gli è capitato di vedere dei manifesti che davano il benvenuto «al nuovo parroco». Ha chiesto informazioni in piazza, cosí per discorrere, e gli è stato risposto che finalmente era arrivato in paese un nuovo prete, per sostituire il parroco defunto. Un prete giovane. Un certo... don Franco!

Nell'Osteria del Ponte si fa silenzio. Dietro al bancone delle mescite, l'oste Alessandro Manina chiude il rubinetto dell'acqua e interrompe il lavaggio dei bicchieri. Oreste continua il suo racconto. Dice di avere chiesto:

«Un uomo alto piú o meno cosí, con i capelli rossi?»

«Sí, – si è sentito rispondere. – Lo conosci? Da domenica scorsa è il nostro parroco. I bambini ne sono entusiasti, e anche noi siamo contenti».

Oreste, però, non vuole ancora credere che quel prete: quel don Franco, sia il don Franco dello scandalo a Rocca di Sasso. Dice: «Ho pensato le stesse cose che probabilmente state pensando voi in questo momento. Mi è tornata alla memoria la predica del vescovo che abbiamo ascoltato tutti, in paese, e che sembrava annunciare chissà quali

castighi. Sono andato a fare un giro intorno alla canonica. Dietro a una finestra socchiusa ho visto una testa con i capelli rossicci, e poi ho sentito una voce che mi ha tolto anche l'ultimo dubbio». Il parroco di quel borgo tra le montagne, dice Oreste, è proprio il prete che ha dovuto andarsene dal nostro paese, di nascosto e di notte. È l'uomo a cui don Muscolo ha rifilato un ceffone, e per cui il vescovo, nella chiesa dei reduci, ha gridato:
«Guai a colui per colpa del quale avvengono gli scandali!»
I clienti dell'osteria sono sbalorditi. Il giorno dopo, mentre fanno la spesa alla Mula di Parenzo, anche le comari commentano la notizia:
«Quel maiale, – dicono, – è ancora in circolazione, nonostante il male che ha fatto ai nostri figli e nonostante le cose che sono state dette. Fa ancora il prete!»
«Da viceparroco è diventato parroco. Ha fatto carriera».
«Ma allora, – chiede a se stessa la signora Giovanna: – quel discorso del vescovo, nella predica... La macina di pietra che gli si doveva attaccare al collo, era una promozione?»
Il fattaccio di cui a Rocca di Sasso si parla per tutta l'estate è però un altro, e riguarda i due fratelli gemelli Orio e Servano. Che, come forse si ricorderà, sono gli uomini piú brutti e insignificanti della valle e sono anche gli operai del municipio: aggiustano le strade, tagliano l'erba nei terreni pubblici, seppelliscono i morti.
Servano muore all'inizio dell'estate e Orio non avverte nessuno. Non chiama il medico perché, dirà poi al processo, suo fratello è spirato di notte mentre dormiva, senza essere stato malato e senza nemmeno svegliarsi: «Stava cosí bene, che la sera prima di morire si era bevuto un fiasco di vino e aveva anche giocato a carte». Non chiama il prete perché «Servano non credeva in niente, come me, e non avrebbe voluto essere portato in chiesa». Tiene in casa il cadavere fino al giorno successivo («Volevo essere

sicuro che fosse proprio morto»); poi lo carica su una carriola e va a seppellirlo. «Dopo la chiusura del cimitero. Ho scavato una buca in un angolo dove non avrebbe dato fastidio a nessuno. Ci ho messo dentro mio fratello e gli ho detto: ciao Servano. Cos'altro dovevo fare?»

(Alla domanda del giudice, perché non avesse seppellito il fratello in una vera tomba, l'imputato Orio risponderà:

«Le tombe costano un mucchio di soldi. Io lo so bene, perché ho sempre fatto questo lavoro. Il paltò de legn: la cassa da morto, costa un altro mucchio di soldi. I preti costano e non servono a niente. Anche Servano era del mio stesso parere. Diceva sempre: i soldi si dovrebbero spendere per i vivi, e non per i morti»).

Nessuno segue quello strano funerale e nessuno sa niente. I guai incominciano dopo una settimana, quando il segretario comunale Mancuso, detto Etna, incontrando Orio per strada gli chiede: «Dov'è finito tuo fratello? È da un po' di giorni che non lo vedo piú in giro. Ho bisogno di parlargli».

«È morto e l'ho seppellito», dice Orio: come se si trattasse della cosa piú naturale del mondo. Invece la notizia fa il giro del paese e nelle ore successive succede l'iraddidio. Vengono avvertiti i regi carabinieri, che arrivano con la camionetta. Orio viene incatenato e portato in carcere. Secondo i giornali che si occuperanno del fatto nelle pagine di cronaca, le accuse nei suoi confronti sono sostanzialmente due. La prima e piú grave è quella di avere ammazzato il fratello, come Caino aveva fatto con Abele all'inizio del mondo, e come Romolo aveva fatto con Remo all'epoca della fondazione di Roma. La seconda accusa, un po' meno grave, è di averne nascosto il cadavere: perché? Il corpo di Servano viene tirato su dalla fossa, si può immaginare in quali condizioni («Già era brutto da vivo, – dicono i suoi compaesani: – figuriamoci da morto») e portato all'ospedale di Roccapiana: dove un esperto in questo genere di faccende, dopo averlo esaminato, dice che è morto per cause naturali.

Non c'è stato nessun delitto.

Orio viene rimesso in libertà e incaricato di seppellire suo fratello per la seconda volta, in una tomba autorizzata e con tutta la procedura dei funerali: dal «paltò de legn» fino alla benedizione del prete e alla lapide.

I soldi, gli verranno trattenuti «a rate» dal misero stipendio. Fine della storia.

A settembre, si parla di elezioni. Il mandato del cavalier Zoppetti è scaduto già all'inizio dell'estate, ma i suoi superiori gli hanno chiesto di rimanere in municipio e di continuare a svolgere il suo incarico fino al giorno in cui a Rocca di Sasso si potrà insediare un sindaco eletto dal popolo cioè fino al lunedí dopo le elezioni, fissate per la prima domenica di ottobre.

I candidati alla carica di sindaco sono tre. I loro nomi, e i nomi delle «liste civiche» di cui ogni candidato è il rappresentante, sono affissi nell'albo del municipio. È lí che chi sa leggere può venire a informarsi, e a vedere i simboli delle liste.

Il primo candidato in ordine di presentazione è il maestro Luigi Prandini. La sua lista, rappresentata oltre che da lui dal mutilato Giuliano Mezzasega, «eroe di guerra», ha come simbolo un sole che sorge all'interno di un cerchio. Si intitola: «Per la Patria e per il Rinnovamento».

Il secondo candidato alla carica di sindaco è il proprietario dell'Albergo Pensione Alpi, Umberto Primo: che si presenta a capo di una lista di nove persone, tutte benestanti, tra cui fa spicco il signor Giacomo Mezzasega proprietario della Mula di Parenzo. La sua lista si intitola «Vota san Cristoforo» e ha come simbolo un san Cristoforo stilizzato con in spalla il Bambino.

Il terzo candidato, infine, è il commissario governativo uscente, cavalier Ugo Zoppetti. La sua lista, intitolata «Per Rocca di Sasso», ha come simbolo un fiore: una stella alpina, ed è rappresentata, oltre che da lui, dall'oste Alessandro Manina, dall'opinionista e dietrologo Floriano soprannominato Strologu e dal costruttore di chiese Olindo Spaccarotelle.

Tre candidature, tre programmi, tre diverse maniere di presentarsi agli elettori. Che in quest'epoca, giova ricordarlo, sono solo uomini.

Le donne non votano.

La propaganda elettorale del maestro Prandini è contenuta in una «Lettera agli Elettori» che lui consegna personalmente in ogni casa, e che legge agli analfabeti. Nella prima parte della lettera (con l'immagine del sole stampata in cima al foglio) c'è l'autopresentazione del candidato: l'età, gli studi, i servizi prestati come insegnante nelle scuole pubbliche e quelli prestati come militare nel corpo degli alpini, in tempo di pace e poi anche in tempo di guerra. Qui il maestro vanta i suoi titoli migliori: tenente decorato con medaglia d'argento, eroe di guerra, mutilato della mano sinistra. («E chi ha dato una mano alla patria, – dice il candidato, – saprà anche dedicare tutte le sue energie al benessere e alla felicità dei suoi concittadini»). La seconda parte della lettera riguarda invece i propositi dell'aspirante sindaco. Promesse del tipo «la porta del mio ufficio sarà sempre aperta», che fanno ridere gli elettori («Occhio agli spifferi!»), o che li lasciano perplessi: «Farò erigere, nel centro della piazza, un Monumento ai Caduti. Una statua di bronzo, con un piedestallo di granito delle nostre montagne».

La gente legge e scuote la testa. Dice: «Boh!»

La propaganda elettorale del candidato Umberto Primo è un manifesto che lui fa affiggere, in paese, in tutti gli spazi disponibili. Nel manifesto c'è san Cristoforo con in spalla il Bambino, e sotto al santo c'è la scritta:

«Vota Umberto Tal dei Tali. Vota san Cristoforo».

Unico dei tre aspiranti alla carica di sindaco, il cavalier Ugo Zoppetti non ha fatto stampare niente e, in pratica, non fa niente. A chi lo va a trovare in municipio, dice: «Se ti piacciono le chiacchiere, vota per chi ti pare. Se vuoi atti di buona amministrazione, vota per me».

Per qualche settimana, a Rocca di Sasso, tutti parlano dell'elezione del nuovo sindaco; e il luogo privilegiato di quei discorsi è la piazza. È lí che si rivelano le simpatie dei singoli elettori e che si manifestano i loro dubbi. Ed è lí che si valutano i pro e i contro di ogni candidato. Il favorito nei pronostici è il proprietario dell'albergo, il signor Umberto: sostenuto in cielo da san Cristoforo e in terra dal parroco. Ogni domenica, durante la predica, don Muscolo raccomanda ai fedeli di «votare bene» e di «votare per chi sosterrà i valori della nostra fede e delle nostre tradizioni»; ma, anche tra quelli che lo ascoltano, non tutti sono disposti a seguire i suoi consigli. Umberto Primo, dicono i vecchi che si trovano in piazza ogni mattina per assistere all'arrivo della corriera, e che poi vanno a leggere il giornale all'Osteria del Ponte, è padrone di mezzo paese, oltre che dell'albergo. Ha la tal casa e la tal altra; ha dei terreni che prima o poi vorrà rendere edificabili, e chi ci garantisce che non voglia diventare sindaco per i suoi interessi personali, invece che per quelli della comunità? Perché, si chiedono in molti, anche tra i giovani, dovremmo regalare il paese, con il nostro voto, al partito dei ricchi?

Ci si interroga anche sul cavalier Zoppetti. Ci si chiede per quale motivo il commissario straordinario abbia voluto ricandidarsi a fare il sindaco, invece di tornare in città a godersi, con la pensione, il meritato riposo. Che interessi può avere, a Rocca di Sasso, un uomo che in paese non possiede niente, e non ha nemmeno parenti? Le persone (poche) che hanno qualche familiarità con questo candidato, dicono: «Si è innamorato delle nostre montagne. Vuole comperarsi una casa, e vuole rimanere a vivere qui». E c'è perfino chi dice, abbassando la voce come se stesse per rivelare chissà quale segreto:

«Non si è innamorato soltanto delle montagne». E poi: «Cherchez la femme!»

«Avete presente, – sussurrano le comari, – la Faustina, che ha continuato per anni a chiedere notizie di suo marito Oliviero, dopo che lui è stato fatto prigioniero durante la guerra? Ufficialmente, – spiegano, – non è vedova, perché Oliviero nelle carte continua a essere vivo; ma, insomma, è come se fosse vedova. La Faustina ha messo gli occhi sul cavalier Zoppetti e ogni tanto lo invita a pranzo. C'è del tenero...»

La prima domenica di ottobre si vota: nella scuola, trasformata in seggio elettorale e con un carabiniere sulla porta. Si vota con la segatura per terra e gli ombrelli appoggiati al muro, perché fuori piove da due giorni. Alle otto di sera, tutti gli aventi diritto hanno già deposto nell'urna la loro scheda e il seggio viene dichiarato chiuso. Alle dieci e qualche minuto, le operazioni di spoglio sono terminate. Le schede sono quarantanove, di cui quarantasette valide e due annullate. (Una delle due schede annullate è bianca. Sull'altra c'è scritto, a carattere stampatello: «Viva la figa»). Ed ecco i risultati. Per il maestro Luigi Prandini, due voti. (Il suo, e quello del suo amico Giuliano). Per Umberto Primo, albergatore, venti voti. Per il cavalier Ugo Zoppetti, funzionario prossimo alla pensione, venticinque voti.

Il cavalier Zoppetti succede a se stesso. Con la lista: «Per Rocca di Sasso».

Capitolo ventesimo
«Grande Serata Benefica»

Dopo un anno e due mesi (meno qualche giorno) dalla fine della guerra. La notte di san Silvestro: l'ultima notte dell'anno, è una notte limpida e gelata. Sul Corno Rosso e sulle altre montagne c'è la luna, perfettamente rotonda; e la sua luce, grazie anche al riflesso della neve, è cosí chiara, che ci si vede come di giorno. I tetti delle case sono carichi di neve; ma la strada che collega Rocca di Sasso al resto del mondo, dopo le nevicate di dicembre è stata riaperta. Anche in paese, la neve è stata tolta dalla piazza e ammucchiata dalla parte del fiume. Qua e là, sui muri delle case, dei manifesti in tre colori annunciano una «Grande Serata Benefica» che si farà (dicono i manifesti) l'ultima notte dell'anno nella sala dei ricevimenti dell'Albergo Pensione Alpi e che servirà, con il ricavato dei biglietti d'ingresso, ad aiutare le vedove e gli orfani dei caduti in guerra. Se ci avviciniamo a un manifesto, grazie alla luce della luna riusciamo a leggere anche le ultime righe, scritte in caratteri piú piccoli. Vi si dice che durante la serata benefica, cioè durante il veglione di Capodanno, nell'albergo funzionerà un «servizio di buffet con tartine, vino spumante e liquori»; e che si ballerà con l'«Orchestra di fisarmoniche del Trio Sauta Minauta». (Nome di un gioco di bambini: il «salta qualcosa»).

In fondo al manifesto, ci sono i prezzi dei biglietti «escluse le consumazioni», aggiunti a mano negli spazi lasciati vuoti dal tipografo:

«Cavalieri (aggiunto a mano) *lire sei*. Dame e reduci (aggiunto a mano) *lire quattro e due soldi*. Mutilati e invalidi (aggiunto a mano) *ingresso gratuito*».

Il paesaggio che si vede stando in piazza sembra l'illustrazione di una favola. Le finestre a pianoterra dell'Albergo Pensione Alpi sono tutte illuminate e la luce che ne promana, calda e gialla, forma un bellissimo contrasto con la luce della luna e con le sue ombre, che disegnano il profilo delle montagne tutt'attorno al villaggio.

Voci e grida riecheggiano nel silenzio della valle addormentata, insieme alle risate e al suono intermittente delle fisarmoniche, che accennano (ognuna per suo conto) questo o quel motivo popolare.

Davanti all'albergo ci sono tre automobili ferme, di tre uomini che si sono arricchiti con le forniture per l'esercito e che da tempo, ormai, non abitano piú nella valle. Le automobili sono nuove di zecca e i proprietari sono tornati a festeggiare il Capodanno tra le loro montagne perché «quei morti di fame» dei loro compaesani possano ammirarle e invidiarle. Perché dicano:

«Questa è l'automobile del Tale, e costa una fortuna. Questa, invece, è quella del Talaltro...»

Arrivano i reduci insieme alle mogli e alle fidanzate, vestite con gli abiti piú eleganti. Arrivano i parenti dei reduci e arrivano anche alcuni padri e madri ed ex fidanzate di chi, dalla guerra, non è piú tornato. Salutandosi, sentono il bisogno di giustificarsi. Dicono:

«Siamo qui per aiutare chi sta peggio di noi», oppure:

«Siamo venuti al veglione per sentirci vicini a (nome del defunto). Lui, da vivo, voleva che ci divertissimo e che stessimo allegri».

Arrivano, accompagnate dal padre o dalla madre, alcune vedove di guerra che non si sono ancora rassegnate a restare vedove, e alcuni vedovi dell'epidemia di spagnola che sperano, chissà!, di trovare nel trambusto una nuova compagna. Arriva la vedova allegra di Rocca di Sasso: quella Gilda che, come si ricorderà, è stata la moglie di Giuseppe Calandron, morto assassinato in circostanze rimaste oscure. Indossa un abito rosso molto aderente, ed è accompagnata dal suo nuovo fidanzato: un certo Cristoforo, grande e grosso e con un occhio chiuso a metà, che in paese non si era mai visto. Lo presenta a tutti quelli che incontra. Dice che fa il dentista a Roccapiana, ma nessuno le crede.

«Figuriamoci, – pensano tutti. – Un tipo come quello non può passare inosservato, e tra queste montagne, poi! Se davvero facesse il dentista a Roccapiana, l'avremmo già visto e ce lo ricorderemmo».

Arriva il cavalier Ugo Zoppetti, sindaco di Rocca di Sasso.

Arriva la signora Faustina, moglie (o vedova) di quel soldato Oliviero detto il Rana per via degli occhi sporgenti, di cui non si hanno piú notizie da anni. Ufficialmente è «disperso».

Arrivano Ansimino e Artemisia. Non sono ancora sposati, ma lei indossa per la prima volta lo stesso abito di raso e di seta che tornerà a indossare in primavera, nel giorno del loro matrimonio. Un abito molto particolare. Prima di comperare le stoffe e di tagliarle, Artemisia ha voluto mostrare al fidanzato la riproduzione di un quadro dell'altra Artemisia, quella vissuta trecento anni prima. Gli ha detto:

«Se ti piace questo vestito, vorrei farmene uno uguale per quando ci sposeremo».

«Sarai bellissima», le ha risposto Ansimino. E l'ultimo giorno dell'anno, quando l'ha vista con l'abito del Seicento, ha confermato la sua previsione. Le ha detto:

«Sei bellissima!»

Non arriva, ed è l'unico assente di rilievo tra i nostri personaggi, il maestro Luigi Prandini. Che dopo essere rimasto deluso, ma non troppo, per la mancata elezione a sindaco («Meglio cosí, – ha detto all'amico Giuliano. – Mi ci vedi, a fare il sindaco in questo villaggio di zotici?»), un bel giorno è salito sulla corriera ed è andato a raggiungere un tale che si fa chiamare con molti nomi: «poeta soldato», «comandante» o addirittura «Vate», e che, a capo di una turba di scalmanati, ha invaso una città di frontiera. Dice che «è nostra» e che il mondo deve restituircela (la città), ora che abbiamo vinto la guerra! I giornali, da mesi, sono pieni delle imprese del Vate; e la Mariaccia ogni tanto riceve una cartolina o una lettera del suo fidanzato, spedita dalla città che bisognava occupare perché «è nostra». In una di quelle cartoline c'è una frase stampata con l'inchiostro rosso. Una frase del Vate:

«Il mondo, quale oggi appare, è un dono magnifico largito dai pochi ai molti, dai liberi agli schiavi; da coloro che pensano e sentono a coloro che devono lavorare».

Sul retro della cartolina, nella parte riservata alla corrispondenza, il maestro Prandini ha scritto alla Mariaccia che «bisognerebbe metterla in cornice». (La cartolina con la frase). E lei l'ha appesa a Pianebasse, nella stanza di suo figlio Carlino...

Arriva Giuliano Mezzasega sulla sua carrozzina, e insieme a lui c'è la sua fidanzata Angela soprannominata Sbrasenta. Di loro, la gente del paese dice che vanno d'accordo nonostante le rispettive disgrazie, e che si sposeranno la primavera prossima; ma chi ha modo di parlargli e di frequentarli, sa che le cose non sono cosí semplici. Giuliano, ormai, incomincia a bere la mattina quando si alza, ed è alcolizzato; Angela è sempre piú lunatica e intrattabile. I suoi parenti dicono che è matta:

«Ha un proiettile in testa. È viva per miracolo, e il suo destino è di finire in un manicomio. Povera ragazza!»

Per il veglione di Capodanno, l'Angela Sbrasenta si è fatta fare un vestitino color fucsia che non è soltanto sbracciato («sbrasento»), ma è anche cosí scollato davanti e dietro, da mostrare una parte del seno e tutta la schiena, fino quasi alla congiunzione delle natiche.

Sulle spalle, ha uno scialle.

Nel salone dell'albergo, Giuliano e Angela si dividono. Lui fende la folla con la sua carrozzina e va a mettersi di fianco al banco del buffet. Si fa dare una bottiglia di grappa. Lei balla un valzer e una mazurca con due uomini diversi, dimenandosi e facendosi notare da tutti; poi torna a cercare Giuliano. Ha gli occhi lucidi e lo sguardo fisso. Gli dice:

«Mi sento strana. Non sto bene. Andiamo via».

«Siamo appena arrivati», le risponde Giuliano. E poi:

«Io mi sto divertendo. Se vuoi andartene, vattene da sola».

Arriva il Reginaldo d'i Oluch a invitare Angela. Ballano stretti e lei gli sta addosso come se volesse soffocarlo. Gli dice (e la cosa, a essere sinceri, non ha molto senso):

«Fa un gran caldo, qua dentro. Non lo senti anche tu?»

«Sí, – risponde Reginaldo: – fa caldo». Le chiede: «Non ti sembra di stringere un po' troppo? A me non dà fastidio, anzi... Ma insomma ci guardano».

«C'è Giuliano».

Il ballo successivo è un tango e l'Angela Sbrasenta lo trasforma in una specie di colluttazione con Reginaldo. Ha una strana luce negli occhi. È rossa in viso, e ballando emette certi sospiri come se dovesse esalare l'anima a ogni passo.

La faccenda, ormai, è troppo evidente perché chi è in sala possa fingere di ignorarla. Le altre coppie si voltano; le persone in piedi o sedute fanno dei commenti, anche ad alta voce, e noi non dobbiamo stupircene.

Ciò che un giorno diventerà normale, in quest'epoca non è ancora normale.

L'orchestra di fisarmoniche fa una pausa e Ansimino, che si è trovato a poca distanza da Angela mentre lei ballava il tango con Reginaldo, dice ad Artemisia: «Per favore aspettami un momento. Voglio provare a parlarle».

Si avvicina alla ragazza. Le chiede: «Come va?», per incominciare il discorso. Poi però arriva subito al sodo. «Lo so che non sono fatti miei, – le dice, – ma non ti sembra di esagerare? Giuliano è là che ti guarda. Tutti ti stiamo guardando. Ti sembra giusto trattare cosí il tuo fidanzato? Cosa ti ha fatto quel poveretto, perché tu lo debba umiliare davanti a tutti?»

«Gli ho chiesto di riaccompagnarmi a casa, – dice Angela. – Mi ha risposto di no».

«Se vuoi, ti riaccompagniamo io e Artemisia», le propone Ansimino.

Si avvicina il giovane Tommasino Baloss, con i capelli neri lucidi di brillantina e i calzoni stretti in vita e sui fianchi, per mettere in risalto i muscoli delle cosce. (E anche qualcos'altro che c'è tra le cosce). È su di giri: da come si muove e da come parla, si capisce che attaccherebbe lite con il mondo intero. Guarda Ansimino con aria di sfida. Gli dice:

«Lei, – indica Angela, – è impegnata con me per il prossimo ballo». E poi:

«Cosa aspetti ad andartene? Levati dai piedi».

Fa il gesto di spingerlo. Ansimino si scosta e dice ad Angela:

«Comportati da persona ragionevole. Non fare pazzie».

«Se hai bisogno di qualcosa, Artemisia e io siamo qui attorno. Basta che ci chiami».

Dà un'occhiata a Tommaso e se ne va. Torna dalla sua fidanzata.

Il trio di fisarmoniche riprende a suonare e la coppia Angela-Tommaso è ormai la coppia dello scandalo. Una dopo l'altra, le altre coppie smettono di ballare; attorno a loro due si fa il vuoto, ma loro non sembrano accorgersene. Si comportano come se fossero soli. Si stringono, si toccano, si strofinano. Continuano ad andare in qua e in là anche dopo che la musica è finita. Parlano abbastanza forte perché chi gli sta vicino possa ascoltarli. Tra un sospiro e l'altro lei gli dice: «Ho bisogno di un uomo. Un vero uomo». E lui, stringendola dietro con tutt'e due le mani, ansima: «Lo senti?»

«Lo senti, l'uomo? Lo vuoi? È tutto per te».
Lei continua a lamentarsi. A sospirare:
«Voglio un uomo. Ho bisogno di un uomo. Un uomo intero!»

Al buffet, Giuliano Mezzasega tiene in mano il bicchiere della grappa e ci guarda dentro, come se dovesse leggerci l'oroscopo. Manda giú il liquido incolore tutto d'un fiato; rimette il bicchiere sul banco e si volta per andarsene. Facendo forza con la manovella, attraversa la sala; passa vicino ad Angela avvinghiata a Tommaso ed esce dalla parte del cortile, perché nell'ingresso ci sono degli scalini e lui, con la carrozzina, non può passarci. Scompare nella notte senza salutare nessuno.

Adesso anche i musicisti sono fermi e Tommasino Baloss va a cercare il proprietario dell'albergo, che è da qualche parte in mezzo alla gente. Gli dice: «Ho bisogno di una camera per due persone. Pago quello che vuoi, ma devi darmela subito».

Umberto Primo non sa cosa fare. Si guarda intorno per cercare aiuto. Balbetta: «Veramente, era necessaria la prenotazione. L'albergo è al completo...»

«Dagli la camera, – grida uno degli organizzatori. – Altrimenti quei due ci rovinano la festa». E il Baloss, prendendolo per i risvolti della giacca, gli chiede: «Di cosa hai paura?»

«Siamo due persone adulte e non dobbiamo nasconderci. Non dobbiamo rendere conto a nessuno di quello che facciamo, tanto meno a te».

Lo scuote: «Su, dammi la chiave di una stanza».

«Una stanza qualsiasi!»

Angela e Tommaso salgono al piano di sopra e la gente, in sala, tira un respiro di sollievo. Lo scandalo è finito. (Anche se tutti sanno che, in paese, si continuerà a parlarne per mesi). L'orchestra dei Sauta Minauta attacca un fox-trot. Si riformano le coppie. Si balla.

La festa continua.

La vita continua.

Forse le Ninfe stanno ululando, lassú sulle cime dei monti; ma la loro voce si perde nel vento e nell'immensità degli spazi tra una valle e l'altra, e nessuno riesce a sentirla.

Forse, le Ninfe dormono.

Chissà dove sono e cosa fanno, le Ninfe, mentre noi festeggiamo i nostri Capodanni!

A mezzanotte i partecipanti al veglione, tutti insieme, contano i secondi che mancano alla fine dell'anno: «Meno quattro, meno tre, meno due, meno uno». Si stappano le bottiglie dello spumante. Si grida: «Evviva l'anno nuovo!»

«Evviva! Evviva!»

Non ci sono fuochi d'artificio e non se ne sente la mancanza, perché ci sono ancora in circolazione molte armi da guerra e molte munizioni, dappertutto e anche nelle nostre valli. Si sparano, dal cortile dell'albergo e dalla piazza, diecine di colpi di pistola e qualche razzo, verso le montagne innevate e verso la luna. Poi, i reduci ritornano in sala e si affollano intorno al cavalier Ugo Zoppetti, eletto sindaco da tre mesi. Vogliono che pronunci il discorso per il brindisi:

«Discorso! Discorso!»

«Buon anno a tutti, – augura il cavalier Zoppetti alzando il bicchiere dello spumante. – Buon anno a noi che lo stiamo festeggiando, e che dal futuro ci aspettiamo qualcosa di nuovo e di diverso: una vera svolta, per le nostre vite e per il nostro paese. L'anno che si è appena concluso è stato difficile, ma il pensiero che la guerra era finita e che l'avevamo vinta ci ha aiutato a superarlo. Per quest'altro anno che è appena iniziato il mio augurio è che ci porti a vincere la pace. Che ci dia piú lavoro, piú benessere, piú serenità».

«Che la vittoria non sia dimezzata», grida un reduce. Ma l'applauso e le grida di approvazione («Bene! Bravo!») sono per il sindaco:

«Dopo la guerra, bisogna vincere la pace. Ha detto bene!»

«Evviva il nostro sindaco. Evviva il cavalier Zoppetti!»

Qualche considerazione sul cavalier Ugo Zoppetti, funzionario governativo in pensione e sindaco di Rocca di Sasso.

Quest'uomo che è arrivato in paese con la corriera mentre ancora le nostre montagne e le nostre valli erano in guerra, e che nessuno sapeva chi fosse, è diventato uno dei personaggi principali della nostra storia e sta per farci una sorpresa.

La sorpresa (ma già da tempo, in paese, correvano delle voci) è che il cavalier Zoppetti è innamorato. Questo è il motivo che lo ha spinto a candidarsi alla carica di sindaco, per rimanere a Rocca di Sasso vicino alla donna che ama.

Già nello scorso mese di settembre, al tempo della campagna elettorale, le persone bene informate dicevano, a proposito del piú anziano tra i tre candidati:

«Cherchez la femme!»

Avevano ragione.

«La femme» è uscita allo scoperto e si è rivelata durante il veglione di Capodanno, facendo coppia fissa con il cavaliere e concedendogli qualche ballo. È la signora Faustina, moglie (ma in paese, ormai, tutti dicono vedova) di Oliviero: che è andato in guerra con la mobilitazione generale, è stato fatto prigioniero ed è scomparso. Sparito nel nulla da quasi quattro anni.

Qualche notizia sulla signora Faustina, quasi-vedova del soldato Oliviero detto il Rana.

La signora Faustina ha compiuto da poco quarant'anni. È piccola, rotondetta e ha i capelli castani. Ha un bel sorriso, che partendo dalle labbra e dagli occhi le illumina tutta la faccia. «Peccato che sorrida poco», dicono le persone che la conoscono.

Lei e il cavalier Zoppetti si sono conosciuti in municipio, nell'ufficio del sindaco. La signora ci veniva ogni settimana insieme al piccolo Aldo cioè a suo figlio, e quando il cavaliere entrava in ufficio gli chiedeva:

«Ci sono novità?»

Le novità, che non c'erano, avrebbero dovuto riguardare suo marito Oliviero, e avrebbero dovuto dare una risposta alla domanda che lei si pone da quattro anni: è vivo? È morto?

Non sapere niente, ripete sempre la signora Faustina, è la cosa peggiore che ci sia. Se sai di essere vedova ti rassegni e cerchi di riorganizzare la tua vita, come è giusto che avvenga. Puoi trovarti un altro marito, se è di questo che senti la necessità, oppure puoi adattarti a vivere da sola. Ma se sei la moglie di un disperso, cosa fai? Ti disperdi anche tu?

Finché nel mondo c'è stata la guerra, il cavalier Zoppetti e la signora Faustina hanno continuato ad attendere che la Croce Rossa Internazionale gli dicesse dov'era il soldato Oliviero, e perché non c'erano piú notizie che lo riguardavano. Poi la guerra è finita, sono passati altri mesi e il cavaliere ha detto alla signora:

«Fossi in lei, avvierei la pratica di morte presunta. È una procedura lunga e difficile, che non impedirà a suo marito di tornare a casa, se è vivo; e che alla fine la libererà dalla sua ombra, se è morto. Mi scusi se mi permetto di darle un consiglio, ma non si può rimanere legati per tutta la vita a un fantasma».

L'ha aiutata ad avviare la pratica e la signora Faustina, per ricambiarlo, ha incominciato a fargli dei piccoli favori. Gli ha tolto una macchia dall'impermeabile; gli ha aggiustato un gilè. Lo ha invitato a pranzo: una volta, due volte, tre volte. Lui ha dato lezioni di latino al giovane Aldo durante le vacanze estive, e ha continuato a occuparsi della pratica di morte presunta; lei è stata vista sorridere un po' piú di frequente. Una domenica, i nostri personaggi erano a tavola insieme al figlio di lei e la signora Faustina ha detto al cavaliere, come se si trattasse della cosa piú naturale del mondo:

«Se, un giorno, mio marito verrà dichiarato morto, noi potremo sposarci».

Ed eccoci qua.

«GRANDE SERATA BENEFICA»

Alle due del mattino la musica si interrompe. I suonatori rinfoderano gli strumenti e se li mettono in spalla, con tanti auguri di buon anno e di buona notte; la festa incomincia a languire. Alle tre, la sala dei ricevimenti è quasi vuota. La gente se ne va a gruppi di due, tre, quattro persone. Si disperde nei vicoli del paese illuminato dalla luna.

Gli ospiti dell'albergo salgono nelle loro camere.

Il «buffet» si chiude.

Umberto Primo spegne tutte le luci a pianoterra. Spegne le luci della sala, e poi anche quelle dell'insegna.

Qualcuno che ha seguito fin qui questa storia si starà chiedendo: e l'Angela Sbrasenta? E il Tommasino Baloss? Li abbiamo dimenticati?

Risposta: non li abbiamo dimenticati. Dormono.

L'unico che non dorme, nel paese addormentato sotto la luna, è Giuliano Mezzasega. È seduto sulla sua carrozzina, nella stanza a pianoterra che suo padre gli ha messo a disposizione dall'altra parte della piazza, e guarda fuori dalla finestra. Vede il paese deserto. Vede l'emporio con l'insegna della Mula. Vede l'Albergo Pensione Alpi con le luci ormai spente.

In mano, ha una pistola a tamburo.

Toglie e rimette i proiettili. Sei proiettili.

È l'alba. Le donne tornano dalla prima Messa: quella celebrata dal viceparroco don Carlo, il prete «folarmà», che dura dodici minuti esatti.

La luce del nuovo giorno (e del nuovo anno) illumina le cime delle montagne e si insinua nei vicoli tra le case. Incominciano ad aprirsi le prime imposte.

Un'imposta, due imposte, quattro imposte.

Si apre la porta dell'Albergo Pensione Alpi. Un uomo esce e si guarda intorno. È il Baloss.

Fa un cenno a qualcuno che è dietro di lui, gli dice col linguaggio dei gesti: «Via libera». Esce l'Angela Sbrasenta e guarda impaurita verso la finestra di Giuliano, che si apre.

Un colpo d'arma da fuoco riempie la piazza. Tommasi-

no Baloss si mette a correre e un secondo colpo riecheggia tra le case, seguito da un terzo, un quarto, un quinto colpo.
Poi, silenzio.
Ci sono due corpi per terra e il tempo si è fermato. Tutto è immobile, nel paese tra le montagne. Il sesto colpo arriva da una grande distanza ed è la conclusione di una storia iniziata piú di trent'anni fa, dall'altra parte della piazza.
Giuliano non è piú Mezzasega e non è piú prigioniero di suo padre a Rocca di Sasso.
Finalmente, è riuscito ad andarsene.

Capitolo ventunesimo

«Vuoi tu?» «Sí». «Vuoi tu?» «Sí»

Dopo un anno e mezzo dalla fine della guerra. La gente si sposa.
Si sposano con il solo rito civile il maestro Luigi Prandini, Mano Nera, e la sua fidanzata Maria Carla soprannominata la Mariaccia. Senza clamori e senza tante formalità. Una mattina di un giorno qualsiasi, sotto il municipio di Rocca di Sasso si riuniscono alcune persone vestite con una certa eleganza. Ci sono il figlio della Mariaccia, Carlino, che indossa per l'occasione i suoi primi calzoni lunghi del tipo detto «alla zuava», e ci sono i testimoni della sposa: una vicina di casa e il marito, di cui non sappiamo niente e non diremo niente. (Il loro contributo a tutta la faccenda, del resto, consisterà in un paio di firme su un registro e in qualche parola di circostanza durante il pranzo di nozze). Ci sono Ansimino e Artemisia; c'è il maresciallo dei regi carabinieri Santo Cannella: Vin Brûlé, vestito in abiti civili e in compagnia della signora Antonietta sua moglie. Di lui, le cronache della valle ci dicono che ha sposato una cugina del maestro Prandini e che da quando vive sotto il Macigno Bianco ha maturato un secondo soprannome: Mízzeca, per via di una parola che usa come intercalare e che pronuncerà con una certa frequenza anche al pranzo di nozze del maestro Prandini. Ogni volta che interverrà nel discorso, dirà: «Mízzeca!»
Ci sono, infine, i due testimoni dello sposo, che lui conosce da pochi mesi e che ha incontrato nella città di frontiera dove è andato al seguito del Vate. (Nella città che bi-

sognava occupare e difendere perché «è nostra»). Sono un Guido «sindacalista anarchico» e un Teobaldo «poeta futurista». Il sindacalista anarchico è un omettino basso e grasso, con un gran fiocco nero al posto della cravatta e un fazzolettone bianco nel taschino della giacca, che lui ogni tanto tira fuori e che usa per asciugarsi il sudore. (Non fa caldo, ma il nostro uomo è sempre sudato). Il poeta futurista, invece, è alto e magro e ha in testa un cappello a cilindro che gli è servito, la sera precedente, per attirare l'attenzione dei clienti dell'Osteria del Ponte, improvvisando una poesia futurista. Dopo essersi presentato come «poeta e uomo di spettacolo», Teobaldo gli ha detto:

«Vedete questo cappello? Si chiama cilindro ed è un oggetto che non potrebbe assolutamente entrare in una poesia, perché non fa rima con niente. Se io mi mettessi in testa, al posto del cilindro, uno scafandro, potrei rimarlo con l'oleandro o il rododendro, che è un grazioso arbusto delle vostre montagne. Potrei farlo diventare di palissandro, che è un legno pregiato. Ma con un cappello a cilindro non si fa niente. Perciò lo tengo sempre in testa e lo uso ogni giorno, per raffreddare i miei ardori poetici».

«Senza cilindro, la mia testa sarebbe un vulcano!» (Applausi).

Il maestro Prandini è vestito di scuro, con le due medaglie al valore: quella d'argento e quella di bronzo, che gli pendono dal taschino della giacca. La sposa ha in mano un mazzo di fiori bianchi. Indossa una mantellina bianca e si è messa in testa un velo bianco, per fare dispetto alle comari che la guardano stando sulla porta dell'emporio e commentano, scandalizzate:

«Sposarsi in bianco, con un figlio già grande!»

«Ormai, non c'è piú rispetto per niente. Dove andremo a finire?»

In municipio, il cavalier Zoppetti pronuncia qualche parola sull'indissolubilità del matrimonio e sulla sua funzione sociale; poi si toglie la fascia da sindaco e si unisce al gruppo degli invitati al pranzo di nozze, che si fa in una saletta riservata dell'Albergo Pensione Alpi ed è un normale pranzo tra amici, senza quella sovrabbondanza di cibi e di vini che di solito caratterizza questo genere di conviti. I testimoni dello sposo, infatti: il sindacalista anarchico e il poeta futurista, devono ripartire con la corriera quello stesso pomeriggio; e anche il maestro Prandini e la Mariaccia stanno preparando le valige, non per il viaggio di nozze (che non faranno) ma per trasferirsi in una città di pianura, dove le montagne e il Macigno Bianco si vedono da lontano e non si vedono nemmeno sempre, ma soltanto nelle giornate di gran sole e di cielo limpido.

A tavola, si parla dell'«eccidio di Capodanno»: cioè del fatto di sangue che a gennaio ha riempito le cronache di tutti i giornali, e li ha fatti parlare di Rocca di Sasso. Per molti giorni, come succede sempre in questi casi, il paese è stato invaso da giornalisti, fotografi, semplici curiosi che volevano vedere con i loro occhi «la scena del delitto». Si è voluto sapere tutto delle vittime, cioè di Tommasino Baloss e dell'Angela Sbrasenta; e si è parlato molto anche dell'uomo che aveva perduto in guerra tutt'e due le gambe, e che aveva vendicato il suo onore in quel modo atroce... Il maestro Prandini scuote la testa. Esclama: «Povero Giuliano!»

«Per me, – aggiunge, – era come un fratello. Se fossi stato a Rocca di Sasso quella sera, sono sicuro che lui, adesso, sarebbe qui insieme a noi».

Il maresciallo Mízzeca non ne è convinto. Dice: «Giuliano era stufo di vivere senza le gambe. Prima o poi si sarebbe ammazzato, ma gli altri due si potevano salvare». Guarda dalla parte del sindaco: «Bastava soltanto che qualcuno si fosse preso il disturbo di avvertirmi. C'era tutto il tempo per intervenire».

«Se queste cose si potessero risolvere con il senno del poi, – gli risponde il cavalier Zoppetti, – non accadrebbero piú i delitti; invece continuano ad accadere». Si rivolge allo sposo. Gli chiede, per cambiare discorso, se tornerà a insegnare e se ha fatto domanda per riprendere servizio.

L'interessato scuote la testa. Dice: «No. Non tornerò a scuola e non so cosa farò nei prossimi mesi. So soltanto che la mia vita dovrà cambiare (fa un gesto con la mano) da cosí a cosí».

Intorno al tavolo si fa silenzio e il maestro Prandini spiega: «Prima della guerra io credevo nel socialismo, che è la religione del lavoro. Credevo nel lavoro che rende liberi: una stupidaggine».

«Il lavoro, rende solo schiavi!»

«Laggiú al fronte, – dice il maestro, – ho capito quanto è preziosa la mia vita, e non continuerò a sprecarla lavorando per gli altri. Anche se per vivere ci vogliono i soldi. Non si può scambiare la propria esistenza con una paga da maestro, o con una paga qualsiasi: non ha senso».

«Hai ragione, – grida il sindacalista anarchico, che non ha capito niente. – Tutti gli stipendi dovranno essere raddoppiati, dopo questa guerra, e quelli da maestro triplicati». E il poeta futurista: «Bisogna marciare per non marcire. Io continuo a ripeterlo: bisogna tirare fuori i tacchi dalle trappole, prima che le trappole diventino troppe!»

Ansimino ha un'espressione contrariata; scuote la testa. «Se non ti piace il lavoro che hai fatto finora, – dice al maestro Prandini, – è giusto che ne cerchi un altro. Siamo liberi; ma l'ozio non è la libertà, e chi lavora per gli altri non butta via la sua vita: come hai potuto pensare una cosa del genere? Il lavoro è ciò che ci tiene insieme e ci fa vivere in società: io faccio qualcosa per te, e tu fai qualcosa per me... Soprattutto il lavoro che si fa con le mani, secondo me è un modo per intervenire nelle cose del mondo e per continuare l'opera della creazione. L'opera di Dio!»

Da come parla e da come gesticola si capisce che l'argomento lo appassiona; Mano Nera, però, non lo ascolta, perché sta sognando a occhi aperti. Sogna di diventare come il Vate: di essere un Vate, e di scrivere un libro che interesserà milioni di uomini. Sogna di raccontare in quel libro il suo percorso di vita, da seguace della religione del lavoro a uomo «che pensa e sente»; e quel sogno a occhi aperti è cosí bello, da farlo volare lontano dalla valle dove ha fatto il maestro, lontano dal suo pranzo di nozze... Si riscuote.

Attorno a lui, adesso, tutti tengono i bicchieri alzati. Tutti gridano:

«Evviva gli sposi!»

Il secondo matrimonio è quello tra Ansimino e la sua fidanzata Artemisia e si fa a Rocca di Sasso nella chiesa della Madonna Incoronata. La chiesa dei reduci:

«Partiti Trentanove. Ritornati Quindici».

I muri dentro alla chiesa sono ancora vuoti e spogli com'erano il giorno della consacrazione, quando il vescovo in persona era venuto a pronunciare, anzi: a gridare, il suo anatema contro i seminatori di scandalo. Dietro all'altare, però, c'è qualcosa che prima non c'era. Un grande quadro con una cornice in legno di ciliegio rappresenta la padrona di casa: la Madonna Incoronata, vestita secondo la tradizione con un abito color porpora e con in testa una corona d'oro tempestata di gemme.

La Madonna Incoronata guarda gli sposi e gli sorride con il sorriso misterioso della Gioconda di Leonardo. È la signora Eugenia, madre (defunta) della sposa e moglie del maestro pittore Gianin Panpôs.

Sotto ai piedi della Madonna, a destra nel quadro, ci sono i nomi intrecciati di Artemisia e Ansimino, e sotto ai nomi ci sono una data e una dedica:

«Alla Madonna Incoronata nel giorno del nostro matrimonio».

Assistono alle nozze piú di cento persone. In prima fila tra gli invitati ci sono il cavalier Ugo Zoppetti, sindaco di Rocca di Sasso, e la signora Faustina, moglie (o vedova) del disperso (o defunto) Oliviero.

C'è il signor Nicola Callone della ditta Callone & Rossi, proprietario e per qualche anno anche autista della prima e unica corriera che collega la valle Minore al resto del mondo. Dopo la fine della guerra, il signor Nicola ha smesso di andare su e giú per la valle. Ha comperato, d'accordo con il socio, due nuove corriere; ha inaugurato il servizio pubblico in altre due valli, ha assunto una mezza dozzina di nuovi dipendenti e ha cercato di convincere Ansimino a tornare a lavorare per la sua ditta, come responsabile dell'officina. Ma, sia pure a malincuore, il nostro personaggio gli ha detto di no: perché nel frattempo aveva accettato un'altra proposta. (Di cui parleremo tra poco).

C'è il maestro pittore Gianin (Giovannino) Panpôs, insieme all'altra sua figlia: la signora Nora, che noi incontriamo per la prima volta in questa occasione e che è un po' piú anziana e un po' piú florida della sorella. Per tutta la durata della cerimonia il maestro pittore terrà gli occhi fissi sul quadro della Madonna Incoronata dipinto da Artemisia, come se dovesse studiarne i particolari. Di tanto in tanto si volterà verso Nora, alla sua sinistra, per mormorarle nell'orecchio:

«Tua sorella è brava quasi quanto me. Hai visto quel quadro?»

«È il ritratto di mia moglie buonanima: vostra madre. Me l'ha tenuto nascosto fino all'ultimo momento».

Rimane qualche istante in silenzio. Torna a chiedere alla figlia (e torna a chiedersi):

«Un'artista come lei, che bisogno aveva di sposarsi? E con quel giovanotto senz'arte né parte, che io non ricordo nemmeno come si chiama».

Nora è la tranquillità fatta persona. Risponde, placida: «Si chiama Anselmo, ma tutti lo chiamano Ansimino». E, poi:

«Non è vero che non ha né arte né parte. È un meccanico di automobili, molto bravo. E, per ciò che si dice nelle nostre valli, è anche un bravo fabbro».

Il maestro pittore scuote la testa: «Gli automobili! Io non so nemmeno cosa sono... Ci si vive, con gli automobili? Quanto durerà questa nuova moda?»

A destra del maestro pittore Gianin Panpôs c'è l'ex tenente pilota Alberigo Gulli, che ha conosciuto Ansimino nell'ospedale dove entrambi erano ricoverati e poi lo ha ritrovato in un aereoporto di guerra: dove il nostro personaggio, in pochi mesi, era diventato il beniamino di tutti i piloti, che lo consideravano il loro meccanico di fiducia e un po' anche il loro portafortuna... L'ingegner Gulli è un uomo di corporatura robusta, con i capelli neri, gli occhi neri e i baffi abbastanza grandi da nascondergli una parte del viso e del mento. Dopo la vittoria, e dopo il trambusto che ne è seguito, lui e Ansimino sono rimasti qualche tempo senza vedersi e senza sapere niente l'uno dell'altro, finché si sono ritrovati. Una mattina di un giorno di primavera: a Rocca di Sasso, in piazza, arriva un'automobile «torpedo» guidata da un tale di cui si vedono soltanto i baffi e il mento, perché il resto del viso è nascosto dagli occhialoni e da un casco di cuoio che, oltre alla testa, gli copre anche le guance. Dopo essere sceso dalla vettura, il forestiero si toglie casco e occhiali; si fa indicare la casa di Ansimino e si avvia a piedi in quella direzione, lasciando il compito di custodire l'automobile ai monelli che le girano intorno e la guardano. Gli dice:

«Se volete suonare la tromba suonatela, ma non fate danni. Io torno tra poco».

Naturalmente, l'uomo della torpedo è l'ex tenente pilota Alberigo Gulli.

Lui e Ansimino si abbracciano. «Sono venuto a cercarti fin quassú, nella tua tana, perché voglio che diventi mio socio», dice Gulli. Che poi aggiunge:

«Voglio dedicarmi alle corse di automobili. L'automobilismo è lo sport del futuro, ma bisogna essere in due per correre: il pilota e il meccanico, e dove potrei trovare un meccanico piú bravo di te? Quando eravamo negli aereoporti dietro le trincee, i miei colleghi piloti dicevano che sai ascoltare i motori come un buon direttore d'orchestra ascolta gli strumenti, e che sai usare il cacciavite e la chiave inglese come un bravo chirurgo usa il bisturi. Sono queste le doti che io cerco, e che ci serviranno per vincere le corse».

«Naturalmente, – aggiunge Gulli, – non potremo vivere di solo sport. Tra una gara e l'altra, faremo i commercianti di automobili. Io aprirò da qualche parte una concessionaria delle principali fabbriche che ci sono nel nostro paese e tu, come mio socio, curerai l'officina». Ansimino sta per dire qualcosa e l'ingegner Gulli gli mette una mano sulla bocca: «Sí, lo so. Lo so che non vuoi allontanarti dalle tue montagne. Ho pensato anche a questo».

«Se apro la mia concessionaria a Roccapiana, per te può andar bene?»

Il nostro personaggio fa segno di sí con la testa: «Può andar bene», e l'amico alza il pollice in segno di vittoria:

«Siamo soci!»

Gli dice: «Roccapiana è una piccola città, ma è al centro di un territorio abbastanza grande e non c'è nessuno che vende automobili. Il nostro commercio crescerà insieme al benessere del paese mentre noi, con le corse, gireremo il mondo».

Da quel giorno di primavera è passato un anno e la vita di Ansimino è cambiata. C'è stata l'esperienza, emozionante, delle prime corse automobilistiche; c'è stata l'inaugurazione, nella città capoluogo delle nostre valli, di una concessionaria di automobili con annessa officina. Le nozze con Artemisia, che si sarebbero dovute celebrare durante l'estate, sono state rinviate alla primavera di quest'anno e il padre della sposa, il maestro pittore Gianin Panpôs, ha incominciato a sperare che il matrimonio di sua figlia con quel «barlafüs» (uomo dappoco), alla fine non si sarebbe fatto. Invece le nozze si stanno facendo. Nella

chiesa della Madonna Incoronata a Rocca di Sasso: Ansimino e Artemisia sono in piedi davanti all'altare e i parenti, i testimoni, gli amici sono tutti alle loro spalle...
 Davanti a loro c'è il viceparroco don Carlo: il «previ folarmà» o «prete da corsa», che gli abitanti della valle, ormai, chiamano don Girardengo. (Un soprannome, che in realtà è il cognome di un corridore ciclista, molto noto all'epoca della nostra storia). Quando lo mettono davanti a un altare, don Girardengo diventa una trottola: si inginocchia, si alza, si volta, allarga le braccia, le chiude, si rivolta, torna a inginocchiarsi e a rialzarsi. Di fronte a lui ci sono gli sposi che lo guardano e lui spara a raffica le formule del rituale:
 «Parli ora o taccia per sempre».
 «Vuoi tu?» «Sí». «Vuoi tu?» «Sí».
 «Che Dio vi benedica. Preghiamo».
 Fuori della chiesa ci sono: i «lampi al magnesio» del fotografo e le manciate di riso. C'è la corale della parrocchia, allestita da don Girardengo e ancora in prova, che intona un inno per gli sposi. C'è la torpedo dell'ingegner Gulli, infiocchettata di nastri per il viaggio di nozze «che non potrà durare piú di una settimana. Non per l'automobile, – tiene a precisare l'ingegnere, – ma perché nella nostra ditta non possiamo fare a meno di Ansimino. Se manca il responsabile dell'officina, chiudiamo bottega».
 Il terzo matrimonio, che viene annunciato in questi stessi giorni e che però non arriverà mai a concludersi, è quello degli «amanti diabolici» (come poi verranno chiamati dai giornali, dopo che il loro delitto sarà stato scoperto). La Gilda vedova di Giuseppe Calandron, morto assassinato in circostanze rimaste oscure, vuole sposare il suo fidanzato: quel Cristoforo, che gli abitanti di Rocca di Sasso hanno visto per la prima volta al veglione di Capodanno e che poi hanno avuto modo di rivedere quasi tutti i giorni, perché è venuto a stare con lei nella casa del «povero Giuseppe». Le comari sono scandalizzate. Dicono:

«Meno male che i figli, ormai, abitano con i nonni, e che gli è stata risparmiata almeno questa disgrazia, di dover convivere con un estraneo che probabilmente li maltratterebbe». La gente, in paese, commenta:

«Quel tale che è venuto a stare con la Gilda, quel Cristoforo... Lei diceva che era un medico dentista. Invece è uno che non fa niente dalla mattina alla sera: un poco di buono, capace soltanto di farsi mantenere dalle donne».

Per complicare tutta la faccenda, e per ingrandire lo scandalo, sulla casa del fu Giuseppe Calandron è comparso un cartello: «Vendesi», e hanno incominciato a vedersi in paese certi personaggi, che di mestiere fanno i procacciatori di affari. I parenti di Giuseppe dicono:

«La casa appartiene ai figli. Come si permette, quella strega, di venderla?»

All'Osteria del Ponte, dove Cristoforo va quasi ogni giorno a bere e a giocare a carte, chi ha avuto occasione di parlargli racconta che lui è davvero un medico dentista, ma che ha dei problemi con la giustizia e che vuole trasferirsi in America, dove pensa di guadagnare di piú e di vivere meglio. Anche la Gilda, dicono quelle persone bene informate, vuole andarsene, perché tanto cosa ci sta a fare a Rocca di Sasso? I genitori del marito le hanno preso i figli, e la gente del paese la considera una «plandra», cioè una donnaccia...

Gli amanti diabolici, secondo i vicini di casa che li vedono attraverso le finestre, passano le loro giornate girando seminudi da una stanza all'altra e dandosi buon tempo ogni volta che gliene viene voglia: «Cosí in pubblico, e senza nemmeno chiudere le finestre. Dobbiamo chiuderle noi, per evitare che i nostri figli si accorgano di quello che sta succedendo nella casa di fronte». Poi, però, l'idillio si rompe. Un bel giorno, scompare il cartello «Vendesi»: la casa di Giuseppe Calandron è stata venduta. Il giorno dopo incominciano i litigi. Si sente la Gilda che grida:

«Se vuoi i miei soldi, devi sposarmi. I patti sono questi».

«Altrimenti te lo fai pagare da un'altra, il viaggio in America!»

I nostri personaggi si presentano in municipio: vogliono sposarsi, ma per fare le pubblicazioni bisogna avere un documento di identità, e l'unico documento che lui è in grado di esibire è un tesserino ferroviario scaduto da anni. Dopo averlo preso con la punta delle dita, e dopo averlo guardato da una parte e dall'altra, il segretario comunale Carmine Mancuso bussa alla porta del sindaco. Gli spiega la situazione e gli chiede: «Cosa devo fare?»

«Comportati come se non ci fossero problemi, – dice il cavalier Zoppetti. – Fissa la data delle nozze e fai le pubblicazioni. Al resto ci penso io».

Mette il tesserino in una busta e chiude la busta in un cassetto: «Di' a quel tale che dobbiamo tenere noi il suo documento, e che glielo restituiremo quando verrà a sposarsi».

Viene avvertito il maresciallo Cannella detto Mízzeca, che sta già indagando sull'uomo dall'occhio semichiuso ed è riuscito a scoprire la sua vera identità. Il sedicente Cristoforo, dice Mízzeca, è un tale Ernesto, falso dentista ma anche falso avvocato, falso frate eccetera, ricercato da tempo per una serie di imputazioni che vanno dalla truffa all'omicidio. Anche se l'accusa di omicidio non è stata provata: Ernesto è sospettato di avere ucciso, strangolandola, una donna di ottant'anni, per prenderle pochi soldi. (Che però lui credeva fossero molti).

Con il tesserino ferroviario del sedicente Cristoforo, e con i fogli che lui ha dovuto firmare per sposare la Gilda, Mízzeca va dal giudice che a suo tempo si era occupato dell'omicidio di Giuseppe Calandron. Viene recuperata l'arma del delitto: il coltello da cucina che, come si ricorderà, era stato trovato vicino al cadavere. Su quel coltello ci sono le impronte dell'assassino, che dovranno essere confrontate con quelle dell'uomo in attesa di sposarsi. «Se risulteranno identiche, – dice il giudice, – avremo la prova che l'assassino del povero Giuseppe è il fidanzato della Gilda, da lei conosciuto con il nome di Cristoforo e da altre donne con altri nomi: Antonio, Mario, Federico, Ignazio, ma registrato all'anagrafe come Ernesto; e anche questo caso sarà risolto. Risulteranno chiare anche le ragioni per cui l'omicidio è stato commesso. Lei, la Gilda, voleva liberarsi di un uomo che le era soltanto di peso, e che però finché rimaneva vivo era suo marito. Lui, l'Ernesto, già accusato di vari reati e ricercato dalla polizia, si sarebbe prestato a compiere il delitto per avere i soldi e la complicità della donna che, secondo le testimonianze raccolte in paese, gli aveva promesso di pagare a entrambi il viaggio in America, se lui l'avesse sposata prima di partire».

«Tutt'e due volevano andare a vivere lontano, in un posto dove nessuno li conosceva e nessuno piú si sarebbe occupato di loro».

Gli amanti diabolici vengono arrestati in municipio, la mattina del giorno in cui credono di andare a sposarsi. Il processo, che si terrà di lí a pochi mesi, stabilirà con certezza che Giuseppe Calandron è stato ucciso da Ernesto; che il mandante dell'assassino era la Gilda, e che la relazione della Gilda con don Muscolo, di cui si parlava in paese all'epoca dei fatti, era una falsa pista creata dall'interessata per sviare le indagini. («Ho scelto il prete, – dirà la donna al processo, – perché ha la stessa corporatura dell'uomo che io chiamavo Cristoforo, e perché sapevo che non mi avrebbe smentito. È cosí stupido!»)

Capitolo ventiduesimo
L'Onorevole

Dopo sei anni e dieci mesi dalla fine della guerra, è tempo di vacanze. In un agosto assolato, le valli intorno al Macigno Bianco sono un'isola di tranquillità e di piacevole ristoro, per chi viene dai borghi della pianura a cercare il silenzio delle montagne e l'ombra dei boschi. Quasi ogni sera c'è un po' di pioggia. I vapori presenti nell'atmosfera, durante la giornata si addensano intorno alle vette piú alte e piú bianche: che nelle prime ore del mattino fanno un bellissimo contrasto con il blu profondo del cielo e poi pian piano vengono inghiottite dalle nuvole, fino a scomparire completamente. Ogni giorno arrivano in paese due corriere, quella del mattino e quella del pomeriggio, e il popolo dei vacanzieri si mescola con quello dei montanari: che da agricoltori e pastori quali erano e in parte ancora sono, nei mesi estivi si trasformano in affittacamere e in albergatori. Tutte le case sono state restaurate e messe a nuovo, con tendine bianche di pizzo a ogni finestra, e fiori di geranio o di ciclamino («panporcin») su ogni balcone. Ci sono anche delle novità. Di là dal ponte e oltre l'osteria sono comparse delle costruzioni che prima non c'erano: tre ville, che d'inverno rimangono chiuse e si aprono soltanto d'estate, per accogliere persone che non sono nate a Rocca di Sasso ma ci vengono a trascorrere le loro vacanze. L'Albergo Pensione Alpi è stato rimodernato e reso piú confortevole, con l'acqua calda e fredda in tutte le stanze. È stata fatta, al piano superiore, una terrazza dove i clienti si incontrano per la prima colazione e poi possono venire anche in altri momenti della giornata, a curare le artriti e gli altri malanni di cui soffrono, con l'esposizione della pelle ai raggi del sole. L'ultimo ritrovato per la salute, infatti, e la nuova moda di questi anni è l'«elioterapia»: che con l'esibizione delle nudità, soprattutto femminili, influisce anche sul costume ed è stata condannata da don Muscolo, piú e piú volte durante le prediche. (Ma senza risultati degni di nota). La Mula di Parenzo è scomparsa, come insegna e come negozio. Venuto a mancare il signor Giacomo Mezzasega: il fondatore, che adesso sorride con un'espressione del viso un po' attonita, da una lapide del piccolo cimitero fuori del paese, l'emporio è stato diviso in tre negozi, con tre diverse licenze e tre proprietari. Nei locali che prima erano occupati dalla Mula: c'è, a destra, un negozio di panettiere e di generi alimentari; e c'è, a sinistra, un negozio di articoli sportivi e di ferramenta. Infine, dall'altra parte della piazza, c'è la tabaccheria (la «privativa») con la sua insegna regolamentare: «Sale e Tabacchi, Chinino e Valori Bollati». Il proprietario della tabaccheria, che ha anche la licenza per vendere i giornali, è quel Floriano soprannominato il Strologu, opinionista e tuttologo della valle, che al tempo dell'epidemia di spagnola spiegava l'origine del contagio: quella vera, non quella delle notizie riferite dalla stampa! E però diceva che non si sarebbe potuto divulgarla senza provocare chissà quali catastrofi, e senza mettere in pericolo la vita di chissà quante persone. Il Strologu ha ceduto l'attività di lattoniere a un fratello piú giovane e ogni giorno, dopo l'arrivo della prima corriera, espone fuori del suo negozio i due giornali piú letti nelle nostre valli, appesi a una cordicella con quegli stessi fermagli (le «mollette») che le donne usano per la biancheria dopo che hanno fatto il bucato.

È lui che vende i giornali agli abitanti di Rocca di Sasso e, durante la buona stagione, anche ai villeggianti. Ed è sempre lui che, per non venire meno al suo soprannome e alla sua fama, insieme al giornale gli dà anche l'interpretazione delle principali notizie, gratis e senza che loro gliela chiedano.

Queste, dopo sei anni e dieci mesi dalla fine della guerra, sono le novità che chiunque può vedere in paese, scendendo dalla corriera e guardandosi attorno. Ma ci sono anche delle novità che non si vedono, e che riguardano i rapporti tra le persone.

Ci sono le novità nel modo di pensare e di comportarsi. Per esempio...

Per esempio, si sta attenuando l'uso dei soprannomi. Morto senza eredi il commerciante Mezzasega, che per piú di quarant'anni ha portato la croce di quell'appellativo; morta l'Adelina Farfoja (o anche Magún) perpetua del parroco, e sostituita con un'anonima (e innocua) Maria Assunta di vent'anni piú giovane; finita in carcere la Gilda Cagafeuch («caca-fuoco»), e andata a vivere in città con il suo dottore la Virginia Cüdritt («culo diritto»), a rappresentare la creatività popolare della valle restano i due preti, don Muscolo e don Girardengo. Restano il medico condotto dottor Sintomo, il tabaccaio e giornalista (giornalaio) Floriano detto il Strologu e pochi altri. Tra quei pochi, anche se non è nato a Rocca di Sasso e non ci viene piú da parecchio tempo, dobbiamo annoverare il maestro Luigi Prandini, Mano Nera. Che nell'estate di cui ci stiamo occupando è tornato in paese per trascorrere qualche giorno di vacanza e ha preso alloggio in due stanze dell'Albergo Pensione Alpi, insieme a sua moglie Mariaccia e ai suoi due figli, cioè al figlio della colpa Carlino e al piccolo Gabriele, nato in città dopo il matrimonio.

Quando la famiglia Prandini è scesa dalla corriera, qualcuno è corso ad avvertire il giornalaio Floriano. Gli ha detto, e quasi ha gridato:

«È tornato Mano Nera!»

E poi, nel caso fosse servita una spiegazione: «Quello che faceva il maestro e si è messo in politica».

«Sss! – Floriano lo ha fulminato con un'occhiataccia: – Parla piano!»

Si è guardato attorno per vedere chi li stava ascoltando. In negozio c'erano soltanto due bambini che avevano comperato delle figurine e le confrontavano per scambiarsele, e lui allora ha ripreso la sua espressione di sempre. Ha detto all'informatore:

«Non si può piú chiamarlo in quel modo. Adesso è Onorevole».

In un periodo di cinque anni può cambiare il mondo. Per il maestro Luigi Prandini: Mano Nera, e per sua moglie Maria Carla detta la Mariaccia, in cinque anni il mondo non è soltanto cambiato. Si è addirittura capovolto.

Nel momento in cui torniamo a incontrarla, la Mariaccia indossa una gonna nera a fiori lunga fino ai piedi, e in testa ha un cappello rotondo cosí grande, che per salire sulla corriera ha dovuto toglierlo. Guarda i suoi compaesani come se li vedesse per la prima volta, e gli rivolge la parola in un certo modo, da far dire agli interessati:

«Chi la creda da vessi, – chi crede di essere. – La regina Taitú?»

(Della regina Taitú abbiamo soltanto questa notizia: che all'epoca della nostra storia è un personaggio proverbiale. Il suo nome serve a indicare le donne che si danno molta importanza e molte arie ma che sono soltanto ridicole, come le protagoniste della commedia di Molière: *Le preziose ridicole*).

Ora che è diventata «regina Taitú», la Mariaccia può finalmente vendicarsi per come è stata trattata quando le è nato il figlio della colpa: Carlino, e poi anche quando ha dovuto mandarlo a scuola insieme ai figli delle persone considerate normali. Chiama gli abitanti della valle «questi zotici». Dice: «Il progresso, ormai, è arrivato anche nei loro paesi, ma non riesce a entrare nelle loro teste».

L'Onorevole indossa un vestito chiaro di lino, con una camicia azzurra aperta sul collo. È un po' ingrassato e ha le basette brizzolate. È un'altra persona rispetto al maestro elementare di Rocca di Sasso, ma anche rispetto al reduce che nel giorno del suo matrimonio sognava di diventare un artista: uno scrittore, rispettato e ammirato da tutti come il suo idolo d'allora.

Rispettato e ammirato da tutti come il Vate.

È riuscito, il maestro Prandini, a realizzare il suo sogno?

Per rispondere a questa domanda dobbiamo fare un passo indietro nel tempo e raccontare le vicende che hanno accompagnato la trasformazione del nostro personaggio, da Mano Nera a Onorevole.

Dobbiamo parlare di un libro intitolato *Una mano alla Patria* (sottotitolo: «Riflessioni e scoperte di un reduce di guerra») che il maestro scrive mentre la Mariaccia è incinta e che poi farà stampare a sue spese, perché ha fretta di arrivare al successo e perché gli editori a cui ha inviato il progetto dell'opera non si sono nemmeno degnati di rispondergli. Libro e bambino nascono insieme, o quasi insieme, e il bambino viene chiamato Gabriele, in omaggio all'uomo che il maestro considera il suo idolo e che ha conosciuto nella città di frontiera. (Nella città che bisognava occupare, perché «è nostra»). Una prima copia del libro, con dedica autografa dell'autore «al Poeta Soldato», viene mandata al Vate per posta; ma il Vate tarda a rispondere. Il maestro Prandini, allora, sale su un treno e va a portargliene personalmente un'altra copia, dopo avergli annunciato il suo arrivo con un telegramma; ma viene trattato in malo modo. Due tipacci con indosso delle strane divise gli tolgono il libro di mano:

«Date qua. Ci pensiamo noi a farlo avere al comandante».

Lui grida che deve consegnarglielo di persona e i tipacci si innervosiscono. Lo minacciano:

«Se non te ne vai con le buone te lo facciamo mangiare, il tuo libro!»

A quell'epoca, Mano Nera e la Mariaccia abitano in una

soffitta e non hanno i soldi per riscaldarsi durante l'inverno. Non hanno i soldi per mangiare ogni giorno, a pranzo e a cena. Comperano un po' di carbonella per il piccolo Gabriele, perché non muoia di freddo, e gliela mettono accesa sotto le coperte, in un recipiente di terracotta: il «previ» (prete) che nelle valli intorno al Macigno Bianco viene usato per scaldare i letti negli inverni piú rigidi.

«Potessi ritornare indietro, – dice Mano Nera a sua moglie, – non chiamerei nostro figlio Gabriele, come quello stronzo che non ha voluto nemmeno ricevermi. Ma ormai lo abbiamo registrato all'anagrafe con quel nome, e dovrà tenerselo».

Il libro *Una mano alla Patria* è la loro rovina. Per pagare il tipografo, se ne dovrebbero vendere qualche centinaio di copie: un'impresa impossibile, perché i librai si rifiutano di metterlo in vetrina e non vogliono nemmeno tenerlo. Dicono al maestro: «Siamo sommersi di libri come il tuo, di memorie e di riflessioni sulla guerra. Tutti li scrivono e nessuno li legge. In quanto a comprarli, la gente preferirebbe farsi cavare un dente». Mano Nera e la Mariaccia sono carichi di debiti, e non sanno piú come fare per tirare avanti. La svolta arriva quando il maestro scopre un foglio settimanale: «Il Risveglio», fatto da uomini che hanno riflettuto durante la guerra e vogliono cambiare il mondo, come lui. Quando scopre che gli uomini come lui non sono una rarità: sono migliaia, e hanno addirittura fondato un partito politico. Il maestro Prandini: Mano Nera, diventa redattore e poi direttore del settimanale «Il Risveglio». Diventa, nella città di pianura dove vive, il segretario politico del nuovo partito, candidato alle elezioni per il parlamento nazionale.

Diventa Onorevole.

Da piú di un anno, Mano Nera ha smesso di essere Mano Nera. È un uomo «che pensa e sente», eletto per rappresentare gli uomini «che devono lavorare» sotto il profilo maestoso della grande montagna.

«Onorevole». Tutti lo interpellano: «Onorevole. Le ricordo la mia concessione per estrarre la ghiaia. La mia licenza edilizia. Il trasferimento della tale bidella alla tal scuola. Del tale cancelliere al tale tribunale... Gliene avevo già parlato la settimana scorsa».

Tanti portano una busta, o una scatola, o un pacchetto, e glieli mettono davanti. Dicono:

«Un contributo per il partito. Un rimborso per lei. Un omaggio per la sua signora».

L'Onorevole guarda la busta (o la scatola, o il pacchetto), che è davanti a lui sulla sua scrivania. Fa segno con la testa: sí. Va bene.

(Ogni tanto gli vengono dei dubbi, se sia davvero questa la libertà celebrata dal Vate, dei «pochi» che «pensano e sentono»; ma poi si risponde che, comunque, è sempre meglio vivere cosí, piuttosto che insegnare a leggere e a scrivere ai figli dei montanari).

È tempo di vacanze per tutti. Anche Ansimino, che «ha l'intelligenza nelle mani» e non può stare nemmeno un minuto senza fare qualcosa, ha dovuto chiudere l'officina a Roccapiana e ha smesso per qualche giorno di andare avanti e indietro sulla strada della valle, come faceva prima della guerra con la corriera della ditta Callone & Rossi e come fa adesso con la sua automobile personale. Del suo nuovo lavoro in società con l'asso dell'aviazione Alberigo Gulli possiamo dire che va bene, anzi benissimo, per ciò che riguarda il commercio e la manutenzione delle automobili; meno bene vanno le corse automobilistiche, che anzi dopo un avvio promettente hanno dovuto essere sospese. Si è scoperto che l'ingegner Gulli non può correre. I danni prodotti dall'incidente con l'aereo sono piú gravi di quanto si pensasse, e sono destinati a crescere con il passare del tempo. Fortunatamente, lui riesce a scherzarci. Quando Ansimino si lamenta dei dolori alla gamba («Cambia il tempo. Lo sento dall'articolazione dell'anca»), l'ingegnere scuote la testa e commenta:

«A noi due, ci ha rovinati la guerra!»

La vita di Ansimino è cambiata, in questi anni, ed è cambiata anche la sua casa. Se ci entriamo, vediamo che la vecchia officina del fabbro, a pianoterra, è stata divisa in due parti. La parte piú piccola è l'autorimessa e l'officina, per cosí dire, personale, del padrone di casa: dove lui fa ancora qualche lavoretto per se stesso e per i suoi amici e conoscenti. (Cioè, in pratica, per tutto il paese). La parte piú luminosa e piú grande, invece, è diventata il laboratorio di Artemisia: che ormai ha smesso quasi del tutto di dipingere per dedicarsi al suo nuovo lavoro, di tagliare e di cucire abiti d'epoca. Ci sono due vestiti già pronti, uno da donna e uno da uomo, esposti nell'ingresso su due manichini. Altri abiti, a cui la padrona di casa sta lavorando proprio in questi giorni, le sono stati richiesti dal teatro di una città di pianura per la prossima stagione di spettacoli, e dovranno essere pronti a settembre.

(Il maestro Panpôs, naturalmente, è furioso per questa svolta nell'attività della figlia e ne attribuisce la colpa al genero: che ha ribattezzato, in via definitiva, «quel macaco». «È colpa di quel macaco, – dice il maestro, – se Artemisia, dopo avere imparato l'antica e nobile arte dell'affresco, non vuole piú esercitarla. È quel macaco che impedisce a mia figlia di essere un'artista». Ma si tratta di accuse senza fondamento. In realtà, la rinuncia a salire sui ponteggi e la decisione di dedicarsi agli abiti di scena e ai vestiti d'epoca è stata presa da Artemisia senza nemmeno consultare il marito, durante la sua prima e unica gravidanza; e «il macaco» non c'entra).

Anche la parte superiore dell'edificio: il primo piano, dove abitavano il fabbro Ganassa e la Maria d'i Biss, è stata rimodernata e imbiancata. C'è un soggiorno con un grande camino, tutto in pietra, che viene acceso nelle giornate piovose e nelle sere d'inverno. C'è la balconata in legno, che nelle nostre valli è un elemento caratteristico delle case; ci sono la camera matrimoniale, la stanza degli ospiti e la vecchia stanza di Ansimino, che è diventata la camera di Leonardo.

Il figlio.

(Ma, di lui, parleremo piú avanti).

Il maestro Prandini e Ansimino si incontrano per la prima volta dopo cinque anni, una mattina davanti al negozio dei giornali: e, naturalmente, si abbracciano. Si dicono: «Ti trovo bene. Stai bene. Sei un po' ingrassato, ma va bene cosí. Gli anni passano per tutti». (Ansimino a Mano Nera). «Tu, invece, non sei cambiato quasi per niente. Come va la gamba?» (Il maestro Prandini a Ansimino). Non si sono piú visti dal giorno del matrimonio di Mano Nera, e ognuno dei due sa di avere a che fare con una persona diversa e in parte nuova rispetto a quella che conosceva. Ansimino, del pranzo di nozze del maestro, ricorda quei discorsi che l'avevano irritato, sulla schiavitú del lavoro... («Che sciocchezza!») Per parte sua il maestro Prandini: l'Onorevole, è convinto di non avere piú niente in comune con gli abitanti della valle e nemmeno con gli amici di un tempo. Lui voleva cambiare la sua vita e ci è riuscito. I ricordi, però, non possono essere cancellati e vogliono il loro tributo di sorrisi e di convenevoli. Ansimino sa che il maestro è diventato Onorevole, e a suo tempo gli ha mandato un telegramma di felicitazioni che vengono rinnovate. L'Onorevole sa che Ansimino è socio in una concessionaria di automobili, e finge di esserne invidioso: «Guadagnerai un mucchio di soldi. Beato te!»

Ansimino sorride. Dice: «È vero. Il commercio delle automobili va bene, e continuerà a crescere per molto tempo ancora. Ma io sono sempre quello che tu e tutti avete conosciuto: un uomo che lavora con le mani. Un operaio».

«Sono un fabbro, come mio padre e mio nonno. Loro sí che sapevano vivere!»

Per festeggiare l'incontro, i nostri personaggi decidono di rivedersi l'indomani a pranzo con le rispettive famiglie, all'Albergo Pensione Alpi. Tutt'e due sono in vacanza, dice l'Onorevole: e a cosa servono le vacanze se non a dedicare un po' di tempo a se stessi, cioè alla famiglia e agli amici? Il grand'uomo abbassa la voce. «Chiederò al proprietario dell'albergo, – promette a Ansimino, – di apparecchiare in terrazza per noi soli. Da quando sono diventato Onorevole, – gli spiega, – la gente mi fa certi favori, che non mi avrebbe mai fatto quando ero un semplice maestro. Perché non dovrei approfittarne?»

Il pranzo sulla terrazza dell'albergo, il giorno dopo, è un momento di svago e di festa per tutti, con i vini del signor Umberto e con la cucina di sua figlia, la signora Carlotta: che già si era fatta apprezzare come cuoca all'epoca della cena dei reduci, e che è diventata, se possibile, ancora piú brava. I bambini giocano, gli adulti scherzano e ridono e conversano amabilmente tra di loro. Non cosí amabilmente, però, che non si insinui pian piano e non si faccia strada nelle menti di tutti la percezione di un'estraneità e addirittura di un fastidio reciproco, destinati a crescere nel tempo. Gabriele e Leonardo, i due bambini, non vanno d'accordo; ed essendo bambini litigano. Le donne si sorridono ma non si piacciono. Per i gusti di Artemisia, la Mariaccia emana un profumo un po' troppo intenso; indossa un vestito a fiori un po' troppo sgargiante; ha due orecchini un po' troppo pesanti, che le tirano giú i lobi delle orecchie, e le labbra un po' troppo rosse. Interviene ogni momento nella conversazione senza che ce ne sia necessità, per dire sciocchezze; e l'erede dei Panpôs la guarda stupita. Si domanda:

«Come fa a essere cosí scema? E suo marito, come fa a sopportarla?»

Anche la moglie dell'Onorevole, però, non riesce a nascondere la sua irritazione nei confronti di Artemisia. Il vestitino elegante che lei indossa, rifatto da un quadro di Guido Reni, le sembra un reperto «dei tempi di Carlo Cúdiga» (personaggio dialettale e proverbiale, sempre associato all'idea di vecchiume), e non si trattiene dal chiederle: «Era di tua nonna?» Artemisia le sta antipatica. D'istinto: il suo sorriso le dà ai nervi, anche se non sa che è lo stesso della Gioconda di Leonardo (e, forse, non sa nemmeno chi è Leonardo). Le danno ai nervi i suoi silenzi e la sua faccia senza trucco, con le labbra che quasi non si vedono e le sopracciglia che quasi non ci sono. Pensa:

«Chissà chi si crede di essere, quella stronza».

Gli uomini parlano della guerra e di ciò che è successo dopo la guerra. Parlano del monumento ai caduti, che si sarebbe dovuto mettere al centro della piazza e che non si è potuto fare perché i reduci non erano d'accordo. Al suo posto, è stata fatta una chiesa. L'Onorevole dice che, per lui, l'idea del monumento è sempre valida, e che prima o poi la realizzerà. Dice che la loro valle è piena di chiese inutili:

«Da qualsiasi parte ti volti, vedi chiese. E non c'è nemmeno una lapide, o una statua, che non sia stata messa dai preti, o per i preti».

A metà del pranzo succede qualcosa di imprevisto. Compare una donna sulla terrazza e l'Onorevole ha una reazione stizzita: «Il proprietario dell'albergo, – dice ad alta voce, – mi aveva promesso che saremmo stati soli. Perché ha lasciato salire un'estranea?»

Ansimino, invece, si alza e va incontro all'estranea: «Ciao Faustina».

Chiede all'Onorevole di scusarla: «È colpa mia. Sono io che devo essere sgridato. Questa signora, – gli spiega, – è la moglie di Oliviero, uno dei richiamati della mobilitazione generale: non te lo ricordi? La signora Faustina deve chiederti un favore e io mi sono preso la libertà di farla venire qui oggi, così la aiuto a spiegarti di cosa si tratta. È una storia che non riesce a concludersi: suo marito, durante la guerra, è stato fatto prigioniero ed è stato mandato in un campo di concentramento in Ungheria. Da allora sono passati piú di otto anni e se ne sono perse le tracce. Ufficialmente è disperso».

La signora Faustina saluta tutti e si scusa con tutti per il disturbo. Dice all'Onorevole:

«Ansimino le ha spiegato qual è il mio problema. Da otto anni sono sposata con un uomo, di cui non so piú niente. Se fossi vedova, avrei dei diritti; come moglie di un disperso ho soltanto il dovere di continuare ad aspettarlo. Anche se, ormai, è ragionevole pensare che lui non tornerà piú».

Si asciuga con la mano una lacrima. Dice all'Onorevole: «Ho chiesto che mi venga riconosciuta la morte presunta di Oliviero, ma non so a che punto è la pratica. Avrei bisogno che qualcuno se ne interessasse, per farla andare avanti e per farmi sapere qualcosa. Se lei può...»

L'Onorevole fa segno di sí con la testa: sí, mi ricordo di suo marito. Sí, ho capito. Dice: «Io personalmente non posso fare nulla, ma conosco chi si occupa di queste faccende. Gliene parlerò». Tira fuori di tasca un'agendina e dopo averla sfogliata per trovare la pagina, dopo avere pescato un mozzicone di matita in un'altra tasca, scrive il nome (e naturalmente anche il cognome) del soldato disperso:

«Oliviero Tal dei Tali. Morte presunta...»

Capitolo ventitreesimo
Il Monumento ai Caduti

Dopo nove anni e nove mesi dalla fine della guerra. «Nel glorioso Decennale della Vittoria, – come dicono i manifesti affissi in tutti i paesi della valle Minore, – in piazza a Rocca di Sasso verrà inaugurato il Monumento ai Caduti». (Su cui, ormai, tutti sembrano essere d'accordo. L'unica voce polemica, quella del nuovo maestro elementare: il maestro Tonetti, non riguarda il monumento ma soltanto i manifesti che lo annunciano. Ogni volta che ne vede uno, Tonetti scuote la testa. Si chiede, e se è insieme ad altre persone chiede anche a loro: «Era gloriosa la Vittoria, o è glorioso il Decennale? Bisogna decidersi». Riflette qualche istante e poi si risponde, a voce alta:

«Basandoci sui manifesti, dovremmo dire che non abbiamo vinto la guerra, ma abbiamo vinto il Decennale. Una stupidaggine».

«Siamo governati da persone che non conoscono la nostra e la loro lingua. Se consultassero un maestro, quando scrivono, si risparmierebbero delle brutte figure...»)

Una domenica di luglio. Gli altoparlanti elettrici collocati alle due estremità della piazza, dalle prime ore del mattino diffondono in tutta la valle inni patriottici. Arriva la banda musicale. Arrivano dalla pianura due corriere: una piena di reduci di guerra, con in testa i cappelli da alpino o da fante e con le bandiere dei reggimenti a cui appartenevano, e un'altra corriera piena di iscritti al partito dell'Onorevole, in camicia nera e calzoni grigioverdi «alla zuava». Dalla chiesa parrocchiale di san Cristoforo, al ter-

mine della Messa grande, escono le donne e gli uomini di Rocca di Sasso con indosso i «vistí d'la festa» cioè i costumi caratteristici della loro valle; e tra gli uomini venuti dalla pianura si sentono delle risate. Delle voci che chiedono:
«È carnevale?»
Dei commenti: «Come si fa, al giorno d'oggi, ad andare in giro vestiti in quel modo?»
«C'è ancora tanto vecchiume da togliere, tra queste montagne!»
Arrivano, in automobile, le autorità militari: un generale di fanteria, un colonnello degli alpini, un tenente colonnello dell'aviazione. Quest'ultimo è un pilota che ha conosciuto Ansimino in tempo di guerra e che si avvicina al sindaco del paese, anzi: al «podestà» come adesso si chiamano i sindaci, per chiedergli se «il signor Anselmo Tal dei Tali, detto Ansimino», vive ancora a Rocca di Sasso e se sarà presente all'inaugurazione del monumento. La risposta è un'alzata di spalle, accompagnata da un gesto che significa: non so, non lo conosco.
Il tenente colonnello scuote la testa. Dice: «Grazie lo stesso. Non importa». Pensa: «Chissà dov'è, in questo momento, il mio amico Ansimino!»
Qualche informazione sul nuovo sindaco, cioè sul podestà, di Rocca di Sasso.
Dopo nove anni e nove mesi dalla fine della guerra, il podestà di Rocca di Sasso è un certo Giuseppe che tutti in paese chiamano Arvèrs, cioè in pratica «rovesciato» o per essere piú espliciti «incazzato», perché è sempre di cattivo umore. È un ragazzone di una trentina d'anni, nato e cresciuto chissà dove e venuto a dirigere il municipio di un paese dove nessuno lo conosce e lui non conosce nessuno, esclusivamente per meriti politici. La principale caratteristica di Arvèrs, infatti, oltre all'umor nero di cui già si è detto, è quella di essere un fedelissimo del maestro Luigi Prandini: l'Onorevole. Che lo ha messo al posto del cavalier Ugo Zoppetti, dopo aver costretto quest'ultimo a

dare le dimissioni, e a motivarle con «l'età» e con «ragioni di carattere personale».

(In realtà, perché non andava d'accordo con l'Onorevole. Fine delle informazioni).

Arriva il parroco di Rocca di Sasso, don Muscolo, in cotta bianca accompagnato da due chierichetti che gli reggono l'acquasantiera e l'aspersorio con cui benedirà il monumento. Le comari, in paese, fanno ancora delle chiacchiere su di lui e gli attribuiscono un paio di fidanzate, non sempre le stesse; ma noi che lo abbiamo conosciuto in tempi migliori ci rendiamo conto che sta invecchiando. I suoi capelli sono diventati tutti grigi, e le tempie e il collo sono una ragnatela di rughe.

Arriva l'Onorevole e tutte le autorità gli si fanno attorno. Qualcuno gli porge la mano ma lui fa finta di non vederla. Saluta tutti, collettivamente, alzando il braccio come si dice facessero gli antichi romani, mentre un brusío percorre la piazza:

«È sua eccellenza. È arrivato sua eccellenza!»

Perché tutti chiamino l'Onorevole «sua eccellenza» non è dato sapere, e probabilmente è un fatto che non ha ragioni logiche né spiegazioni. Nel volgere di pochi anni il nostro personaggio: Mano Nera, è diventato l'Onorevole, e poi l'Onorevole è diventato sua eccellenza perché qualcuno ha incominciato a chiamarlo in quel modo e gli altri si sono adeguati. Anche lui, naturalmente, si è adeguato. Avrebbe potuto dire che quel titolo non gli spettava e che non lo voleva; invece non ha detto niente. L'uso poi si è consolidato; e corre voce che, ormai, il maestro non sopporti altri appellativi. Che tratti male, liquidandolo con poche parole irritate o ironiche, e che consideri suo nemico, chi si rivolge a lui senza adularlo con quel titolo:

«Eccellenza».

Ma torniamo alla cerimonia dell'inaugurazione.

Il monumento ai caduti è una specie di piramide, alta piú o meno quanto una casa di un piano e coperta da un telo grigioverde. Davanti al monumento c'è una pedana, e sulla pedana c'è un aggeggio scintillante e nuovo di zecca: un microfono elettrico, collegato con gli altoparlanti ai lati della piazza che però in questo momento sono silenziosi. Sua eccellenza sale sulla pedana e traffica con il microfono. Ci batte sopra due o tre volte con un dito. Dice: «Prova. Prova».

Gli altoparlanti rimbombano in tutta la valle: «Prova. Prova».

L'applauso che segue è fragoroso e spontaneo. Tutti gridano: «Bene! Bravo! Viva l'Onorevole! Viva sua eccellenza!»

Le donne guardano l'oratore con gli occhi lucidi. Dicono: «Che bella voce. Che bell'uomo. E pensare, – qualcuna riflette ad alta voce, – che l'abbiamo avuto qui nella nostra valle per anni, e non ci facevamo caso».

«Camerati, – dice sua eccellenza nel microfono, e gli altoparlanti rimbombano: – Camerati. Reduci della grande guerra e di tutte le guerre. Popolo della valle: ascoltatemi!»

Non essendo né camerati, né reduci, né popolo della valle noi non ascolteremo il discorso dell'Onorevole, ma ci limiteremo a raccoglierne quelle poche parole, e quelle poche frasi, che il vento trasporta sopra le cime degli abeti, facendole arrivare fino agli alpeggi piú lontani e piú alti. Le vacche al pascolo sollevano il muso dall'erba, distratte da una serie di parole e di frasi che in passato non si erano mai sentite fin lassú, e che ora riecheggiano nel silenzio delle loro montagne:

«L'eroico sacrificio».
«Dal seme fecondo».
«La nostra bandiera. Un grido: vincere!»
«Le imprese. Il sangue. La rivoluzione. Un gesto di».
«In tutte le guerre. Dio ci è stato».
«La Patria».
«I morti. Luminosa certezza. Noi che ora. Il grande».

IL MONUMENTO AI CADUTI 271

Alla fine, squillano le trombe. Il telo grigioverde viene tolto e don Muscolo si fa avanti con i chierichetti per benedire il monumento, che secondo il progetto originale di sua eccellenza si compone di due parti. La parte inferiore: il piedestallo, è un blocco di granito con incisi i nomi dei defunti, e sopra al piedestallo c'è una statua di bronzo, di un soldato che si lancia contro il nemico per infilzarlo con la baionetta. Le intenzioni dell'artista erano certamente buone, ma l'atteggiamento del soldato è cosí scomposto, il suo equilibrio è cosí instabile che molti tra i presenti, per lo stupore, esclamano sènza quasi accorgersene: «L'ciöcch!»
(L'ubriaco!)
«A volte, si andava all'assalto ubriachi», dice un reduce. La banda attacca un inno patriottico e le autorità se ne vanno, gli uomini del partito si dirigono verso l'Osteria del Ponte, i reduci arrotolano le bandiere e i roccasassesi adulti si avvicinano al monumento, per leggere i nomi sul granito. Sono ventiquattro, e tra i caduti c'è anche quel soldato Oliviero che per tanti anni è stato disperso e che poi finalmente è morto, dicono le comari, grazie ai buoni uffici di sua eccellenza. Si accende una discussione sotto al monumento. C'è chi critica la vedova di Oliviero: la signora Faustina, perché non ha sentito il bisogno di sposarsi con il suo nuovo convivente cioè con l'ex sindaco Ugo Zoppetti, quando finalmente ne ha avuto la possibilità; ma c'è anche chi la difende. Soprattutto tra gli uomini. «Io la capisco, – dice un anziano, – e capisco anche il cavalier Zoppetti. Il matrimonio è una faccenda per giovani».

«A sposarsi da vecchi, c'è il rischio di diventare ridicoli». E un altro anziano sentenzia:

«Si può stare insieme, a una certa età, anche senza essere sposati. Basta andare d'accordo».

Le donne, invece, sono di tutt'altra opinione. «È una vergogna, – dice la signora Eufemia soprannominata la Levra: vedova, come forse si ricorderà, di un altro caduto.

– Se ci fossimo comportate anche noi come la Faustina, e ci fossimo prese in casa un altro uomo dopo la fine della guerra, che paese sarebbe diventato, il nostro?»
«Il paese delle vedove allegre?»
«Sono due scomunicati, – dice un'altra. – Due...» Si sforza di trovare la parola giusta e alla fine crede di averla trovata: «Due concugini». (Concubini).
Trascorrono alcuni mesi. Una mattina di ottobre la statua dell'ubriaco è sempre lí, ferma in mezzo alla piazza, e tra i viaggiatori che scendono dalla corriera c'è un uomo quasi completamente calvo, con i baffi e con un paio di occhiali dalla montatura pesante, che si guarda attorno come se fosse sbarcato su un altro pianeta. Guarda i negozi che hanno preso il posto dell'emporio, e poi guarda il monumento ai caduti. È una novità: cosí come era una novità, prima di arrivare in piazza, il passaggio tra le due chiese. «La chiesa piú piccola, – ha pensato l'uomo mentre ancora era sulla corriera, – l'avevo già vista. Ma non potevo immaginare che se ne fosse fatta un'altra piú grande, dall'altra parte della strada. Chissà quando è stata fatta, e per quale motivo».
Si avvicina al monumento. Si ferma a leggere i nomi e gli sfugge un'esclamazione:
«Questa, poi!»
Nessuna delle persone che si trovano in piazza sembra fare caso al nuovo arrivato. Soltanto il proprietario dell'albergo, Umberto Primo, che l'ha visto scendere dalla corriera e guardarsi attorno, lo segue con lo sguardo per vedere da che parte si dirige. Gli sembra che ci sia qualcosa di strano nell'aspetto di quel forestiero, e anche nel suo modo di comportarsi. Pensa:
«Non ha chiesto informazioni e non è venuto da me per prenotare una camera. Dev'essere uno che ha parenti in paese. Chi può essere?»
E poi: «Io, quel tale, l'ho già visto da qualche parte. Se soltanto riuscissi a ricordare dove l'ho visto...»

Lasciamo il signor Umberto alle sue riflessioni e continuiamo a seguire l'uomo della corriera, che altrimenti uscirebbe dalla nostra visuale. Il forestiero, infatti, dopo avere dato un'ultima occhiata al monumento ai caduti e dopo avere sostato un istante a guardare il san Cristoforo dipinto sulla facciata della chiesa parrocchiale, è entrato in un vicolo tra le case. Da come cammina, si capisce che sa dove sta andando e che si guarda attorno soltanto per vedere se ci sono delle novità. Vediamo che si ferma davanti a una porta e che legge i nomi sulla cassetta delle lettere:

«Sig.ra Faustina Tal dei Tali. Cav. Ugo Zoppetti».

Vediamo che scuote la testa. Alza una mano per bussare, poi ci ripensa e la abbassa. Resta con la mano a mezz'aria. Torna ad alzarla e bussa con decisione: toc toc toc.

Toc toc toc.

La porta si apre. Compare la signora Faustina.

L'uomo e la padrona di casa si guardano per un tempo che, a misurarlo con un cronometro, sarebbe certamente piuttosto breve, ma che a entrambi deve sembrare lunghissimo. Non parlano. (Per loro, parlano i loro occhi). Poi, lui fa un gesto con la mano destra: si toglie gli occhiali, e la signora Faustina si accascia sull'ingresso di casa senza nemmeno dire «ah». Senza pronunciare una parola e senza emettere un lamento.

Si potrebbe dire che sviene, ma la parola esatta è «accasciarsi». Non si piega, non cade, non si scompone con le gambe e con le braccia.

Si accascia e basta.

Il forestiero fa un passo avanti e si china su di lei per soccorrerla. La chiama per nome: «Faustina». La rialza. La sorregge, tenendole un braccio: il braccio destro, sotto le ascelle.

Si volta e con l'altro braccio: il sinistro, si chiude la porta dietro le spalle.

Ha il diritto di farlo perché è il padrone di casa. È quel-

l'Oliviero soprannominato il Rana che non dava piú notizie di sé da dodici anni e che ormai è stato dichiarato morto, all'anagrafe e anche sul monumento ai caduti che c'è in piazza.
È diventato calvo e si è fatto crescere i baffi. È diventato miope e ha dovuto mettersi gli occhiali. Era disperso ed è morto. Morto «presunto».
Arrivati a questo punto è lecito chiedersi: cosa succederà?
Ci troviamo in un momento intricato della nostra storia: in un crocevia, dove le domande si infittiscono e quasi si accavallano. Cosa farà la signora Faustina quando riprenderà i sensi? Cosa dirà al marito defunto?
E lui, il caduto per la patria, che farà? Cosa dirà alla sua vedova?
Come si comporterà il giovane Aldo, che ha compiuto da poco ventun anni, quando gli diranno che suo padre è vivo ed è ritornato a casa? Ma, soprattutto: come si comporterà il cavalier Zoppetti, che ormai è il marito della signora Faustina? (Marito, se non di diritto, per lo meno di fatto). Accetterà di togliere il disturbo e di farsi da parte: lascerà la donna e la casa che lo ospitano e andrà ramingo per il mondo, oppure ci sarà nella nostra storia un finale epico, una resa dei conti in cui i due uomini, il vivo e il morto, saranno uno di fronte all'altro e si affronteranno per decidere quale dei due deve rimanere?
Domande, domande, domande.
Il cavalier Zoppetti, mentre la signora Faustina riprende i sensi sul divano di casa, è da qualche parte della valle in riva al fiume Minore e si sta dedicando al suo passatempo preferito, che consiste nell'insidiare gli abitanti di quelle acque limpidissime, cioè i pesci, con certe mosche artificiali di sua invenzione e di sua fabbricazione. Da quando gli uomini dell'Onorevole lo hanno costretto a lasciare l'ufficio in municipio, l'ex sindaco ha tre passatempi: la pesca delle trote, l'invenzione di nuove mosche ar-

tificiali e la lettura dei libri che acquista per corrispondenza da un libraio suo amico, e che dice di voler lasciare, quando non ci sarà piú, al municipio di Rocca di Sasso perché costituiscano il primo nucleo di una biblioteca pubblica. Si è anche comperato una tomba: la sua tomba, nel cimitero del paese. Si è fatto fare una lapide con la fotografia che ha scelto lui stesso e, naturalmente, con il suo nome e la sua data di nascita. Ogni tanto va a controllare che tutto sia in ordine:

«Quando sarò morto, – dice alla signora Faustina, – basterà aggiungere la data. Il resto è pronto».

Un'altra lapide, di sole parole e senza marmo, il cavalier Zoppetti l'ha confezionata per l'uomo che lo ha costretto a lasciare il suo ufficio in municipio, e che lui chiama «sua scemenza». (Invece che sua eccellenza come lo chiamano gli altri). Quando parla del maestro Prandini, il nostro personaggio dice:

«È un pallone gonfiato: un poveraccio. Va dove lo spinge il vento e finirà male».

Il cavalier Zoppetti, dunque, torna a casa per l'ora di pranzo e trova la tavola sparecchiata, i fornelli spenti e uno sconosciuto seduto in salotto, insieme alla signora Faustina che si tiene la testa tra le mani e sospira.

«Questo è l'uomo che siamo riusciti a far dichiarare morto, – gli annuncia la signora Faustina. – È mio marito Oliviero, arrivato poche ore fa con la corriera del mattino».

«Ah», dice il cavalier Ugo Zoppetti. (Niente di piú e niente di meno. Solo: «Ah»). Va in cucina a mettere le trote nell'acquaio, che è il posto piú fresco della casa. Torna e dice alla donna: «Dal momento che tuo marito è vivo, e che anch'io sono vivo, potevi almeno prepararci qualcosa da mangiare. Con lo stomaco pieno i problemi si affrontano meglio».

La signora Faustina scuote la testa. «Siamo stati tutta la mattina a parlare, – spiega al cavaliere, – e mi ha raccontato la sua storia. Mi ha detto che dal campo di prigionia lo avevano mandato a lavorare in un'azienda agricola, di una signora bionda che aveva il marito al fronte. Il marito della signora è morto in guerra e lui, Oliviero, è riuscito a prendere il suo posto nel letto della signora bionda e poi anche nell'azienda, insomma è rimasto lí per tutti questi anni senza accorgersi che la guerra era finita, e senza ricordarsi di avere una moglie e un figlio in un'altra parte del mondo...»

«È la storia di Ulisse e della maga Circe, – osserva il cavalier Zoppetti senza scomporsi. – Gira e gira, gli uomini fanno sempre le stesse cose e Omero, nell'*Odissea*, le ha già raccontate tutte». Chiede alla donna: «Gli hai spiegato che suo figlio Aldo, adesso, è iscritto all'università, secondo anno di chimica farmaceutica, e che sono io che lo mantengo agli studi? Detta cosí può sembrare una cosa meschina, una ripicca; ma, secondo me, è giusto che lui sappia come stanno le cose».

«Sí, – risponde la signora Faustina: – gliel'ho detto. E gli ho anche detto che Aldo, ormai, è affezionato a te e che ti considera il suo vero padre».

«Cosa intendi fare? Sei tornato con un progetto? Hai qualche idea?», chiede il cavaliere a Oliviero. E poi: «Possiamo darci del tu, non credi? Siamo quasi parenti...»

«Non so ancora cosa farò, – dice Oliviero. – Davvero, è tutto cosí confuso! So soltanto che questa è la mia casa, e che sono tornato per viverci...»

«Eh no, stai fresco! – grida la signora Faustina. – Una volta, questa era la nostra casa, e adesso è la casa mia e di mio figlio. Se vuoi fare uno scandalo puoi farlo, ma io con te non ci torno. A nessun costo!»

«Tu per me sei morto comunque... Anche se sei vivo!»

«C'è un modo per risolvere questa situazione? – chiede Oliviero al cavalier Zoppetti. – Se c'è, per favore me lo indichi lei che mi sembra una persona saggia».

Il cavaliere scuote la testa. Spiega all'ospite: «Per tornare in vita non ti basterà essere vivo. Ci vorrà la sentenza di un tribunale. Sono cose lunghe e dovrai pagare degli avvocati... Dovrai trovare dei testimoni attendibili... Io, sai, ho lavorato nella pubblica amministrazione per tanti anni, e di queste cose un po' me ne intendo».

Dopo una pausa, continua: «E non è tutto. Tua moglie, quando sei stato dichiarato morto, ha venduto la tua parte della segheria e i terreni in paese, per saldare i debiti che aveva dovuto fare mentre eri all'estero. Oltre a pagare gli avvocati, dovrai mantenere agli studi tuo figlio e dovrai mantenere te stesso e la tua famiglia. Come pensi di farcela?»

«Venderò questa casa, – dice Oliviero. – È la mia casa». Ma il cavalier Zoppetti scuote la testa. Osserva: «Se riuscirai a dimostrare che sei vivo, e che sei proprio tu, la trafila per riprendere possesso dei tuoi beni o, meglio, di ciò che ne resta, sarà piuttosto lunga».

«Chiariamo una cosa una volta per tutte». La signora Faustina si alza in piedi e si mette i pugni sui fianchi. «Quest'uomo, – lo indica con il dito, – per me ha cessato di esistere, e se mi chiameranno in tribunale dirò che non lo riconosco e che non è mio marito. L'unica cosa che può fare è sparire per sempre. Andarsene. Non vedo altre soluzioni».

«Perché non torni in Ungheria, dalla signora bionda?», chiede il cavaliere a Oliviero. Ma lui scuote la testa: «No. Non è possibile».

C'è un momento, lungo, di silenzio. Poi il cavaliere si schiarisce la voce. Dice: «L'unica via d'uscita, secondo me, è che tu diventi un'altra persona. Oliviero è morto, e se cerchi di resuscitarlo ottieni un solo risultato: quello di rovinare definitivamente la tua esistenza e la nostra. Finiremo tutti sui giornali. Tua moglie e io dovremo andarcene da Rocca di Sasso, tuo figlio dovrà interrompere gli studi e alla fine tu cosa ci avrai guadagnato? Niente».

«Sarai morto e resuscitato come Lazzaro, ma ti resterà in mano un pugno di mosche. Ci odierai, e noi odieremo te».

L'uomo tace e il cavalier Zoppetti gli spiega:
«Diventare un altro non è difficile. Dopo la fine della guerra, in tutti i distretti militari di questo paese ci sono soldati che mancano all'appello e che nessuno ha mai reclamato. Dispersi per l'eternità. Dovrai cercarne uno senza parenti. Quando l'avrai trovato, andrai all'anagrafe del suo municipio, che diventerà il tuo municipio, e dirai che sei rimasto all'estero per tutti questi anni senza ricordare chi eri. Dirai che eri smemorato: in fondo, è la verità. Alla fine, ti daranno dei documenti con un nuovo nome e incomincerai la tua nuova vita. Aprirai un negozio, tornerai a sposarti, farai quello che ti pare meglio. Io, se vuoi, posso darti una mano, perché ho ancora qualche amico in città, negli uffici giusti...»

Capitolo ventiquattresimo
Un'altra guerra?

Dopo ventidue anni e qualche mese, in piazza a Rocca di Sasso. Il monumento ai caduti è sempre là, con l'ubriaco di bronzo («l'ciöcch») che impugna il suo fucile per andare all'assalto del mondo; e tra i nomi scritti sulla base del monumento, degli eroi che hanno sacrificato le loro giovani vite alla patria, continua a esserci quello del soldato Oliviero detto il Rana, dichiarato morto dopo che per molti anni non si era saputo piú niente di lui. Le due chiese sono sempre al loro posto, di qua e di là dalla strada che porta in paese: e nella valle tutta fiorita (è primavera) si torna a parlare di guerra. C'è di nuovo la guerra, di là dalle montagne. Come l'altra volta: qualcuno ha incominciato ad agitarsi, a dire che le cose non andavano come dovevano. Ha incominciato a buttar giú frontiere e a menar le mani; e la rissa, ormai, si è generalizzata. Lontano da qui i cannoni cannoneggiano, gli aereoplani bombardano, le mitragliatrici mitragliano, gli uomini muoiono. Nelle nostre valli tutto è tranquillo; ma la domanda che aleggia nel vento, tra le cime degli abeti e le nuvole lontane, e che ritorna con insistenza tra una «canzonetta» e l'altra nei notiziari della radio, è se continueremo a tenerci fuori dalla guerra o se ci butteremo anche noi nella mischia, come abbiamo fatto l'altra volta.

Venticinque anni fa.

Allora ci è andata bene: abbiamo vinto. Perché non dovremmo riprovarci?

Perché, rispondono in molti, allora avevamo un vero

nemico e adesso non lo abbiamo piú. Ma la faccenda non è poi cosí sicura.
Il mondo è pieno di nemici.

Mentre si attende che le cose si chiariscano e che i nemici, se ci sono, escano allo scoperto e incomincino a fare la loro parte, non passa quasi giorno senza che la Maria soprannominata Girometta: la nuova postina, porti a qualcuno la cartolina-precetto dell'esercito, con l'ingiunzione di presentarsi in città al distretto militare. Una cartolina è arrivata anche a casa di Ansimino per suo figlio Leonardo: che ha vent'anni, è iscritto al primo anno di università, corso di laurea in ingegneria meccanica ed è in collegio in una città di pianura, intento a preparare i suoi primi esami. In quanto studente, Leonardo aveva chiesto e ottenuto il rinvio del servizio militare, e la cartolina (dice suo padre) non doveva arrivargli. Ansimino è andato a protestare al distretto: «C'è un errore».

«Nessun errore, – gli ha risposto un impiegato. – Tutti i rinvii sono stati sospesi a causa della guerra».

Poi l'impiegato si è sentito in dovere di aggiungere: «Anche se la guerra ancora non c'è, potrebbe esserci tra una settimana o tra un mese. L'unica cosa sicura, al momento, è che i giovani delle classi di leva devono presentarsi in caserma per essere arruolati».

«Cosí, qualunque cosa succeda, siamo pronti!»

In questi dodici anni che sono trascorsi dopo che l'abbiamo incontrato per l'ultima volta, Ansimino ha avuto qualche problema di salute dovuto all'incidente con il camion, che gli ha lasciato uno strascico di acciacchi e che lo costringe, di tanto in tanto, a camminare appoggiandosi a un bastone. Poi c'è stata la morte (improvvisa) del suo socio, che ha causato la fine della società e una nuova svolta nella vita del nostro personaggio. L'asso dell'aviazione Alberigo Gulli, infatti, nella loro ditta era il socio di maggioranza e in pratica, anche se non lo faceva pesare, era il padrone. Dopo i funerali è arrivato il suo erede: un fratel-

lo piú giovane, che nella concessionaria di automobili ci veniva poco e però, quando ci veniva, insultava tutti e faceva delle gran scenate con tutti. Forse pensava che, in quel modo, i dipendenti avrebbero lavorato di piú e avrebbero lavorato meglio; o forse quello era il suo carattere. Chissà! Un giorno, il conte Filiberto Gulli (tale era il nome del nuovo proprietario, e guai a non chiamarlo con quel titolo nobiliare che il fratello non aveva mai usato) aveva fatto irruzione nell'officina di Ansimino. Si era guardato attorno con un'espressione disgustata, e aveva pronunciato la frase fatidica:
«Qui bisogna cambiare tutto».
«Incominci da me, – gli aveva risposto il capo officina. – Io me ne vado».
A quarantasette anni, il nostro personaggio ha ricominciato tutto da capo, ed è tornato nelle sue valli. Con i soldi della vecchia società, ha comperato un capannone sulla strada «carrozzabile» che da Roccapiana va verso il Macigno Bianco, vicino all'incrocio con la valle Minore. Ha aperto un'officina, anzi due officine: da una parte il laboratorio del fabbro («Se mio padre Ganassa potesse vederlo, ne sarebbe felice»), dall'altra il garage dove si riparano le automobili. Ha assunto degli operai: e si è reso conto che gli uomini con «l'intelligenza nelle mani», come lui, ormai nel mondo sono una rarità. Ciò che oggi interessa a chi lavora, e soprattutto a chi lavora con le mani, non è piú il risultato: sono i soldi, e sono anche gli altri benefici che si ricavano dal lavoro. Sono le ferie pagate, l'assistenza medica gratuita, la pensione. Ansimino non riesce a capacitarsene. Gli sembra che il mondo intero vada in una direzione sbagliata, e lo dice: «Chi lavora con le mani, ormai, non vuole piú usare la testa, e chi è allenato a usare la testa si vergognerebbe a usare le mani. Ma la testa, – gli capita di riflettere anche ad alta voce, tra un'arrabbiatura e l'altra con i suoi operai, – da sola non produce niente e non può fare niente. Tutte le menti del mon-

do, messe insieme, non piantano un chiodo, se non c'è qualcuno che prende il martello con una mano, il chiodo con l'altra mano e lo pianta».

A volte, nelle sere d'inverno accanto al fuoco, Ansimino parla di questi argomenti con sua moglie Artemisia: che avrebbe dovuto continuare, nelle valli intorno al Macigno Bianco, l'arte e le tradizioni dei Panpôs e invece ha finito per fare la sarta, sia pure di un genere un po' particolare. I destini degli uomini (e, naturalmente, anche quelli delle donne) spesso si decidono in modo imprevedibile e si decidono da soli, al di fuori della volontà degli interessati. Nel caso di Artemisia, la svolta è venuta da quegli abiti che lei aveva incominciato a fare per se stessa e per caso, copiandoli dalle opere dei pittori. Qualcuno che li aveva notati ne ha parlato con qualcun altro. Sono arrivati a Rocca di Sasso degli impresari di teatro e dei registi, da città lontane e anche dall'estero. Sono arrivate le prime ordinazioni: tante, troppe perché una sola persona potesse soddisfarle tutte. I cavalletti per la pittura sono finiti in soffitta (ma il maestro Gianin Panpôs non può piú dolersene perché il committente dei committenti: Dio in persona, lo ha chiamato in cielo a dipingere le nuvole). Si sono dovute assumere delle sarte, e nel locale dove un tempo erano risuonati i martelli e le bestemmie del fabbro Ganassa è nata una sartoria di abiti di scena. Un'azienda piccola ma prestigiosa, che dà da vivere a parecchie persone e che è un motivo di orgoglio delle nostre valli:

«La sartoria della signora Artemisia, dove si fanno gli abiti di scena per i piú grandi teatri!»

Di giorno, Ansimino e Artemisia vivono a qualche chilometro di distanza l'uno dall'altra, ognuno nel proprio laboratorio. Ogni tanto si parlano col telefono. Il telefono, all'epoca di questi fatti, è il filo magico che tiene unita tutta la famiglia e che permette ai nostri personaggi di comunicare anche con il figlio, dopo che lui è dovuto partire per la guerra che ancora non c'è (ma che potrebbe esserci da

un momento all'altro). Non proprio tutti i giorni ma abbastanza spesso:
«Perché ieri non ci hai chiamati? Eravamo in ansia!»
«Chiamaci a qualsiasi ora, anche di notte. Basta che ci dai tue notizie».

Si farà, alla fine, la guerra, e contro chi? Il tuttologo e opinionista Floriano detto il Strologu si è ammalato e ha dovuto cedere la rivendita dei giornali a un certo Nando Calandron, nipote di quei fratelli Calandron, Carlo e Giuseppe, che erano andati in guerra con la mobilitazione generale e che ormai sono morti; ma ci torna tutti i giorni sulla sua carrozzina da invalido, per leggere le notizie e per commentarle. Anche se una paralisi progressiva gli ha tolto l'uso delle gambe, Floriano è ancora in grado di illuminare le menti dei suoi compaesani, spiegandogli le ragioni: quelle vere!, di ciò che accade nel mondo. Il suo interlocutore piú assiduo è quel maestro Tonetti che noi abbiamo già incontrato davanti ai manifesti del Decennale della Vittoria ma di cui, in pratica, non sappiamo nulla.

Vogliamo dire qualcosa anche di lui?

Per cominciare, diciamo che nessuno in paese conosce il suo nome di battesimo: sostituito, nei fatti, dall'appellativo «maestro». E poi, diciamo che la sua principale caratteristica è quella di essere un «tacabutún»: un attaccabottoni. Come il Reginaldo d'i Oluch che però trascorre la maggior parte dell'anno su all'alpeggio, e dunque dà fastidio soltanto d'inverno. Lui, invece, i bottoni li attaccherebbe sempre: «Ma per nostra fortuna, – dicono in paese, – va tutti i giorni nel negozio dei giornali a litigare con lo Strologu, che è un altro della sua stessa razza».

«Cosí, si neutralizzano a vicenda».

I due opinionisti (e attaccabottoni) della valle hanno idee diverse quasi su tutto e naturalmente anche sulla guerra. Il maestro Tonetti, che afferma di avere studiato a fondo il problema, dice che la guerra o non si farà, oppure si farà contro i nostri alleati di oggi cioè contro gli uomini

che vivono di là dalle montagne, nelle valli dove i fiumi scorrono verso nord e verso est: «Sono loro i nostri nemici di sempre. Alla fine, è contro di loro che si fanno le guerre e siccome l'altra volta abbiamo vinto noi, adesso vorranno la rivincita. È normale». Secondo il dietrologo Floriano, invece, questa volta la guerra si farà insieme ai nostri nemici di sempre e dalla loro parte, perché in politica bisogna uscire dagli schemi come nel gioco delle carte:
«È la regola dello spariglio. Non capisci?»
Tonetti, però, non capisce. «Se il nostro nemico di sempre è il nostro amico, – gli obietta, – noi non abbiamo piú nemici, ti pare? Ma se non abbiamo nemici, perché dovremmo fare una guerra?»
Arrivati a questo punto della discussione, Floriano alza gli occhi al cielo. Pensa che gli uomini non sono tutti intelligenti allo stesso modo, e che con le persone di intelligenza limitata, come il maestro Tonetti, bisogna portare pazienza. «Le guerre, – sospira, – non si fanno soltanto perché ci sono i nemici: si fanno perché sono necessarie. Se non ci fossero piú le guerre, nel mondo trionferebbe l'anarchia, e il progresso si esaurirebbe per mancanza di stimoli».
«Riesci a immaginartelo, un mondo senza guerre?»
Tra una cartolina-precetto e l'altra, tra uno scroscio di pioggia e l'altro (è primavera: ma quest'anno, chissà perché, piove un po' piú del solito), tra un discorso sulla guerra e l'altro, Rocca di Sasso vive la sua vita di sempre. In paese ci sono molte novità. Di là dal ponte sul fiume Minore, verso il Corno Rosso, sono state costruite delle nuove ville, che si vedono anche dalla piazza e che secondo qualcuno non dovrebbero esserci, perché «rovinano il paesaggio». In piazza, c'è un nuovo negozio: è la farmacia del dottor Aldo, figlio del defunto (defunto?) Oliviero e della signora Faustina. Il dottor Aldo è un signore con gli occhiali di tartaruga e il camice bianco, che ha ingaggiato da anni una sua guerra personale: la guerra «delle zampe di gallina», contro l'altro camice bianco della valle, cioè con-

tro il dottor Alfredo Orioli soprannominato dottor Sintomo. Oggetto del contendere sono le ricette del dottore, che il farmacista giudica illeggibili («zampe di gallina» è, appunto, un modo di dire per indicare dei segni che non significano niente); e che spesso restituisce a chi gliele porta. Ogni volta esclama, stizzito: «Ci risiamo!»
«Ti ha prescritto le zampe di gallina. Le dà a tutti».
«Io non tratto questo genere di farmaci. Prova nel negozio di alimentari qui a fianco».
Secondo alcuni abitanti del paese, il vero motivo della guerra è l'armadio a vetri nell'anticamera del dottore: che non dovrebbe piú vendere le medicine ai pazienti e invece continua a vendergliele. Ma c'è stata anche una battaglia legale, in tribunale: perché il farmacista, non riuscendo a leggere le ricette, era costretto (lui, almeno, diceva cosí) a risalire alle malattie e a rifare le diagnosi. Chiedeva all'uomo, o alla donna, dall'altra parte del banco:
«Cosa devi curare? Qual è il tuo disturbo?»
Molti abitanti di Rocca di Sasso e della valle Minore, ha detto il dottor Orioli al processo, avevano preso l'abitudine, quando si ammalavano, di rivolgersi direttamente al farmacista; e lui lo aveva denunciato per «esercizio abusivo dell'arte medica». (Ma il processo si è poi risolto in un niente di fatto: perché il farmacista ha portato in tribunale un pacco di ricette, su carta intestata del dottor Orioli, che anche al giudice sono sembrate illeggibili: «Zampe di gallina!»)
In municipio, c'è un nuovo podestà. È il Carlino figlio della Mariaccia e del suo peccato giovanile: il figlio della colpa, che negli anni in cui noi lo abbiamo perso di vista è diventato un uomo di mezza età, con un principio di calvizie e un accenno di pancia. Prima di ritornare tra le sue montagne, Carlino ha cercato di fare carriera, anche con l'aiuto del patrigno: è stato nell'esercito e in politica, ma non è riuscito a combinare niente di buono da nessuna parte. È un uomo mediocre, con due vizi: il gioco d'azzardo

e le donne. Per allontanarlo dalle tentazioni, l'Onorevole lo ha mandato a fare il podestà a Rocca di Sasso: e lui, quando non è in municipio a giocare a carte, è all'Osteria del Ponte dove passa il tempo corteggiando le nuove proprietarie. I roccasassesi l'hanno soprannominato Fincamai perché ha l'abitudine di concludere ogni ragionamento con questa esclamazione quasi intraducibile, che nel linguaggio delle nostre valli può significare «abbastanza» ma anche «chissà mai» o «hai voglia»:

«Fincamai!»

L'Osteria del Ponte, adesso, appartiene a due donne: madre e figlia, che hanno acquistato i locali e la licenza dagli eredi dell'oste Alessandro e hanno anche speso dei soldi per rimodernare l'ambiente. Molti soldi. (Qualcuno, in paese, dice che ne hanno spesi troppi: «Un'osteria rimane sempre un'osteria, qualunque cosa ci metti dentro»). Hanno cambiato il banco delle mescite, le tovaglie, le tendine alle finestre, l'insegna sulla porta. L'unica cosa che non hanno potuto cambiare sono i clienti. Le nuove proprietarie vengono da un paese della valle del fiume Maggiore e sono la signora Gina, la madre, di cui si racconta che ha sposato un commesso viaggiatore e che è stata abbandonata dal marito il giorno dopo le nozze; e la signorina Paola, la figlia. Sono piccole di statura e grassocce, e nonostante la differenza di età sono così simili tra di loro, che il podestà Carlino Fincamai non ha ancora deciso quale delle due deve corteggiare. Nel dubbio, le corteggia entrambe:

«Fincamai!»

(Chissà mai che una delle due alla fine si arrenda, o che si arrendano tutt'e due).

Tra il municipio e il negozio del tabaccaio c'è un'altra novità: la «Biblioteca Civica Ugo Zoppetti» occupa i locali, imbiancati e rimessi a nuovo, di un magazzino appartenuto al signor Giacomo Mezzasega proprietario della Mula, cioè dell'emporio. In quel magazzino, come si ricorderà, ha trascorso i suoi ultimi giorni di vita uno dei protagonisti di questa storia: il povero Giuliano, figlio sfortunato del signor Giacomo. Da lí, da quella stanza a pianoterra, sono partiti i colpi che una mattina d'inverno di tanti anni fa hanno ucciso gli amanti di una notte, l'Angela Sbrasenta e il Tommasino Baloss. Chi ci guarda dentro, adesso, vede una stanza piena di libri.

(Tutte le storie finiscono nei libri. È il loro destino).

In canonica, c'è un nuovo parroco. Don Muscolo è diventato monsignore ed è andato a vivere a Roccapiana, al Monte Santo: dove, in pratica, non fa niente. (Il suo incarico ufficiale, dicono le comari, è quello di «canonico penitenziere» cioè addetto alle penitenze della basilica: ma che cosa, poi, facciano in concreto i penitenzieri, non lo sa nemmeno lui). Le pie donne che sono andate a trovarlo all'inizio dell'anno dicono che «è diventato grasso come un maiale» e che «non ha piú nemmeno una morosa: mangia, beve, dorme e ogni tanto si fa una passeggiata tra le cinquanta chiese del Monte. È in paradiso, prima ancora di essere morto!» Anche il viceparroco don Girardengo: il prete «folarmà» o «prete da corsa», ha fatto carriera ed è stato nominato parroco in una chiesa di città. Al posto di don Muscolo adesso c'è un pretino grasso e roseo, un certo don Angelo che in paese si vede poco perché rimane tutto il giorno chiuso nel suo ufficio «a studiare». Di lui, le pie donne dicono che «studia per diventare vescovo», o addirittura «per diventare papa»: e chissà se l'informazione corrisponde alla verità! Il suo viceparroco don Giorgio è un ragazzo appena uscito dal seminario, che ha problemi di timidezza con tutti e soprattutto con le donne. Balbetta e diventa rosso per ogni nonnulla, tanto che le comari lo hanno ribattezzato Grattacüu («grattaculo»): come le bacche, rosse piú di lui, della rosa canina. Gli uomini, invece, lo chiamano con il nome di un fiorellino: la Mammola, che è il simbolo di un'innocenza in cui non crede nessuno...

Anche al cimitero ci sono novità. In un paese come Rocca di Sasso, dove per definizione «non succede mai niente», il cimitero è uno dei posti piú vivi e piú frequentati: e c'è una tomba in particolare, quella del cavalier Ugo Zoppetti defunto da sei anni, che viene visitata tutti i giorni ed è sempre piena di fiori finché la stagione lo permette. La signora Faustina, in pratica, vive lí, accanto all'uomo che non è suo marito e non è nemmeno il padre di suo figlio, ma è stato la persona piú importante della sua vita e lo è ancora dopo che è morto. Gli racconta le sue preoccupazioni, i suoi timori, i suoi problemi di salute. Gli parla della guerra che ancora non c'è, e che però potrebbe incominciare da un momento all'altro. Stando in cielo, lui ha la possibilità di informarsi e lei gli chiede:

«Si farà anche questa volta, la guerra? E il nostro Aldo, verrà richiamato?»

Molti personaggi della nostra storia, dopo ventidue anni, sono morti. Anche nell'Albergo Pensione Alpi. È venuto a mancare il vecchio proprietario, Umberto Primo, e al suo posto, adesso, c'è sua figlia Carlotta: la ragazza «brutta come il peccato», che però dopo la guerra è riuscita a sposarsi e ha avuto anche due figli, Annalisa e Umberto. Quando Umberto, che all'epoca di questi avvenimenti ha diciannove anni, riceve la cartolina-precetto dell'esercito, sua madre pensa di farlo esonerare e lo manda in città dal piú illustre e autorevole dei suoi clienti, cioè dall'ex maestro Luigi Prandini. Gli dà una lettera da consegnare a sua eccellenza, in cui definisce se stessa «anziana e inferma» (in realtà, ha compiuto da poco cinquant'anni) e dice che senza il figlio maschio: l'Umberto, dovrà chiudere l'albergo. «Voi mi capite, eccellenza. L'altra figlia, Annalisa che forse ricorderete, nella buona stagione non può badare da sola ai clienti, e io non posso aiutarla a causa delle mie condizioni di salute, che purtroppo peggiorano di anno in anno».

Il maestro Prandini: sua eccellenza, negli ultimi tempi è invecchiato. Ha perso, in parte, i capelli: ha la dentiera,

ed è un po' sordo da un orecchio. Soprattutto, è cambiata la sua vita. Nonostante il declino fisico che si è detto, su cui non vogliamo insistere: il nostro personaggio ha un'amante molto piú giovane di lui e non fa niente per nascondere questa nuova relazione, anzi si comporta come se volesse metterla in mostra. Si comporta come se non fosse sposato. La Mariaccia, dicono le persone bene informate, continua a vivere nella loro casa di città e a fare, per quanto le è possibile, le cose di sempre: ma lui ha preso in affitto una villa a Roccapiana ed è lí che torna appena gli affari della politica glielo permettono. La sua nuova fidanzata è una ragazza alta e bionda: una certa Clara che a Roccapiana tutti chiamano «la cavallerizza» perché ha l'abitudine di farsi vedere a cavallo, ogni mattina, sul viale che porta alla stazione della ferrovia. Di lei, si sa che ha poco piú di vent'anni; che tratta tutti «dall'alto in basso» senza dare confidenza a nessuno, e che sua eccellenza deve esserne innamorato alla follia, perché l'accontenta in ogni capriccio. Molti dicono:
«Una ragazza cosí, non ha niente da perdere e non ha paura di niente. Nemmeno del ridicolo di farsi vedere in pubblico con un uomo, che per l'età potrebbe essere suo padre e per l'aspetto fisico suo nonno!»
Sua eccellenza legge la lettera della signora Carlotta e poi la rimette nella busta. Guarda il ragazzo che gliel'ha portata: «Di' a tua madre, – scandisce, – che se tra qualche settimana entreremo in guerra come io spero e desidero, la prossima estate nel vostro albergo ci saranno ben pochi clienti e tua sorella potrà cavarsela da sola, senza bisogno di aiuto. Se invece non entreremo in guerra, il tuo periodo di ferma sarà quello normale della leva, e prima o poi dovresti farlo comunque. Perciò, corri a indossare la divisa e sii felice di servire la patria. Non ti dico altro!»
Si farà, alla fine, la guerra, e contro chi? Chi sono i nostri nemici? L'unico tra i personaggi di questa storia che sembra avere in proposito le idee chiare, e che anzi si me-

raviglia dei dubbi degli altri, è l'ex maestro Prandini. «I nostri nemici, – risponde sua eccellenza a chi gli fa questo genere di domande, – sono le plutocrazie, create e sostenute dalla comunità giudaica internazionale cioè dagli ebrei. Lo sanno perfino i bambini. C'è un complotto contro la nostra civiltà, per toglierci lo spazio vitale».
(Quelli che ascoltano spalancano gli occhi. Dicono: «Le plutocrazie, ma sí! Dovevamo pensarci!»
«Se è in pericolo lo spazio vitale, bisogna difenderlo!»)

Capitolo venticinquesimo
Le Ninfe piangono

Dopo ventisette anni dalla prima guerra è finito tutto. Cioè non proprio tutto, perché le protagoniste della nostra storia: le due chiese, sono sempre in cima alla salita che porta a Rocca di Sasso, e finché esistono loro questo racconto non può considerarsi concluso. Sono scomparsi i nostri personaggi piú importanti. È morto Ansimino: l'uomo che aveva «l'intelligenza nelle mani» e che ci ha portati a Rocca di Sasso sulla sua corriera, prima che tutto incominciasse. E poi, è morto il maestro Prandini: l'Onorevole, che insieme a Ansimino ci ha prestato la sua vicenda personale perché ce ne servissimo come di un filo, per non perderci nel mare infinito delle storie umane.

Perché potessimo raccontare il Macigno Bianco, le due chiese e la guerra degli uomini delle valli dove i fiumi scorrono verso sud, contro gli uomini delle valli dove i fiumi scorrono verso nord e verso est.

Sta per concludersi un'epoca. L'epoca in cui il lavoro era la causa di tutti i mali e l'origine di tutte le speranze e di tutti i sogni. L'epoca del lavoro che rende liberi gli uomini e degli uomini che vogliono liberarsi dal lavoro.

L'epoca dell'*Internazionale*.

«Domani, l'Internazionale sarà il genere umano».

Ma torniamo indietro di qualche passo. Seguiamo lo svolgersi, apparentemente disordinato, delle storie che nel nostro racconto si sono dovute fermare davanti ai punti interrogativi.

Ci stavamo chiedendo se alla fine saremmo entrati anche noi in guerra, e contro chi.

Chi, questa volta, era il nostro nemico, e perché dovevamo combatterlo?

La risposta alla prima domanda è: sí. Siamo entrati in guerra.

Le risposte alla seconda e alla terza domanda in pratica non ci sono, o forse sono un'unica risposta, quella del dietrologo e opinionista Floriano: le guerre non si fanno per combattere i nemici, ma perché sono necessarie al funzionamento della società.

(Avere dei nemici non è un lusso ma una necessità, e fa parte della natura umana).

Gli uomini delle valli intorno al Macigno Bianco sono partiti per la guerra, come avevano fatto l'altra volta, e poi sono arrivati gli aereoplani che volano alti sopra le loro montagne e vanno a bombardare le città della pianura. Gli aereoplani della nuova guerra non sono piú quelli di Ansimino e del tenente Gulli, che potevano avere quattro o anche sei ali e facevano in cielo dei duelli, come gli antichi cavalieri nei loro tornei. Sono grandi e massicci con due sole ali. Volano in formazione come le anatre d'autunno e si annunciano da lontano con il loro frastuono. Nelle notti serene, dagli alpeggi, si vedono le città della pianura che bruciano.

Si vedono i lampi della contraerea.

La pianura, vista dall'alto, è una palude di fuoco e i nostri montanari, guardandola, si fanno il segno della croce. Si chiedono:

«Perché doveva succedere tutto questo?»

«Perché siamo in guerra?»

I bombardamenti continuano per un paio d'anni. Poi, un giorno, arriva la notizia che tutto è finito: «Siamo stati sconfitti», e la gente tira un respiro di sollievo. Qualcuno dice: «Finalmente!» Qualcuno commenta: «È finito un incubo».

Molti degli uomini che erano partiti ritornano nelle loro case, ma non riprendono le attività del tempo di pace e non accendono un cero nella chiesa dei reduci, come avevano promesso di fare quando sarebbero tornati. Dicono che il peggio deve ancora arrivare e che loro devono nascondersi. Dicono che la guerra non è finita. È cambiato il nemico. Dicono che i nemici, ormai, sono dappertutto e che sono gli stessi dell'altra volta. Sono gli uomini delle valli di là dalle montagne, dove i fiumi scorrono verso nord e verso est e dove si parla un'altra lingua, aspra da ascoltare e difficile da capire.

A Rocca di Sasso, la gente è disorientata. Soltanto il maestro Tonetti è allegro e quasi felice perché i fatti, finalmente, gli stanno dando ragione. È lui, e non quel vecchio caprone dello Strologu, il commentatore politico della valle, capace di prevedere le cose prima che accadano e di spiegarle dopo che sono accadute. Grida da lontano a tutti quelli che incontra: «Io lo sapevo!»

«Io l'avevo detto prima che la guerra incominciasse, che sarebbe finita cosí».

Un giorno, Ansimino è al lavoro nell'officina del fabbro, da solo (l'altra officina, quella per riparare le automobili, è chiusa e si apre di rado, perché di automobili nelle valli ne sono rimaste pochissime), e si vede comparire davanti suo figlio Leonardo, vestito in abiti civili e con la barba d'un mese. Lascia cadere il ferro che stava battendo. Dice: «Ah!»

Padre e figlio si abbracciano e Ansimino ha gli occhi pieni di lacrime. Chiede al figlio: «Dove hai preso questi vestiti che hai indosso?» E, poi: «Cosa ne hai fatto, della divisa? Come mai non sei ritornato insieme agli altri?»

«Sei già stato a salutare tua madre, su in paese?»

Leonardo ha una rivoltella infilata nella cintura. Dice: «No. Mi spiace, ma non posso andare a Rocca di Sasso. Salutala tu, la mamma. Dille che sono ancora vivo, e che mi hai visto».

«Dille che sono tornato. Che sto bene, e che penso a voi tutti i giorni».

Gli spiega che i nemici, ormai, sono arrivati anche nelle loro valli: «Controllano la stazione della ferrovia, giú a Roccapiana, e controllano le strade. Non è stato facile evitarli, ma ormai ce l'ho fatta e voglio raggiungere il Macigno Bianco prima di notte. Ci sono dei reduci come me, lassú sotto la grande montagna, che si stanno organizzando per combatterli».

«Gente dei nostri paesi. Io vado con loro».

Ansimino spalanca gli occhi: «È una pazzia!»

E, poi: «Non ti lascio andare da solo. Andiamo insieme. Dammi soltanto il tempo di chiudere l'officina e di avvisare tua madre».

«Ho già fatto una guerra, ne farò un'altra».

Leonardo scuote la testa: «È meglio di no».

Gli spiega: «Mi aiuterai in un altro modo. Tu e la mamma continuerete a vivere in paese, sotto gli occhi di tutti, e se qualcuno verrà a cercarmi gli direte che non avete mie notizie da piú di un anno. Io, poi, troverò un sistema per comunicare con voi senza mettervi in pericolo».

Passano le feste di fine d'anno. Passa l'inverno, e nelle valli intorno al Macigno Bianco non succede niente che meriti di essere raccontato. Nelle notti serene si continua a sentire il rumore degli aereoplani che, nel buio, vanno a bombardare la pianura. Dall'alto delle montagne si vedono in lontananza i bagliori delle città che stanno bruciando. A marzo, poi, fanno la loro comparsa nei villaggi certi manifesti stampati su carta giallina, che parlano di banditi. Nelle vostre valli, dicono i manifesti, ci sono i banditi: state attenti! Chi ci aiuterà a catturarli avrà un premio in denaro, proporzionato all'entità dell'aiuto; chi li soccorrerà o li ospiterà verrà punito con la stessa pena prevista per loro, cioè con la fucilazione.

Chi sono i banditi, e da dove vengono? Non si sa.

Ad aprile muore il podestà di Rocca di Sasso, Carlino

soprannominato Fincamai per l'abitudine che ha di ripetere quell'intercalare. Viene ucciso alle nove di mattina di un giorno feriale, mentre attraversa la piazza. Qualcuno gli spara dall'angolo di un vicolo: lui cade e rimane ad agonizzare sul selciato per circa mezz'ora, perché nessuno sa cosa sta succedendo e nessuno ha il coraggio (o la voglia) di soccorrerlo. Soltanto dopo che lui ha smesso di muoversi arriva il medico condotto Alfredo Orioli: che si piega sul caduto e gli chiude gli occhi, e poi si volta verso quelli che lo hanno accompagnato fin lí e si tengono al riparo tra le case. Gli dice:
«È morto».

In paese, tutti sono terrorizzati per ciò che potrà succedere nelle prossime ore e tutti si chiedono chi è l'assassino: un nemico personale del podestà? Un nemico politico di sua eccellenza? Un bandito? La verità sul delitto si saprà soltanto dopo la fine della guerra, e sarà che Carlino è stato ammazzato perché molestava una ragazza: la Gianna, fidanzata con un tale di Pianebasse che, dopo essere ritornato dalla guerra, doveva nascondersi in casa di parenti. Il podestà, diranno le voci, andava tutti i giorni ad aspettare la Gianna sotto casa ed era diventato cosí insistente, che alla fine l'altro ha perso la pazienza e bum! Tanto ormai aveva deciso di raggiungere i banditi, e voleva sistemare la faccenda prima di partire. Voleva che la Gianna stesse tranquilla, e voleva stare tranquillo anche lui. Queste cose, però, la mattina del delitto non si sanno, e se anche si sapessero non cambierebbero niente. I giornali e i notiziari della radio, l'indomani, parlerebbero comunque di «attentato» e di «delitto politico». Direbbero:

«È stato ucciso in un'imboscata il podestà di Rocca di Sasso, mentre si recava in ufficio. Tra i tanti crimini compiuti in questi ultimi mesi dai traditori della patria, questo certamente è uno dei piú abietti, perché la vittima era disarmata ed è stata colpita alle spalle».

La rappresaglia si compie quello stesso giorno, a partire dalle prime ore del pomeriggio: arrivano in paese due automobili e due camion grigioverdi dell'esercito, con la parte posteriore coperta da un telo. In un attimo la piazza si riempie di soldati, in tuta mimetica e in divisa. I soldati in tuta mimetica parlano la lingua che si parla nelle nostre valli. Li comanda un uomo che tutti conoscono, in paese, e che dopo essere stato Onorevole, dopo essere diventato «sua eccellenza», è tornato a indossare una divisa con i gradi di capitano. È tornato a essere Mano Nera. Sulla manica, ha un bracciale nero in segno di lutto.

I soldati in divisa parlano tedesco. Sono sette soldati semplici piú un sergente e sono i nostri nemici di sempre, che nella valle del fiume Minore non si vedevano da secoli: piú o meno, dal tempo del tesoro dei Babbii sepolto alla Cà d'i Banf. I bambini di Rocca di Sasso li guardano con gli occhi spalancati per lo stupore. Se ne avessero il coraggio, andrebbero a toccarli; ma non osano. Loro: i nemici, guardano la piazza. Guardano la chiesa con il san Cristoforo dipinto sulla facciata. Guardano il soldato di bronzo («l'ciöcch») che fa l'atto di lanciarsi per infilzarli con la baionetta. Dopo avere fatto ad alta voce qualche commento incomprensibile, e dopo avere scattato qualche fotografia, si disinteressano del paese e di ciò che vi è successo. Vanno all'Osteria del Ponte: dove rimangono fino alla chiusura del locale a mangiare salame, bere vino e a dare pizzicotti nelle parti carnose delle ostesse. E chissà, poi, se le interessate ne sono contente!

Gli uomini in tuta mimetica rimangono in piazza, a tracciare dei segni per terra con il gesso. Dicono: «Qui è caduto il podestà. Qui c'era l'uomo che ha sparato. Da qui (dal negozio dei tabacchi e dei giornali) si è visto in faccia l'assassino». Il tabaccaio e edicolante Nando Calandron, trascinato di fronte al capitano Mano Nera, balbetta che lui non ha visto niente. Si era assentato per qualche minuto, perché tanto a fare la guardia al suo negozio c'erano come sempre il maestro Tonetti e l'invalido Floriano det-

to il Strologu, impegnati nelle loro eterne discussioni.
«Chiedetelo a loro due, se hanno visto qualcosa! Io ero dall'altra parte della piazza e ho sentito gli spari, come tutti; ma non potevo assolutamente vedere chi stava sparando».

Tutti i testimoni chiamati in causa dal giornalaio confermano la sua versione dei fatti. Al momento degli spari l'uomo era nel negozio di generi alimentari, intento a comperare le poche cose disponibili con la tessera del razionamento. Si vanno a prendere nelle loro case i due che hanno assistito al delitto e che devono avere visto l'assassino. Gli si chiede (prima all'uno e poi all'altro):

«Chi ha sparato?»

Loro dicono che non lo sanno e Mano Nera li schiaffeggia con la mano sana. Li minaccia:

«Se non parlate vi faccio mettere al muro. Guardate che non sto scherzando».

Viene buio e le automobili e i camion sono ancora fermi sulla piazza. Qualcuno bussa alla porta di casa di Ansimino. Lui va ad aprire, dopo avere rincuorato Artemisia («Stai tranquilla. Vorranno solo chiederci se sappiamo qualcosa»), e si trova davanti due soldati con i mitra a tracolla. Uno dei due ha i gradi di capitano ed è il maestro Prandini; l'altro è un uomo in tuta mimetica che però, alla luce, risulterà essere una soldatessa. Una donna.

«Posso entrare? – chiede Mano Nera. – Sono ancora un amico, in questa casa?»

Indica il soldato al suo fianco: «Questa è Clara, la donna che vive con me già da quattro anni. Ne avrete sentito parlare, in paese».

Indica i padroni di casa. Dice a Clara: «Questi, un tempo erano i miei amici. Lui, Ansimino, ha combattuto nell'altra guerra ed è un buon meccanico di automobili. Lei, Artemisia, è l'erede di una famiglia di artisti, che ha operato per secoli tra queste montagne».

Ansimino dice: «Venite avanti», e i due si tolgono i mitra dalla spalla, li appoggiano nell'ingresso. Clara si toglie anche il berretto e libera i capelli biondi. È una bella donna, elegante anche nella tuta mimetica. Nell'espressione del suo viso, però, c'è qualcosa di strano, e Artemisia ne rimarrà impressionata. «Gli occhi di quella donna, – dirà al marito dopo che gli ospiti se ne saranno andati, – sono gli occhi di una persona che non è capace di sorridere e che forse non ha mai sorriso, nemmeno quando era piccola. Chissà da dove viene, e da quale storia».

«Domani voglio provare a disegnare quel viso e quello sguardo; ma non so se ci riuscirò».

Nell'anticamera ci sono due manichini, di un uomo e di una donna in grandezza naturale vestiti con abiti di scena, e Mano Nera si ferma un istante a guardarli. Poi gli ospiti e i padroni di casa si siedono intorno al tavolo del soggiorno. «Se gradite un caffè, – dice Artemisia, – posso farvelo con l'estratto di cicoria. È l'unico tipo di caffè che si trova ancora in commercio».

Ansimino indica la fascia sul braccio del maestro. Gli dice: «Vedo che sei in lutto».

«Sí, – gli risponde Mano Nera. – Lo scorso inverno è morto mio figlio Gabriele, che ricorderai di avere visto bambino. Era un ufficiale di marina. È morto in guerra».

E poi: «Non ho piú figli. Anche il figlio di mia moglie, il povero Carlino, è stato ammazzato per strada da un vigliacco, perché era rimasto fedele ai nostri ideali e forse anche perché, attraverso lui, si voleva colpire me. Quando finirà questa stagione di odio?»

C'è un lungo silenzio, nella cucina-soggiorno di Ansimino: un silenzio rotto soltanto dal rumore dei cucchiaini che sciolgono lo zucchero dentro le tazzine. Poi Mano Nera si rivolge ai padroni di casa tenendo in mano il cucchiaino come se fosse la bacchetta di un direttore d'orchestra, gli dice:

«Vostro figlio Leonardo è vivo e io me ne rallegro sinceramente, ma si è messo su una brutta strada: lo sapete? Su una strada che lo porterà alla rovina. Se vi capita di

parlargli fatelo rinsavire, per il suo bene e per il bene di tutti. Ditegli che è l'ultimo avvertimento che gli do, e che il cerchio intorno a lui sta per chiudersi».
Artemisia osserva, in tono neutro: «Sembra una minaccia».
«Sí, – le risponde Mano Nera. – È una minaccia».
Si sporge verso Ansimino, che è seduto dall'altra parte del tavolo. Gli dice:
«Ciò che è successo oggi in questo paese è un fatto gravissimo, e meriterebbe una risposta altrettanto forte: non credi anche tu? Ci ho pensato mentre venivamo qui oggi. Potrei far incendiare Rocca di Sasso, oppure potrei far fucilare una dozzina di uomini presi a caso. Siamo in guerra, e l'uccisione del podestà è stato un atto di guerra. Invece non farò quasi niente. Spiegalo ai tuoi compaesani, che per questa volta voglio dare a tutti un segnale di moderazione. Porterò via soltanto due uomini: quel maestro Tonetti, e quel Floriano, che hanno assistito all'omicidio e si rifiutano di dire il nome di chi l'ha commesso. Saranno fucilati; ma, date le circostanze, è il minimo che poteva succedere, e il paese se la cava con poco. La prossima volta, se ci sarà una prossima volta, la rappresaglia sarà terribile. Voglio che tutti lo sappiano».
Clara depone la tazzina e si alza: «Grazie del caffè».
«Grazie del caffè, – ripete Mano Nera alzandosi a sua volta: – e ricordate quello che vi ho detto. State bene».
«Addio», risponde Ansimino. Rimane fermo per un istante sulla porta di casa dopo che i visitatori se ne sono andati. Mormora, parlando a se stesso:
«Addio o al diavolo, purché io non debba rivedervi mai piú!»
Ansimino muore o, per essere piú precisi, scompare l'antivigilia di Natale di quello stesso anno in cui è morto il podestà Carlino Fincamai. C'è la neve, nella valle del fiume Minore; c'è ancora la guerra e il cibo scarseggia. Artemisia, per cena, gli ha preparato una scodella di casta-

gne bollite nel latte. Dopo averle mangiate, lui si infila gli scarponi con le racchette da neve; si carica in spalla uno zaino piuttosto voluminoso e accende un lume a petrolio: una lampada che si è costruito lui stesso, con un paralume nella parte superiore per renderla invisibile.

Fuori nevica, è buio e Artemisia lo abbraccia. Gli dice: «Sono preoccupata».

«Non c'è in giro nessuno, – le risponde Ansimino. E, poi: – Cosa vuoi che possa succedermi. Tra un'ora sono di nuovo a casa».

Lei chiude la porta e va a sedersi vicino al camino. Dopo un po' di tempo, si sentono abbaiare dei cani. Si sentono, attutiti dalla distanza e dalla neve, dei colpi d'arma da fuoco in un punto imprecisato della valle, di là dalle due chiese. Artemisia conta quattro colpi. Di slancio, raggiunge la porta di casa e la apre. Grida il nome del marito, con una voce che non è piú la sua ma è la voce della disperazione. Si mette a correre nella neve.

Perde le pantofole. Perde lo scialle. Cade. Si rialza e riprende a correre. Torna a cadere. Perde i sensi.

I cani, lontano, continuano ad abbaiare. La neve continua a scendere.

Mani pietose la sollevano e la riportano a casa.

La ricerca del corpo di Ansimino dura tutto il giorno successivo e poi anche il giorno di Natale ma non dà risultati. Il nostro personaggio è scomparso. La sua lanterna e il suo zaino sono scomparsi. Le sue impronte sono state cancellate dalla neve che ha continuato a cadere durante la notte, e nella neve non ci sono piú tracce. Non c'è niente.

Da qualche parte, nel bianco infinito dell'inverno, le Ninfe piangono.

Artemisia è a letto con la febbre. Batte i denti e non risponde a nessuno. Inutile chiederle perché suo marito era uscito di notte, con quel tempo.

Inutile chiederle dove andava. «Ci dicesse almeno la

direzione, – si lamentano i vicini. – Sapremmo da che parte cercarlo. Altrimenti non lo troveremo mai».

Arriva il nuovo anno: il ventisettesimo dalla fine dell'altra guerra.

Muoiono in un'imboscata quattro nemici: quattro uomini, venuti dalle valli di là dalle montagne dove i fiumi scorrono verso nord e verso est. Insieme a loro muore Clara, e i notiziari della radio dicono che era incinta. Vengono fucilate molte persone, uomini e donne, per rappresaglia o perché sono sospettate di essere coinvolte nell'attentato. Arriva la primavera. I nostri nemici di sempre se ne vanno, perché hanno perso anche quest'altra guerra. (Malgrado la loro crudeltà e la loro boria, anche loro sono degli sfigati cronici, come noi). Gli uomini di Mano Nera scappano o si nascondono. Mano Nera scappa ma viene arrestato, messo in carcere e processato da un tribunale speciale, che lo condanna a morire «mediante fucilazione nella schiena».

Sono finite tutte le guerre.

È giugno.

Una mattina, Artemisia sta preparando il caffè di cicoria e sente bussare alla porta. Va ad aprire e si trova davanti la prima moglie del maestro Prandini: la Mariaccia, che è venuta a chiederle di firmare una carta. Gliela dà, e lei vede che è la domanda di grazia per il marito. Artemisia la invita a entrare. La fa sedere in soggiorno e le offre il caffè di cicoria. Le due donne piangono insieme, pensando ognuna al suo uomo. «Se fossimo rimasti a Rocca di Sasso, – dice la Mariaccia, – e se lui avesse continuato a fare il maestro, adesso non ci troveremmo in questa situazione, e anche i nostri figli sarebbero vivi».

Si accusa di colpe che non ha. Dice: «Avrei dovuto trattenerlo. È colpa mia. Sono io che avevo perso il senso delle proporzioni. Da ragazza madre e Mariaccia, ero diventata una quasi regina. Vivevamo in un sogno, e lui ha combattuto fino all'ultimo per difendere quel sogno...»

Dice: «Negli ultimi tempi stava con un'altra donna. Lo

so anch'io, ma non merita di morire in quel modo. A parte me, non ha mai tradito nessuno».

La Mariaccia ritorna in città con la corriera e la domanda di grazia rimane per qualche giorno sulla credenza, finché il figlio di Artemisia e di Ansimino: il giovane Leonardo, la prende in mano e la straccia.

Viene eseguita la sentenza. A Roccapiana, all'alba di una mattina di luglio. Mano Nera rifiuta la benda sugli occhi. Riesce ancora a voltarsi prima di morire, e a gridare «viva qualcosa». (Che noi non trascriveremo. Anche se la sua vicenda appartiene a questa storia, quel suo ultimo grido e la sua morte appartengono solo a lui).

Capitolo ventiseiesimo
Domani, l'*Internazionale*

Dopo novantadue anni dalla fine della prima guerra. Chi, oggi, arrivasse a Rocca di Sasso venendo dai tempi dei nostri personaggi e delle loro storie, stenterebbe a capire dove si trova. Soltanto il profilo delle montagne, lassú in alto, è rimasto quello di sempre. Tutto il resto è cambiato; ed è cambiato, in molti particolari, anche il paesaggio. A destra sotto il Corno Rosso, tra la montagna chiamata la Resga (la «sega») e il Pass d'i Ratti, c'è una brutta antenna con molti ripetitori. Quando è stata installata, è venuto finalmente alla luce il tesoro dei soldati tedeschi, che era rimasto sepolto per cinque secoli. Durante i lavori di scavo delle fondamenta: picchia e batti, gli operai hanno trovato un lastrone di pietra, e dietro alla pietra c'era una cavità nella montagna, una specie di nicchia piena di oggetti arrugginiti. Spade, elmi, archibugi, pistole. Una ferraglia ormai quasi irriconoscibile e inservibile, ma certamente antica. Di monete d'oro, nemmeno l'ombra.

Un po' sotto all'antenna e un po' a sinistra, la Cà d'i Banf sta andando in rovina: perché gli ultimi discendenti della famiglia dei Babbii si sono trasferiti in città già da qualche decennio e non c'è piú nessuno che, d'estate, vada ad abitare lassú con il gregge. Non c'è piú nessuno che faccia le riparazioni agli edifici. Se poi noi, rimanendo fermi dove siamo, ci spostiamo con lo sguardo verso la Pianaccia e il monte Teragn, ci accorgiamo che il paesaggio da quella parte è quasi irriconoscibile, perché la foresta di pini neri e di abeti che eravamo abituati a vedere ai tempi della nostra storia ha dovuto cedere quasi tutto il suo spazio ai campi da sci, e ci sono anche gli impianti di risalita.

C'è, in basso a sinistra, la palazzina del bar-ristorante.

C'è la funivia.

In paese, l'Albergo Pensione Alpi adesso si chiama Hotel Alpi, con quattro stelle sotto l'insegna. È un edificio completamente nuovo e attrezzato (dicono i dépliant) con due sale per i banchetti, una piscina, una palestra, un solarium, e altre comodità che sarebbe troppo lungo elencare.

Non ci sono piú, entrando a Rocca di Sasso, le due chiese. Al loro posto, la montagna è stata scavata e spianata e c'è un immenso parcheggio: perché le automobili, che quando è incominciata la nostra storia erano ancora molto rare nelle valli intorno al Macigno Bianco, adesso sono diventate cosí numerose che non si sa piú dove metterle. Soprattutto in certe festività e in certi periodi dell'anno. Sono l'«infinita progenie» di quest'epoca: com'erano infinite, all'epoca di Omero, la progenie dei pesci nel mare e quella degli uccelli nel cielo.

Naturalmente, questi cambiamenti hanno richiesto del tempo.

Ci sono stati dei contrasti.

Le protagoniste della nostra storia: le due chiese, per molti anni hanno fatto da argine al dilagare delle automobili e sono anche riuscite a frenarlo: ma la loro resistenza non poteva portare ad altro risultato che alla loro scomparsa. Erano un ostacolo al progresso e dovevano essere tolte di mezzo. La strada, tra quei due edifici, si stringeva, rendendo impossibile la circolazione dei veicoli nei due sensi, e rendendo sempre piú difficile il passaggio delle moderne corriere e dei camion. Si era dovuto creare un senso unico regolato da un semaforo, anzi da due semafori: uno in entrata e l'altro in uscita, e per un po' di anni si era andati avanti cosí, con gli automobilisti che dopo avere sostato al semaforo per entrare in paese dovevano ritornare indietro, perché la piazza era piena e non c'era la possibilità di fermarsi. Per farci stare qualche automobile in piú si era anche spostato il monumento ai caduti, di là dal ponte sul fiume Minore. Il soldato di bronzo: «l'ciöcch», era stato messo a presidiare il quartiere delle ville, e a lanciarsi con la sua baionetta contro le comitive dei gitanti che si avventurano a piedi verso la montagna. Ma nemmeno il suo sacrificio era bastato perché tutte le automobili che arrivavano quassú, nella buona stagione e poi anche d'inverno, potessero trovare uno spazio libero. Ci voleva ben altro!

Bisognava eliminare le due chiese e fare un grande parcheggio. Col passar del tempo, a Rocca di Sasso si erano formati due partiti: il partito (minoritario) di chi avrebbe voluto conservare le nostre protagoniste «per il loro valore storico e artistico»; e l'altro (di gran lunga prevalente) di chi sosteneva che non valevano nulla, e che erano soltanto un impiccio. E poi c'era, nell'ombra ma attivissimo, un terzo partito: quello dei ladri che agivano per conto dei commercianti di cose antiche, e che nel volgere di pochi anni avevano saccheggiato le cento chiese della valle Minore, portando via tutto ciò che poteva essere portato via e rubando tutto ciò che poteva essere rubato. Un bottino enorme di quadri, di mobili, di marmi, di vetri, di inferriate, di statue. Il tesoro che la devozione dei montanari aveva accumulato nel corso dei secoli, a prezzo di tante fatiche e di tante privazioni, era stato trafugato e venduto per pochi soldi, ed era finito dappertutto nel mondo. Si era disperso nelle città della pianura ma anche in luoghi molto piú lontani, dall'altra parte delle montagne o addirittura dall'altra parte del mare e dell'oceano.

Anche le nostre chiese: quella dei richiamati in guerra e quella dei reduci, mentre si discuteva del loro destino erano state aperte dai ladri e saccheggiate, in due momenti successivi. Nella prima visita, i predatori di cose antiche si erano limitati a rompere le porte e a rubare gli oggetti di qualche valore: i candelabri, gli ex voto, il quadro della Madonna Incoronata dipinto da Artemisia. Le chiese erano rimaste vuote e spoglie e i ladri erano ritornati una seconda volta, di notte; erano riusciti a portare via l'affresco della Beata Vergine del Soccorso, staccandolo (chissà come) dal muro. La gente del paese non riusciva a capacitarsene. Fino al giorno precedente, dicevano le comari, l'affresco era al suo posto, e il giorno dopo non c'era piú. Era rimasta soltanto la sua ombra. Tutti si chiedevano:

«Come si fa a togliere una pittura da un muro, senza togliere il muro?»

Quando finalmente era arrivata l'autorizzazione per demolirle, le due chiese erano in stato di abbandono, senza piú niente dentro o fuori che servisse a ricordare perché erano state fatte e da chi. (Anche la scritta sulla facciata della chiesa piú grande:

«Partiti Trentanove. Ritornati Quindici»,

era cosí sbiadita da essere, di fatto, illeggibile). Spiace dirlo, ma bisogna dirlo: gli ultimi che di tanto in tanto ancora ci entravano, guardandosi attorno con aria circospetta, ci venivano per fare i loro bisogni.

Qualcuno, addirittura, aveva in mano un giornale.

Un bel giorno (o, a seconda dei punti di vista: un brutto giorno), in paese sono arrivate le ruspe. In meno di un'ora, le chiese sono state demolite e portate via con i camion. Si è incominciato a spianare il terreno per fare il parcheggio. Sono state tolte anche le ultime lastre di pietra: quelle dei pavimenti; e i lavori, improvvisamente, hanno dovuto interrompersi.

Sotto due lastre di pietra, nella chiesa piccola, c'erano i resti di un uomo.

C'erano delle ossa. Dei brandelli di stoffa. Una lanterna arrugginita.

Sono arrivati i carabinieri, non piú regi perché nel frattempo il sistema di governo era cambiato e anche nelle valli intorno al Macigno Bianco c'era la repubblica. Sono arrivati, da Roccapiana, un commissario di polizia e un magistrato del tribunale. È arrivato il carro funebre con due uomini vestiti di nero. Lo scheletro e i pochi oggetti trovati nella fossa sono stati portati in città, e si è scoperto che l'uomo sepolto nella chiesa della mobilitazione generale era un certo Anselmo che tutti, in paese, avevano chiamato Ansimino: «Uno che era scomparso la notte dell'antivigilia di Natale di un anno di guerra mentre nevicava, e che poi non era stato mai piú trovato».

«Ansimino, – hanno detto i vecchi, – era un gran lavoratore e un gran brav'uomo, e tutti in paese gli volevano bene. Suo figlio Leonardo, che poi ha ereditato la sua officina, durante l'ultima guerra ha combattuto per liberare queste valli dai nemici di allora. È stato un eroe: ma nemmeno lui, che doveva incontrare il padre in quella notte d'inverno, ha mai saputo dove fosse finito il suo corpo».

Chiuso l'incidente, i lavori per il parcheggio delle automobili sono ripresi e le spoglie di Ansimino hanno avuto la loro sistemazione definitiva nel cimitero di Rocca di Sasso, accanto a quelle di sua moglie Artemisia e di suo figlio Leonardo: che si trovava lí già da un paio d'anni e che è l'unico personaggio di questa storia di cui ancora dobbiamo dire qualcosa.

Di Leonardo, innanzitutto, dobbiamo dire che assomigliava a suo padre. Che era piuttosto alto di statura e snello, proprio come lui, e che come lui aveva i capelli color castano chiaro, quasi biondi; ma che aveva ereditato dalla madre l'espressione del viso. Quel suo modo di sorridere anche senza sorridere: quel suo sguardo, cosí sereno e però anche cosí fermo. E poi, dobbiamo dire che dopo la fine della guerra Leonardo non ha piú voluto riprendere gli studi di ingegneria e ha preferito lavorare come meccanico nell'officina del padre. Ha voluto essere un rappresentante: l'ultimo!, di quella religione del lavoro che nel-

le valli intorno al Macigno Bianco non aveva mai avuto molti seguaci, perché gli uomini come il fabbro Ganassa e suo figlio Ansimino non sentivano la necessità di praticarla. Loro, la festa del lavoro, la celebravano ogni giorno e la celebravano lavorando. È toccato al nostro ultimo personaggio, cioè a Leonardo, il compito di portare in piazza i lavoratori con le loro bandiere, e di essere il sacerdote di una religione che ormai nel mondo stava tramontando e che aveva avuto tra i suoi simboli l'inno delle Alpi. La «marcia per banda» del maestro Petrali, con le parole del francese Pierre Degeyter:
«Compagni, avanti! Il gran partito noi siamo dei lavorator...»
Ai funerali di Leonardo c'erano tante bandiere rosse e tante teste bianche, di uomini e di donne che erano vissuti come lui, nel sogno di un mondo piú giusto e piú libero. Si erano fatti dei discorsi, e nel vento del Macigno Bianco erano risuonate per l'ultima volta le note dell'*Internazionale*. Non c'erano preti, perché il defunto aveva fatto sapere che non li voleva: «Ma se anche li avesse voluti, – aveva osservato qualcuno, – non sarebbe stato facile trovarglieli, perché non ce ne sono piú».

Questa, infatti, è la grande novità della nostra valle: che le sue cento chiese, dopo essere state visitate dai ladri, sono silenziose e si aprono di rado. In tutta la valle Minore non è rimasto nemmeno un parroco; e anche nella valle del fiume Maggiore e nelle altre valli intorno al Macigno Bianco, di preti ce ne sono pochi. Pochi e anziani, come i seguaci della religione del lavoro. Forse, dicono le comari a Rocca di Sasso, ci sono ancora dei preti giovani, nel mondo: «Ma i loro superiori non si azzardano a mandarceli, perché hanno paura che facciano la fine di don Lorenzo».

«Hanno paura di noi!»

Storia (in sintesi) dell'ultimo parroco di Rocca di Sasso: don Lorenzo.

Don Lorenzo era arrivato a Rocca di Sasso tanti anni fa, ed era pieno di entusiasmi e di fervori. (Di ardori e di pudori e di tante altre cose). Aveva i capelli quasi biondi e gli occhi quasi azzurri, e le donne ne erano rimaste incantate. La chiesa, durante le sue prediche, era sempre piena. Qualcosa però doveva essere andata storta fino dall'inizio, perché nella parrocchia dedicata a san Cristoforo il nuovo parroco c'era rimasto poco piú di un anno. Giusto il tempo, si diceva in paese, di sedurre una certa Marina (o di farsi sedurre da lei: le versioni a questo proposito erano contrastanti), che era la figlia del tabaccaio. La pancia della ragazza aveva incominciato ad arrotondarsi e il prete, per un po', aveva fatto finta di niente; finché era successo l'irreparabile. Una domenica, durante la Messa grande. Il tabaccaio lo aveva interrotto mentre predicava, e gli aveva intimato di assumersi le sue responsabilità: «Altrimenti, – gli aveva detto, – so io cosa devo fare». Don Lorenzo, allora, aveva dato le dimissioni da parroco. Si era sposato con la donna che stava per mettere al mondo suo figlio ed era tornato a vivere in città insieme a sua moglie.

Avevano aperto una gelateria.

(Quando arrivano a questo punto del racconto, le comari di solito spalancano gli occhi e alzano le mani al cielo. Dicono:

«Hanno cinque figli, e il piú grande ha già finito gli studi! Fa il dottore»).

Da allora, Rocca di Sasso è senza preti e la casa del parroco è vuota. Ogni tanto, da una città della pianura arrivano due suore di colore. («Nere nere, – dicono le comari. – Fossero almeno color caffelatte...») Aprono la chiesa e suonano le campane (cioè i «tolún»: la campana grande, la Vusona, non è mai tornata al suo posto in cima al campanile), per chiamare i fedeli alla preghiera; ma in chiesa non ci va quasi piú nessuno. Tutti dicono:

«Che religione è diventata la nostra, senza preti?»

Dopo novantadue anni la storia è finita. A Rocca di

Sasso e nel mondo: tutto è pronto perché incominci un'altra storia, che non si sa ancora quale potrà essere e dove porterà gli uomini del futuro. Le due chiese non ci sono piú. Le Ninfe sulle montagne non ci sono piú, e anche le anime dei defunti (le farfalle) sono meno numerose di un tempo...

I tesori sepolti sono stati tutti scoperti e i fantasmi che li hanno custoditi, per secoli, hanno smesso di andare attorno e di ansimare («banfêe»). Sono tornati, cosí almeno si dice, nei paesi d'origine.

«Riposano in pace».

La valle delle cento chiese (vuote) è sempre al suo posto: è sempre là. E c'è, alla confluenza con l'altra valle, quella del fiume Maggiore, una nuova chiesa che a dire il vero non è nemmeno una chiesa perché è la vecchia officina meccanica di Ansimino e di suo figlio Leonardo, ristrutturata e imbiancata. Una chiesa diversa da tutte le altre della valle, senza campanile e con una targa sull'ingresso che dice:

«Centro culturale islamico». (In due lingue, con due diversi caratteri).

Lí, si riuniscono a pregare il loro Dio gli uomini che sono arrivati da chissà dove, per lavorare con le mani al posto nostro. Gli uomini che a Rocca di Sasso hanno spianato la montagna per fare il parcheggio e che poi hanno continuato a togliere terra e rocce e a costruire una strada intorno al paese, fino al piazzale della funivia e degli impianti di risalita per gli sciatori. Perché, come era solito ripetere Ansimino, «sono le nostre mani che muovono il mondo»:

«Tutte le menti di tutti gli uomini, messe insieme, non piantano un chiodo, se poi non c'è qualcuno che prende il martello con una mano, il chiodo con l'altra mano e ci batte sopra».

Il Macigno Bianco è sempre al suo posto, lassú in cima alla pianura e al centro di tutte le valli: con il suo paradiso perduto di là dalla montagna e con il suo inferno sotto i ghiacciai, che nella stagione estiva emettono gemiti, scricchiolii e rumore di denti che stridono. E il vento che passa tra le sue foreste e le sue rocce, le acque che si fanno strada attraverso le sue valli ripetono all'infinito una frase, sempre uguale nel tempo e sempre diversa. Una speranza:

«Domani, l'Internazionale sarà il genere umano».

Indice

p. v *Questa storia*

Le due chiese

3	I.	La montagna-Dio
15	II.	Rocca di Sasso
27	III.	Ansimino
39	IV.	L'Eretico e il Beato
51	V.	L'«intervento»
63	VI.	La guerra
75	VII.	L'ultima cena
87	VIII.	Gianin Panpôs
99	IX.	La «tavola deambulatoria»
111	X.	La canzone dei morti
123	XI.	San Cristoforo dona una campana
135	XII.	Il Monte Santo
147	XIII.	Artemisia
159	XIV.	La «spagnola»
171	XV.	Uno strano forestiero
183	XVI.	«Vittoria!»
195	XVII.	La cena dei reduci
207	XVIII.	Le due chiese
219	XIX.	L'elezione del sindaco
231	XX.	«Grande Serata Benefica»

p. 243	XXI.	«Vuoi tu?» «Sí». «Vuoi tu?» «Sí»
255	XXII.	L'Onorevole
267	XXIII.	Il Monumento ai Caduti
279	XXIV.	Un'altra guerra?
291	XXV.	Le Ninfe piangono
303	XXVI.	Domani, l'*Internazionale*

Stampato per conto della Casa editrice Einaudi
Presso Mondadori Printing S.p.a., Stabilimento N.S.M., Cles (Trento)
nel mese di aprile 2010

C.L. 20288

Ristampa   Anno

0 1 2 3 4 5 6   2010 2011 2012 2013

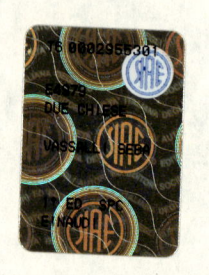